Sophie Edenberg
Unter Schwestern

EDITION M

Das Buch

»Nur ein paar Tage lang, bitte.« Franziska zögert nicht lange, als ihre Zwillingsschwester Amelie bei ihr auftaucht und sie anfleht, mit ihr die Rollen zu tauschen. Schließlich haben sie beide das ihr ganzes Leben lang getan – in der Schule, selbst in ihren Beziehungen mit Männern –, und niemand ist ihnen jemals auf die Schliche gekommen. Warum soll sie Amelie, die offenbar Probleme in ihrer Ehe hat und eine Auszeit braucht, also nicht diesen Gefallen tun?
Doch als eine gemeinsame Jugendfreundin der Schwestern ermordet aufgefunden wird, beschleicht Franziska der Verdacht, dass diesmal mehr hinter dem Identitätstausch steckt. Und dann verschwindet auch noch Amelie ...

Die Autorin

Sophie Edenberg hat sich mit ihren spannenden Romanen mit Schauplatz Österreich einen Namen gemacht. Der erste Roman der gebürtigen Wienerin erschien im Jahr 2020. Seitdem begeistert sie ihre Leserinnen und Leser mit vielschichtigen Figuren und überraschenden Wendungen. Im Jahr 2023 wurde sie für »Unter Schwestern« mit dem Kindle Storyteller Award ausgezeichnet.

SOPHIE
EDENBERG

UNTER SCHWESTERN

Thriller

EDITION M

Die Originalausgabe erschien 2023 unter dem Titel »Unter Schwestern« im Selbstverlag.

Veröffentlicht bei
Edition M, Amazon Media EU S.à r.l.
38, avenue John F. Kennedy, L-1855 Luxembourg
Juni 2024

Umschlaggestaltung: semper smile, München, www.sempersmile.de
Umschlagmotiv: © Gabriela Alejandra Rosell / Shutterstock

1. Lektorat: Mike Schröder
2. Lektorat und Korrektorat: Rotkel Textwerkstatt
Gedruckt durch:
Amazon Distribution GmbH, Amazonstraße 1, 04347 Leipzig /
Canon Deutschland Business Services GmbH, Ferdinand-Jühlke-Str. 7, 99095 Erfurt /
CPI books GmbH, Birkstraße 10, 25917 Leck

ISBN: 978-2-49671-691-7
e-ISBN: 978-2-49671-692-4

www.edition-m-verlag.de

Für meine Mutter

KAPITEL 1

Der Drehzahlmesser schoss in die Höhe, als ich das Gaspedal durchtrat. Der Motor heulte auf und starb stotternd ab.

O nein, bitte nicht schon wieder!

Unter dem wütenden Gehupe der Fahrzeugkolonne hinter mir startete ich den Motor schnell wieder und schaffte es im ersten Gang gerade noch über die Kreuzung, bevor die Ampel auf Rot sprang. Seit Ewigkeiten hatte ich nicht mehr in einem Auto mit Gangschaltung gesessen.

Konzentriert kämpfte ich mich durch den dichten Abendverkehr, während die Sonne allmählich hinter den Dächern der Häuser verschwand. Die Straßen waren so vollgestopft, dass ich mehrere Male scharf abbremsen musste, um einen Zusammenstoß zu vermeiden. Im Auto war es zu eng und zu warm, und ich ließ beide Seitenfenster herunter, sodass der Wind durch meine Haare strich.

Nachdem ich eine weitere Kreuzung passiert hatte – diesmal, ohne den Motor abzuwürgen –, warf ich einen Blick auf mein Handy, das im Getränkehalter klemmte. Laut Google Maps waren es noch zwanzig Minuten bis zu Franziskas Wohnung.

Beim Gedanken an meine Zwillingsschwester spürte ich, wie meine Handinnenflächen feucht wurden.

Ein gutes Jahr lang hatte ich kein Wort mehr mit ihr gewechselt, jeden ihrer Annäherungsversuche im Keim erstickt. Die Kluft war zu groß, die Mauer, die ich zwischen uns errichtet hatte, unüberwindbar gewesen. Und wenn es nach mir ginge, hätte es noch eine ganze Weile so weitergehen können. Nie zuvor in meinem Leben hatte mich jemand so enttäuscht wie sie.

Nun ja – fast niemand.

Ungewollt drängte sich das Bild meines Ehemanns in mein Bewusstsein. Die Erinnerung an das, was er angerichtet hatte, an das Unglück, das er über unsere Familie gebracht hatte, trieb mir die Zornesröte ins Gesicht. Instinktiv schlossen sich meine Finger fester um das Lenkrad.

Wenn Konstantin mir nur gleich die Wahrheit gesagt hätte, wenn er nur nicht so verdammt *dämlich* gewesen wäre, säße ich jetzt nicht in dieser Schrottkarre, so viel stand fest. Dann wäre ich jetzt nicht drauf und dran, meine Schwester zurück in mein Leben zu lassen. Wenn er nur nicht hinter meinem Rücken …

Ein Hupen riss mich aus meinen Gedanken. Die Ampel vor mir war längst grün geworden. Rasch konzentrierte ich mich wieder auf die Straße.

Inzwischen hatte ich die Radetzkybrücke erreicht, die die Grenze zum 3. Wiener Gemeindebezirk markierte. Jetzt war es nicht mehr weit. Wenige Minuten später bog ich von der Ungargasse in eine schmale Seitenstraße. Alle Parkplätze waren belegt, sodass ich einige Male um den Block fahren musste, bis ich eine Lücke fand, die groß genug für den Peugeot war.

Ich schaltete den Motor aus und klappte die Sonnenblende herunter. Blaugrüne Augen blickten mich aus dem staubigen Spiegel an. Sie waren vom Weinen gerötet, und ich war ein wenig blass um die Nase, sodass meine Sommersprossen deutlicher hervortraten als gewöhnlich, doch ansonsten deutete nichts auf meinen emotionalen Ausnahmezustand hin.

Seufzend klappte ich die Sonnenblende wieder hoch und stieg aus dem Auto. Die letzten Sonnenstrahlen, die zwischen den Häuserreihen hindurchfielen, blendeten mich, und ich schirmte meine Augen mit den Händen ab, als ich an dem Gebäude emporschaute, in dem Franziska wohnte. Es war ein hübscher Altbau mit hohen Fenstern und cremegelb gestrichenen Mauern; kleine gusseiserne Balkone säumten die Fassade. Meine Freundin Karin war aus dem Schwärmen gar nicht mehr herausgekommen, als sie mir von Franziskas neuer Wohngegend erzählt hatte, und jetzt, wo ich hier war, musste ich zugeben, dass sie nicht übertrieben hatte.

Meine rechte Hand schwebte bereits über dem Klingelknopf, als ich noch einmal innehielt.

Was ich im Sinn hatte, war selbst für unsere Verhältnisse abenteuerlich, und schon den ganzen Tag waren mir Zweifel im Kopf herumgeschwirrt. Würde Franziska auf meine Bitte eingehen? Oder würde sie nur lachen und mir sagen, ich solle zusehen, wie ich meinen Kram selbst geregelt bekäme?

Doch tief in meinem Herzen wusste ich, dass meine Sorge unbegründet war. Denn so war Franziska: Sie hatte es immer schon genossen, sich als die große Schwester aufzuspielen, obwohl sie genau genommen nur fünf Minuten älter war als ich. Sie liebte es, mir zu beweisen, wie sehr ich sie brauchte. Wie sehr wir *einander* brauchten. Damals wie heute.

»Nur wir beide, Lilly. Du und ich. Wir gehören zusammen. Wir sind eins.«

Ich strich mir eine Strähne meines herausgewachsenen Ponys aus der Stirn und spürte, wie sich eiserne Entschlossenheit in mir breitmachte. Nein, Franziska würde mir meine Bitte nicht abschlagen. Das konnte sie gar nicht.

Also holte ich noch einmal tief Luft und drückte auf den Klingelknopf.

KAPITEL 2

Mit düsterer Miene steckte ich den Schlüssel ins Schloss. Die Wohnungstür schwang nach innen auf und ich atmete die herrlich klimatisierte Luft ein, die mir entgegenwehte.

Endlich.

Ich stolperte hinein und pfefferte die Papiertüte, deren Henkel mir in die Handflächen geschnitten hatten, in eine Ecke. Dann bückte ich mich, um mir die High Heels von den Füßen zu ziehen. Dabei streiften meine Finger die Blase an meiner linken Ferse und ich zuckte vor Schmerz zusammen.

Was für ein Scheißtag!

Ich warf einen finsteren Blick auf die Papiertüte. Sie war umgefallen; einige Kleidungsstücke waren herausgequollen und lagen verstreut auf dem Boden. Ein schwarzes Seidennachthemd, mein Ersatzblazer fürs Büro, dazu ein paar Shirts und Slips.

Sofort sah ich wieder Florians betretenen Gesichtsausdruck vor mir, das Zucken seines linken Augenlids, als er mich heute Morgen in der Kaffeeküche beiseitegenommen hatte.

»Glaub mir, es ist besser so. Wir sollten es beenden, bevor noch jemand verletzt wird.«

Ich schnaubte.

Das hättest du dir früher überlegen sollen, hatte ich gedacht und war zornig geworden. *Bevor es überhaupt so weit kommen konnte.*

Mühsam rappelte ich mich auf, lief barfuß in die Küche und riss die Kühlschranktür auf. Der trostlose Anblick, der sich mir bot, ließ mich die Nase rümpfen. Eine angebrochene Flasche Weißwein, ein paar verschrumpelte Zwiebeln, dazu die Reste vom Chinesen – nach drei Tagen wahrscheinlich ungenießbar.

Dann eben Flüssignahrung.

Ich schnappte mir die Flasche Wein, nahm ein sauberes Glas aus dem Schrank über dem Spülbecken und ging ins Wohnzimmer.

Der Raum war nach Westen ausgerichtet, und die Abendsonne, die durch die Fenster fiel, spiegelte sich im gläsernen Couchtisch und malte tanzende Lichtflecken auf das cremefarbene Sofa. Doch anders als sonst konnte mich das Lichterspektakel heute nicht aufmuntern. Ich füllte mein Glas und genehmigte mir noch im Stehen einen Schluck, dann ließ ich mich auf die Couch fallen und schaltete den Fernseher ein.

Ich zappte durch die Kanäle und ließ mich vom Gebrabbel der Fernsehredakteure einlullen, ohne wirklich mitzukriegen, was sie sagten. In Gedanken war ich schon wieder bei der Arbeit.

Drei Jahre war ich nun bereits bei diesem Käseblatt, hatte klaglos all die unbezahlten Überstunden in Kauf genommen, auf Teufel komm raus Restaurantkritiken und Buchbesprechungen verfasst, inhaltsleere Klatschartikel über die Wiener B- und C-Promis geschrieben. Den ganzen langweiligen Kleinkram erledigt. All das, um eines Tages meine eigene Kolumne zu bekommen, die mein Chef Mark mir in Aussicht gestellt hatte – die berühmte Karotte vor der Nase.

Was für eine Zeitverschwendung!

Und da war er wieder – Florian. Kurzes, widerspenstiges Haar, ein schiefes Grinsen im Gesicht, das zum Mitlachen animierte. Augenblicklich verdüsterte sich meine Miene noch weiter.

So hätte das nicht laufen dürfen, verdammt!

Das mit Flo und mir hatte vor etwa vier Monaten angefangen. Ein harmloser Flirt auf einer Firmenfeier, aus dem irgendwann mehr geworden war. Nicht die ganz großen Gefühle, aber immerhin. Wie konnte er es wagen, mich so einfach abzuservieren? Ich hätte mich für meine Naivität ohrfeigen können. Was hatte ich mir nur dabei gedacht, mich mit einem Kollegen einzulassen?

Dass nun auch noch ausgerechnet Florian für die Gesellschaftskolumne – *meine Kolumne!* – ausgewählt worden war, entbehrte nicht einer gewissen Ironie. Schließlich arbeitete er erst seit Kurzem in der Redaktion und hatte deutlich weniger Erfahrung als ich. Wahrscheinlich lag es daran, dass er ein Mann war, dachte ich düster. Keine Frau Anfang dreißig, deren biologische Uhr langsam, aber sicher zu ticken begann.

In einem Zug leerte ich mein Weinglas. Es war mein Lieblingswein, ein guter Jahrgang aus dem Burgenland, doch heute schmeckte er nicht richtig, hinterließ einen schalen Nachgeschmack.

Ich sollte auf der Stelle die Kündigung einreichen. Die »Wiener Wochenschau« war ja nicht das einzige Medium auf dem Markt.

Gerade als ich nach meinem Handy griff, um Mark eine entsprechende Mail zu schreiben, läutete es an der Tür.

Für einen kurzen Moment dachte ich, das Geräusch käme aus dem Fernseher, doch so war es nicht. Die Nachrichten waren inzwischen vorbei und eine blonde Wetterfee faselte etwas von der letzten Hitzewelle dieses Sommers. Anscheinend sollten die Temperaturen nächste Woche noch einmal die Vierziggradmarke erreichen.

Stirnrunzelnd warf ich einen Blick auf meine Armbanduhr. Es war bereits nach acht. Wer konnte das so spät noch sein? Einen Moment erwog ich, einfach sitzen zu bleiben. *Herrgott noch mal, ein paar Stunden Ruhe – ist das etwa zu viel verlangt?*

Kurz darauf zerriss erneut ein Schellen die Luft.

Genervt sprang ich auf und ging zur Wohnungstür, um das Kamerabild anzuschauen. Halb erwartete ich, Florian zu sehen, der gekommen war, um mich auf Knien um Verzeihung zu bitten, der mich anflehte, ihn zurückzunehmen – was ich natürlich nicht getan hätte. Doch er war es nicht.

Stattdessen erblickte ich mein Ebenbild. Nervös trat es im Hausflur von einem Bein aufs andere. Ein ungutes Gefühl regte sich in meiner Magengegend.

Was zum Teufel will Amelie denn hier?

Ich hatte schon seit Monaten nichts mehr von meiner Zwillingsschwester gehört, wusste nicht einmal, dass sie von meinem Umzug erfahren hatte.

Mein Zeigefinger fand den Türsummer, und mit angehaltenem Atem beobachtete ich, wie Amelie die Haustür aufstieß und ins Treppenhaus trat.

Die Gedanken in meinem Kopf überschlugen sich. Alle möglichen schrecklichen Szenarien fielen mir ein, die Amelies unangekündigten Besuch erklären könnten. Ob irgendwas mit Papa war? Oder – fast noch schlimmer – mit Karl? Mit Konstantin? Aber wenn einem von ihnen tatsächlich etwas zugestoßen war, warum hatte sie mich dann nicht einfach angerufen?

Während ich hörte, wie sich der Aufzug in Bewegung setzte, zog ich mein iPhone aus der Hosentasche und überflog die letzten eingegangenen Nachrichten. Doch da war nichts Wichtiges. Nur ein paar ungelesene E-Mails und ein verpasster Anruf von Mark. Ratlos steckte ich das Handy wieder ein, just in dem Moment, als die Aufzugstür aufglitt.

»Hallo, Zissy!«

Einen Augenblick lang starrte ich sie einfach nur an. Mein Blick wanderte über das Gesicht, das mir so vertraut war wie mein eigenes. Helle Augen, Sommersprossen auf dem Nasenrücken, hohe Wangenknochen. Ihr braunes Haar war gewellt, während ich meines glatt geföhnt trug, doch ansonsten sahen wir vollkommen gleich aus. Die Ähnlichkeit zwischen uns war frappierend, selbst im Vergleich zu anderen Zwillingspaaren. Die einzige Person, die uns je hatte auseinanderhalten können, war unsere Mutter gewesen. Aber die war schon lange tot.

»Was willst du hier?«, platzte es aus mir heraus. Es klang selbst für meine Ohren abweisend, sodass ich eilig hinzufügte: »Nicht dass ich mich nicht freuen würde, dich zu sehen. Es kommt nur so … überraschend. Ist mit Papa alles in Ordnung? Mit Karl?« *Mit Konstantin?*

»Denen geht es gut.«

»Okaaaay«, erwiderte ich gedehnt. Das mulmige Gefühl in meinem Bauch verstärkte sich. Amelie hatte die Arme um den Oberkörper geschlungen, sodass es aussah, als würde sie frieren, obwohl das bei den aktuellen Temperaturen eigentlich unmöglich war.

»Hör zu, ich weiß, das kommt jetzt unerwartet«, sagte Amelie. »Aber – nun, es gibt da etwas, das ich mit dir besprechen muss.«

»Sicher. Worum geht's denn?«

Amelie sah sich nervös um und da fiel mir auf, dass wir immer noch im Treppenhaus standen.

»Komm doch erst mal rein.«

Ich machte einen Schritt zur Seite und ließ meine Schwester eintreten. Ihr Blick blieb kurz an den Klamotten hängen, die immer noch im Flur verstreut herumlagen, doch zu meiner Erleichterung verkniff sie sich einen Kommentar.

»Möchtest du ein Glas Wein? Ich hab einen Grünen Veltliner offen.«

»Gern.«

Amelie folgte mir ins Wohnzimmer und ich nahm eines der Kristallgläser aus der Vitrine. Eines von denen, die man mit der Hand spülen musste. Ich füllte es mit dem Wein aus der Flasche, die noch auf dem Couchtisch stand, und reichte es ihr.

Beeindruckt schaute Amelie sich um. Ihr Blick wanderte über die hohen Stuckdecken, den kleinen Erker an der gegenüberliegenden Wand, die Designerstehlampe neben der Sofalandschaft. »Hübsch hast du es hier.«

»Ja, ist ganz okay.«

Ich setzte mich auf die Couch und bedeutete Amelie, es mir gleichzutun. Was sie auch tat.

»Ich hab leider nichts zum Essen da, aber wir können uns was liefern lassen, wenn du willst. Ein paar Straßen von hier gibt es einen guten Chinesen.«

»Danke, nicht nötig.«

Es fühlte sich merkwürdig an, sie hier zu haben. Und obwohl wir uns seit Monaten weder gesehen noch miteinander telefoniert hatten, spürte ich sofort, dass etwas nicht stimmte. So war es schon immer zwischen uns gewesen. Bereits als Kinder hatten wir diese besondere Verbindung zueinander gehabt, und auch jetzt leuchteten bei meinem Zwillingsradar alle Warnleuchten auf. Da war dieser Ausdruck in ihren Augen, der mir Unbehagen bereitete. Kummer? Angst? Verzweiflung? Ich war mir nicht sicher.

Was will sie hier? Und warum ist sie so durcheinander?

Irgendwann ertrug ich die Stille nicht länger.

»Nun sag endlich: Was ist los? Steckst du irgendwie in Schwierigkeiten?«

Amelies Nasenflügel bebten. »Wie kommst du denn auf die Idee?«

»Warum solltest du sonst hierherkommen?« Ich verdrehte die Augen. »Du hast schließlich mehr als deutlich gemacht, was du von mir hältst. Wie war das noch gleich?« Ich legte den Zeigefinger an die Oberlippe, als würde ich versuchen, mich an den exakten Wortlaut zu erinnern. »Ach ja, nun fällt's mir wieder ein: ›*Verschwinde aus meinem Leben! Du bist für mich gestorben!*‹«

»Jetzt sei doch nicht so dramatisch. Das war doch nicht wörtlich gemeint.«

»Ach, tatsächlich?«

»Ja«, sagte Amelie, diesmal mit Nachdruck. Dann senkte sie den Kopf. »Ich hab lange über alles nachgedacht. Über uns, über das, was auf Karins Hochzeit passiert ist. Ich hab eine Weile gebraucht, aber ich bin bereit, dir zu vergeben. Im Gegenzug für einen kleinen Gefallen.«

»Ach ja?«

Amelie nippte an ihrem Weinglas, als müsse sie erst Mut fassen, um die nächsten Worte laut auszusprechen. »Ich brauche eine Auszeit«, brachte sie schließlich heraus. »Von meinem Leben, von allem. Und ich möchte, dass du mir dabei hilfst.«

»Ich verstehe nicht ganz. Wie …«

Ich hielt inne, als mir dämmerte, worauf sie hinauswollte. Einen Augenblick lang war ich vor Überraschung wie gelähmt. »Das glaub ich jetzt nicht! Du willst doch nicht etwa, dass wir …«

»Doch, genau das will ich«, sagte sie mit fester, klarer Stimme. »Nur für eine Woche oder so. Ich liebe Karl, aber in seiner Gegenwart komme ich zu gar nichts. Was ich brauche, ist etwas Zeit für mich. Es gibt da ein paar Dinge, über die ich mir klar werden muss.«

»Und welche wären das?«

Sie schüttelte den Kopf, erwiderte jedoch nichts. Stattdessen griff sie nach der Weinflasche und schenkte erst mir und dann sich selbst nach.

»Das ist doch absurd, Lilly«, sagte ich leise, als klar war, dass sie meine Frage nicht beantworten würde. »Wir sind schließlich keine achtzehn mehr. Denkst du nicht, jemand würde Verdacht schöpfen? Es ... bemerken?«

Amelie zog spöttisch eine Augenbraue hoch. »Hat das denn jemals irgendjemand?«

Zugegeben, der Einwand hatte was für sich.

»Was ist mit Konstantin? Ich meine, hältst du das wirklich für eine gute Idee?«

»Ich vertraue dir«, entgegnete Amelie schlicht. »Du hast dich entschuldigt, deinen Fehler eingesehen. Es wird langsam Zeit, die Vergangenheit hinter uns zu lassen, nach vorne zu sehen. Findest du nicht auch?«

Ich nickte widerstrebend.

»Konstantin ist ohnehin bis Freitag auf Geschäftsreise. Außerdem hat er im Moment viel um die Ohren. Er bekommt sowieso kaum mit, was um ihn herum geschieht.« Sie hob den Kopf und sah mir fest in die Augen. »Also, was ist – machst du es?«

Der Augenblick zog sich in die Länge, während ich angestrengt nachdachte.

Es ist verrückt, sagte eine Stimme in meinem Hinterkopf. *Komplett verrückt.*

Aber war es das wirklich? Früher hatten wir das schließlich ständig gemacht. Waren unbemerkt in die Rolle und das Leben der anderen geschlüpft wie andere Menschen in neue Kleider.

»Willst du mir nicht erst mal verraten, was los ist? Wieso auf einmal der Sinneswandel? Warum jetzt?«

»Herrgott, Zissy, lass es gut sein!«, zischte Amelie und ich zuckte bei ihrem harschen Tonfall innerlich zusammen. »Alles, worum ich dich bitte, ist dieser kleine Gefallen. Es sind doch nur ein paar Tage.« Dann fügte sie leise hinzu: »Meinst du echt, ich würde dich das fragen, wenn es nicht wirklich wichtig wäre? Zumindest das schuldest du mir.«

Damit allerdings hatte sie recht.

Nachdenklich musterte ich meine Schwester über den Rand meines Weinglases hinweg. Ein stählerner Ausdruck lag auf ihrem Gesicht. Ich kannte diesen Blick. Trotz lag darin, all die unausgesprochenen Vorwürfe. Und auf einmal war sie wieder meine kleine Schwester, die zu beschützen ich bei meinem Leben geschworen hatte.

Verdammt!

Als Amelie nach einer Weile weitersprach, war die Schärfe aus ihrer Stimme verschwunden. Sie griff nach meiner Hand und zwang mich, ihr direkt in die Augen zu sehen.

»Bitte, Zissy! Du und ich gegen den Rest der Welt. Wir sind eins. Weißt du nicht mehr?«

KAPITEL 3

Die Ellbogen auf die Fensterbank gestützt, starrte ich hinaus. Inzwischen hatte es abgekühlt. Ein frischer Lufthauch strich über meine Wangen und ich sog ihn tief in meine Lungen. Von Zeit zu Zeit vernahm ich das Surren einer Straßenbahn, die in der nahe gelegenen Ungargasse vorbeifuhr, ansonsten war es vollkommen still.

Seit Amelie gegangen war, fragte ich mich, was ich jetzt tun sollte. Es hatte sie große Überwindung gekostet, mich um Hilfe zu bitten, das hatte ich deutlich gespürt. Und ich fragte mich, was passiert sein mochte.

Unwillkürlich schob sich eine Erinnerung in mein Bewusstsein. Die Gestalt eines schlaksigen Jungen mit eisblauen Augen, eingehüllt in eine dunkelbraune Lederjacke, die damals sein ganzer Stolz gewesen war. Das Glimmen der Zigarette, die er mir hinhielt. Konstantins kehliges Glucksen, als ich einen Zug nahm, nur um mich sofort hustend zusammenzukrümmen. *Ekelhaftes Zeug!* Dann die Berührung seines Armes auf meinen nackten Schultern, als er mich kumpelhaft an sich drückte.

Bei der Erinnerung an meine Schulzeit bohrte sich der vertraute Stachel der Eifersucht in mein Herz. Gedankenverloren folgten meine Augen einer Katze, die unten auf der Straße um eine Hausecke huschte, die vom Licht der Straßenlaterne nur schwach beleuchtet wurde.

Ob es womöglich was mit Konstantin zu tun hat? Mit ihrer Ehe?

Die Verbitterung in ihrer Stimme, als Amelie Konstantins Arbeit erwähnt hatte, war mir nicht entgangen. War das etwa der Grund, weshalb sie sich so vehement dagegen gesträubt hatte, mir zu verraten, was los war? Aus Stolz?

»Bitte, Zissy! Du und ich gegen den Rest der Welt. Wir sind eins. Weißt du nicht mehr?«

Ich seufzte schwer. So war es jedenfalls einmal gewesen.

Früher hatten wir alles miteinander geteilt. Unsere Hobbys, unsere Freundinnen, manchmal sogar denselben Typen. *Das Ganze ist mehr als die Summe seiner Teile*, hat Aristoteles gesagt, und so war es auch bei uns. Es war, als wären wir eins, nur dass wir durch eine seltsame Fügung des Schicksals in verschiedenen Körpern gelandet waren. Als wäre die eine nur die Erweiterung der Identität der anderen. Zusammen waren wir stark, und die Möglichkeiten, die sich uns eröffneten, waren grenzenlos.

Für meine Zwillingsschwester hätte ich alles getan. Wirklich alles. Und umgekehrt war es genauso. Nun ja – bis vor einem Jahr zumindest. Als Amelie erfahren hatte, was bei der Hochzeit von Karin und Markus passiert war.

Ich hatte fest daran geglaubt, dass wir stärker wären als das. Was bedeutete schon ein betrunkener Fehltritt bei einer Beziehung wie der unseren, einer Verbindung, die weit über jede normale Schwesternschaft hinausging?

Das Problem war nur, dass Konstantin nicht klar gewesen war, mit welcher Brautjungfer er da rummachte. Er hat mich für Amelie gehalten.

Ich verzog gequält das Gesicht.

Was ich getan hatte, war falsch gewesen, im Grunde unverzeihlich. Das wusste ich. Monatelang hatte ich mich abgemüht, um unsere Beziehung zu kitten und Amelie klarzumachen, wie leid es mir tat, wie sehr ich sie liebte. Vergeblich. Und obwohl sie vorhin gesagt hatte, sie habe mir verziehen, spürte ich, dass das nicht stimmte. Ich hatte es in ihren Augen gesehen: Nicht die Sehnsucht, sondern die Not hatte sie in meine Arme getrieben, und die Erkenntnis traf mich wie ein Schlag ins Gesicht.

Aber vielleicht war das ja meine Chance. Die Gelegenheit, Amelie zu beweisen, dass ich ihre Vergebung verdiente. Dass sie mich brauchte – ihre andere Hälfte, ihre Seelenverwandte.

Aber kann ich das wirklich tun? Den Platz mit ihr tauschen? Nach all der Zeit?

Früher hatten wir uns ständig für die jeweils andere ausgegeben. Bei Prüfungen etwa, wenn eine von uns sich nicht gut vorbereitet hatte. Manchmal auch nur so zum Spaß. *Einfach, weil wir es konnten.* Doch es stimmte, was ich zu ihr gesagt hatte: Wir waren längst keine Teenager mehr, das hier war das richtige Leben. Jobs, Kind und Ehemann inklusive.

Unschlüssig wiegte ich den Kopf. Trotz aller Bedenken breitete sich bei dem bloßen Gedanken, es noch ein letztes Mal zu tun, ein Kribbeln in meinem Nacken aus. Unbehagen, Nervosität, aber auch freudige Erregung.

Was habe ich schon zu verlieren?

Vielleicht kam Amelies Vorschlag genau zum richtigen Zeitpunkt. Zwischen Florian und mir war es aus, und meine Karriere bei der »Wiener Wochenschau« hatte sich ebenfalls gerade als Sackgasse entpuppt. Niemand würde mich vermissen. Keine Beziehung, kein Job, zu dem ich unbedingt zurückmusste, keine sonstigen Verpflichtungen. Ich konnte Amelie helfen und mir gleichzeitig darüber klar werden, was ich im Leben wollte. Beruflich und privat.

Ich wandte mich vom Fenster ab und ging zum Couchtisch, wo mein Handy lag.

Mark hatte noch einmal versucht mich anzurufen, auch eine SMS hatte er geschickt. Offenbar fand morgen irgendeine Gala statt, über die ich berichten sollte. Angesichts des Befehlstons seiner Nachricht spürte ich erneut Wut in mir aufsteigen. Der hatte vielleicht Nerven! Erst vor wenigen Stunden hatte er mir verkündet, dass er Florian mir vorzog, was die Kolumne anging – glaubte er wirklich, ich würde einfach so weitermachen wie bisher?

Vergiss es, Freundchen! Nicht mit mir!

Mit einem zufriedenen Grinsen tippte ich eine SMS an Mark, in der ich ihm kurz und knapp mitteilte, dass ich mir für die kommenden zwei Wochen freinehmen würde. Sollte dieser elende Verräter doch sehen, wie er ohne mich zurechtkam.

Dann öffnete ich die Signal-App, die Amelie und ich früher immer benutzt hatten. Die Nachricht, die ich tippte, war kurz. Sie bestand aus drei Wörtern.

Ich bin dabei.

KAPITEL 4

Karin

»Komm schon, heb ab!«

Das Telefon ans Ohr gepresst, lauschte ich dem Freizeichen. Kurz darauf sprang der Anrufbeantworter an.

»Das ist die Mailbox von Nicola Felm. Ich bin gerade beschäftigt, aber wenn Sie mir eine Nachricht hinterlassen, rufe ich zurück.«

Zornig pfefferte ich das Handy auf die Couch.

Jaja. Wer's glaubt.

Nur mit Mühe konnte ich mich davon abhalten, mit dem Fuß aufzustampfen. Doch es hatte Stunden gedauert, bis Milly und Fiona endlich eingeschlafen waren, wenn sie jetzt aufwachten, wäre das fatal. Vor allem Milly war schwierig, wenn es ums Schlafen ging. Die Vierjährige war eine Nachteule, genau wie ihr Vater.

Mein ganzer Körper bebte vor Sorge und unterdrückter Wut, während ich unruhig im Wohnzimmer auf und ab ging.

Was zum Teufel sollte das? Seit Tagen versuchte ich nun schon, Nicky zu erreichen, doch sie ging einfach nicht an ihr verflixtes Telefon. War ihr denn nicht klar, dass ich vor Sorge verging, wenn ich so lange nichts von ihr hörte? Immerhin war sie meine Schwester!

Die Angst schloss sich wie ein Schraubstock um mein Herz, als mir ein schrecklicher Gedanke kam.

Ihr ist doch hoffentlich nichts zugestoßen?

Ich griff nach meinem Autoschlüssel und wollte Markus gerade Bescheid geben, dass ich noch einmal wegmusste, doch dann zögerte ich. Wie oft hatte Nicky mich in den letzten Jahren angefleht, ihre Privatsphäre zu respektieren?

Ich gab mir selbst die Antwort: öfter, als ich zählen konnte. Ich konnte mir lebhaft vorstellen, wie meine Schwester reagieren würde, wenn ich jetzt unangemeldet bei ihr aufkreuzte.

»Scheiße, Karin, was willst du hier? Ich bin vierundzwanzig, verdammt! Schon lange kein Kind mehr. Und du bist nicht meine Mutter.«

Nun, dachte ich grimmig, zumindest mit Letzterem hatte sie recht.

Unwillkürlich musste ich an unser Treffen vergangene Woche denken, an das Leuchten in Nickys Augen, als sie mir ihr Geheimnis anvertraut hatte. An den Streit, der unweigerlich darauf gefolgt war.

Stöhnend ließ ich den Kopf gegen den Türrahmen sinken. Es gab Menschen, die instinktiv immer die richtigen Worte fanden. Die über das Einfühlungsvermögen verfügten, jedwedem Konflikt die Schärfe zu nehmen, mochte er auch noch so verzwickt sein. Ich gehörte nicht zu diesen Menschen.

Bestimmt ging mir Nicky deshalb aus dem Weg. Mit Kritik hatte meine Schwester noch nie umgehen können. Vermutlich – nein, ganz sicher sogar – ging es ihr hervorragend. Sie ging *absichtlich* nicht ran, und das war es, was mich am allermeisten ärgerte.

»Nein«, sagte ich laut. »Da mache ich nicht mehr mit.«

Entschlossen machte ich kehrt und ging zurück ins Wohnzimmer. Diesmal würde ich Nicky nicht hinterherrennen. Sollte sie doch selbst sehen, wie sie aus dem Schlamassel wieder herauskam, den sie da angerichtet hatte. Früher oder später würde die Sache auffliegen, das war doch immer so.

Stattdessen beschränkte ich mich darauf, ihr eine Nachricht zu schicken, auch wenn mir klar war, dass ich sie damit kaum hinter dem Ofen hervorlocken würde. Trotzdem fühlte ich mich jetzt ein bisschen besser, nachdem ich meinem Ärger Luft gemacht hatte.

Nicky würde mich anrufen, wenn ihr danach war. Das tat sie immer irgendwann.

KAPITEL 5

Die Arme auf den Rand des Waschbeckens gestützt, starrte ich in den Badezimmerspiegel. Wasser lief mir in den Nacken, dort, wo mir das Handtuch von den Schultern gerutscht war. Meine Haare hingen mir seitlich ins Gesicht, die vorderen Strähnen waren bereits sorgfältig in Form gebürstet.

Komm schon. Tu es!

Meine Hände zitterten, als ich die Schere auf Höhe der Wangenknochen ansetzte. Haarspitzen fielen nach unten und sammelten sich auf dem Fliesenboden. Eine Weile schnippelte ich konzentriert weiter, dann legte ich die Schere beiseite und atmete auf. Antonio, mein Friseur, hätte den Longpony sicher präziser hinbekommen, aber ich war zufrieden.

Na bitte, so schlimm war es doch gar nicht!

Erleichtert, dass ich das Schwierigste nun hinter mir hatte, knetete ich Lockenschaum in die Längen und föhnte mir die Haare trocken, bis sie mir in den gleichen Wellen über den Rücken fielen wie bei Amelie gestern. Kaum war ich fertig, klingelte es an der Tür.

»Perfektes Timing«, trällerte ich und machte einen Schritt zur Seite, um meine Schwester hereinzulassen. »Na, was sagst du?«

In einer übertriebenen Geste blies ich mir eine Haarsträhne aus der Stirn, was Amelie unwillkürlich ein Lächeln entlockte.

»Viel besser, die neue Frisur.«

Sie trug Jeans und ein hellblaues Top, das ihre Augenfarbe zur Geltung brachte, und zu meiner Erleichterung stellte ich fest, dass sie bereits um einiges gefasster wirkte als gestern. Der panische Ausdruck in ihren Augen war der Erschöpfung gewichen, und ihre Wangen hatten auch schon wieder eine etwas rosigere Farbe angenommen.

»Ich habe uns Kaffee gemacht. Willst du einen?«

Amelie schaute auf ihre Armbanduhr und nickte widerstrebend. »Okay. Aber wir sollten uns beeilen, der Verkehr ist um diese Zeit ein Albtraum.«

Wir gingen in die Küche, wo uns schon der herrliche Duft von frisch gebrühtem Kaffee empfing. Ich füllte zwei Tassen mit dem heißen Getränk, dann setzten wir uns einander gegenüber an den Küchentisch.

»Das meiste haben wir ja schon am Telefon besprochen, aber ein paar letzte Infos hab ich noch für dich«, sagte Amelie. Sie legte ihr Handy vor uns auf die Tischplatte und tippte auf die gelbe Kachel mit den Notizen. »Da drin steht alles, was du über Karls Kindergarten wissen musst: Namen und Kontaktdaten der Betreuerinnen, seiner Freunde und deren Mütter. Sieh zu, dass er spätestens um neun da ist, gegen halb drei, nach dem Mittagsschlaf, kannst du ihn dann wieder abholen.«

»Alles klar.«

Amelie schloss die Notizseite und deutete auf eine andere Notiz direkt darunter. »Hier hab ich alle wichtigen Passwörter aufgeschrieben. Für meinen Laptop, die Bankomatkarten – alles, was du brauchen könntest. Der Code für mein Handy ist unser Geburtsdatum. Sechs Ziffern.«

»Nicht besonders einfallsreich, aber okay.« Ich grinste.

Anschließend brachte mich Amelie über ihr Leben auf den neuesten Stand. Sie erzählte, dass sie sich immer noch jeden Freitag mit Karin zum Kaffee traf, berichtete von der kaputten Klimaanlage in deren Wohnung und dass Nicky, Karins Schwester, seit Anfang des Jahres ein Praktikum in Konstantins Firma machte. Schließlich informierte sie mich über ihre Arbeit in der Arztpraxis und ihre Kollegin dort – Patrizia, nett, aber geschwätzig.

Ich hörte ihr aufmerksam zu und prägte mir alles, was sie sagte, genau ein.

»Was ist mit Konstantin?«, fragte ich, als Amelie eine Pause machte. »Irgendwas, das ich im Umgang mit ihm beachten sollte?«

Sie schüttelte den Kopf. »Wie gesagt, er ist gerade in Zürich, vor Freitagabend wirst du ihn also ohnehin nicht sehen.«

Dabei verweilte ihr Blick etwas zu lange auf meinem Gesicht. Es war nicht schwer zu erraten, woran sie dachte.

»Diesmal werde ich es nicht vermasseln. Was bei Karins Hochzeit passiert ist – so etwas wird nie wieder vorkommen. Du wirst es nicht bereuen, mir noch eine Chance gegeben zu haben, versprochen.«

Amelie nickte knapp. »Ich weiß.«

Sie verstaute ihr Handy im Seitenfach ihrer Handtasche und schob sie mir über den Tisch hinweg zu.

»So, ich denke, das war's. Jetzt bist du dran. Was muss ich wissen?«

Ich zuckte die Achseln. »Nicht viel. Du kannst tun und lassen, was du willst. Ich hab mir die nächsten zwei Wochen freigenommen, also falls Mark, mein Chef, anruft, gehst du am besten gar nicht erst ran. Er kann verdammt nerven, wenn er sich was in den Kopf gesetzt hat. Passwörter und so weiter hab ich dir aufgeschrieben; der Zettel liegt auf meinem Schreibtisch.

Und wenn sonst noch was ist – ich bin ja nicht aus der Welt. Du kannst mich jederzeit anrufen.«

Amelie zog eine Augenbraue hoch. »Das ist alles? Kein Mann in deinem Leben? Niemand von Bedeutung?«

»Nein.« Ich dachte an die Papiertüte mit meinen Klamotten, die immer noch im Vorzimmer stand, und seufzte. »Ich war ein paar Monate mit einem Kollegen zusammen. Florian. Aber das ist vorbei. Sollte er anrufen – was ich bezweifle –, kannst du ihm getrost sagen, er soll sich zum Teufel scheren.«

Amelie kicherte. »Ich denke, das krieg ich hin.«

Schweigen senkte sich über uns, aber im Gegensatz zu gestern war es nicht unangenehm. Es war fast wie früher, und ich erinnerte mich an die zahlreichen Gespräche dieser Art, die wir im Laufe der Jahre geführt hatten.

Einen Moment zögerte ich, dann übermannte mich doch die Neugier.

»Hör zu«, sagte ich behutsam. »Ich weiß, es geht mich eigentlich nichts an, aber willst du mir nicht doch verraten, was los ist? Warum du auf einmal so dringend von zu Hause wegwillst?«

»Wie ich bereits sagte: Es gibt da ein paar Dinge, über die ich mir klar werden muss. Und daheim geht das nun mal nicht.«

Ihr Tonfall ließ keinen Zweifel daran, dass das Thema für sie damit beendet war. Doch ich war nicht bereit, das so hinzunehmen.

»Was für Dinge, Lilly? Worüber genau musst du dir klar werden?«

Amelie spannte die Kiefermuskeln an. Halb erwartete ich, dass sie mir wieder harsch über den Mund fahren würde. Doch zu meiner Überraschung tat sie das nicht.

»Bitte, Süße, rede mit mir!«, sagte ich, diesmal eindringlicher. »Wie soll ich dir denn helfen, wenn ich nicht weiß, was los ist? Früher hatten wir doch auch nie Geheimnisse voreinander.«

Amelie warf die Hände in die Luft. »Verdammt, Zissy, du lässt echt nicht locker, was?«

Entschuldigend hob ich die Schultern. »Hab ich das jemals?«

Abermals schwiegen wir. Amelie starrte auf den Boden ihrer leeren Kaffeetasse, und ich konnte spüren, wie ihr innerer Widerstand dahinschmolz. Ich griff nach der Kanne, um ihr nachzuschenken. Wartete.

Drei, zwei, eins …

»Also schön«, brummte Amelie schließlich und bedachte mich mit einem finsteren Blick. »Wenn du es unbedingt wissen musst: Es geht um Konstantin.«

»Das tut mir leid«, sagte ich und meinte es auch so. Doch ein winziger Teil von mir, ein Teil, den ich nicht mochte, verspürte einen Hauch von Genugtuung. *Hab ich's doch gewusst!*

»Erzählst du mir, was er getan hat?« Da kam mir ein abscheulicher Gedanke. Konstantin war schon früher umtriebig gewesen, doch eigentlich hatte ich geglaubt, er hätte dieses Verhalten abgelegt, als er mit Amelie zusammengekommen war. »Nein, das glaub ich jetzt nicht. Er hat dich doch nicht etwa betrogen?«

»Was? Nein! Natürlich nicht!« Amelie rang nach Luft. »Konstantin kann nichts dafür. Es … es liegt an mir.«

»Dann hast du jemand anderen kennengelernt? Hast du eine Affäre – ist es das?«

»Nein, so einfach ist es nicht.« Mit zitternden Fingern führte Amelie die Kaffeetasse an die Lippen, während sie nach den richtigen Worten suchte. Dann fuhr sie fort: »Es ist nicht so, dass etwas passiert wäre. Es ist eher so das Gefühl, dass wir uns … auseinandergelebt haben. Wir reden kaum noch miteinander, und – nun ja – manchmal frage ich mich, ob ich Konstantin überhaupt noch liebe.«

»Wie bitte?«, keuchte ich. »Aber … ihr wart doch immer so glücklich miteinander!«

Amelie schaute verlegen auf ihre Hände. »Das stimmt, das waren wir. Und ich weiß, es ist schrecklich, auch nur darüber nachzudenken. Immerhin sind wir verheiratet. Verdammt, wir haben zusammen ein Kind adoptiert! Trotzdem krieg ich diese Gedanken einfach nicht mehr aus dem Kopf. Dass das nicht alles gewesen sein kann.« Sie hob den Kopf, sodass ich ihr in die Augen sehen konnte. Tränen glänzten darin. »Verstehst du jetzt, warum ich Zeit für mich brauche?«

»Ja, natürlich.« Ich schüttelte den Kopf. »Scheiße, Lilly, das tut mir ja so leid. Ich hatte ja keine Ahnung, wie schlimm es um euch steht.« Ich legte meine Hand auf ihre und streichelte sie. »Aber Kopf hoch, das ist sicher nur eine Phase. Ihr werdet schon wieder zueinanderfinden, meinst du nicht auch?«

»Ich weiß es nicht.« Sie sah so verzweifelt aus, dass es mir das Herz zerriss. »Ich schätze, aus diesem Grund bin ich wohl hier. Um genau das herauszufinden.«

Ihr Blick fiel auf die Uhr, die neben dem Kühlschrank hing. Sie stieß einen leisen Fluch aus.

»Mist, ich habe gar nicht gemerkt, wie die Zeit vergangen ist. Jetzt aber los. Die ersten Patienten kommen um zehn, und Patrizia hasst es, wenn ich zu spät bin.«

Wir liefen ins Bad und zogen uns schnell aus. Kurz darauf steckte ich in Amelies Jeans, während sie mein Sommerkleid trug und unbehaglich am Ausschnitt herumzupfte.

Auch das letzte Detail musste stimmen. Das war schon immer das Geheimnis unseres Erfolges gewesen. Trotzdem war mir seltsam zumute, als Amelie ihren Ehering vom Finger zog und ihn mir reichte.

»Bist du sicher? Ich kann doch nicht …«

»Jetzt nimm ihn schon. Die Leute würden Fragen stellen, wenn du ihn nicht trägst.«

Ich nickte zögerlich. »Na gut.«

Kurz darauf klemmte ich mir Amelies Handtasche unter den Arm, und wir verließen gemeinsam im Eilschritt die Wohnung.

»Ist das deiner?«, fragte ich und beäugte misstrauisch den verbeulten Peugeot, vor dem sie stehen geblieben war. »Was ist denn mit dem Audi passiert?«

»Der ist in der Reparatur – ein dummes Missgeschick beim Einparken.« Sie verdrehte die Augen. »Sollte aber nicht mehr lang dauern. Die Werkstatt ruft dich an, sobald er fertig ist. Wäre super, wenn du ihn dann gleich abholen könntest.«

»Natürlich, das mache ich.«

Ich öffnete die Wagentür und wollte gerade einsteigen, als Amelie mich am Arm festhielt.

»Und – Zissy?«

»Hm?«

»Danke, dass du das für mich tust.« Sie sah verlegen zu Boden. »Dass du alles stehen und liegen lässt, um mir zu helfen – das weiß ich wirklich zu schätzen.«

Von Zuneigung überwältigt wirbelte ich herum und zog meine Schwester beherzt an mich. »Ich liebe dich, Süße«, flüsterte ich in ihr Ohr. »Mehr als alles andere auf der Welt. Ich würde alles für dich tun, das weißt du doch.«

KAPITEL 6

Eine halbe Stunde später parkte ich vor der Praxis von Dr. Höller, dem Privatarzt für Gynäkologie, für den meine Schwester arbeitete. Inzwischen war es Viertel nach zehn, und wie Amelie vorausgesagt hatte, war der Verkehr die Hölle gewesen. Dazu hatte ich den Motor des alten Peugeots auf dem Weg dorthin zweimal abgewürgt.

Als ich die Tür zur Arztpraxis aufstieß und über die Schwelle trat, hatte ich bereits wie von selbst die für Amelie typische Körperhaltung eingenommen. Ein angedeutetes Lächeln umspielte jetzt meine Mundwinkel, meine Schritte waren kürzer geworden, nicht mehr so schwungvoll wie sonst, der Oberkörper beim Gehen leicht nach vorne gebeugt. Es fühlte sich ganz natürlich an, in ihre Haut zu schlüpfen, eine andere Version von mir selbst zu werden. Mein Herz schlug schnell in meiner Brust. Schon lange hatte ich mich nicht mehr so lebendig gefühlt.

Ich fand mich in einem schmalen Vorraum wieder, zu meiner Rechten die Garderoben und die Toiletten, zu meiner Linken ein Gang, der in einen geräumigen Wartebereich führte, an dessen Ende sich der Empfangstresen befand. Die Frau am Empfang, eine rundliche Mittfünfzigerin mit roten Haaren und

Lesebrille, hob den Kopf, als ich eintrat. Das musste Patrizia sein, Amelies Kollegin.

»Hallo, Schätzchen«, sagte sie vorwurfsvoll. »Da bist du ja. Wir haben uns schon gewundert, wo du bleibst.«

»Tut mir leid.« Ich machte ein zerknirschtes Gesicht. »Karl war heute Morgen einfach nicht aus dem Bett zu kriegen. Kommt nicht wieder vor, versprochen.«

Patrizia lächelte verschnupft. »Ich hab Dr. Höller einstweilen seinen Kaffee gebracht, und die erste Patientin ist auch schon drin.«

»Danke.«

Ich war schon einmal als Patientin hier gewesen, und mit einem kurzen Blick verschaffte ich mir einen Überblick über die Räumlichkeiten. Die Arztpraxis war geschmackvoll eingerichtet; es gab mehrere lederne Sitzgruppen für die Wartenden, an der Wand stand ein prall gefüllter Zeitungsständer. Hinter dem Empfangstresen verbarg sich eine kleine Kaffeeküche. Das Geschirr, das für die Patienten gedacht war, stand fein säuberlich gestapelt in einem offenen Regal.

»Ich erinnere mich übrigens noch gut daran, wie das ist«, sagte Patrizia schon deutlich freundlicher, als ich um den Empfangstisch herumging und mich auf Amelies Platz setzte.

Abgesehen von einem großen Bildschirm und einem Foto in einem silbernen Bilderrahmen, das einen strahlenden Karl zeigte, war der Tisch leer. Kein einziges Staubkorn, nicht einmal ein Kugelschreiber.

»Bei meiner Leonie war es damals genauso.«

»Tatsächlich?«, fragte ich geistesabwesend, während ich ratlos auf die Eingabemaske starrte, die auf dem Monitor erschienen war. Verzweifelt zermarterte ich mir das Hirn, wie Amelies Computerpasswort lautete. In der Notiz in ihrem Handy stand es jedenfalls nicht.

Patrizia nickte eifrig. »Abends konnte sie stundenlang nicht einschlafen, dafür kam sie morgens nicht aus den Federn. Was ein Kind in dem Alter braucht, ist ein geregelter Tagesablauf. Und bloß keinen Zucker zum Abendbrot – Gott bewahre!«

»Ja, da hast du sicher recht.«

Mit einem verstohlenen Seitenblick auf Patrizia, die soeben zu einem neuerlichen Redeschwall über ihre längst erwachsene Tochter angesetzt hatte, öffnete ich die Signal-App und begann zu tippen.

Bin in der Praxis. Wie lautet das Passwort für den Computer?

Wie gebannt starrte ich auf das Handydisplay. Unter meiner Nachricht erschienen drei Punkte, dann:

Sieh im Rollcontainer nach. Oberste Schublade.

Ich riss die Schublade auf und fand darin ein Post-it mit einer komplizierten Buchstaben-Zahlen-Kombination. Eilig tippte ich sie ab. Die Eingabemaske verschwand, stattdessen erschien Amelies Bildschirmschoner als Hintergrund.

Ich schickte meiner Schwester als Antwort einen Smiley mit einem hochgestreckten Daumen und steckte das Telefon wieder ein.

Nachdem ich einen Blick in den E-Mail-Posteingang geworfen hatte, rief ich den Terminkalender und Dr. Höllers Patientenkartei auf. Rasch klickte ich mich durch die verschiedenen Karteireiter. Zum Glück war das Programm nicht sonderlich kompliziert, im Grunde nur eine erweiterte Version der Software, die ich selbst benutzte.

»Was ist denn mit dir, Liebes?«, fragte Patrizia, der aufgefallen war, dass ich schon eine ganze Weile nichts mehr gesagt hatte. »Hörst du mir überhaupt zu?«

In der Tat hatte ich kaum mitbekommen, worüber sie gesprochen hatte. Irgendetwas über Kindernahrung und die Gefahren, die von Milchprodukten ausgingen. Ich öffnete den Mund, doch bevor ich antworten konnte, klingelte das Telefon. Mit einer entschuldigenden Geste in Patrizias Richtung nahm ich den Hörer ab.

»Gynäkologische Fachpraxis Dr. Höller, was kann ich für Sie tun?«

Es war eine Patientin, die krank geworden war und um eine Terminverschiebung bat. Konzentriert scrollte ich durch den Kalender, bis ich einen Slot in der kommenden Woche gefunden hatte.

»Vergiss nicht, die Warteliste durchzusehen«, ließ Patrizia verlauten, kaum dass ich aufgelegt hatte. »Vielleicht kann jemand anderes kurzfristig einspringen.«

»Ja klar. Mach ich gleich.« Ich war schon jetzt genervt von dieser Frau.

Ich drehte den Bildschirm ein wenig, sodass Patrizia mir nicht mehr über die Schulter schauen konnte, und durchforstete die Dokumente auf dem Desktop nach der gewünschten Datei.

»Ach ja, da fällt mir ein: Hast du es schon mal mit Kamillentee versucht? Vor dem Einschlafen, meine ich. Ich hab mal irgendwo gelesen, dass …«

Ich unterdrückte ein Stöhnen. »Sei mir nicht böse, Patrizia, aber könntest du kurz still sein – nur für einen Moment?«, sagte ich und presste die Finger gegen die Schläfen. »Ich hab fürchterliche Kopfschmerzen und würde mich gern konzentrieren.«

»Natürlich«, erwiderte Amelies Kollegin beleidigt. »Wie du willst.«

Alles, was jetzt noch zu hören war, war das wütende Klappern von Patrizias Tastatur. Sofort überkam mich ein schlechtes Gewissen. Solche Gefühlsausbrüche waren völlig untypisch für meine Schwester. Ich musste wirklich zusehen, dass ich mein Temperament in Zukunft besser im Zaum hielt.

Der restliche Vormittag verlief relativ ruhig. Zum Glück war Amelies Job nicht allzu komplex, sodass ich nicht noch einmal in die Verlegenheit kam, Amelie oder – schlimmer noch – Patrizia um Hilfe bitten zu müssen. Ihre Aufgabe bestand hauptsächlich darin, Anrufe entgegenzunehmen, Termine zu vereinbaren und Kaffee zu kochen, und insgeheim fragte ich mich, wie meine Schwester das bloß aushielt. Tagaus, tagein immer wieder dieselben Tätigkeiten ohne die geringste geistige Anstrengung. Und das auch noch in Gesellschaft der geschwätzigen Patrizia.

Ich schüttelte den Kopf.

Nur zu gut erinnerte ich mich noch an Amelies Begeisterung zu Beginn ihres Studiums, an das Leuchten in ihren Augen, wenn sie mir von den medizinischen Sonderfällen erzählte, die tagsüber in den Vorlesungen Thema gewesen waren. Damals hatte sie es kaum erwarten können, eines Tages ihre eigene Praxis zu eröffnen. Sie wäre eine gute Ärztin geworden, da war ich mir sicher. Doch dann hatten Amelie und Konstantin geheiratet, und ihr Traum von der eigenen Praxis war der Familienplanung gewichen. Sie hatte ihr Studium nie beendet. Der Gedanke daran erfüllte mich mit Bitterkeit.

Kurz nach zwei verabschiedete ich mich von Patrizia und Dr. Höller und machte mich auf den Weg zu Karls Kindergarten.

Das Campus-Kinderhaus war eine private Einrichtung und beherbergte neben dem Kindergarten auch eine Volksschule und ein Gymnasium – dieselben Schulen, die auch Amelie und ich einst besucht hatten. Ein wenig überwältigt blieb ich am Eingang stehen und nahm mir die Zeit, das bunte Treiben auf mich wirken zu lassen. Ein Dutzend Kinder unterschiedlichen Alters tummelte sich in dem etwa fünfzig Quadratmeter großen Raum, dessen Wände mit selbst gemalten Bildern gepflastert waren. Auf dem Fußboden lagen wahllos Spielsachen verstreut, dazwischen wuselten die beiden Betreuerinnen umher, die sich darum bemühten, wieder Ordnung in das Chaos zu bringen.

Eine Gruppe von Kindern hatte sich um einen Haufen bunter Holzklötzchen versammelt, eine andere – mittendrin Karl – saß an einem niedrigen Tisch und malte. Mit seiner roten Hose, dem weißen Poloshirt und der dunkelblauen Schirmkappe sah er aus wie ein Miniatursegler.

Ich lächelte in mich hinein. Karl hatte den gleichen dunklen Haarschopf wie Konstantin und eine kleine Stupsnase, die der von Amelie und mir täuschend ähnlich sah. Dass Karl nicht ihr Kind war, hätte niemand, der nicht von der Adoption wusste, auch nur im Traum für möglich gehalten. Karls leibliche Eltern, ein entfernter Cousin von Konstantin und seine Frau, waren bei einem Autounfall gestorben, als der Kleine noch in der Krabbelstube gewesen war, und da Amelie keine eigenen Kinder bekommen konnte, waren sie und ihr Mann nur allzu gern bereit gewesen, ihn bei sich aufzunehmen. Ich konnte mir keine besseren Eltern für den kleinen Kerl hier vorstellen.

»Hallo, Frau Lechner«, sagte eine sympathisch aussehende Blondine, als sie mich erblickte. Lächelnd wandte sie sich um und rief über den Lärm hinweg: »Karl, deine Mutter ist da!«

Der Kopf des Jungen schoss nach oben. »Mamiiiii!«

Sofort ließ er den Stift fallen und warf sich mir in die Arme. Die Wucht seiner Umarmung riss mich fast von den Füßen.

Wahnsinn, wie groß er geworden ist!

Nach einer Weile löste ich mich von meinem Neffen und bekam die Gelegenheit, ihn genauer zu betrachten. Tatsächlich musste er seit unserer letzten Begegnung mindestens um eine Kopflänge gewachsen sein, wenn nicht anderthalb. Ich musste schlucken, als ich daran dachte, wie viel ich im vergangenen Jahr verpasst hatte. Die Entfremdung zwischen Amelie und mir hatte mich schwer getroffen, doch fast genauso schlimm war es gewesen, Karl nicht länger um mich zu haben. Mein Gott, was hatte ich diesen kleinen Racker vermisst!

»Na, wie war dein Tag?«, fragte ich und knuffte ihn liebevoll in den Arm. »Habt ihr was Schönes gespielt?«

»Wir haben Mandalas gemalt«, verkündete Karl stolz. Zum Beweis drehte er sich um und hielt ein Blatt hoch, auf dem ein mit Buntstiften ausgemaltes Muster zu sehen war.

»Das warst du?« Ich riss bewundernd die Augen auf. »Das ist wunderschön, Karl! Das werden wir zu Hause gleich aufhängen. Dein Papa wird begeistert sein.« Mein Blick traf den der Betreuerin und ich schenkte ihr ein dankbares Lächeln.

»Was hältst du davon, wenn wir jetzt auf den Spielplatz gehen? Oben am Kahlenberg gibt es diesen tollen Kletterpark – na, was sagst du?«

Karl strahlte. »Cool!«

KAPITEL 7

Vorsichtig schob ich die Tür zu Karls Kinderzimmer einen Spalt auf und lugte ins Innere. Was ich sah, wärmte mein Herz. Karl lag auf der Seite, Simba, den Stofftierlöwen, an die Brust gedrückt, während sich sein Brustkorb ganz langsam hob und wieder senkte.

Auf Zehenspitzen trat ich an sein Bett, hob die Decke auf, die vom Bett gerutscht war, und breitete sie über ihm aus.

»Träum schön, mein Schatz.«

Dann knipste ich die Nachttischlampe aus und schloss leise die Tür hinter mir. Ich hielt mir die Hand vor den Mund und gähnte. Obwohl es gerade mal neun war, war ich schrecklich müde. Mein Fitnesstraining im Studio war eine Sache – mit einem Vierjährigen durch einen Klettergarten zu toben, anscheinend eine ganz andere. Mein Rücken schmerzte, und schon jetzt spürte ich das Brennen des Muskelkaters, der mich morgen quälen würde.

Unentschlossen, was ich mit dem Rest des Abends anfangen sollte, führten mich meine Schritte wie von selbst den Gang entlang. Ich ging am Schlafzimmer von Amelie und Konstantin vorbei, dann am Arbeitszimmer, bis ich am Ende des Flures angelangt war. Der Parkettboden war neu geschliffen worden und das Fehlen des typischen Knarrens vor unserem ehemaligen Kinderzimmer irritierte mich. Die Tür war nur angelehnt.

Ich streckte die Hand aus und strich mit den Fingerspitzen zärtlich über den Türrahmen. Amelie hatte ihn frisch gestrichen, aber wenn ich die Augen schloss und mich konzentrierte, konnte ich die Einkerbungen immer noch ertasten. Die Rillen im Holz, mit denen Mama unser Wachstum dokumentiert hatte, als wir noch klein waren.

Mit einem Anflug von Wehmut tasteten meine Hände nach dem Lichtschalter. Ein leises Klicken war zu hören, als die Deckenbeleuchtung anging.

Der Anblick war bedrückend. Das Zimmer wirkte kleiner als in meiner Erinnerung und war fast völlig ausgeräumt. Die alte Tapete und Amelies geliebtes Britney-Spears-Poster waren entfernt und die Wände mit weißer Farbe gestrichen worden. Dort, wo früher unsere Betten gestanden hatten, stapelten sich nun sorgfältig verschlossene beschriftete Kisten. Nichts deutete mehr auf die Existenz der beiden Mädchen hin, die hier einmal gelebt hatten. Fröstelnd schloss ich die Tür.

Mein nächster Weg führte mich zum Werkzeugschuppen im Garten. Oder vielmehr zu dem, was davon noch übrig war.

Staunend blieb ich im Türrahmen stehen und betrachtete die frisch verputzten Wände. Auch hier hatte sich seit meinem letzten Besuch einiges verändert. Das Gerümpel war verschwunden, jetzt war alles sauber und ordentlich. Papas Werkzeug war in hohen Regalen verstaut worden. Der größte Teil des Raumes wurde von einer riesigen Staffelei eingenommen.

Schon Ewigkeiten hatte Amelie von diesem Umbau geträumt, und jetzt, da ich hier war, verstand ich auch, warum:

Fenster an beiden Seiten, sodass tagsüber viel Licht hereinkam, die frei liegenden Balken schufen eine offene und luftige Atmosphäre. Sogar der Fußboden sah neu aus, frisch verfugt und sauber. Amelie hatte ganze Arbeit geleistet. Es war die perfekte kleine Zuflucht.

Neben einem Beistelltisch voller Malutensilien fand ich, was ich gesucht hatte: Konstantins Weinregal. Genau wie ich hatte mein Schwager eine Vorliebe für guten Wein, trank gerne etwas Besseres als den Fusel aus dem Supermarkt. Ich entschied mich für einen schweren französischen Rotwein und ging ins Haus zurück, wo ich es mir im Wohnzimmer gemütlich machte.

Das bauchige Weinglas in der Hand, ließ ich den Blick nachdenklich durch den Raum schweifen. Die Villa war schön, keine Frage. Völlig frei stehend, zweigeschossig, dazu ein großer Garten mit Blick auf die Weinberge, in die das Haus gebaut worden war. Trotzdem hatte ich nie verstanden, wieso Amelie ausgerechnet hierher gezogen war, an einen so mit Erinnerungen behafteten Ort. Die schweren Möbel und Teppiche unserer Eltern waren zwar genauso verschwunden wie die altmodische Blumentapete in der Küche, aber ich brauchte nur ein wenig die Augen zusammenzukneifen, um alles wieder deutlich vor mir zu sehen: den Lehnstuhl mit dem hässlichen dunkelroten Muster am Fenster, dort, wo jetzt ein prächtiger Eichenholztisch stand. Mama darin sitzend, die Zeitung auf dem Schoß, den Blick ausdruckslos in die Ferne gerichtet.

Ich erinnerte mich noch, wie wir auf Zehenspitzen durchs Haus geschlichen waren, an Papas verärgerte Stimme, wenn er uns in ihrer Nähe erwischt hatte und nach draußen scheuchte. »*Eurer Mutter geht es nicht gut, hört ihr? Sie braucht Ruhe!*«

Ich nahm einen Schluck Wein, schob den Gedanken an Mama beiseite, stand auf und ging zu der Kommode an der gegenüberliegenden Wand. Dort standen zwei gerahmte Fotos. Eines davon zeigte Amelie und Konstantin bei ihrer Hochzeit. Das andere war neueren Datums. Karls Größe nach zu urteilen, musste es irgendwann im letzten Sommer aufgenommen worden sein.

Das perfekte Paar. Die scheißperfekte kleine Familie.

Gedankenverloren ging ich weiter, vorbei an den raumhohen Bücherregalen, die schon zu Papas Zeiten hier gestanden hatten – sie gehörten zu den wenigen Dingen, die der Neugestaltung des Hauses nicht zum Opfer gefallen waren. Als mein Blick auf die Fotoalben im untersten Regal fiel, blieb ich stehen. Es waren gut ein Dutzend. Silberne Lettern mit Jahreszahlen zierten die Rücken der staubigen Einbände.

Spontan zog ich einige heraus und ging damit zurück zur Couch, wo ich mich im Schneidersitz niederließ. Staubpartikel tanzten durch die Luft, als ich das Album aus dem Jahr 1998 aufschlug. Und da waren sie wieder – die Erinnerungen an unsere Kindheit.

Ein seliges Lächeln breitete sich auf meinem Gesicht aus, während mein Blick über die Fotos wanderte. Amelie und ich als Achtjährige an Weihnachten, in dunkelroten Kleidchen und mit Samtschleifen im Haar. Amelie und ich auf einer Faschingsparty – sie als Schneeweißchen, ich als Rosenrot, genau wie in dem alten Kindermärchen. Ein anderes zeigte uns beide bei der Erstkommunion, Mama, die uns an den Händen hielt, in unserer Mitte. Der Anblick versetzte mir einen Stich. Wie jung sie gewesen war, kaum älter als wir jetzt. Und wie glücklich sie aussah! Ich prägte mir ihren Gesichtsausdruck gut ein und blätterte weiter. Das nächste Foto zeigte Papa wenige Wochen später beim Osteressen im Garten.

Unwillkürlich fragte ich mich, wann ich ihn das letzte Mal besucht hatte. An Weihnachten definitiv – aber danach?

Vielleicht lag es daran, dass wir Zwillinge waren und ohnehin einander hatten, oder daran, dass Mama krank geworden war und seine ganze Aufmerksamkeit für sich beansprucht hatte. Jedenfalls hatten Amelie und ich unserem Vater nie übermäßig nahegestanden. Unsere Mutter war sein Leben gewesen. Im Umgang mit seinen Kindern hingegen war unser Vater eher unbeholfen. Er hatte es vermieden, Gefühle zu zeigen, und war einer guten Flasche Whisky stets eher zugetan als einem Gespräch mit uns. Ein Mann der Taten, nicht der Worte. Und so waren Lilly und ich schon früh auf uns allein gestellt gewesen, und nach Mamas Tod war es noch schlimmer geworden. Doch wenn es darauf ankam, war Papa für mich da gewesen, und ich wusste, dass er, ohne zu zögern, sein Leben für das seiner Töchter gegeben hätte. Und war es nicht das, was am Ende zählte?

Mit dem festen Vorsatz, ihm gleich nächste Woche einen Besuch abzustatten, schlug ich das Album wieder zu und nahm ein anderes zur Hand.

Dieses hier war viele Jahre später zusammengestellt worden. Zwischen den Familienfotos fanden sich nun auch einige Bilder von unseren Freunden: Konstantin, Markus, Karin, Amelie und ich – die fünf Musketiere.

Schmunzelnd schaute ich mir jede Seite an und versank in Erinnerungen an unser letztes Schuljahr. An die Zeit, bevor Amelie und Konstantin ein Paar geworden waren. Damals hatten wir so oft die Plätze getauscht, dass nicht einmal ich selbst jetzt noch mit Sicherheit hätte sagen können, welche von uns beiden da auf den Fotos zu sehen war. Unsere Leben waren so eng miteinander verwoben, dass die Erlebnisse der einen zugleich auch die der anderen gewesen waren.

Viel zu schnell hatte ich das Album durchgeblättert und gelangte zu einem Packen Fotos ganz hinten, die noch nicht eingeklebt worden waren. Neugierig schaute ich sie mir an.

Mein Blick blieb an einer Aufnahme von Amelie hängen – und diesmal wusste ich genau, dass sie es war. Sie stand neben einem schlaksigen Jungen mit fettigen Haaren und einer speckigen schwarzen Lederjacke. Natürlich, Ben. Wie hätte ich ihn je vergessen können? Der Fluch meiner Existenz, Amelies erste große Liebe. Bei der bloßen Erinnerung an den Kerl stellten sich mir die Nackenhaare auf. Seine etwas ungehobelte Art, dazu dieses Rockmusikergehabe – ich hatte nie verstanden, was Amelie an diesem Mann gefunden hatte.

Das Klingeln meines Telefons ließ mich unvermittelt hochschrecken.

Ich folgte dem Geräusch und fand mein Handy schließlich zwischen den Sofakissen. Beim Anblick von Amelies Namen auf dem Display breitete sich Wärme in meiner Brust aus.

»Hallo, Schwesterherz«, sagte ich beschwingt. »Schön, dass du anrufst.«

»Ebenfalls hallo«, echote es. »Na, wie lief es heute? Wie geht es Karl?«

»Könnte nicht besser sein.« In kurzen Sätzen erzählte ich ihr von unserem Ausflug in den Klettergarten. »Zum Abendessen gab's Spaghetti. Karl hat brav aufgegessen. Seit etwa einer Stunde liegt er im Bett und schläft. Also alles gut so weit.«

»Und er hat bestimmt nichts gemerkt? Dass du nicht ich bist, meine ich.«

»Nein, ganz sicher nicht.«

»Gott sei Dank!« Amelie stieß erleichtert die Luft aus. »Ach ja, das hätte ich fast vergessen: Bitte achte darauf, dass Karl nicht zu viele Süßigkeiten isst. Davon bekommt er schlechte Haut. Vor allem an den Ellbogen, aber auch an den Knien.«

»Ja, sicher.«

»Und bei der Arbeit? Bist du mit allen Programmen zurechtgekommen? Manchmal sind die Handynummern der

Patienten nicht bei den Terminen vermerkt. Wenn du also was verschieben musst …«

»Weiß ich längst«, unterbrach ich sie. Meine Güte, seit wann war sie denn so nervös? Das war doch sonst nicht ihre Art. »Hör mal, ich hab alles im Griff. Wirklich. Mach dir keine Sorgen.«

»Okay.« Sie klang tatsächlich beruhigt.

»Was ist mit dir? Du hast gesagt, du brauchst Zeit zum Nachdenken. Bist du denn schon zu einem Ergebnis gekommen, wie es jetzt mit euch weitergehen soll?«

»Nicht wirklich.«

»Ich hab übrigens noch mal über das nachgedacht, was du mir erzählt hast. Und ich finde, du solltest euch noch eine Chance geben. Ihr könntet es mit einer Ehetherapie versuchen, und wenn das nicht hilft, dann …«

»Franziska – stopp!«, rief Amelie dazwischen. »Lass es gut sein, ja? Ich weiß, du meinst es nicht böse, aber das geht nur Konstantin und mich etwas an.« Sie stöhnte auf. »Du hast ja keine Ahnung, wie es ist, mit ihm verheiratet zu sein.«

»Mag sein, aber …«

»Himmel, Franziska! Hör auf! Ich habe Ende der Woche einen Termin beim Anwalt, verstehst du? So ernst ist die Lage mittlerweile.«

Mir blieb vor Überraschung die Luft weg. Auf einmal saß ich kerzengerade auf dem Sofa. »Du hast *was*?«

»Du hast richtig gehört. Ich denke darüber nach, mich von Konstantin scheiden zu lassen.« Zischend stieß sie die Luft aus. »So, jetzt ist es raus. Bist du nun zufrieden?«

»Ach, Lilly.« Sie hörte sich so verletzt an, klang so verzweifelt. Ich wünschte, ich wäre bei ihr, um sie in den Arm zu nehmen. Ich hätte sie gerne getröstet und versucht, ihr diese dumme Idee wieder auszureden. Konstantin war das Beste, das ihr je passiert war, auch wenn sie das gerade nicht sehen konnte. Da war ich mir ganz sicher. »Ich verstehe ja, dass du Zweifel hast, aber Scheidung – im Ernst?«

Amelie schniefte. Als sie weitersprach, klang ihre Stimme heiser. »Im Moment bin ich mir über gar nichts sicher. Ich will einfach nur wissen, was auf mich zukommt, für den Fall der Fälle. Was dann mit Karl passiert und so weiter.«

»Ich verstehe.«

Tat ich nicht. Ich verstand überhaupt nichts. Was war nur los mit ihr? Noch vor einem Jahr schienen Konstantin und sie unsterblich ineinander verliebt zu sein, und jetzt dachte sie ernsthaft über Scheidung nach? Allein der Gedanke schien mir abwegig, passte so gar nicht zu dem Bild, das ich von den beiden hatte. Trotzdem wagte ich es nicht, weiter nachzubohren. Jedenfalls noch nicht. Amelie würde sich mir anvertrauen, das tat sie immer irgendwann. Zwischen uns gab es keine Geheimnisse. Hatte es nie gegeben.

»Ich gratuliere übrigens zum neuen Atelier«, sagte ich, um das Thema zu wechseln. »Der ganze Umbau – wirklich klasse, was ihr da geleistet habt. Papa hätte sicher seine helle Freude damit.«

»Freude? Von wegen. Er hat sich furchtbar aufgeregt, als ich ihm von meinem Vorhaben erzählt habe. Meinte, ich würde sein Erbe mit Füßen treten. Zum Glück ist er inzwischen so dement, dass er sowieso alles gleich wieder vergisst. Also bitte: Wenn du ihn besuchst, erwähne bloß nicht diesen verdammten Umbau.«

Ich versprach es.

Eine Weile unterhielten wir uns noch über dies und das, dann merkte ich, wie Amelie langsam das Interesse an unserem Gespräch verlor.

»Schreib mir, wenn du was brauchst«, sagte sie zum Abschied. »Ich bin jederzeit erreichbar.«

»Mache ich.« Ich zögerte, dann fügte ich hinzu: »Du hast mir übrigens schrecklich gefehlt. Ich liebe dich über alles, das weißt du, oder?«

Einen Moment lang war es still am anderen Ende der Leitung. Dann sagte Amelie mit brüchiger Stimme: »Ich hab dich auch lieb.«

KAPITEL 8

Erleichtert ließ ich das Telefon sinken. Den ganzen Tag war ich wie ein aufgescheuchtes Huhn herumgelaufen, doch jetzt, wo ich mit Franziska gesprochen hatte und wusste, dass es Karl gut ging, spürte ich, wie meine innere Unruhe endlich nachließ.

Ich konnte nur hoffen, dass Franziska die Wahrheit gesagt, dass der Junge tatsächlich nicht gemerkt hatte, dass die Frau, die ihn heute vom Kindergarten abgeholt hatte, nicht dieselbe war wie die, die ihn am Morgen dort abgesetzt hatte. Und dass er mich nicht so schmerzlich vermisste wie ich ihn.

Franziska liebt Karl, rief ich mir in Erinnerung. *Fast als wäre er ihr eigener Sohn. Sie kriegt das hin. Entspann dich.*

Resolut schob ich meine Sorge um Karl beiseite und begann in Franziskas Wohnung umherzuwandern.

Die Dreizimmerwohnung mit den hohen Decken und dem Erker zur Straße hin war wirklich traumhaft, das musste ich neidlos anerkennen. Auch die Inneneinrichtung im schlichten Bauhausstil mit einigen antiken Stücken wirkte durchdacht und geschmackvoll – die perfekte Kombination aus gediegen und modern. Doch was fehlte, war die persönliche Note. Als wäre Franziska gerade erst eingezogen und hätte noch keine Zeit gehabt, die Kiste mit dem Dekokram auszupacken. Kein unnötiger Schnickschnack auf den Ablageflächen, nicht einmal Bilder oder Fotos.

Bis auf eines.

Inzwischen war ich im Schlafzimmer angekommen, und da stand es auf dem Nachttisch neben dem hellgelb bezogenen Boxspringbett. Ein einzelnes gerahmtes Foto.

Neugierig trat ich näher. Zwei Mädchen waren darauf zu sehen, breit grinsend, die Gesichter eng aneinandergepresst.

Das Foto musste zu Anfang unseres ersten Studienjahrs aufgenommen worden sein. Im Hintergrund erkannte ich die verschwommenen Umrisse der Wohnung, in der Franziska und ich damals gemeinsam gelebt hatten. Nie zuvor hatte ich mich meiner Zwillingsschwester so verbunden gefühlt wie in jenem Jahr.

Nach Ben und vor Konstantin.

Ich spürte ein Stechen in der Brust, als ich an jene Zeit zurückdachte. Bei genauerem Hinsehen bemerkte ich die tiefen Schatten unter meinen Augen, die ungewohnt scharfen Konturen meines Schlüsselbeins. Auch mein Lächeln wirkte, ungeachtet meines vom Alkohol verschleierten Blickes, ein wenig verkrampft – die Nachwirkungen des unfreiwilligen Aufenthalts in der Klinik, aus der ich erst Wochen zuvor entlassen worden war.

Ich erschauderte. Es musste Hunderte von Fotos von uns beiden geben. Warum nur hatte Franziska ausgerechnet dieses hier ausgewählt?

Ich legte den Rahmen mit dem Bild nach unten auf den Nachttisch und setzte meinen Streifzug fort.

Das Geräusch meiner Schritte wurde von einem flauschigen Teppich verschluckt, als ich durch das Schlafzimmer ging, zu einer Tür zu einem begehbaren Kleiderschrank und dem angrenzenden Badezimmer. Ich war beeindruckt.

In einem raumhohen Regal standen High Heels in allen erdenklichen Farben und Formen, die gesamte rechte Wand war mit Schuhkartons und Schachteln zugestellt. Ein wenig neidisch strich ich mit den Fingerspitzen über die Kleidungsstücke. Sexy Cocktailkleider, tief sitzende Jeans, glänzende, farbenprächtige Stoffe wohin das Auge blickte. Keine einzige Jogginghose weit und breit – das komplette Gegenteil zu meiner eigenen Garderobe, die vor allem nach praktischen Gesichtspunkten zusammengestellt war.

Meine Zwillingsschwester und ich mochten uns äußerlich gleichen, doch unsere Charaktere waren grundverschieden. Im Vergleich zu ihrer schillernden Persönlichkeit war ich mir schon immer schrecklich farblos und langweilig vorgekommen. Franziska hatte die Gabe, Menschen für sich einzunehmen, Männer wie Frauen. Sie fühlten sich von ihr angezogen wie die Motten vom Licht. Von der geheimnisvollen Distanziertheit, die sie umgab, von ihrem Temperament, von dem Hauch von Wahnsinn, der ihr anhaftete. Ich dagegen – vernünftig, schüchtern, vorsichtig – war ganz anders als sie. Ich war diejenige von uns, die auch mal fünf gerade sein ließ, die bereit war, die Fehler ihrer Mitmenschen ebenso zu akzeptieren wie ihre eigenen. Franziska dagegen war kompromisslos. Liebe oder Hass, schwarz oder weiß. In ihrer Welt gab es keinen Platz für Grautöne, für den Subtext zwischen den Zeilen.

Ich ging weiter ins Badezimmer. Neben einer wunderschönen frei stehenden Badewanne stand ein offener Schrank, bis zum Rand gefüllt mit Make-up, Parfümflakons, Cremetuben. Neben einigem anderen Zeug, dessen Zweck sich mir nicht erschloss, erkannte ich sogar eine Packung mit künstlichen Wimpern. Ich schüttelte den Kopf.

Meine Zwillingsschwester hatte wie ich einen makellosen Teint, war von Natur aus mit hohen Wangenknochen und langen Wimpern gesegnet. Was wollte sie nur mit dem ganzen Zeug?

Ich hatte Mitleid mit meiner Schwester. Es musste verdammt anstrengend sein, diesem selbst auferlegten Perfektionsanspruch gerecht zu werden. Ständig alle auf Abstand zu halten, sein Innerstes hinter einer Maske aus teurer Kleidung und Make-up zu verbergen.

Keine feste Bindung eingehen, bloß niemanden an sich heranlassen. Wer dein wahres Ich nicht kennt, kann dich auch nicht verletzen.

Vermutlich war es Franziska deswegen nie gelungen, sich langfristig an einen Mann zu binden, eine dauerhafte Beziehung einzugehen. Im Grunde gab es nur eine einzige Person, die sie wollte – das Foto auf Franziskas Nachttisch zeigte es deutlich: *mich*.

Ihr Credo war ganz einfach: wir zwei gegen den Rest der Welt. Gegen die Lehrer, gegen unsere Freunde, wenn es sein musste, sogar gegen unsere Eltern. Für Franziska hatte es immer nur uns beide gegeben, und sie hatte es sich selbst zur Aufgabe gemacht, mich zu beschützen. Das war schon so gewesen, als wir noch klein gewesen waren.

Wenn Papa wütend auf mich gewesen war, hatte sie die Schuld auf sich genommen. Als Kevin, mein erster Schwarm, mich abserviert hatte, hatte sie ihm an meiner Stelle die Meinung gegeigt. Und als ein Junge aus unserer Klasse es einmal gewagt hatte, mich zu hänseln, hatte sie ihm nach dem Unterricht vor der Schule aufgelauert und ihm eins auf die Nase gegeben.

Ich seufzte. Mein ganzes Leben lang hatte ich sie für ihre unerschütterliche Loyalität zu mir bewundert. Dafür dass sie mein Wohl scheinbar über alles zu stellen schien. Ich hatte mich hinter ihren Schultern versteckt und mich wie in einem wohlbehüteten Kokon geborgen gefühlt. Doch jetzt, so viele Jahre später, fragte ich mich, ob ich es mir nicht zu einfach gemacht hatte. Ob es nicht auch meine Schuld war, dass es überhaupt jemals so weit gekommen war.

Ich verließ das Badezimmer und ging zurück ins Wohnzimmer. Gedankenverloren trat ich ans Fenster und sah zu, wie eine Straßenlaterne nach der anderen zum Leben erwachte.

So sehr ich mich auch bemühte, meine Flucht aus der Realität zu genießen, da war dieses dumpfe Gefühl, ein Ziehen in der Magengegend, das sich einfach nicht abschütteln ließ. Und wieder fragte ich mich, ob ich das Richtige tat. Ob es nicht doch einen anderen Ausweg gab. Meine Gedanken wanderten zu Karl, und die Sehnsucht, die mich dabei überkam, war kaum zu ertragen.

Ich schloss die Augen, zwang mich, die Zweifel und die dumpfe Panik auszublenden. Es war zwecklos, weiter darüber nachzudenken, alles wieder und wieder durchzukauen. Die Kugel war aus dem Lauf. Das Schicksal ließ mir keine andere Wahl. Ich war auf Franziskas Hilfe angewiesen, ob es mir nun gefiel oder nicht.

Alles, was ich jetzt noch tun konnte, war, die letzten Tage, die mir hier blieben, in vollen Zügen auszukosten.

KAPITEL 9

Max

Die Tür quietschte in den Angeln, als ich die Klinke herunterdrückte. Ich blieb stehen und lauschte. Nichts rührte sich, außer dem Surren des Deckenventilators war es vollkommen still. Ich atmete tief durch und huschte auf Socken durch den Flur.

Ich wollte so schnell wie möglich die Wohnung verlassen und verschwinden, doch gerade in dem Moment, als ich mir die Schuhe zuband, hörte ich, wie sich die Schlafzimmertür hinter mir öffnete.

»Dachte ich mir doch, dass ich dich gehört habe.«

»Oh … guten Morgen«, sagte ich, tat überrascht und richtete mich auf. »Du bist ja schon wach.«

Meine Mutter trug ein langes, verwaschenes Nachthemd. Als sie sich schleppend auf mich zubewegte, erinnerten mich ihr gekrümmter Rücken und ihr nach vorne gereckter Hals an eine alte Schildkröte. Seit ihrem Schlaganfall hinkte sie, zog beim Gehen das linke Bein nach. Wo war nur ihr Rollator?

»Warte, ich helfe dir.« Mit zwei großen Schritten war ich bei ihr und griff ihr unter die Achseln, doch Mutter schlug meine Hand weg.

»Lass mich, ich schaffe das alleine!«

Ich ließ die Hände sinken, sah zu, wie sie die letzten Meter zurücklegte und sich schwer atmend gegen die Kommode im Vorzimmer lehnte.

»Wo willst du so früh überhaupt hin?«

»Nur spazieren, mir ein wenig die Beine vertreten«, murmelte ich und fühlte mich wie ein Teenager, der dabei ertappt worden war, wie er sich nachts aus dem Haus schlich. »Und zum Bäcker. Wir haben kein Brot mehr.«

Der misstrauische Ausdruck auf Mamas Gesicht verschwand. Wortlos griff sie nach ihrer Handtasche und begann darin herumzukramen. Mit ihren von der Arthrose krummen Fingern brauchte sie einige Anläufe, bis sie ihre E-Card und die Rezepte zu fassen kriegte.

»Kannst du mir die aus der Apotheke mitbringen?«

»Sicher«, sagte ich und nahm die Zettel entgegen. »Brauchst du sonst noch was? Aus dem Supermarkt oder der Drogerie?«

Sie schüttelte den Kopf, wobei ihr eine Strähne ihres wirren grauen Haares in die Stirn fiel.

»Keine Sorge, ich bleib nicht allzu lange weg. In spätestens einer Stunde bin ich zurück, dann fahre ich dich zum Arzt.«

Da offensichtlich nichts weiter anstand, nickte ich ihr noch einmal zu und verschwand im Treppenhaus, erleichtert, ihrem vorwurfsvollen Blick entkommen zu sein.

Das Haus, in dem ich aufgewachsen war, lag nahe einer viel befahrenen Straße. Hier war es laut. Das Hupen der Autos dröhnte durch die Luft, nur gelegentlich übertönt vom Bimmeln der Straßenbahnen, die an mir vorbeifuhren. In entgegengesetzter Richtung bot dieselbe Straße ein völlig anderes Bild: vornehme Häuser, mit Erkern verziert, großzügige Grundstücke mit hohen Bäumen und gepflegten Vorgärten, umgeben von schmiedeeisernen Zäunen. Mit hochgezogenen

Schultern schritt ich voran, bahnte mir einen Weg durch die Menschenmassen.

Unterwegs begegnete mir eine junge Frau mit ihrem Mischlingshund. Sie wohnte in einem großen Mehrparteienhaus ein paar Gassen weiter und war mir schon früher aufgefallen. Soweit ich mitbekommen hatte, gingen die beiden jeden Tag um diese Zeit hier spazieren.

»Guten Morgen«, grüßte ich freundlich.

Die Frau schaute mich irritiert an, zog ihren Hund weg und ging weiter.

Ich war daran gewöhnt, dass man sich nicht an mich erinnerte. Obwohl ich mit meinen ein Meter neunzig deutlich größer war als der Durchschnitt, glitten die Blicke der meisten Leute über mich hinweg, als wäre ich unsichtbar. Nicht weil ich unattraktiv gewesen wäre, daran lag es nicht. Es gab nur nichts an mir, was in Erinnerung blieb. Und die meiste Zeit war mir das auch ganz recht.

Beim Bäcker erstand ich Brötchen und Milch, dazu einen Gugelhupf, der im Angebot war. Danach steuerte ich die Apotheke an, um die Medikamente für meine Mutter zu besorgen.

Kurz bevor ich den Eingang erreicht hatte, stutzte ich. Mein Blick war an einem Auto hängen geblieben, das in diesem Moment auf der anderen Straßenseite etwa fünfzig Meter von mir entfernt anhielt. Eine Frau stieg aus, schlank und zierlich, ihr langes Haar wehte im Wind.

Amelie.

Mein Herz machte einen Satz. Unsicher hob ich die Hand zum Gruß, doch Amelie beachtete mich nicht. Sie schien völlig in ihre eigene Gedankenwelt versunken zu sein.

Ich schaute auf meine Uhr. Es war schon halb zehn. Was machte sie jetzt noch hier? Sollte sie nicht in der Praxis sein? Ich war ihr ein paarmal gefolgt, daher wusste ich, dass sie um diese

Zeit normalerweise längst hinter dem Empfangstresen saß. Und was war das überhaupt für ein Auto?

Einen Augenblick lang war ich versucht, ihr hinterherzurufen. Noch unschlüssig beobachtete ich, wie Amelie um den Wagen herumlief und ihren kleinen Jungen vom Rücksitz holte. Hand in Hand steuerten sie auf das Tor des Kindergartens zu. Dann fiel die Tür scheppernd hinter ihnen ins Schloss, und im selben Moment verließ mich der Mut.

Feigling!

Es hatte keinen Sinn, noch länger zu warten, also ging ich weiter und betrat die Apotheke. Während ich darauf wartete, dass die Angestellte die nötigen Medikamente zusammensuchte, war ich in Gedanken immer noch bei Amelie.

An einem Sommerabend, kurz nach meiner Rückkehr, war ich durch ihre Straße geschlendert, hatte in ihren Garten gespäht und ihre kleine Familie beim Grillen beobachtet. Ihr Leben schien so vollkommen. Der erfolgreiche Ehemann an ihrer Seite, das hübsche, lebhafte Kind, das schöne Haus, der gepflegte Rasen … Eine Welt, die in Ordnung war. Eine Welt, von der ich immer geträumt hatte, obwohl ich wusste, dass sie nie die meine sein würde. Trotzdem war ich beruhigt gewesen. Wenn Amelie glücklich war, war ich es auch.

Nur dass sie es nicht war.

Ich nahm die Tüte mit den Medikamenten entgegen, bezahlte und verließ die Apotheke. Ich fühlte mich genauso erschöpft wie andere nach einem anstrengenden Arbeitstag. Und ich wusste auch, woran das lag. An Amelie. An dem, was sie mir am Telefon gesagt hatte, an dem kalten Entsetzen in ihrer Stimme.

Unser Treffen im Pub lag jetzt fast eine Woche zurück, und plötzlich sah ich sie wieder vor mir, mit dem Wodkaglas in der Hand. Und wie sie es in langsamen Schlucken geleert hatte, obwohl es draußen noch hell gewesen war. Dabei hatte sie die ganze Zeit an die Wand gestarrt, hatte jeden Blickkontakt vermieden. Da hatte ich es gewusst: Amelie war verzweifelt. Völlig am Ende. Der Gedanke hatte mich schmerzlich getroffen. Ich kannte ihre Familie praktisch schon mein Leben lang, und alles, was ich mir je für Amelie gewünscht hatte, war, dass sie glücklich sein würde.

Seither wartete ich auf ihren Anruf. Darauf dass sie mir die Chance geben würde, für sie da zu sein, wie ich es ihr angeboten hatte. Stunde um Stunde hatte ich wie hypnotisiert auf mein Handy gestarrt und wie ein nervöser Halbstarker darauf gewartet, ihren Namen auf dem Bildschirm aufleuchten zu sehen. Aber – nichts. Langsam wurde ich ungeduldig. Amelie hatte zwar gesagt, sie brauche ein wenig Zeit, um das alles zu verdauen, aber wie lange war das: *ein wenig*?

Ich beschleunigte meine Schritte. Nur fort, weg von der belebten Straße. Irgendwohin, wo sich meine Nerven beruhigen konnten. Ich passierte eine Kreuzung, auf der der morgendliche Verkehr allmählich abflaute, und betrat den Wertheimsteinpark.

Keuchend setzte ich mich auf eine Parkbank und stellte meine Einkäufe daneben ab. Um diese Zeit waren nur wenige Menschen hier, bloß eine Gruppe spielender Kinder auf dem nahe gelegenen Spielplatz. Als ich mit den Augen den beiden Betreuerinnen folgte, die am Rand des eingezäunten Bereichs wachsam auf und ab gingen und sich leise unterhielten, normalisierte sich mein Puls endlich.

Ich hatte schon immer gerne Menschen beobachtet. Ich liebte es, mich in ihren Tagesablauf und ihre Gewohnheiten einzufühlen, ihre genaueren Lebensumstände zu ergründen. Ich hätte niemandem erklären können, was mich daran so faszinierte, aber es war wie ein Rausch. Schicksale, die man sich ausmalen konnte. Wie das kreative Arbeiten mit Farbe auf einer Leinwand. Jeder Mensch war wie ein Buch mit unendlich vielen Kapiteln, und ich wollte jedes Detail erfassen, als wäre es ein kostbares Geheimnis. Die Vorstellung, alles über ihre Triumphe und Leiden zu erfahren, ließ meine Fantasie aufblühen wie einen Garten im Frühling. Es war wie eine Erweiterung meiner eigenen Realität.

Zu Hause in Frankfurt hatte ich meine Routine gehabt, meine Nachbarn, meine Bekannten, wenn auch kaum Freunde. Doch obwohl ich in dieser Stadt aufgewachsen war, fühlte sich jetzt, wo ich wieder in Wien war, alles seltsam fremd an. Als wäre ich plötzlich aus meiner Rolle gefallen. Als hätte ich nie richtig hierher gepasst. Mein einziger Fixpunkt in dieser Stadt, neben meiner Mutter, war Amelie. Damals wie heute.

Ich hätte mich nicht wieder in ihr Leben drängen dürfen, dachte ich voller Bitterkeit. Ich hätte mich von ihr fernhalten müssen, an dem Versprechen festhalten sollen, das ich einst gegeben hatte. Aber die Verlockung war zu groß gewesen. Ein paar Nachrichten über Facebook, ein Blick durch ihr Fenster, ein kurzer Plausch unter Freunden – *was war denn schon dabei?* –, und ehe ich mich's versah, steckte ich wieder mittendrin.

Ist das alles etwa meine Schuld? Hält sich Amelie deshalb von mir fern, wegen dem, was ich zu ihr gesagt habe?

Ich musste schwer schlucken.

Egal was ich gesagt oder nicht gesagt, getan oder nicht getan hatte – die Milch war bereits vergossen. Alles, was ich jetzt noch tun konnte, war zu versuchen, Amelie zu beschützen. Für sie da zu sein, wenn sie mich brauchte. So wie ich immer für sie da gewesen war. Auch wenn sie mich nicht gesehen hatte.

KAPITEL 10

Die Bremsen des Peugeots quietschten, als ich das Tempo drosselte und in die schmale Einfahrt der Autowerkstatt einbog. Ich stellte den Wagen auf einem freien Platz im Hof ab und sprintete zum Hauptgebäude. Die Jalousien waren schon heruntergelassen, aber die Tür war noch nicht abgeschlossen.

Dem Himmel sei Dank!

Vor dem Tresen blieb ich japsend stehen. Eigentlich hatte ich eher hier sein wollen, doch Patrizias Vorhaltungen hatten mir einen Strich durch die Rechnung gemacht. Zu spät kommen und früher gehen in derselben Woche – selbst ihr Verständnis stieß irgendwann an Grenzen. Als ob es einen Unterschied machen würde, ob die Bestellungen heute oder erst am Montag rausgingen.

»Amelie Lechner«, keuchte ich und hielt dem glatzköpfigen Mittvierziger Ausweis und Fahrzeugpapiere hin. »Ich bin hier, um mein Auto von der Reparatur abzuholen. Ein anthrazitgrauer Audi.«

Der Angestellte tippte auf der Tastatur seines Computers herum und nickte dann. »Da habe ich Sie ja. Die Dame mit dem Parkschaden. Vordere Stoßstange und Kotflügel rechts.«

Er griff in die Schublade hinter dem Tresen und holte ein Klemmbrett heraus, das er mir zusammen mit dem Autoschlüssel zuschob. »Wenn Sie bitte hier unterschreiben würden.«

Ich überflog das Blatt. Die Summe unten ließ mich nach Luft schnappen. Fast dreitausend Euro.

Meine Güte, Amelie! Was machst du nur wieder für Sachen?

Meine Zwillingsschwester war nicht gerade die geborene Autofahrerin und hatte im Laufe der Jahre schon so einige Unfälle verursacht. Meistens Parkschäden, aber auch ein Auffahrunfall war dabei gewesen. Manche Leute sollten einfach nicht Auto fahren – und Amelie gehörte definitiv dazu.

»Das läuft doch über die Versicherung, oder?«

»Jep. Sie bestätigen hier nur die auftragsgemäße Durchführung der Reparatur. Zu bezahlen ist lediglich die Fahrzeugreinigung. Innen und außen, wie gewünscht.« Er tippte auf eine Position im unteren Drittel des Blattes. »Bar oder mit Karte?«

»Mit Karte, bitte.«

Eilig unterschrieb ich die Rechnung und steckte den Schlüssel ein.

Nachdem die Formalitäten erledigt waren, führte mich der Mechaniker in den hinteren Teil des verwinkelten Hofes. Kurz darauf manövrierte ich den Wagen aus der Einfahrt auf die Straße und war erleichtert, den klapprigen Leihwagen endlich los zu sein.

Das Cottage war eine wundervolle kleine Brasserie in der Silbergasse, nur zehn Gehminuten von Karls Kindergarten entfernt. Obwohl das Lokal um diese Zeit brechend voll war, entdeckte ich Karin sofort. Sie hatte sich für einen Tisch im Freien entschieden, unweit des gusseisernen Zauns, der die Terrasse begrenzte. Neben der Holzbank stand Fionas Kinderwagen, ein riesiges Ungetüm in Blassrosa.

»Entschuldige die Verspätung«, sagte ich atemlos, als ich mich endlich bis zu ihrem Tisch durchgekämpft hatte. »Patrizia wollte mich heute partout nicht gehen lassen.«

»Irgendwann wird die Alte dich noch in den Wahnsinn treiben.« Grinsend schob Karin ihr Handy zur Seite, auf dem sie gerade noch herumgetippt hatte, und stand auf, um mich in den Arm zu nehmen. »Schön dich zu sehen, Süße!«

Karin überragte mich um fast eine Kopflänge und ein Schwall ihres Parfums stieg mir in die Nase, als sie mich an ihre Brust drückte. *Miss Dior.* Es war stets derselbe Duft. Sie trug ihn schon seit über fünfzehn Jahren. Jäh wallte Sehnsucht in mir auf, und ich drückte sie noch fester an mich.

Früher hatten wir ständig zusammen abgehangen, doch im vergangenen Jahr waren unsere Treffen seltener, die Telefonate kürzer geworden. Vielleicht lag es daran, dass unsere Leben so unterschiedlich waren – sie Hausfrau und Mutter, ich berufstätig und Single. Aber im Grunde wusste ich, dass das nur ein Teil der Wahrheit war. Karin hatte zwar nie offen Stellung bezogen, als die Geschichte zwischen Konstantin und mir die Runde gemacht hatte, trotzdem war mir klar, was sie insgeheim darüber dachte. Wem im Zweifelsfall ihre Loyalität galt.

»Na, da ist aber heute jemand gefühlsduselig.« Grinsend löste sich Karin von mir. »Tut mir leid, dass ich in letzter Zeit so schwer zu erreichen war. Fiona zahnt gerade und Milly war auch krank. Mal wieder.«

Ich wollte mich zum Kinderwagen hinunterbeugen, um einen Blick auf das Baby zu werfen, doch Karin legte rasch den Finger an die Lippen und schüttelte den Kopf. Enttäuscht ließ ich mich auf den Platz ihr gegenüber sinken.

»In Karls erstem Kindergartenjahr war es genauso«, erinnerte ich mich. »Nur Geduld, das legt sich irgendwann.«

»Das sagst du jedes Mal.« Sie verdrehte die Augen. »Im Moment bin ich schon froh, wenn ich es schaffe, mir morgens die Zähne zu putzen. Hätte nie gedacht, dass ich Haarewaschen einmal als Luxus empfinden würde.«

Liebevoll ließ ich den Blick über meine Freundin schweifen. Über die roten Locken, die ihr über den Rücken fielen, über die paar überzähligen Kilos, die sich seit Fionas Geburt hartnäckig auf ihren Hüften hielten. Wie immer war sie komplett ungeschminkt.

»Was ist mit Markus? Hilft er dir denn wenigstens?«

»Von wegen.« Sie schnaubte. »Seit er sich selbstständig gemacht hat, erstickt er förmlich in Arbeit. Aber das kennst du ja, nehme ich an.«

»Ja, ich weiß, was du meinst.«

Die Ellbogen auf die Tischplatte gestützt, musterte ich Karin neugierig. Unwillkürlich musste ich daran denken, wie verbittert Amelie geklungen hatte, als sie von Konstantins Arbeit erzählt hatte. Zu gern hätte ich gewusst, ob Karin Bescheid wusste, ob Amelie ihr von den Problemen in ihrer Ehe erzählt hatte. Ob sie ihr womöglich sogar mehr erzählt hatte als mir? Doch bevor ich eine Möglichkeit gefunden hatte, sie beiläufig danach zu fragen, hörte ich hinter mir eine gehetzte Stimme.

»Was darf ich Ihnen bringen?«

Sie gehörte einem gestresst wirkenden Kellner, der eingeklemmt zwischen dem Nachbartisch und dem Kinderwagen stand und mich erwartungsvoll anschaute.

»Einen Moment noch, bitte.«

Eilig griff ich nach der Speisekarte und sondierte das Angebot. Vermutlich gab es kein einziges Getränk auf der Karte, das ich nicht schon probiert hatte. Früher waren wir ständig hier gewesen, zum Sonntagsbrunch oder auf einen schnellen Drink nach der Arbeit. Ich entschied mich für einen doppelten Espresso und legte die Karte zur Seite.

Als der Kellner abgezogen war, nahm ich das Gespräch wieder auf. »Und Nicky? Kann sie nicht ab und zu auf die Mädchen aufpassen, damit du etwas Zeit für dich hast?«

»Nicky?« Karin zog spöttisch eine Augenbraue hoch. »Das glaubst du doch nicht im Ernst.«

Ich presste die Lippen zusammen. Zu sagen, ich wäre über ihre Antwort überrascht, wäre eine glatte Lüge gewesen. Im Gegensatz zu ihrer gutmütigen und aufopferungsvollen Halbschwester war Nicky geradezu ein Paradebeispiel für all die schlechten Eigenschaften, die man der Generation Z nachsagte: freiheitsliebend, arbeitsscheu und egoistisch, dazu in der fixen Idee gefangen, die Welt hätte nur auf sie gewartet und müsse sich daher nach ihren Befindlichkeiten richten. Nur mit Mühe gelang es mir, nicht angewidert das Gesicht zu verziehen.

»Wie geht es ihr eigentlich so? Was meinst du, gefällt ihr die Arbeit in Konstantins Firma?« *Wird sie diesmal länger dabeibleiben?*

»Gut, denke ich.« Ein Hauch von Unbehagen huschte über Karins Gesicht, während sie an ihrer Cola nippte. »Wir haben uns in letzter Zeit allerdings nur selten gesprochen. Aber so, wie ich Nicky kenne, ist das sicher ein gutes Zeichen.«

»Ja, bestimmt.«

Nachdenklich führte ich die Kaffeetasse an die Lippen, die der Kellner vor mir abgestellt hatte. Der Espresso war stark und schmeckte nach gerösteten Haselnüssen.

»Seit wann eigentlich trinkst du deinen Kaffee schwarz?«

Ich zuckte zusammen und sogleich wurde mir bewusst, dass mir ein dummer Fehler unterlaufen war. Amelie trank ihren Kaffee nie schwarz, sondern meistens sogar mit einer gehörigen Portion Milch darin. *Mist!*

»Ich hatte in letzter Zeit immer wieder mit Magenschmerzen zu kämpfen«, improvisierte ich hastig. »Der Arzt meinte, es könnte vielleicht an der Laktose liegen.«

»Ah so?«

Falls Karin meine Erklärung nicht plausibel fand, ließ sie es sich jedenfalls nicht anmerken. Für ein Weilchen herrschte Schweigen, während sie mit dem Strohhalm in ihrem Cola-Glas herumstocherte und die halb geschmolzenen Eiswürfel darin hin und her schob. Überhaupt wirkte sie seltsam angespannt, seit ich sie nach Nicky gefragt hatte, und ich verfluchte mich dafür, das heikle Thema angesprochen zu haben.

»Ich finde übrigens immer noch, du solltest dich endlich wieder mit Franziska vertragen.«

Die Erwähnung meines Namens ließ mich innerlich zusammenzucken. Beinahe hätte ich mich an meinem Kaffee verbrüht. »Wie war das?«

»Du weißt genau, was ich meine.« Karin zog vielsagend die Augenbrauen hoch. »In zwei Monaten ist mein Geburtstag und ich will auf meiner Feier nicht wieder so ein Theater erleben wie im letzten Jahr. Das war echt peinlich.«

Unter ihrem mahnenden Blick senkte ich betreten den Kopf. Mir war natürlich klar, worauf sie anspielte. Jedes Mal, wenn ich an jenem Abend auch nur in Amelies Nähe gekommen war, hatte sie sich wortlos umgedreht und das Weite gesucht. Karin hatte recht. Es *war* verdammt peinlich gewesen.

»Karin, ich …«, begann ich, ohne zu wissen, was ich eigentlich sagen wollte, doch meine Freundin hob abwehrend die Hand.

»Nicht! Ich weiß, was jetzt kommt, aber so ist das nicht. Das mit Konstantin war unverzeihlich, das hätte nicht passieren dürfen. Aber … Ach, komm schon, Amelie! Ist das nicht inzwischen längst Schnee von gestern? Du vermisst sie doch. Das wissen wir beide.«

Wie recht sie damit hat!

Eine Welle der Zuneigung für Karin überkam mich, und einen Moment lang war ich versucht, ihr zu sagen, dass dies längst geschehen war. Dass Amelie mir verziehen hatte oder zumindest wieder mit mir sprach. Aber natürlich ging das nicht. Ich kannte die Regeln, ich hatte sie vor vielen Jahren selbst aufgestellt: Niemand durfte von unserem Identitätstausch erfahren. Und *niemand* schloss Karin mit ein. Mit einem resignierten Seufzer stützte ich das Kinn auf die Handflächen.

»Ich überleg's mir.«

Karin griff über den Tisch hinweg nach meiner Hand und drückte sie. »Danke, Amelie! Mehr verlange ich auch gar nicht von dir.«

Der Moment vertrauter Nähe wurde jäh durch das Quengeln des Babys unterbrochen. Sofort ließ Karin meine Hand los und beugte sich über den Kinderwagen.

Mit einem zärtlichen Lächeln schob sie dem Mädchen den Schnuller wieder zurück in den Mund. Augenblicklich kehrte Stille ein. Ich schmunzelte. Mochte Fiona ihre Mutter auch nachts wach halten – gerade jetzt war sie der Inbegriff eines mustergültigen Babys.

»Wie läuft es eigentlich mit deinem Vermieter?«, fragte ich, um das Gespräch auf ein unverfängliches Thema zu lenken. »Hat er euch denn nun endlich einen Handwerker geschickt?«

Karins Gesichtsausdruck verfinsterte sich augenblicklich. »Von wegen! Tagsüber hat es über dreißig Grad bei uns. Ich sag's dir, wenn ich den in die Finger kriege!« Sie gestikulierte wild mit der Hand vor ihrem Gesicht.

Eine Weile saßen wir noch zusammen, dann winkten wir den Kellner herbei und baten um die Rechnung. Es war Zeit, Karl und Milly vom Kindergarten abzuholen.

KAPITEL 11

Während der gesamten Autofahrt zum Seniorenheim war ich extrem nervös. Meine Muskeln zuckten vor Anspannung, obwohl ich die Nacht zuvor kaum ein Auge zugetan hatte. Der Gedanke daran, was mir bevorstand, hielt mich wach, außerdem war Franziskas Bett zu weich, das gelegentliche Dröhnen der Straßenbahn vor dem Fenster laut und ungewohnt.

Ich hatte lange überlegt, ob ich es wagen sollte, doch am Ende war mir klar geworden, dass ich nicht gehen konnte, ohne die Wahrheit zu kennen. Ich musste es aus seinem, aus Papas, Mund hören. Sonst würde ich niemals Frieden finden.

An der Rezeption nannte ich meinen Namen und eine der Pflegerinnen führte mich in das Zimmer meines Vaters. Es war leer.

»Oh, er ist nicht hier«, sagte sie. »Es ist ein sonniger Tag, da ist er bestimmt draußen.«

Sie ging hinüber zum Fenster und in der spiegelnden Scheibe sah ich, wie sie mich neugierig musterte. Ihr Gesicht war etwas zu rund, um hübsch zu sein, aber sie hatte warme braune Augen.

»Beatrice«, sagte sie, als sich unsere Blicke trafen. Sie streckte mir die Hand hin. »Ich arbeite seit ein paar Wochen hier.«

»Freut mich. Franziska.«

»Da ist er«, rief sie plötzlich und deutete hinaus. »Ihr Vater.«

Tatsächlich. Papa saß auf einer Bank am Rand des ovalen Hofes und las in einem Buch. Er hatte die Fingerspitzen an die Schläfen gelegt und sah aus, als wäre er hoch konzentriert.

»Sie sollten nach unten gehen. Kommen Sie, ich bringe Sie zu ihm.«

»Danke, das wäre toll.« Ich lächelte dankbar. »Ich bin heute etwas in Eile, wissen Sie.«

Im Hof saßen einige Frauen um einen kleinen Tisch und plauderten. Zwei Männer beschwerten sich lautstark über die bevorstehende Hitzewelle. Einige andere gingen, auf ihre Spazierstöcke gestützt, in gemächlichem Tempo von einem Ende des Hofes zum anderen und wieder zurück. Ich setzte mich neben meinen Vater und räusperte mich.

»Hallo, Papa! Ich bin's. Zissy.«

Er hob den Blick und sah mich kurz an, nur um sich gleich darauf wieder in seine Lektüre zu vertiefen.

Ich deutete auf das Buch. »Was liest du?«

»Hesse. ›Der Steppenwolf‹. Ein gutes Buch. Solltest du auch mal lesen.«

Das hatte ich bereits – das hatten wir beide. Er selbst hatte Franziska das Buch vor Jahren geschenkt. Doch dies war nicht der richtige Moment, um ihn auf seine fortschreitende Vergesslichkeit hinzuweisen. Ich sah auf meine Armbanduhr. Mir blieb nicht mehr viel Zeit.

»Papa, wir müssen reden.«

Er lächelte. »Tun wir das nicht gerade?«

Mein Magen krampfte sich zusammen. Es war jetzt zwei Jahre her, dass sein Arzt uns angerufen und geraten hatte, unseren Vater in ein Heim zu geben. Trotzdem brach es mir jedes Mal das Herz, ihn so zu sehen.

Jetzt mach schon, Lilly. Frag ihn. Du willst es doch wissen, oder etwa nicht?

»Ich habe Max getroffen«, begann ich vorsichtig. Dann hielt ich inne, unsicher, wie ich weitermachen sollte. Mir war klar, dass ich behutsam vorgehen musste. Ich musste aufpassen, dass meine Worte nicht zu einem Ankerpunkt für Papas Gedanken wurden, in denen er sich verheddern und abdriften konnte. Ich musste mich vorsichtig heranpirschen, es ihm häppchenweise entlocken. Das hier war wichtig und ich hatte nur diese eine Chance. Er durfte mir auf keinen Fall zu schnell entgleiten. »Seine Mutter hatte kürzlich einen Schlaganfall, deswegen ist er für eine Weile in der Stadt.«

Im Augenwinkel sah ich, wie sich der Nacken meines Vaters versteifte. Etwas in seinem Gehirn hatte Feuer gefangen. Ich sah es an dem Leuchten in seinen Augen. Er erinnerte sich. Das war gut.

»Ach ja? Und was wollte er von dir?«

Wortlos griff ich in die Tasche zu meinen Füßen und nahm ein ausgedrucktes Foto heraus. Ich zeigte es ihm.

»Er weiß es, oder?«, brachte ich mühsam hervor. »Max weiß Bescheid.«

Papa schwieg und schien sich wieder auf sein Buch zu konzentrieren. Aber seine Augen bewegten sich nicht über die Zeilen, er starrte ins Leere, war mit den Gedanken weit weg. Er brauchte nichts zu sagen, sein Blick verriet mir alles, was ich wissen musste.

All das Unausgesprochene, das *Warum* hing in der Luft zwischen uns. Ich hörte den Widerhall meines wild pochenden Herzens in meinem Kopf und rang nach Atem.

Also doch!

»Es tut mir leid, Franziska.« Seine Stimme klang gepresst. »Ich hatte immer nur das Beste für dich im Sinn. Für euch beide.«

»Ich weiß.«

Eine einsame Träne löste sich aus seinen Augenwinkeln und rann über sein Gesicht. Er schaute mich an wie ein Kind, das auf eine Erklärung hofft. Es zerriss mir das Herz. Seit Mamas Beerdigung hatte ich ihn nicht mehr weinen sehen.

»Es ist okay«, krächzte ich. »Ich kümmere mich darum. Aber – Papa? Sprich nicht darüber. Mit niemandem. Schon gar nicht mit Lilly. Verstanden?«

Er nickte. »Verstanden.«

Papa öffnete den Mund, um noch etwas hinzuzufügen, doch ich hob abwehrend die Hand. »Ist schon gut. Alles ist gut. Du hast nichts falsch gemacht. Ich bin froh, dass ich Bescheid weiß. Du kannst endlich loslassen.«

Schwankend erhob ich mich. Meine Erinnerungen wirbelten durcheinander, verschwammen, wurden wieder klar. Ich hatte es bereits gewusst. Dies war nur die Bestätigung, der letzte Nagel in meinem Sarg. Trotzdem konnte ich mich kaum auf den Beinen halten.

Ich drückte meinem Vater zum Abschied einen zärtlichen Kuss auf die Wange und wandte mich zum Gehen. »Ich liebe dich, Papa. Vergiss das nie.«

Mit schweren Schritten verließ ich den Hof und spürte den Blick meines Vaters in meinem Rücken.

KAPITEL 12

Gedankenverloren zupfte ich mir ein verirrtes Stück Zwiebelschale aus dem Haar und schaute in den Ofen. Der herrliche Duft von gebackenem Käse ließ mir das Wasser im Mund zusammenlaufen.

Perfekt.

Nachdem ich die Temperatur zurückgedreht hatte, zog ich die Küchenschürze aus und lief nach draußen auf die Terrasse, um auch dort nach dem Rechten zu sehen. Konstantins Flugzeug war vor einer Stunde gelandet, er musste jeden Augenblick hier sein. Ich rückte eine Gabel zurecht und nickte zufrieden. Der Tisch war festlich gedeckt; bunte Servietten, eine Karaffe Sodawasser und eine Schüssel mit grünem Salat standen schon bereit.

Beim Gedanken an den bevorstehenden Abend spürte ich ein Kribbeln in meiner Brust. Amelies Arbeitskollegen und die Kindergartentanten zu täuschen war eine Sache, Konstantin, *ihren Ehemann*, zu täuschen, hingegen eine ganz andere. Hierbei handelte es sich um nichts anderes als um die Königsdisziplin unseres Täuschungsmanövers.

Plötzlich musste ich an das letzte Mal denken, als ich mit Konstantin allein in einem Raum gewesen war. An seine im

Halbdunkel funkelnden Augen, und wie sich sein Atem auf meinem Gesicht angefühlt hatte. Ich schüttelte den Kopf, um das Bild aus meinen Gedanken zu vertreiben.

Schluss damit! Konzentrier dich!

In diesem Moment hörte ich auch schon die Haustür ins Schloss fallen, gefolgt von schweren Schritten auf dem Parkett. Das musste er sein.

Ich straffte die Schultern, holte noch einmal tief Luft, setzte ein Lächeln auf und ging ihm entgegen.

»Hallo, Schatz!«, rief ich. Die Worte klangen seltsam fremd aus meinem Mund. »Du kommst gerade rechtzeitig. Das Essen ist gleich fertig.«

Bei seinem Anblick zog sich mir der Magen zusammen und ich musste mich beherrschen, ihn nicht unverhohlen anzustarren. Konstantin trug sein schwarzes Haar länger, als ich es in Erinnerung hatte, und an seinen Schläfen entdeckte ich erste graue Strähnen, aber das tat seiner Attraktivität keinen Abbruch. Ganz im Gegenteil. Die Falten um Augen und Mund, letztere halb verdeckt vom Schatten des Bartansatzes, ließen ihn interessanter, reifer erscheinen.

Konstantin hängte sein Sakko über einen Küchenstuhl und drückte mir einen flüchtigen Kuss auf die Wange. »Dem Himmel sei Dank. Ich bin am Verhungern.«

Er trat an den Ofen und sah durch das Glasfenster. »Riecht lecker«, sagte er und schnupperte andächtig. »Was gibt's denn?«

»Karl und ich haben Lasagne gemacht.« Ich konnte den Stolz in meiner Stimme nicht ganz verbergen. Lasagne war sein Leibgericht, wie ich sehr wohl wusste. Für eine Küchenniete wie mich eine echte Herausforderung. Bei meiner Ernährung nahmen üblicherweise Restaurantbesuche und Lieferservice eine zentrale Rolle ein.

»Wirklich? Dabei ist heute nicht mal mein Geburtstag«, erwiderte Konstantin mit zuckenden Mundwinkeln. »Womit hab ich das denn verdient?«

»Du hast mir eben gefehlt.«

Die Worte schwebten einige Sekunden lang zwischen uns in der Luft, während ich darauf wartete, dass Konstantin sie erwiderte. Doch das tat er nicht. Entgegen jeder Vernunft war ich gekränkt, obwohl seine stumme Zurückweisung genau genommen nicht mir galt. Freute er sich denn gar nicht, mich – also Amelie – zu sehen?

Hitze stieg mir in die Wangen, während ich gegen die Enttäuschung ankämpfte. »Holst du die Lasagne aus dem Ofen und bringst sie nach draußen? Ich sehe inzwischen nach Karl.«

Ohne eine Antwort abzuwarten, wandte ich mich ab und ging ins Wohnzimmer.

Karl kniete vor dem Couchtisch auf dem Boden, den Kopf tief über sein neues Malbuch gebeugt, das wir heute zusammen gekauft hatten. Seit er im Kindergarten Mandalas ausgemalt hatte, war er auf den Geschmack gekommen und machte praktisch kaum mehr etwas anderes als malen.

»Karl?«, sagte ich sanft. »Kommst du bitte? Es gibt Essen.«

Der Junge reagierte nicht, schien meine Anwesenheit nicht einmal bemerkt zu haben. Mit einem Grinsen ging ich zu ihm und schaute ihm über die Schulter. Die Zielstrebigkeit, mit der er sein neues Projekt verfolgte, berührte mich.

»Das sieht ja toll aus!« Ich deutete auf eine Figur auf dem Bild, die deutlich kleiner war als die anderen. »Bist das du?«

Karl nickte. »Das ist unsere Familie. Papa, du und ich. Und das da«, er zeigte auf eine weitere Person, die etwas weiter abseits unter einem Baum stand, »ist Tante Franziska.«

»Wirklich … schön.«

»Sie war schon lange nicht mehr hier, um mit mir zu spielen«, stellte Karl fest. Er hob den Kopf und sah mich an. Die

Enttäuschung in seinem Blick tat mir in der Seele weh. »Wieso eigentlich, Mama? Mag sie mich denn nicht mehr?«

»Aber nein, mein Schatz!« Eilig ging ich in die Hocke und nahm ihn in den Arm. »Tante Franziska hat dich unendlich lieb, das weißt du doch. Sie muss nur gerade sehr viel arbeiten. Aber wenn du sie sehen willst, rufe ich gleich morgen bei ihr an und wir machen was aus. Na, wie klingt das?«

Karl zuckte die Schultern und griff wieder nach dem Stift. »Okay.«

»Fein. Und jetzt komm bitte mit mir auf die Terrasse. Oder willst du, dass Papa unsere Lasagne ganz alleine aufisst?«

Karls Miene hellte sich schlagartig auf. Mit einem Satz war er auf den Beinen. »Papa ist wieder da?«

Kurz darauf saßen wir am Tisch. Während er seine Lasagne im Eiltempo verschlang, redete Karl ununterbrochen auf seinen Vater ein. Mit einem Ohr lauschte ich seiner Erzählung und beobachtete dabei Konstantin verstohlen aus dem Augenwinkel.

Noch immer fühlte ich mich unwohl in seiner Gegenwart. Meine Nerven waren zum Zerreißen gespannt. Als erwartete ich, er würde jeden Moment aufspringen und mich als Betrügerin entlarven. Mich fragen, was ich hier zu suchen hatte und was ich mit seiner Frau angestellt hatte.

Nachdem Karl aufgestanden war, um sein Kunstwerk noch vor dem Schlafengehen zu vollenden, blieben Konstantin und ich allein am Tisch zurück. Eine Weile war nichts zu hören außer dem Geräusch von Besteck auf Porzellan. Inzwischen war die Dämmerung hereingebrochen. Nur noch wenige Sonnenstrahlen drangen durch die Baumkronen, die lange Schatten auf die Tischdecke warfen. Ich war jedes Mal aufs Neue überrascht, wie schnell die Tage im August wieder kürzer wurden.

»Wie war es in Zürich?«, fragte ich schließlich. »Ist alles so gelaufen, wie du es dir erhofft hast?«

»Es war … anstrengend. Stefan und ich haben uns mächtig ins Zeug gelegt, um dem potenziellen Investor das Projekt schmackhaft zu machen. Aber bei der aktuellen Marktlage … Na ja, wir werden sehen.«

Ich nickte verständnisvoll. Angesichts der steigenden Rohstoffpreise und des angespannten Finanz- und Immobilienmarkts war es sicher nicht leicht, neue Investoren zu gewinnen. Erst jetzt fiel mir auf, wie müde und abgespannt er aussah. Er hatte tiefe Ringe um die Augen und trotz der Sonnenbräune wirkte seine Haut fahl.

»Wie geht es Karin?«, fragte Konstantin mit vollem Mund. »Wart ihr nicht heute verabredet?«

»Waren wir.« Ich zuckte die Schultern. »Milly hatte sich im Kindergarten eine Sommergrippe eingefangen, und die Klimaanlage macht immer noch Ärger, aber ansonsten geht es ihr gut.«

»Sag Bescheid, wenn ich da was machen soll. Stefan kennt ein paar gute Techniker auf dem Gebiet. Ich kann ihr den Kontakt gern weiterleiten.«

»Danke, ich frag sie.«

»Ich hab übrigens den Audi draußen gesehen. Dann ist er also wieder repariert? Das ging ja schneller als erwartet.«

»Ja, zum Glück.«

Eine Weile setzten wir das belanglose Geplauder weiter fort, aber ich konnte mich des Eindrucks nicht erwehren, dass Konstantin nicht wirklich bei der Sache war. Während des gesamten Abends hatte er mich kaum eines Blickes gewürdigt, hatte abweisend, beinahe fahrig gewirkt.

»Ach ja – wir haben am Sonntag doch nichts vor, oder?«, fragte Konstantin unvermittelt. Er griff nach der Weinflasche und füllte unsere Gläser nach. »Nur für den Fall, dass du es vergessen hast: Ich bin mit Markus im Stadion verabredet. Österreich gegen Kroatien. Das Länderspiel.«

»Ja, ich weiß«, flunkerte ich. »Ich dachte allerdings, wir könnten morgen mit Karl in den Zoo gehen. Du weißt schon, das neue Elefantenbaby! Das würde ihm bestimmt Spaß machen.«

»Klar, wieso nicht.« Es klang nicht sonderlich begeistert. »Aber dann gleich am Vormittag. Später muss ich noch mal im Büro vorbeischauen, den Papierkram erledigen und all das.«

Einige Sekunden lang musterte ich ihn prüfend. Dem Konstantin, den ich gekannt hatte, war seine Familie über alles gegangen. *»Kein Job der Welt ist es wert, dass ich die Kindheit meines Sohnes verpasse.«* Das waren seine exakten Worte gewesen. Konnte sich binnen eines Jahres wirklich alles so sehr verändert haben?

»Ist im Büro denn alles okay?«, fragte ich betont beiläufig. »Sieht dir gar nicht ähnlich, am Wochenende zu arbeiten. Nimm es mir nicht übel, aber du siehst erschöpft aus. Belastet dich irgendetwas?«

»Nein.« Für einen Moment glaubte ich, Ärger in Konstantins Gesicht aufblitzen zu sehen. Doch sofort hatte er seine Gesichtszüge wieder unter Kontrolle. »Wie kommst du darauf?«

Der Rest des Abends verlief schweigsam. Ich unternahm zwar noch den einen oder anderen Anlauf, Konstantin in ein Gespräch zu verwickeln, doch seine Antworten fielen einsilbig aus, sodass ich es schließlich aufgab. Nach dem Essen ging er nach oben, um Karl ins Bett zu bringen, bevor er sich vor den Fernseher zurückzog.

KAPITEL 13

Karin

Ich schrak auf, als der Abspann des Filmes über den Bildschirm flackerte. Weiße Schrift auf dunklem Hintergrund, eine nicht enden wollende Liste von Schauspielern und Technikern, deren Namen ich nicht kannte.

Mein Blick fiel auf die Pendeluhr an der Wand. Überrascht stellte ich fest, wie spät es schon war. Halb zehn. Ich musste eingeschlafen sein, trotz des spannenden Krimis, auf den ich mich den ganzen Tag gefreut hatte.

Noch ein wenig desorientiert hievte ich mich auf dem Sofa in eine aufrechte Position und fragte mich, wer denn jetzt nun der Mörder gewesen war. Etwa dieser merkwürdige Typ, der Halbbruder des Opfers? Oder der Ehemann? Vermutlich würde ich es nie erfahren.

Ich rieb mir mit dem Handrücken über die müden Augen, während ich nach der Fernbedienung tastete, die vom Couchtisch gefallen war. Der Bildschirm wurde schwarz und dann war es still.

Himmlisch!

Erschöpft ließ ich mich zurück aufs Sofa sinken und vergrub meinen Kopf in den weichen Kissen. Doch kurz bevor ich wieder ins Land der Träume entschwinden konnte, schob sich das Bild meiner kleinen Schwester in meine Gedanken, und mit einem Schlag war das Gefühl des inneren Friedens, das ich eben noch empfunden hatte, wieder dahin.

Ich griff nach meinem Handy und scrollte durch die Nachrichten, die ich ihr in den letzten Tagen geschickt hatte – vier an der Zahl. Alle mit demselben Ergebnis, nämlich gar keinem. Millys Sommergrippe hatte mir in der vergangenen Woche mehr als nur eine schlaflose Nacht beschert, und so war es mir relativ leichtgefallen, nicht über Nickys Verhalten nachzudenken. Aber jetzt, wo das zweitjüngste Mitglied meiner Familie wieder gesund war, kehrte die Verärgerung zurück.

Wir hatten gestritten, klar, aber warum hatte Nicky mir nicht wenigstens einmal zurückgeschrieben? Ein kurzes Lebenszeichen hätte ja schon gereicht. Einen Moment lang dachte ich ernsthaft darüber nach, Konstantin anzurufen. Ob er wusste, wo Nicky abgeblieben war? Beinahe hätte ich über die Absurdität meiner eigenen Idee laut gelacht.

Ich schloss den Chat wieder und einen Augenblick verharrte mein Zeigefinger über Amelies Namen, der gleich darüber aufgelistet war.

Ich spürte einen Stich in der Brust, als ich an unser Treffen dachte. Es hatte mich alle Willenskraft gekostet, nicht mit der Wahrheit herauszuplatzen, so zu tun, als ob nichts wäre. Noch Stunden, nachdem wir uns verabschiedet hatten, fühlte ich mich schrecklich mies. Amelie hatte das nicht verdient. Sie verdiente eine bessere Freundin als mich.

Das alles ist allein Nickys Schuld, dachte ich wütend und presste die Lippen zusammen, um den Fluch zu unterdrücken, der mir auf der Zunge lag. War Nicky denn nicht bewusst, in welche Lage sie mich damit brachte?

Aber so war meine Schwester nun einmal, das wusste ich aus leidvoller Erfahrung. Jugendlicher Leichtsinn gepaart mit der Sturheit und dem Egoismus eines Einzelkindes, das sie doch eigentlich gar nicht war. Wurde diese verfluchte Göre denn niemals erwachsen?

Plötzlich fest entschlossen, sprang ich auf und lief auf leisen Sohlen durch den Flur. Vierundzwanzig hin oder her, wenn ich dieses missratene Gör in die Finger kriegte, konnte es was erleben!

Die Tür zu Markus' Arbeitszimmer war nur angelehnt. Mein Ehemann hatte mir den Rücken zugewandt. Wie üblich saß er bis spätabends an seinem Schreibtisch und brütete über irgendeiner Excel-Tabelle.

»Markus?«

Er zuckte zusammen und drehte den Kopf in meine Richtung. »Oh, du bist ja noch wach. Ist alles in Ordnung?«

»Ja. Ich wollte dir nur Bescheid geben, dass ich noch mal wegmuss. Könntest du so lange auf die Mädchen aufpassen?«

»Klar.« Er runzelte die Stirn, als sein Blick auf die Zeitanzeige am unteren Bildschirmrand fiel. »Wo willst du denn so spät noch hin?«

»Zu Nicky.« Verlegen blickte ich zu Boden, wohl wissend, was Markus von meinem Vorhaben hielt. »Ich will nur mal kurz nachsehen, ob alles okay ist. Dauert bestimmt nicht lange.«

»Sie hat dich also immer noch nicht zurückgerufen?« Er lächelte nachsichtig, den Blick schon wieder auf den Bildschirm geheftet. »Wie du willst. Aber ich glaube nicht, dass du dir Sorgen machen musst. Bestimmt hat sie bloß irgendeinen neuen Typen am Start. Du weißt ja, wie sie dann ist.«

Das bezweifelte ich zwar, nickte aber. Es war sinnlos, mit Markus darüber zu reden, er würde es ja doch nicht verstehen. »Hab einfach ein Auge auf die Kinder, während ich weg bin, ja?«

Kurz darauf saß ich am Steuer meines Autos. Inzwischen war es fast zehn, und obwohl meine Schwester in einer dicht besiedelten Gegend wohnte, waren die Straßen wie ausgestorben.

Ein laues Lüftchen strich mir über die Wangen, als ich aus dem Auto stieg und zügig auf den Hauseingang zustrebte. Die Hitzewelle, die ganz Wien in den vergangenen Tagen in Atem gehalten hatte, war endlich vorbei.

Mit meinem Zweitschlüssel verschaffte ich mir Einlass und stieg die Treppe in den dritten Stock hinauf. Ich war in Gedanken bei der Standpauke, die ich gleich vom Stapel lassen würde, sodass ich beinahe mit einem Mann zusammengestoßen wäre, der gerade aus einer Wohnung im ersten Stock kam.

»Hoppla!«, sagte er und hob die Arme. »Vorsicht.«

»Entschuldigung«, murmelte ich und machte einen Schritt zur Seite, um ihn vorbeizulassen.

Ich hatte den nächsten Treppenabsatz schon fast erreicht, da wandte ich mich noch einmal um. Irgendetwas an seiner Stimme war mir vage bekannt vorgekommen. Mein Blick glitt über den fliehenden Haaransatz, die etwas zu eng stehenden Augen und blieb schließlich an den nach vorne gebeugten Schultern hängen – die typische Fehlhaltung eines überdurchschnittlich großen Menschen. Er war älter geworden, sein Gesicht noch hagerer, wenn das überhaupt möglich war, doch es bestand kein Zweifel – er war es tatsächlich.

»Max?«, fragte ich ungläubig. »Max Flemming?«

»Woher wissen Sie …« Er riss die Augen auf. »Karin, bist du das? Gott, ist das lange her! Ich hätte dich fast nicht wiedererkannt.«

Blitzartig wurde mir bewusst, was für ein verwahrlostes Bild ich abgeben musste. Ich trug noch immer das mit Karottenbrei bekleckerte T-Shirt, das ich den ganzen Tag über angehabt hatte, und darunter eine ausgeleierte Jeans mit Grasflecken an den Knien.

»Fünfzehn Jahre werden es im Herbst«, bestätigte ich und versuchte, das aufsteigende Schamgefühl wegen meines verlotterten Äußeren zu ignorieren. »Wie geht's dir so? Ich hatte ja keine Ahnung, dass du wieder in Wien lebst.«

»Tue ich eigentlich auch nicht. Meiner Mutter geht es leider nicht so gut, deswegen bin ich hier.« Er deutete auf die Tür, aus der das gedämpfte Geräusch eines Fernsehers ins Treppenhaus drang. »Sie wohnt hier.«

»Tut mir leid, das zu hören. Was hat sie denn?«

»Sie hatte vor ein paar Wochen einen Schlaganfall.« Als er meinen bestürzten Gesichtsausdruck bemerkte, fügte er rasch hinzu: »Keine Sorge, es ist nicht so schlimm, wie es sich anhört. Sie hatte Glück im Unglück. Trotzdem werde ich eine Weile bei ihr bleiben. Das Gehen bereitet ihr immer noch Schwierigkeiten, und mit Autofahren ist vorerst auch Schluss.«

»Tut mir leid«, wiederholte ich und trat unbehaglich von einem Bein aufs andere. Warum hatte ich überhaupt gefragt?

»Und was führt dich hierher?«, fragte Max. »So spät am Abend?«

»Ich bin auf der Suche nach meiner kleinen Schwester. Nicky. Du erinnerst dich vielleicht an sie«, sagte ich. »Sie wohnt im dritten Stock. Du hast sie nicht zufällig gesehen?«

Max schüttelte den Kopf. »Nein, leider. Schon eine ganze Weile nicht.«

»Hm, okay. Trotzdem danke.«

Daraufhin kehrte Schweigen ein, und unangenehm berührt von seinem Röntgenblick senkte ich den Kopf. Schon in der Schulzeit war mir Max unheimlich gewesen, und auch jetzt bereitete mir seine Gegenwart Unbehagen. Es war schon merkwürdig. Acht Jahre hatten wir zusammen die Schulbank gedrückt und trotzdem wusste ich kaum etwas über diesen Kerl.

»Na gut, ich muss dann mal weiter«, sagte ich schließlich, als ich es nicht mehr länger aushielt. »War nett, dich zu sehen,

Max. Ich drücke dir die Daumen, dass es deiner Mutter bald besser geht.«

Ohne eine Antwort abzuwarten, stolperte ich weiter die Treppe hinauf.

Komischer Vogel.

Das Erste, was mir auffiel, als ich den dritten Stock erreichte, waren die unzähligen Werbeblättchen, die sich auf Nickys Fußmatte stapelten. Ächzend bückte ich mich, um sie aufzuheben, und zog erneut meinen Schlüsselbund aus der Tasche. Mit einem leisen Klicken sprang die Wohnungstür auf. Sie war nicht abgeschlossen. Mal wieder. Wie oft sollte ich Nicky eigentlich noch sagen, dass sie besser den Riegel vorschob? Das Schloss taugte nicht viel. Jeder Idiot mit einem Dietrich könnte hier problemlos rein- und rausspazieren.

Als ich in den Flur trat, stieg mir ein seltsamer Geruch in die Nase. Eine Mischung aus abgestandener Luft und künstlichem Zitronenduft.

»Nicky?«, rief ich. »Bist du da?«

Meine Stimme hallte von den Wänden wider, aber sonst rührte sich nichts. Sah fast so aus, als wäre sie nicht zu Hause.

Mit wachsender Unruhe ging ich durch die Zimmer. In der gesamten Wohnung herrschte ein einziges Durcheinander. Das Bett im Schlafzimmer war ungemacht, Kleider lagen überall auf dem Boden verstreut, in der Spüle türmte sich das schmutzige Geschirr. Mühsam riss ich meinen Blick von der Schimmelschicht in einer benutzten Kaffeetasse los und ging weiter ins Wohnzimmer. Auch hier keine Spur von meiner Schwester. Nur ein Weinglas auf dem Couchtisch, darin eine dünne Schicht eingetrockneten Rotweins.

Ratlos ließ ich mich auf dem Sofa nieder. Je länger ich mich in Nickys Wohnung aufhielt, desto stärker wurde das Gefühl, dass sie mehr als nur ein paar Stunden nicht mehr hier gewesen war. Schon eine ganze Weile nicht mehr. Wo zum Teufel steckte sie nur? Und dann noch dieser Putzmittelgeruch, hier im Wohnzimmer sogar noch intensiver als in den übrigen Räumen, wo das Apartment doch augenscheinlich im Chaos versank.

Merkwürdig.

Auf einmal fiel mir ein flacher Gegenstand auf, der unter dem Couchtisch hervorlugte.

Nein, unmöglich. Das ist doch nicht etwa …

Ein flaues Gefühl machte sich in meiner Magengegend breit, als ich mich hinkniete und das handtellergroße Gerät hervorzog. Nickys Handy.

Ich schnappte nach Luft.

Ich drückte auf den Knopf am unteren Rand des Displays, doch der Bildschirm blieb schwarz.

Mein Gott, wie lange liegt das schon hier?

Mein Herzschlag beschleunigte sich, während die Angst in mir wuchs und schließlich in Panik umschlug.

Nicky mochte unzuverlässig und schusselig sein. Sie mochte vergessen, die Wohnungstür abzuschließen. Aber niemals, nicht in tausend Jahren würde sie das Haus verlassen, ohne ihr geliebtes iPhone mitzunehmen.

KAPITEL 14

»Was passiert ist, hast du dir selbst zuzuschreiben.« Florian hatte die Arme vor der Brust verschränkt und sah mich verächtlich an. »Unsere Beziehung, die Kolumne – einfach alles.«

»Wie … wie meinst du das?«, stammelte ich.

Er zog spöttisch eine Augenbraue hoch. »Ich bitte dich, Franziska! Begreifst du es echt nicht? Ich wollte dich meinen Freunden vorstellen, meiner Familie. Schon vergessen? Aber so was ist nicht wirklich dein Ding, oder? Beziehungen jeglicher Art.« Er schnaubte. »Für dich gab es immer nur die Arbeit. Dein Scheißjob kam stets an erster Stelle.«

»Das ist nicht wahr!«, sagte ich und wich vor ihm zurück. »So war das doch überhaupt nicht! Ich brauchte doch nur noch ein wenig Zeit. Ich …«

Florian warf die Hände in die Luft. »Vier Monate, Franziska! Wir waren vier Monate zusammen. Himmel, wie viel Zeit hättest du denn noch gebraucht? Du wolltest ja nicht einmal, dass in der Redaktion jemand von uns erfährt. Obwohl natürlich längst alle Bescheid wussten. Einfach lächerlich.« Er schüttelte den Kopf. »Er hat mich gefragt, wusstest du das? Mark. Er hat mich vor die Wahl gestellt: die Kolumne oder du. Nun, die Entscheidung ist mir nicht sonderlich schwergefallen.

Hand aufs Herz: Zu einer ernsthaften Beziehung bist du doch überhaupt nicht fähig.«

Die Verachtung in seinem Blick traf mich wie ein Stich ins Herz. Instinktiv wich ich noch weiter vor ihm zurück. Erst als ich die Kanten der Küchenschubladen in meinem Rücken spürte, hielt ich inne.

»Trotzdem, eins muss ich dir lassen«, fuhr er fort und sein Gesicht verzog sich zu einem hämischen Grinsen. »Der Sex mit dir war schon einmalig. Verrückter Sex – das ist das Einzige, wozu Frauen wie du taugen.«

Plötzlich kam Florian mit einem Satz auf mich zu. Er stand jetzt so dicht vor mir, dass ich die Bartstoppeln an seinem Kinn hätte zählen können.

»Vielleicht sollten wir es noch ein letztes Mal tun, was meinst du? Um der alten Zeiten willen. Keine Verpflichtungen, einfach nur Sex. So wie du es dir immer gewünscht hast.«

Florian streckte die Hand aus und strich mir über die Wange. Ich war schrecklich angespannt, und für einen kurzen Augenblick ließ ich es geschehen. Erst als ich seine Lippen auf meinen spürte, löste ich mich aus meiner Schockstarre.

»Lass mich!«, keuchte ich und versuchte, seine Hände wegzuschieben, die bereits am Saum meines Kleides zerrten. »Nimm deine dreckigen Finger von mir!«

Doch Florian machte keine Anstalten, von mir abzulassen. »Jetzt hab dich nicht so.«

Erneut presste er seinen Mund auf meinen. Ich versuchte, mich dagegen zu wehren, doch es war sinnlos, er war viel stärker als ich.

Panik stieg in mir auf, als er mich gegen die Kücheninsel drückte, und ich schlug wie wild um mich. Wie eine Besessene hämmerte ich mit den Fäusten auf Florians Gesicht ein. Wieder und immer wieder. Ein fürchterliches Geräusch war zu hören, als seine Nase brach, doch selbst wenn ich gewollt hätte, ich konnte nicht damit aufhören. Es fühlte sich erschreckend gut an.

Der Raum um mich herum begann sich plötzlich zu drehen, so schnell, dass mir schwindlig wurde. Florians Gesicht, das jetzt nur noch eine breiige Masse war, verblasste mit jedem meiner Schläge ein wenig mehr.

Dann hörte es ganz plötzlich auf.

Schwer atmend schreckte ich hoch. Mein Pyjama klebte an mir wie eine zweite Haut. Ich zitterte am ganzen Körper. Mein Blick irrte umher und blieb an dem haarigen Bein hängen, das unter der Bettdecke hervorlugte, und für einen Moment war ich sicher, dass es Florian war, der da neben mir lag.

Ruckartig setzte ich mich auf. Mein Herz hämmerte laut in meiner Brust. *Wumm, wumm, wumm.*

Es dauerte einige qualvolle Sekunden, bis die Umrisse des raumhohen Kleiderschranks und die wogenden Äste vor dem Fenster den Nebel meines Traumes durchdrangen und ich begriff, wo ich war. Stöhnend sank ich zurück in die Laken und versuchte, meinen rasenden Herzschlag zu beruhigen.

Konstantin, nicht Flo! Du bist in Amelies Schlafzimmer. Alles ist gut. Es war nur ein böser Traum.

Stöhnend schloss ich die Augen, doch es half nichts. An Schlaf war nicht mehr zu denken.

Was zum Teufel war das denn eben?

Ich drehte mich im Bett auf die andere Seite und betrachtete die schlafende Gestalt neben mir, während die Erinnerung an den Albtraum langsam verblasste.

Durch Konstantins halb geöffneten Mund drang ein leises Schnarchen an mein Ohr, ansonsten war es vollkommen still. Alles, was ich sonst noch hörte, war das Klopfen meines eigenen Herzens. Mein Blick glitt über die leicht schiefe Nase, die dunklen, fast schwarzen Haare und blieb an seinem T-Shirt hängen, das seine Brustmuskulatur erahnen ließ.

Unvermittelt schob sich eine Erinnerung in meine Gedanken. Amelie, Konstantin, Markus, Karin und ich beim Campen in unserem zweiten Studienjahr. Eng aneinandergedrängt in dem viel zu kleinen Zelt, das nicht ganz dicht war, das Geräusch des Regens, der gegen die Zeltwände prasselte. Ich fragte mich insgeheim, wie mein Leben wohl verlaufen wäre, wenn Konstantin an jenem Abend am Lagerfeuer nicht Amelies, sondern meine Hand genommen hätte. Wenn er sich für mich entschieden hätte. Ob wir zusammen glücklich geworden wären?

Auf einmal war sie fast übermächtig – die Anziehungskraft, die von dem Körper neben mir ausging. Ich hatte die Hand schon ausgestreckt, um Konstantin zärtlich eine Strähne aus der Stirn zu streichen, da hielt ich abrupt inne.

Was in aller Welt machst du da? Hast du sie noch alle? Schluss damit. Sofort!

Mit einem Ruck wandte ich mich ab und schwang die Beine aus dem Bett. Ich schnappte mir mein Handy, das auf dem Nachttisch am Ladekabel hing, verließ auf Zehenspitzen das Zimmer und tappte nach unten in die Küche. Die Uhr am Backofen zeigte sieben Uhr dreißig.

Ich machte mir einen Kaffee, goss die für Amelie obligatorische Milch hinein, schob die Terrassentür auf und ging nach draußen. Kühle Morgenluft wehte mir aus dem Garten entgegen, als ich ans Geländer trat. Jetzt am Morgen waren die Temperaturen noch angenehm mild. Auf den Gräsern glitzerte der Morgentau. Gedankenverloren nahm ich einen Schluck aus meiner Kaffeetasse und ließ den gestrigen Abend noch einmal Revue passieren.

Dass Konstantin am Wochenende ins Büro wollte, sah ihm gar nicht ähnlich. Überhaupt hatte er sich seltsam benommen, hatte mir während des gesamten Abendessens kaum je direkt in die Augen geschaut. Ob das wirklich nur am Stress lag? Mein Instinkt sagte mir, dass das nicht alles war. Irgendetwas hatte sich zwischen Amelie und ihm verändert, das spürte ich deutlich. Aber warum? Sie waren doch immer so glücklich miteinander gewesen. Konnte sich so etwas wirklich in so kurzer Zeit ändern? Dann dachte ich an Florian, an die letzten Stunden, die wir zusammen in meiner Wohnung verbracht hatten.

Vielleicht war es tatsächlich so einfach. Man war glücklich miteinander, und auf einmal war man es nicht mehr.

Von einer inneren Eingebung geleitet, zog ich das Handy aus der Tasche meiner Pyjamahose und wählte Amelies Nummer. Es klingelte ein paarmal und kurz darauf vernahm ich die verschlafene Stimme meiner Schwester.

»Zissy?« Dann fragte sie ein wenig panisch: »Was ist los? Wieso rufst du an? Ist irgendwas mit Karl?«

»Keine Sorge, dem geht es gut«, erwiderte ich eilig. »Tut mir leid, dass ich dich geweckt habe. Wir können später reden, schlaf weiter.«

Ich wollte schon wieder auflegen, doch Amelie sagte: »Nein, schon gut. Ich wollte ohnehin gleich aufstehen.« Das Rascheln von Seide war zu hören, als meine Schwester sich im Bett aufrichtete. »Jetzt sag, was ist los? Wieso bist du überhaupt so früh auf?«

»Ich hab schlecht geträumt«, gab ich missmutig zu. »Wegen Florian, meinem Ex.« Einen Augenblick lang haderte ich mit mir, dann fügte ich hinzu: »Er hat sich nicht zufällig bei dir gemeldet?«

»Nein, tut mir leid. Der Einzige, der immer wieder anruft, ist dein Chef.«

»Hm, okay.«

Nur mit Mühe gelang es mir, meinen gekränkten Stolz zu verbergen. Was hatte ich auch erwartet? Florian war ein Idiot. Ich sollte froh sein, dass ich ihn los war.

Amelies Schritte drangen durch die Leitung, dann war das Klappern einer Küchenschublade zu hören, gefolgt vom Geräusch der Espressomaschine.

»Wie war es gestern mit Konstantin? Ist alles nach Plan gelaufen?«

»Die Lasagne war ein voller Erfolg, wenn du das meinst. Und was Konstantin angeht – es war okay, denke ich. Allerdings ist er gleich nach dem Essen zu Bett gegangen. Wir hatten also noch nicht viel Gelegenheit, uns zu unterhalten.«

Dann berichtete ich ihr, wie das Abendessen gelaufen war und dass wir beschlossen hatten, mit Karl in den Zoo zu gehen. Und ich erzählte ihr von Karls neuer Liebe zur Malerei.

»Mein Gott, der Kleine fehlt mir so sehr.«

»Kopf hoch, jetzt ist es ja nicht mehr lang. Aber nun zu dir: Du warst doch gestern beim Anwalt, oder? Wie hieß der noch gleich?«

Amelie zögerte. »Dr. Premmer.« Der Name sagte mir nichts. »Er meinte, es könnte schwierig werden, was das Sorgerecht angeht. Weil Karl ja nicht unser leibliches Kind ist. Ich erspar dir die Details.«

»Tut mir leid, das zu hören.« Nachdenklich scharrte ich mit dem Fuß über den Terrassenboden, bevor ich behutsam hinzufügte: »Und du willst das wirklich durchziehen, ja?«

Amelie schwieg und eine Weile hörte ich nichts als ihren Atem. Er ging jetzt schnell und stoßweise.

Mein Gott, weint sie etwa?

»Ich hab keine Ahnung, was ich will.« Sie schluchzte leise. »Es ist nur … Ach, Zissy, ich bin einfach so verdammt unglücklich! Ich weiß nicht, was ich jetzt machen soll. Manchmal denke ich, ich halte das alles nicht mehr aus.«

Die Hoffnungslosigkeit in ihrem Tonfall brach mir das Herz. Verzweifelt zerbrach ich mir den Kopf, wie ich sie aufmuntern konnte. Aber wenn es etwas gab, mit dem ich mich nicht auskannte, waren es Beziehungen. Mein Traum hatte mir das nur allzu deutlich vor Augen geführt.

Und doch spürte ich, dass da noch mehr war. Ich hatte das Gefühl, dass Amelie mir gegenüber nicht ganz ehrlich war. Dass sie mir immer noch einen Teil der Wahrheit verschwieg. Nachdenklich strich ich mir die Haare hinters Ohr. Ob meine Schwester womöglich einen ihrer Schübe hatte? Schließlich hatte sie schon früher unter Depressionen gelitten. Vermutlich sollte ich ihr raten, einen Therapeuten aufzusuchen, doch ich wusste nicht, wie. Nichts, was ich hätte sagen können, erschien mir richtig. Auf jeden Fall wäre irgendeine Ablenkung gut für sie. Am besten verbunden mit einem Ortswechsel.

»Hast du denn schon Pläne für das Wochenende? Du solltest irgendetwas Schönes unternehmen. Etwas, das dir guttut und dich auf andere Gedanken bringt.«

»Ich dachte, ich mache eine kleine Bergtour. Das hab ich schon lange nicht mehr gemacht. Bestimmt hilft mir die frische Luft, wieder etwas klarer zu sehen.« Sie lachte gezwungen.

»Das ist doch eine gute Idee. Meine Wanderschuhe müssten noch in einer der Kisten im Abstellraum sein. Sag Bescheid, falls du sie nicht findest.«

»Danke, das mache ich.« Sie schluckte hörbar. »Nur damit du es weißt: Karl und du – ihr seid das Wichtigste in meinem Leben. Gib gut auf ihn acht, solange ich weg bin, ja? Egal was sein sollte. Versprich mir das!«

Ein ungutes Gefühl regte sich in mir. Was meinte sie denn damit? »*Egal was sein sollte.*« Was sollte denn geschehen?

Doch ich kam nicht mehr dazu, Amelie danach zu fragen, denn in diesem Moment hörte ich, wie die Terrassentür hinter mir aufgeschoben wurde und Konstantin nach draußen trat.

»Ich muss jetzt aufhören«, sagte ich hastig. »Konstantin ist wach. Viel Spaß beim Wandern. Und halt die Ohren steif, ja?«

Ich legte auf, gerade als Konstantin zu mir kam. Rasch ließ ich das Handy in der Tasche meiner Pyjamahose verschwinden.

»Guten Morgen«, sagte er noch etwas verschlafen. »Mit wem hast du denn so früh schon telefoniert?«

»Ach, das war bloß Franziska«, sagte ich und versuchte, mich zu entspannen. Dass er so nahe bei mir stand, war angenehm und unangenehm zugleich.

»Franziska?«, fragte er verwundert. »Wie geht's ihr so? Und wieso soll sie die Ohren steifhalten?«

»Die Arme ist ziemlich fertig. Stress bei der Arbeit. Dazu noch irgendwas wegen eines Typen, den sie gedatet hat.«

»Hm. Ich wusste gar nicht, dass ihr wieder Kontakt habt.«

Ich machte eine wegwerfende Handbewegung. »Ist auch noch ganz frisch. Ich dachte, es wäre an der Zeit, das Kriegsbeil zu begraben. Immerhin ist sie neben Papa die einzige Familie, die ich noch habe.«

»Abgesehen von Karl und mir, meinst du wohl.« Konstantin zuckte die Achseln. »Du musst selbst wissen, was das Richtige für euch beide ist.«

Die Skepsis in seiner Stimme versetzte mir einen Stich. »Wie meinst du das?«

Er öffnete den Mund, um etwas zu erwidern, aber ehe er dazu kam, klingelte sein Handy. Er zog es aus der Tasche seines Morgenmantels und sah auf das Display, bevor er den Anruf entgegennahm.

»Hallo?« Dann kurz darauf: »Was? Warte einen Augenblick, ja?«

Mit einem entschuldigenden Blick in meine Richtung ging Konstantin zurück ins Haus. Durch die gläserne Terrassentür beobachtete ich, wie er mit dem Telefon am Ohr in der Küche auf und ab lief. Dabei gestikulierte er beschwörend mit der rechten freien Hand und fuhr sich immer wieder mit den Fingern durch das vom Schlaf noch zerzauste Haar. Mit wem auch immer Konstantin da telefonierte, der Anruf verhieß nichts Gutes.

»Was ist denn los? Wer war das gerade?«, fragte ich, als er wenige Minuten später zurück nach draußen kam.

»Karin.«

»Karin?« Ich runzelte die Stirn. »Was wollte sie von dir?«

»Sich erkundigen, ob ich weiß, wo Nicky steckt.«

»Die alte Leier also«, erwiderte ich und rollte mit den Augen. »Was hat sie diesmal ausgefressen?«

Konstantin stützte sich neben mir auf dem Terrassengeländer ab. »Keine Ahnung. Anscheinend hat Karin schon länger nichts mehr von ihr gehört und wird langsam nervös.«

»Auch nichts Neues«, konstatierte ich. »Und – hast du? Sie gesehen, meine ich?«

»Nein. Auf der Arbeit hat sie auch gefehlt, die ganze Woche schon. Als ich das letzte Mal mit ihr gesprochen habe, meinte sie, sie wolle sich ein paar Tage freinehmen.« Er zuckte die Achseln. »Mehr weiß ich auch nicht.«

»Ich würde mir da keine großen Gedanken machen. Du kennst doch Karin, sie macht sich ständig Sorgen wegen Nicky. Bestimmt ist sie spontan verreist und hat nur vergessen, ihr Bescheid zu sagen. Wäre schließlich nicht das erste Mal.«

Seit ich denken konnte, hatte Karin alle Hände voll damit zu tun gehabt, ihre jüngere Schwester aus Schwierigkeiten herauszuhalten. Wie damals, als Nicky zwölf gewesen war und ihre Wüstenrennmaus in der Klasse freigelassen hatte, die dann Frau Widhalm, die Lateinlehrerin, gebissen hatte. Oder später, mit fünfzehn, als sie das Klassenbuch geklaut und im Ententeich versenkt hatte. Oder noch später, als Nicky ihren Ferienjob hingeschmissen hatte, um mit ihrer aktuellen Flamme durch Europa zu trampen. Ohne irgendwem auch nur ein Sterbenswörtchen zu verraten, versteht sich. Wenn ich es mir recht überlegte, konnte ich mich nicht erinnern, wann Karin sich jemals *nicht* Sorgen um Nicky gemacht hatte. Nichts als Unfug im Kopf, das Mädchen. Eine echte Landplage.

»Ja, sicher hast du recht«, sagte Konstantin.

Seine Gesichtszüge klärten sich, und zu meiner Überraschung sah ich, dass er lächelte. »Aber jetzt genug davon. Komm, lass uns Karl wecken. Wir sollten früh los, wenn wir vor dem großen Ansturm im Zoo sein wollen.«

KAPITEL 15

Warmes Wasser umspielte meinen Körper, hüllte mich ein wie eine weiche Decke. Die Spiegel waren vom Wasserdampf beschlagen, der Duft von Wildrosen lag in der Luft – von einem der teuren Badesalze, die ich in Franziskas Schrank gefunden hatte.

Mit einem Seufzer schloss ich die Augen und lehnte meinen Kopf in der Badewanne zurück, versuchte mein Gehirn einzulullen und den Kopf freizukriegen. Ich hatte den Tag damit zugebracht, durch die Wiener Innenstadt zu flanieren, hatte versucht, all die Dinge nachzuholen, die ich schon lange hatte tun wollen, für die ich aber nie die Zeit gefunden hatte. Ich hatte die Monet-Ausstellung in der Albertina besucht, dann die Spanische Hofreitschule, bevor ich zum Mittagessen in der Cantinetta Antinori eingekehrt war, einem sündhaft teuren Italiener in der Nähe des Stephansdoms. Die Krönung meines Nachmittags aber war der Besuch im Nagelstudio gewesen. Jetzt waren meine Nägel gerade gefeilt und die Seitenlinien liefen im letzten Drittel leicht zusammen – die sogenannte Ballerina-Form, wie ich von der Kosmetikerin erfahren hatte. Beim Anblick des blutroten Nagellacks kräuselten sich meine Lippen zu einem spöttischen Lächeln. Als ob es bei dem, was ich vorhatte, einen Unterschied machen würde, wie meine Hände aussahen.

Doch obwohl ich mir fest vorgenommen hatte, meinen letzten Streifzug durch Wien in vollen Zügen zu genießen, war es mir nicht geglückt. Die Ereignisse und Erkenntnisse der vergangenen Wochen hatten sich tief in meine Seele eingegraben und ließen sich nicht mehr so leicht aus meinem Kopf vertreiben. Ständig starrte ich auf mein Handy, als wartete ich nur darauf, dass eine Nachricht von meiner Schwester aufpoppte. Irgendeine Hiobsbotschaft. Irgendetwas, das ich nicht bedacht hatte.

Meine Befürchtung war nicht ganz unbegründet. Ich hatte ihr bei unserem Telefonat heute Morgen die Besorgnis angehört. Den Hauch von Argwohn in ihrer Stimme. Franziska kannte mich wie niemand sonst auf der Welt, besser sogar als Konstantin, und ich spürte, dass sie bereits ahnte, dass etwas nicht stimmte. Dass mich noch etwas anderes umtrieb, das weit über eine gewöhnliche Beziehungskrise hinausging. Was ich da tat, glich einem Tanz auf dem Drahtseil ohne Sicherheitsnetz, und der bloße Gedanke, dass sie ausgerechnet jetzt auf die Idee kommen könnte, mir wieder den Besuch irgendeines Seelenklempners ans Herz zu legen, weckte in mir Unbehagen.

Fröstelnd ließ ich mich tiefer in die Wanne sinken. Und während ich dabei zusah, wie das Wasser sanft gegen den Badewannenrand schwappte, wanderten meine Gedanken zu Konstantin. Ob Franziska tatsächlich Wort hielt und die Finger von ihm ließ? *Aber spielt das jetzt überhaupt noch eine Rolle?*

Noch vor wenigen Wochen hätte mich das Wissen, dass die beiden zusammen waren, vor Eifersucht um den Verstand gebracht. Doch jetzt hatte sich eine seltsame Leere in mir breitgemacht. Banalitäten wie Besitzdenken kümmerten mich nicht mehr. Es war, als wäre meine Realität im wahrsten Sinne des Wortes verrückt. All die Dinge, die mir früher so schrecklich wichtig gewesen waren, schienen auf einmal belanglos, wie flüchtige Schemen eines Traumes, aus dem ich längst erwacht war.

Bereits damals, als Konstantin und ich zusammengekommen waren, hatte ich gewusst, dass Franziska in ihn verliebt war. Und vielleicht, so gestand ich mir jetzt ein, war das mit ein Grund gewesen, warum ich mich für ihn entschieden hatte. Um mir etwas zu nehmen, von dem ich wusste, dass sie es haben wollte. Weil sie verführerisch, stark und unabhängig war – und ich nicht. Letztendlich hätte es mich also nicht wundern dürfen, dass sie sich an ihn herangemacht hatte, als sich die Gelegenheit dazu geboten hatte. Ich verzog das Gesicht, konnte immer noch nicht recht glauben, dass das hier gerade wirklich geschah. Dass ich jetzt hier war, an Franziskas Stelle, ein Wolf im Schafspelz, und dass ich ihr Konstantin freiwillig auf dem Präsentierteller servierte.

Einmal mehr fragte ich mich, wie es nur jemals so weit hatte kommen können. Warum ich die Zeichen nicht früher erkannt hatte, die im Grunde doch unübersehbar gewesen waren und die mich schließlich unweigerlich hierhergeführt hatten – auf der Flucht vor meiner eigenen erbärmlichen Existenz. Warum war ich nur so verdammt *naiv* gewesen?

Unwillkürlich hob ich die Hand und tastete mit den Fingerspitzen nach der Narbe unterhalb meiner linken Augenbraue. Ein feiner weißer Strich, mit bloßem Auge kaum noch zu erkennen. Das Ergebnis eines Unfalls beim Eislaufen, als wir dreizehn waren.

Auf einmal sah ich alles wieder deutlich vor mir: meine am Knie aufgerissene Hose, das Blut, das mir die Wange hinablief und allmählich gerann, meine vor Entsetzen weit aufgerissenen Augen im Badezimmerspiegel, Franziskas Hände, die vorsichtig meine Wunde abtupften.

»O Gott!«, sagte ich und hörte, wie meine Stimme brach. »Denkst du, das wird eine Narbe?«

»Vermutlich.«

Ich heulte auf. »Aber – Zissy! Es tut mir so leid! Wie sollen wir denn jetzt noch …«

Der Blick meiner Schwester ließ mich verstummen.

»Mach dir keine Gedanken deswegen. Ich regle das.«

Franziska ließ das Wattepad sinken, mit dem sie die Wunde gesäubert hatte. Jetzt war nur noch ein schmaler Schnitt zu sehen. Sie kramte in der Kommode nach der Nagelschere und trat mit grimmiger Miene dicht vor den Spiegel.

»Zissy, warte! Das ist verrückt! Du kannst doch nicht …«

Doch da war es bereits geschehen. Atemlos sah ich dabei zu, wie die Spitze der Schere die Haut unterhalb ihrer Braue aufritzte. Meine Schwester verzog vor Schmerz kurz das Gesicht, aber kein Laut kam über ihre Lippen.

Ich begann leise zu weinen. Sofort war Franziska bei mir und nahm mich in den Arm.

»Schhh«, flüsterte sie und strich mir tröstend über den Rücken. Blut tropfte von ihrem Kinn auf meinen Pullover und vermischte sich mit meinem eigenen. »Schon gut, war halb so schlimm.«

»Aber …«

»Ich hab's dir doch versprochen, Lilly. Dass ich auf dich achtgebe, was auch geschieht. Wir sind eins, schon vergessen?« Sie lächelte. »Jetzt werden wir wieder gleich aussehen.«

Kopfschüttelnd verscheuchte ich die Erinnerung. Damals war Franziska mir so klug vorgekommen, so stark und furchtlos. Jederzeit bereit, unser Wohl als Zwillinge über ihr eigenes zu stellen. Ob das der Moment gewesen war, in dem alles aus dem Ruder lief?

Bevor ich mir noch eine Antwort auf meine stumme Frage überlegen konnte, erklang das Piepen meines Telefons. Es lag anderthalb Meter entfernt auf dem Toilettendeckel.

Stöhnend hievte ich meinen Oberkörper aus dem Wasser und griff danach. Die Nachricht kam – wie hätte es auch anders sein können – von Franziska.

> Hi, Süße. Ich hoffe, du hast den Tag genossen und konntest ein bisschen ausruhen. Konstantin und ich waren mit Karl im Zoo, also so weit alles bestens. Ach ja, eine Sache noch: Du hast in letzter Zeit nicht zufällig was von Nicky gehört? Karin hat angerufen, anscheinend ist sie verschwunden. Weißt du was darüber?

Meine Augen weiteten sich, als ich die Nachricht überflog. Nach kurzem Zögern tippte ich eine Antwort.

> Über Nicky weiß ich nichts. Aber die taucht schon wieder auf, macht sie doch immer. Mein Tag war super, ich war in der Innenstadt und bei der Maniküre. Gib Karl einen Kuss von mir. Ich vermisse euch.

Einige Sekunden starrte ich noch weiter auf das Display und sah dabei zu, wie meine Worte verschwanden und das Chatfenster wieder leer wurde. Das war eine der Besonderheiten der App, die wir während unseres Rollentauschs benutzten. Wir hatten sie so eingestellt, dass die Nachrichten gelöscht wurden, sobald die andere sie gelesen hatte. So konnten wir uns ungestört unterhalten, ohne verräterische Spuren zu hinterlassen – für den Fall, dass jemand auf die Idee käme, unsere Chatprotokolle lesen zu wollen.

Nachdenklich legte ich das Telefon zur Seite.

Das Wasser war inzwischen nur noch lauwarm, also stieg ich aus der Wanne und trocknete mich mit dem weißen Frotteebadetuch ab, das griffbereit im Schrank lag.

Als ich das Schlafzimmer betrat, fiel mein Blick auf den vollgepackten Rucksack, der neben dem Bett stand, und ein trauriges Lächeln huschte über mein Gesicht.

Gleich morgen früh würde ich nach Zell am See aufbrechen – meine letzte Station auf meinem kurzen Ausflug in Franziskas Leben. So sehr ich mich auch davor fürchtete – es war an der Zeit, das zu tun, was ich mir vorgenommen hatte.

KAPITEL 16

»Bitte, Mama, geh nicht!« Karl schlang die Arme um meine Taille und blinzelte hoffnungsvoll zu mir hoch. »Du musst bei mir bleiben!«

»Na, na!«, sagte ich und tätschelte ihm tröstend den Kopf. »So gern ich das tun würde, es geht leider nicht. Was sollen denn die anderen Kinder denken? Siehst du hier sonst noch irgendwelche Eltern?«

Karl zog eine Schnute. »Ist mir egal.«

»Hast du denn keine Lust, mit deinen Freunden zu spielen?« Ich deutete auf ein Grüppchen Fünfjähriger, die in einer Ecke um einen mit bunten Legosteinen beladenen Tisch saßen. »Du gehst doch sonst so gerne in den Kindergarten.«

Karl zuckte die Schultern und klammerte sich noch ein wenig fester an mich. Ich strich ihm zärtlich übers Haar, während ich an seinem Kopf vorbei auf meine Armbanduhr spähte. Ich war schon jetzt viel zu spät dran. Amelie würde mich umbringen, wenn ich zu spät käme.

Widerstrebend machte ich mich von Karl los und ging in die Knie, sodass wir auf Augenhöhe waren. »Was ist mit deinem Malkasten? Willst du den nicht mal der Anna zeigen?«

Ich warf der Betreuerin einen Hilfe suchenden Blick zu. Sie begriff sofort.

»Was höre ich da? Du hast neue Malsachen bekommen? Die muss ich sehen!«

Endlich ließ der Junge von mir ab. Mit stolzgeschwellter Brust griff er in den Rucksack zu seinen Füßen und holte den teuren Aquarellmalkasten heraus, den wir zusammen mit einigen anderen Utensilien am Freitag gekauft hatten.

»Der ist aber schön!«, sagte Anna und machte große Augen. »Was würdest du davon halten, wenn wir zwei jetzt ein Bild für deine Mama malen? Klingt das nicht toll?«

Karl nickte zögerlich. »Okay.«

Das war mein Stichwort.

»Tschüss, mein Schatz!«, sagte ich und drückte Karl einen allerletzten Kuss auf die Stirn. »Hab viel Spaß, ja? Um halb drei bin ich wieder da, dann machen wir uns einen schönen Nachmittag. Versprochen.«

Voller Sehnsucht sah ich dabei zu, wie Karl der Erzieherin zu einem freien Tisch folgte. Am liebsten hätte ich ihn geschnappt und zurück ins Auto verfrachtet. Ich winkte den beiden noch einmal zu, wandte mich schweren Herzens ab und verließ den Kindergarten. Ich hatte nicht die geringste Lust, jetzt schon in mein altes Leben zurückzukehren. Was mich dort erwartete, war alles andere als verlockend.

Die Kündigung einreichen. Einen neuen Job suchen. Mich auf einer Datingplattform anmelden.

Missmutig klemmte ich mich hinter das Steuer von Amelies Wagen und ließ den Motor an. Ich hatte in den letzten Tagen viel nachgedacht. Über mein Liebesleben, meine Arbeit bei der Zeitung, mein Leben im Allgemeinen. Und mir war klar geworden, dass sich etwas ändern musste. Es war an der Zeit, ein neues Kapitel aufzuschlagen. Auch wenn ich noch nicht genau wusste, wie das aussehen sollte.

Alles in allem hatte ich die vergangene Woche mehr genossen, als ich mir eingestehen wollte. Mutter zu sein gefiel mir und bei dem Gedanken, in weniger als einer Stunde wieder in meiner hübschen, aber schrecklich leeren, kinderlosen Wohnung zu sitzen, verschlechterte sich meine Laune deutlich. Ich musste unbedingt mit Amelie reden und ihr klarmachen, dass ich eine größere Rolle in Karls Leben spielen, ihn öfter bei mir haben wollte. Immerhin hatte der Junge doch selbst gesagt, er wolle seine Tante Franziska sehen, oder etwa nicht?

Der Höhepunkt des Wochenendes war der Ausflug in den Zoo gewesen. Karl war beim Anblick des Elefantenbabys ganz außer sich vor Freude gewesen und aufgeregt am Zaun des Geheges hin- und hergerannt, um ja nichts zu verpassen. Es war entzückend gewesen. Auch zwischen Konstantin und mir war es besser gelaufen als erhofft. Die angespannte Stimmung vom Vorabend war im Laufe des Vormittags verflogen und ich war überrascht gewesen, wie leicht es mir gelungen war, an unsere frühere Verbindung anzuknüpfen. Und während wir Eis essend durch den Park schlenderten, alberne Fotos von Karl schossen und über Anekdoten aus unserer Jugend lachten, gab es Momente, in denen ich alles um mich herum vergaß. Warum ich hier war und dass er glaubte, mit meiner Zwillingsschwester zu sprechen, und dass es sie war, die er beim Gehen liebevoll an sich zu drücken glaubte.

Er meint nicht dich, Franziska! Er meint Amelie. Für ihn gab es immer nur Amelie.

Seufzend fragte ich mich, wie lange es diesmal wohl dauern würde, bis ich Konstantin wieder vergessen konnte. Bis die Wunde in meinem Herzen verheilt sein würde.

Trotzdem hatte ich meine Sache gut gemacht, daran konnte es keinen Zweifel geben. Weder hatte Konstantin gemerkt, mit wem er das Wochenende wirklich verbracht hatte, noch hatte ich irgendetwas getan, was Amelie mir zum Vorwurf machen konnte. Ein Kuss auf die Wange am Morgen und vor dem Schlafengehen – das war's. Ich hatte keine Ahnung, wie es um das Sexleben meiner Schwester bestellt war, jedenfalls hatte Konstantin die ganze Zeit nicht den geringsten Annäherungsversuch unternommen.

Ich setzte den Blinker und lenkte nach links, um die Spur zu wechseln, wobei ich fast einen Wagen übersehen hätte, der gerade aus einer Parklücke schoss. Ich gab Gas und konnte einen Zusammenstoß gerade noch vermeiden. Entschuldigend hob ich die Hand vor dem Rückspiegel und verbannte meine Gefühle für Konstantin in den hintersten Winkel meines Kopfes.

Es war schon seltsam. Mein Leben lang hatte ich meine Arbeit als Journalistin an die erste Stelle gesetzt und Amelie insgeheim dafür bemitleidet, dass sie ihr Studium für Ehemann und Kind an den Nagel gehängt hatte. Doch selbst die strahlendste Karriere schien in der Gesellschaft dieser beiden Menschen bedeutungslos, und während ich den Wagen auf die Döblinger Hauptstraße lenkte, kam ich nicht umhin, mich zu fragen, ob Amelie womöglich viel früher als ich begriffen hatte, worauf es im Leben ankam. Und bei diesem Gedanken verspürte ich noch ein anderes Gefühl, bohrend und giftig, auch wenn ich es mir nur ungern eingestand: Neid. Vielleicht waren wir ja doch nicht so verschieden, wie ich immer geglaubt hatte.

Die Fahrt zu meiner Wohnung dauerte eine Ewigkeit. Praktisch die gesamte Strecke über war ich gezwungen, im Schritttempo von Ampel zu Ampel zu kriechen. Als ich endlich in die Ungargasse einbog, von der aus eine Seitenstraße zu meinem Haus führte, war ich schweißgebadet. Hastig manövrierte ich den Audi auf einen freien Parkplatz und stieg aus. Amelie war nirgends zu sehen, aber das war nicht weiter verwunderlich. Ich war fast zwanzig Minuten zu spät. Vermutlich hatte sie es vorgezogen, drinnen auf mich zu warten.

Im Eilschritt lief ich den Treppenaufgang hinauf. Gerade als ich läuten wollte, wurde die Tür von innen aufgerissen. Es war der Postbote.

»Guten Morgen, Frau Pichler«, sagte er scheinbar überrascht und machte einen Schritt zur Seite, um mich durchzulassen.

Ich erwiderte den Morgengruß und schob mich mit einem dankbaren Lächeln an ihm vorbei ins kühle Treppenhaus. Im zweiten Stock angekommen, drückte ich den Klingelknopf. Aus dem Inneren meiner Wohnung drang ein Schellen an mein Ohr, doch ansonsten rührte sich nichts.

Ungeduldig schaute ich auf meine Armbanduhr. Verdammt, wir sollten uns wirklich beeilen. Bei dem Gedanken, wie Patrizia reagieren würde, wenn Amelie schon wieder zu spät zur Arbeit käme, wurde mir ganz anders.

Ich klingelte noch einmal. Diesmal länger.

Los, Lilly! Beeil dich! Mach die verdammte Tür auf!

Nichts.

Ich presste ein Ohr gegen das Holz und lauschte. Doch es war nichts zu hören. Keine Schritte, kein Knarren der Dielen. Vielleicht hatte Amelie verschlafen und das Klingeln nicht gehört?

Missmutig kramte ich im Topf des hüfthohen Ficus im Flur nach dem Ersatzschlüssel. Einige Sekunden lang wühlte ich in der feuchten Erde, bis ich fand, wonach ich gesucht hatte. Mit spitzen Fingern fischte ich ein Taschentuch aus der Tasche und wischte daran erst meine Hände und dann den Schlüssel ab. Kurz darauf schwang die Tür auf.

Ich betrat den Vorraum und stolperte fast über die Papiertüte mit meinen Klamotten, die immer noch dort stand. Fluchend hüpfte ich auf einem Bein durchs Zimmer und rieb mir den großen Zeh, den ich mir am Garderobenschrank gestoßen hatte.

Scheiße, tut das weh!

»Amelie?«

Stille. Nur das Surren der Klimaanlage und das Tropfen des Wasserhahns.

Ich ging in die Küche und drehte ihn zu. In der Spüle stand ein leeres Weinglas, daneben ein Pizzakarton. Von Amelie keine Spur.

Nach und nach suchte ich auch die restlichen Zimmer ab, obwohl ich längst wusste, dass es sinnlos war. Wenn Amelie hier gewesen wäre, hätte sie mich spätestens beim Hereinkommen gehört.

Ich ging zurück in den Vorraum und sah in die Schale auf der Kommode. Mein Autoschlüssel fehlte ebenfalls. Allmählich spürte ich, wie sich Unruhe in mir ausbreitete.

Ich zog mein iPhone aus der Tasche und versuchte, meine Schwester auf ihrem Handy anzurufen. Es läutete ein paarmal, dann sprang die Mailbox an. Ohne eine Nachricht zu hinterlassen, legte ich wieder auf. Meine Finger zitterten leicht, als ich das Anruffenster schloss und stattdessen die Signal-App aufrief.

Ich bin in der Wohnung. Wo steckst du?

Die Sekunden verstrichen, während ich wie gebannt auf mein Telefon starrte, doch nichts passierte.

Mist. Was jetzt?

Ich steckte das iPhone wieder ein. In Gedanken ging ich unsere letzten Gespräche noch einmal durch. Ob ich mich im Tag geirrt hatte und wir uns erst morgen hier treffen wollten? Ich schüttelte den Kopf. Nein, wir hatten Montag vereinbart, da war ich mir ganz sicher. Aber wo war sie dann?

Die Pendeluhr im Wohnzimmer tickte und auf einmal wurde mir bewusst, wie spät es schon war. Halb zehn!

O Gott, die Praxis!

Entschlossen machte ich auf dem Absatz kehrt. Ich schloss die Wohnung ab, so wie ich sie vorgefunden hatte, und lief zurück zu Amelies Wagen. Während ich mich durch den Verkehr quälte, versuchte ich noch einmal, sie auf ihrem Handy zu erreichen. Ohne Erfolg. Es läutete zwar, aber sie ging nicht ran.

Zwischen Wut und Sorge hin- und hergerissen, umklammerte ich das Lenkrad fest mit den Händen und überholte einen Radfahrer so knapp, dass er mir im Rückspiegel wütend die Faust entgegenstreckte. Ich registrierte es kaum.

Was auch immer der Grund sein mochte, dass Amelie nicht da war, ich hatte ihr ein Versprechen gegeben, und ich war fest entschlossen, es auch zu halten. Dann würde ich die Scharade eben noch ein wenig länger aufrechterhalten. Wenn Amelie meinetwegen Ärger auf der Arbeit bekäme, würde ich mir das nie verzeihen. Und wer, wenn nicht ich, sollte Karl vom Kindergarten abholen, wenn sie nicht auftauchte?

Ich lächelte bitter.

Ich hingegen, Franziska, hatte nichts vor. Es gab niemanden, der auf mich wartete oder dem auffallen würde, wenn ich noch länger wegblieb. Es war fast so, als würde ich gar nicht existieren.

KAPITEL 17

Wie durch ein Wunder kam ich mit nur zehn Minuten Verspätung in der Arztpraxis an. Patrizia hatte gerade wieder zu einer Gardinenpredigt angesetzt und ich wollte ihr gerade sagen, sie solle sich endlich wieder einkriegen und ihre verdammte Klappe halten, da trat Dr. Höller aus dem Behandlungszimmer. Er erklärte uns, er fühle sich nicht gut, und bat uns, sämtliche Termine für den Rest des Tages abzusagen. Tatsächlich sah er ein wenig kränklich aus.

Patrizia und ich teilten uns die Arbeit auf, und während ich am Telefon war, schaute ich immer wieder verstohlen auf mein Handy. Doch die Anrufe und Nachrichten, die ich Amelie hinterlassen hatte, blieben unbeantwortet.

Mein Herz krampfte sich zusammen, als mir ein schrecklicher Gedanke kam. Die Bergwanderung! Amelie war doch hoffentlich nichts zugestoßen? Verzweifelt versuchte ich, mich daran zu erinnern, für welche Bergtour sie sich entschieden hatte. Doch es half nichts, offenbar hatte sie es mir nicht gesagt.

Ich atmete einige Male tief durch und zwang mich zur Ruhe. *Entspann dich, Herrgott noch mal!*

Amelie war schon früher oft vergesslich gewesen. Ständig hatte sie ihre Sachen verloren, Geburtstage vergessen, Termine und Verabredungen verpasst. Sie war eine Träumerin, ja, das war sie. Bestimmt gab es eine plausible Erklärung, warum sie nicht zu unserem Treffen gekommen war. Wer weiß, vielleicht hatte sie ja ihr Handy verloren und war mit dem Auto irgendwo liegen geblieben. Vermutlich bestand gar kein Grund zur Sorge.

Als wir mit den Anrufen fertig waren, hatte ich noch gut zwei Stunden Zeit, bis ich Karl vom Kindergarten abholen musste, also beschloss ich kurzerhand, meinem Vater einen Besuch abzustatten. Das hatte ich ohnehin vorgehabt, also konnte ich es auch gleich erledigen.

Die Seniorenresidenz, in der Papa untergebracht war, galt als die luxuriöseste Einrichtung für pflegebedürftige Menschen im gesamten Wiener Becken. Sie bot ein vielfältiges Behandlungsangebot und fantastisches Essen – so stand es zumindest in den Werbeprospekten, die man uns gegeben hatte, um die astronomisch hohe Summe zu rechtfertigen, die wir monatlich für seine Betreuung hinblättern mussten.

Der Eingangsbereich der Anlage erinnerte eher an eine Hotellobby als an ein Pflegeheim. Der großzügige Raum war mit dunklem Stein gepflastert und mit mehreren gemütlich aussehenden Sitzgruppen hatte man versucht, eine unbeschwerte Atmosphäre zu schaffen. Doch es wirkte zu bemüht und das teure Leder konnte den Geruch von alten Menschen und Krankheit nicht überdecken.

Unsicher trat ich an den Tresen, wo mich eine junge Frau mit strengem Haarknoten und hellblauer Uniform mit dem Emblem der Seniorenresidenz empfing.

»Guten Tag. Wie kann ich Ihnen helfen?«

»Amelie Lechner. Ich würde gerne meinen Vater besuchen«, erklärte ich. »Victor Pichler.«

»Natürlich.« Sie sah auf ihre Uhr und verzog das Gesicht. »Herr Pichler hat mir nicht gesagt, dass Sie kommen. Sonst hätten wir ihn selbstverständlich gebeten, mit dem Mittagessen zu warten.«

»Das macht nichts«, sagte ich. »Es war eine spontane Entscheidung. Ich war gerade in der Gegend und dachte, ich sag nur mal kurz Hallo.«

»Wenn das so ist.« Lächelnd trat sie hinter dem Empfangstresen hervor. »Kommen Sie bitte mit.«

Ich folgte der Schwester einen schmalen Gang entlang, der in einen Speisesaal mündete. Auch hier hatte man sich alle Mühe gegeben, den wahren Grund des Aufenthalts der Bewohner zu verschleiern. Die kleinen Tische mit den karierten Leinendeckchen hätten gut in ein Restaurant gepasst. Schließlich entdeckte ich meinen Vater. Er saß halb verdeckt von einer riesigen Topfpflanze in einer Ecke.

Als wir näher kamen, hob er kurz den Kopf. Sein Blick wanderte von der Krankenschwester zu mir und er öffnete den Mund, doch die Schwester kam ihm zuvor.

»Herr Pichler, Ihre Tochter ist hier. Amelie«, sagte sie und strahlte meinen Vater an.

»Lilly«, berichtigte ich leise. Gespannt beobachtete ich ihn, wartete, hoffte, einen Schimmer des Erkennens in seinen Augen aufblitzen zu sehen.

»Lilly«, wiederholte Papa. Er neigte den Kopf, während er in seinem Gedächtnis nach einer passenden Erinnerung suchte. Dann war es, als fügte sich ein Puzzleteil an die richtige Stelle. Er lächelte. »Lilly!«

Ich atmete leise auf. »Hallo, Papa.«

Die Schwester vom Empfang nickte mir noch einmal höflich zu und verschwand dann in die Richtung, aus der wir gekommen waren. Ich setzte mich meinem Vater gegenüber auf einen freien Stuhl.

Mit einem Anflug von Unbehagen musterte ich ihn. Seit meinem letzten Besuch an Weihnachten hatte er einiges an

Gewicht verloren. Seine ehemals stattliche Gestalt war hager geworden, die Furchen in seinem Gesicht tiefer. Obwohl er erst auf die fünfundsiebzig zuging, sah er deutlich älter aus.

»Wie geht es dir, Papa?«, fragte ich und griff zaghaft nach seiner schwieligen Hand. »Kümmern sie sich hier gut um dich?«

Halb erwartete ich, dass er sich mir entziehen würde, aber das tat er nicht. Stattdessen schob er seinen Teller mit dem Ellbogen beiseite und schloss seine großen Pranken fest um meine Hände.

»Es geht mir gut.«

Mein Herz krampfte sich zusammen. Umarmungen, körperliche Zuneigung jeglicher Art – das war noch nie Papas Stärke gewesen. Jedenfalls nicht, seit Mama gestorben war, und das war schon eine Ewigkeit her.

Papas Blick wanderte zu meiner linken Hand und blieb an meinem Ringfinger hängen. »Schöner Ring.«

Ich löste meine Finger aus seinen Händen und betrachtete ihn ebenfalls. Er war aus Weißgold gefertigt und mit vielen kleinen Diamanten besetzt. Obwohl er wie angegossen passte, fühlte es sich noch immer seltsam an, ihn an meiner Hand zu sehen. Als würde er dort gar nicht hingehören.

»Das stimmt.«

»Und den hast du von Ben?«, brummte er und runzelte misstrauisch die Stirn. »Das hätte ich dem Bengel gar nicht zugetraut. Hast du nicht gesagt, er sei Musiker?«

Mir wurde flau im Magen. »Nicht Ben, Papa«, sagte ich sanft. »Konstantin. Weißt du nicht mehr?«

Sein Blick schweifte in die Ferne. »Natürlich, den meinte ich doch.«

An manchen Tagen war Papa klarer als an anderen, manchmal aber war er – so wie heute – schlicht woanders. Die Demenz hatte ihm den Verstand nicht vollständig geraubt, er hatte sich nur darin verirrt. Die Erinnerungen – sie befanden sich noch in seinem Kopf. Nur waren sie nicht immer greifbar oder in der richtigen Reihenfolge.

Dann klärte sich sein Blick und er schien seine Umgebung wieder wahrzunehmen: die Angestellten in ihren blauen Kitteln, die Tabletts mit schmutzigen Tellern wegtrugen. Mich.

»Wie geht es deiner Schwester?«

»Franziska?«, sagte ich, überrumpelt von dem abrupten Themenwechsel. »Gut, soweit ich weiß. Sie hat nur viel um die Ohren. Die Arbeit und so.« Ich zuckte die Achseln.

Papa nickte und zu meiner Überraschung lächelte er. »Sie ist sehr ehrgeizig, deine Schwester. Diese Zeitung, für die sie da arbeitet, die ›Wiener Wochenschau‹ … Ich lese jedes Wort, das sie schreibt.« Er legte den Finger auf den Mund und zwinkerte mir zu. »Aber verrat ihr das bloß nicht.«

»Sicher.«

Ich war gerührt, dass er sich daran erinnerte, wo ich arbeitete. Dass er sich sogar die Mühe machte, meine Artikel zu lesen. Und für einen Moment ließ ich zu, dass die Schuldgefühle mich einholten. Früher waren Amelie und ich alle zwei Wochen zusammen hergekommen, jeden zweiten Sonntag. So wie sie am Telefon über ihn gesprochen hatte, hatte sie unsere Tradition ohne mich weitergeführt. Sie war eindeutig die bessere Tochter.

Verdammt, ich bin echt zu lange nicht hier gewesen.

Auf einmal fiel ein Schatten auf sein Gesicht. »Ich wünschte, ich wäre ein besserer Vater gewesen, Zissy.«

Lilly, wollte ich ihn berichtigen, ließ es dann aber bleiben. Ich konnte ihm nicht verübeln, dass er in seinem gegenwärtigen Zustand nicht immer wusste, wen von uns beiden er vor sich hatte.

»Sag so was nicht«, widersprach ich. »Du warst ein guter Vater, Papa. Das bist du immer noch.«

Und irgendwie stimmte das auch. Er hatte für uns gesorgt, uns eine gute Schulbildung ermöglicht, Hobbys und

Nachhilfestunden bezahlt, wenn wir welche nötig hatten. Er war zur Stelle gewesen, als ich ihn brauchte. Es hätte uns viel schlimmer treffen können.

Papa schnaubte. »Ich war ein furchtbarer Vater, und das weißt du auch. Ich hätte mehr für euch da sein müssen. Aber ich hab versucht, das Richtige zu tun. Auch wenn ich nicht weiß, ob mir das gelungen ist.« Er machte ein bekümmertes Gesicht. »Sie hat es nicht leicht gehabt, deine Schwester. Erst deine Mutter, dann die Sache mit Ben …« Er brach ab und deutete mit einer ausschweifenden Geste in den Speisesaal. »Versprich mir, dass du gut auf sie achtgibst. Ich kann es ja nicht mehr.«

»Natürlich«, krächzte ich. »Du kannst dich auf mich verlassen, Papa.«

Noch immer wusste ich nicht, von wem er da gerade zu sprechen glaubte – von Amelie oder von mir. Aber letztlich war es auch egal. Was er gesagt hatte, traf auf beide seiner Töchter zu. Wenn auch auf unterschiedliche Weise.

Dann, als hätte es in seinem Kopf plötzlich klick gemacht, setzte er sich auf. Sein Blick wanderte zu meiner Handtasche, als würde er etwas Unliebsames darin erahnen.

»Deshalb bist du also hier.« Er kniff die Augen zusammen, die Feindseligkeit, die auf einmal in seiner Stimme lag, jagte mir eine Gänsehaut über den Rücken. »Egal was du sagst, ich bleibe dabei. Ich unterschreibe die Papiere nicht. Das ist mein letztes Wort.«

Es dauerte einen Augenblick, bis mir klar wurde, wovon er sprach. Die Renovierung des Hauses, der Umbau des Gartenschuppens. Nur dass das längst passiert war. Das Haus und die übrigen Eigentumswohnungen waren schon vor Jahren auf uns überschrieben worden, der Schuppen schon lange ausgebaut.

»Meinetwegen frag deine Mutter«, sagte er. »Aber sie wird derselben Meinung sein. Also vergiss es lieber gleich wieder.«

»Schon gut, Papa.« Ich strich ihm beruhigend über den Arm. Aus Erfahrung wusste ich, dass es zwecklos war, mit ihm zu diskutieren, wenn er sich in diesem Zustand befand. »Ist ja gut.«

Ein krachendes Geräusch drang vom anderen Ende des Raumes an mein Ohr. Ich drehte mich um und sah eine ältere Frau, die bestürzt auf einen zerbrochenen Teller starrte, der ihr heruntergefallen war. Sofort eilten zwei Schwestern herbei und begannen, die Scherben zusammenzukehren.

Als ich meine Aufmerksamkeit wieder auf meinen Vater richtete, hatte er sich über seinen Teller mit dem inzwischen sicher kalten Essen gebeugt: Rindsrouladen, die vertrocknet aussahen, und vor Fett triefende Speckbohnen. Beschwingt schaufelte er sich eine Gabel nach der anderen in den Mund. Ganz so, als hätte es das Gespräch in den letzten Minuten nie gegeben.

»Schmeckt gut«, sagte er mit vollem Mund und deutete auf seinen Teller. Er lächelte und war mit den Gedanken schon wieder sonst wo. »Wirklich lecker.«

Ich erwiderte sein Lächeln. Unser Gespräch war zu Ende, das war offensichtlich.

»Es war schön, dich zu sehen, Papa«, sagte ich und stand auf. Ich ging um den Tisch herum, umarmte ihn fest und spürte, wie er sich versteifte, bevor er die Umarmung erwiderte. »Ich komme dich bald wieder besuchen. Versprochen.«

KAPITEL 18

Als ich das Heim verließ, hatte sich Amelie immer noch nicht bei mir gemeldet, und langsam wurde ich nervös. Kurz erwog ich, zur Polizei zu gehen, verwarf den Gedanken aber gleich wieder. Was sollte ich denen schon sagen?

Meine Zwillingsschwester, mit der ich für eine Woche den Platz getauscht habe, ist verschwunden. Jetzt stecke ich in ihrem Leben fest und kann den Tausch nicht rückgängig machen.

Ich schnaubte. Einfach lächerlich. Außerdem würde die Polizei bestimmt nichts unternehmen, bevor nicht mindestens vierundzwanzig Stunden verstrichen waren. Es wäre also ohnehin zwecklos.

Während ich den Wagen zurück auf die Hauptstraße lenkte, musste ich mir eingestehen, dass der Besuch bei meinem Vater nicht den erwünschten Effekt erzielt hatte. Ich hatte gehofft, dass ich mich danach besser fühlen würde, doch meine Stimmung war nun sogar noch schlechter als zuvor. So war es jedes Mal, wenn ich ihn besuchte, und das war vermutlich auch der Grund, warum ich es so ungern tat. Die Demenz hatte ihn verändert. Aus dem schweigsamen, aber starken Mann von früher war ein ruheloser, verbitterter Greis geworden. Und diese Erkenntnis schmerzte mich mehr, als ich mir eingestehen wollte.

Pünktlich um halb drei holte ich Karl vom Kindergarten ab. Zusammen erledigten wir den Wocheneinkauf und machten dann noch einen Abstecher in den Park, bevor wir gegen fünf den Heimweg antraten.

Konstantins Wagen stand bereits vor dem Haus, als wir eintrafen, was ungewöhnlich war. Doch noch mehr beunruhigte mich der Streifenwagen, der vor der Einfahrt parkte.

Ich dachte an all die unbeantworteten Nachrichten, die ich Amelie hinterlassen hatte. Vor meinem inneren Auge spielten sich die schrecklichsten Szenarien ab. Amelie mit verdrehten Gliedmaßen in einem Straßengraben. Die zerquetschte Motorhaube meines Wagens. Der Körper meiner Schwester zerschmettert am Fuße einer Bergspalte …

O Gott, bitte mach, dass sie nicht wegen Amelie hier sind!

»Sieh mal, Mama!«, rief Karl, der das Einsatzfahrzeug nun erst bemerkte. »Was will denn die Polizei von uns?«

»Ich weiß es nicht, Schatz.« Mit klammen Fingern befreite ich ihn aus dem Kindersitz. »Vielleicht suchen sie ja nach einer entlaufenen Katze oder so.«

Kurz darauf betraten wir das Haus. Karls Frage, wieso wir die Einkäufe nicht wie sonst gleich mit reinnahmen, hörte ich kaum. Durch die offene Terrassentür drangen Stimmen in die Küche. Eine davon gehörte Konstantin, die anderen beiden, eine Frauen- und eine Männerstimme, kannte ich nicht.

»Geh doch schon mal in dein Zimmer«, sagte ich, als Karl an mir vorbeilaufen wollte. »Ich komme gleich nach.«

Karl schob trotzig die Unterlippe vor. »Aber das Kätzchen – ich will es sehen! Außerdem ist Papa da, ich hab ihn gehört!«

»Ich weiß, und wenn es tatsächlich ein Kätzchen gibt, hole ich dich. Versprochen.« Als Karl erneut zu protestieren begann, fügte ich hinzu: »Dafür darfst du jetzt auf meinem iPad spielen.«

Ich kramte in der Handtasche und reichte es ihm.

Karl murmelte ein gnädiges »Na gut«, schnappte sich das iPad und hüpfte damit grinsend in Richtung Treppe davon.

Ich atmete noch einmal tief durch, um mir Mut zu machen, dann begab ich mich zu dem Stimmengewirr nach draußen.

Konstantin saß mit zwei uniformierten Polizisten am Terrassentisch. Alle drei hatten halb volle Kaffeetassen vor sich stehen. Die Frau musste um die vierzig sein und hatte schwarz gefärbte Haare und schmale Augenbrauen in derselben Farbe. Ihr Kollege war deutlich jünger, trug eine rahmenlose Brille und hatte beeindruckend abstehende Ohren.

Ich räusperte mich. »Guten Tag.«

Drei Augenpaare flogen in meine Richtung. Konstantin sprang sofort auf und winkte mich zu sich. Er schien erleichtert, mich zu sehen.

»Hallo, Schatz. Gut, dass du da bist.« Dann, an die Polizisten gewandt: »Darf ich vorstellen: Das ist meine Frau Amelie.«

Die Polizistin erhob sich und reichte mir die Hand. Ihr Händedruck war kurz, aber fest. »Wanger, LKA Wien, sehr erfreut. Und das ist mein Kollege, Herr Pavlovic.«

»Schön, Sie kennenzulernen, Frau Lechner.«

Ich nickte ihm kurz zu und warf dann Konstantin einen verstohlenen Blick zu.

Was in aller Welt will denn das Landeskriminalamt von uns?

»Wir sind wegen einer Mitarbeiterin Ihres Mannes hier«, erklärte Frau Wanger, die meinen fragenden Gesichtsausdruck bemerkt hatte. »Nicola Felm. Ich nehme an, Sie kennen sich?«

»Nicky? Natürlich. Sie ist die jüngere Schwester meiner besten Freundin. Was ist mit ihr?«

»Frau Felm wurde am Wochenende als vermisst gemeldet. Können Sie uns sagen, wann Sie sie zuletzt gesehen oder gesprochen haben?«

Ich setzte mich neben Konstantin und allmählich normalisierte sich mein Herzschlag. Dann ging es also nicht um Amelie. Gott sei Dank!

»Keine Ahnung – muss schon eine Weile her sein«, sagte ich vage. »Also ist sie immer noch nicht wieder aufgetaucht? Karin hat am Telefon gegenüber Konstantin so was erwähnt.«

»Nun …«, erwiderte Frau Wanger gedehnt. Sie tauschte einen kurzen Blick mit ihrem jungen Kollegen und nickte leicht mit dem Kopf.

»Es tut mir leid, Ihnen mitteilen zu müssen, dass Frau Felm gestern tot aufgefunden wurde«, sagte Herr Pavlovic. Es klang wie ein Zitat aus einem Ratgeber mit dem Titel »Polizeiarbeit für Anfänger«. »Mein herzliches Beileid.«

»Wie bitte? Sie ist … tot?«

Fassungslos schaute ich von einem zum anderen. Ich wollte meinen Ohren nicht trauen. Dann sah ich zu Konstantin, der den Kopf gesenkt hielt und auf seine ineinander verschränkten Finger blickte. Anscheinend hatten sie es ihm schon gesagt.

»Aber ich verstehe nicht. Was … wie …«

»Wir haben ihre Leiche in einem abgelegenen Waldstück gefunden«, fuhr Herr Pavlovic fort. »Aber alles deutet darauf hin, dass sie nicht am Fundort gestorben ist. Dem Verwesungszustand ihres Körpers nach zu urteilen, muss sie schon mehrere Tage dort gelegen haben. Wie gesagt, es tut uns schrecklich leid.«

»O Gott!« Ich rang nach Luft, als mir klar wurde, was er damit meinte. »Soll das heißen, Nicky ist *ermordet* worden?«

Hilfe suchend sah ich erneut zu Konstantin, doch der zuckte nicht einmal mit der Wimper.

»Es sieht danach aus. Aber mehr können wir Ihnen beim derzeitigen Stand der Ermittlungen nicht sagen«, antwortete Frau Wanger. Sie nahm bedächtig einen Schluck aus ihrer Kaffeetasse, und einige Sekunden lang herrschte Schweigen, während sie uns Zeit ließ, die schreckliche Nachricht zu verarbeiten.

»Uns ist bewusst, dass das ein Schock für Sie sein muss. Immerhin kannten Sie Frau Felm schon seit …«

»Praktisch mein ganzes Leben lang.«

Frau Wanger nickte. Ihr Blick war voller Mitgefühl. »Dennoch wären wir Ihnen dankbar, wenn Sie uns ein paar Fragen beantworten könnten. Das würde uns bei den Ermittlungen wirklich weiterhelfen.«

»Ja. Natürlich.« Ich räusperte mich, trotzdem klang meine Stimme heiser. »Was wollen Sie denn wissen?«

Frau Wanger wandte sich zunächst an Konstantin. »Frau Felm hat doch für Ihre Firma gearbeitet – ist es Ihnen da nicht seltsam vorgekommen, dass sie nicht zur Arbeit erschienen ist?«

»Es ist nicht meine Firma, ich bin bloß einer der Geschäftsführer«, stellte Konstantin klar. »Aber nein, gewundert hat mich das nicht. Ich hatte zuvor mit Nicky gesprochen, und da hatte sie erwähnt, dass sie sich ein paar Tage freinehmen wollte. Wir hatten ja keine Ahnung, dass sie …« Er verstummte und senkte den Kopf.

»Hat Frau Felm denn einen Urlaubsantrag gestellt oder Ihnen verraten, was sie vorhatte?«

Der vorwurfsvolle Unterton in ihrer Stimme entging mir nicht. Und Konstantin ebenso wenig. Er setzte einen betont gleichgültigen Gesichtsausdruck auf, doch ich wusste es besser. Seine angespannten Kiefermuskeln verrieten, wie aufgebracht er war.

»Nein. Hören Sie, wir sind ein kleiner Betrieb. Auf solche Formalitäten legen wir keinen Wert. Wenn Frau Felm Urlaub nehmen will und es die Arbeit zulässt, reicht mir das. Und als ihr Arbeitgeber geht es mich nichts an, was sie in ihrer Freizeit treibt.«

»Natürlich.« Es klang nicht überzeugt.

»Das war nicht ungewöhnlich für Nicky«, schaltete ich mich ein. »Dass sie weggefahren ist, ohne jemandem Bescheid zu sagen, meine ich.«

Ich beobachtete, wie die beiden Polizisten einen Blick austauschten, mit dem sie sich gegenseitig zu bestätigen schienen, dass ihr Tag gerade erheblich interessanter geworden war. Also erzählte ich ihnen ein paar Anekdoten aus unserer Kindheit, unter anderem auch von Nickys spontaner Europareise vor ein paar Jahren.

»Vielen Dank«, sagte Frau Wanger, als ich geendet hatte. »Damit komme ich auch schon zu meiner letzten Frage, vielleicht der wichtigsten: Hatte Frau Felm Ihres Wissens mit irgendjemandem Streit? Auf der Arbeit? Mit Freunden, Freundinnen, Ex-Partnern?«

»Also im Büro nicht«, sagte Konstantin sofort. »Jedenfalls nicht, dass ich wüsste.«

Herr Pavlovic machte einen Vermerk auf seinem Notizblock und sagte dann: »Was ist mit Ihnen, Frau Lechner? Fällt Ihnen noch etwas ein, was uns weiterhelfen könnte?«

»Wie schon gesagt, wir hatten kaum Kontakt.« Nachdenklich legte ich den Kopf zur Seite, bevor ich widerstrebend hinzufügte: »Aber wenn ich ehrlich sein soll – es würde mich nicht wundern, wenn es Menschen gibt, die ihr nicht wohlgesonnen waren. Nicky war schon immer sehr … beliebt. Bei Männern. Weniger bei den Frauen, wenn Sie verstehen, was ich meine.«

»Irgendwelche Namen?«

Ich schüttelte den Kopf. »Nein, leider nicht. Da müssen Sie schon Karin fragen, ihre Schwester.«

»In Ordnung«, sagte Frau Wanger und stand auf. »Danke, dass Sie sich Zeit für uns genommen haben.« Auch Herr Pavlovic legte endlich den Stift beiseite und rieb sich verstohlen die Finger, die offenbar vom Mitschreiben schmerzten.

Frau Wanger griff in ihre hintere Hosentasche und zog zwei Visitenkarten daraus hervor, die sie uns entgegenstreckte. »Wenn Ihnen noch etwas einfällt, rufen Sie uns an, ja? Jeder Hinweis könnte von Bedeutung sein.«

»Klar, das machen wir.«

Unschlüssig drehte ich die Visitenkarte in den Händen und fuhr mit dem Daumen über die schlichten schwarzen Buchstaben. Einen Augenblick lang war ich versucht, Frau Wanger von Amelies – beziehungsweise Franziskas – Verschwinden zu erzählen, besann mich dann aber eines Besseren. Das Risiko, dass Konstantin Verdacht schöpfen und unangenehme Fragen stellen würde, war zu groß.

Ich begleitete die beiden Beamten noch bis zur Tür und kehrte dann auf die Terrasse zurück. Konstantin hatte sich nicht vom Fleck gerührt und starrte mit ausdrucksloser Miene in den Garten.

»Alles okay?«, fragte ich sanft.

Konstantin antwortete nicht. Es tat weh, ihn so bekümmert zu sehen. Mit bangem Herzen setzte ich mich neben ihn und strich ihm tröstend über den Arm.

»Wieso hab ich nur nicht nachgefragt, wo sie ist?«, murmelte er nach einer Weile, mehr zu sich selbst als zu mir. »Es stimmt, Nicky hatte mir gesagt, dass sie für ein paar Tage wegfahren will, aber eigentlich wollte sie mir deswegen noch einmal Bescheid geben.«

»Aber das hat sie nicht.«

»Nein.« Ein gequälter Ausdruck huschte über sein Gesicht. »Ich hätte sie anrufen müssen. Nachfragen, was los ist. Mein Gott, warum hab ich nur nicht nachgefragt?«

»Mach dir keine Vorwürfe. Du konntest ja nicht wissen, dass so was passieren würde.«

Konstantin schürzte die Lippen, sagte aber nichts. Für den Bruchteil einer Sekunde fragte ich mich, ob zwischen Nicky und ihm womöglich mehr gewesen war, als er zugeben wollte. Irritiert schüttelte ich den Kopf. War ich gerade wirklich eifersüchtig auf eine Tote? Wegen des Mannes meiner Schwester?

Bist du jetzt völlig übergeschnappt?

Eine Weile saßen wir einfach nur so da, Seite an Seite, und sahen zu, wie die Sonne sich durch die Bäume an der Grundstücksgrenze ihren Weg bahnte. Meine Gedanken wanderten zu Karin. Ich wollte mir gar nicht ausmalen, wie sie sich fühlen musste. *Mord!* Wenn es Amelie gewesen wäre … unvorstellbar!

Schließlich brach Konstantin das Schweigen. »Ich muss mich übrigens bei dir entschuldigen.«

Ich hob den Kopf. »Wofür denn?«

»Für … alles, schätze ich.« Er klang verbittert. »Die vielen Überstunden. Dass ich so wenig zu Hause war. Du hattest es in letzter Zeit nicht leicht mit mir, und das tut mir leid. Die Arbeit und all das – ich stand einfach sehr unter Druck.«

Nur zu gerne hätte ich gewusst, was genau er mit »all das« meinte, wagte es aber nicht, ihn danach zu fragen.

»Schon gut«, sagte ich stattdessen. »So was kommt vor.«

Doch Konstantin schüttelte den Kopf. »Nein, im Ernst. Wenn ich daran denke, was mit Nicky passiert ist, wird mir erst wieder so richtig bewusst, was wichtig ist im Leben. Und in meinem seid ihr das: Karl und du.«

Auch wenn seine Worte genau genommen nicht mir galten, breitete sich ein Lächeln auf meinem Gesicht aus. *Oh, Konstantin!*

Ich dachte an Amelie, daran dass sie gemeint hatte, irgendetwas hätte sich zwischen ihnen verändert. Ob dies der Grund für ihre Zweifel gewesen war? Konstantins schlechte Laune, seine ständige Abwesenheit, die vielen Überstunden? Bei diesem Gedanken wurde mir ganz schwer ums Herz, und ich fragte mich, ob Konstantins Entschuldigung sie wohl umgestimmt hätte, wenn sie jetzt hier gewesen wäre.

Konstantin griff nach meiner Hand und verschränkte seine Finger mit meinen. »Du hast etwas Besseres verdient, und ich verspreche dir, ich mach's wieder gut. Du und ich – wir gehören zusammen. Für immer.«

Und für einen kurzen, unwirklichen Moment glaubte ich ihm.

KAPITEL 19

Ben drehte den Lautstärkeregler am Radio voll auf, damit wir den Song von Linkin Park trotz des Fahrtwindes, der uns um die Ohren pfiff, hören konnten. Er sah aus wie einer dieser Wackeldackel, während er im Takt der Musik mit dem Kopf wippte.

»Gott, ich liebe diesen Song!«

»Sag bloß!«, rief ich und schnitt eine Grimasse, als er anfing, laut mitzusingen. Ben war Gitarrist. Singen dagegen gehörte nicht zu seinen Stärken.

Auch Ben grinste nun, während er liebevoll meinen Oberschenkel drückte. »Du solltest wirklich mitkommen nach Berlin. Du könntest mein Groupie werden.«

Ich war fast versucht, ihn daran zu erinnern, dass ich noch zur Schule ging. Papa und Franziska würden mich umbringen, wenn ich sie hinschmeißen würde. Aber Ben wirkte so euphorisch wie schon lange nicht mehr und ich wollte ihm die Laune nicht verderben. Also legte ich meine Hand auf seine, die immer noch sanft auf meinem Schenkel ruhte, und verschränkte die Finger mit seinen.

Ich drehte den Kopf, um ihn zu mustern, bewunderte sein fein geschnittenes Kinn und den schmalen Hals, der halb von seinem langen, vom Wind zerzausten Haar bedeckt war. Mein Blick blieb an seinem Brusthaar hängen, das zwischen den Knöpfen seines tief ausgeschnittenen T-Shirts hervorlugte, an der dünnen Kette, die er so liebte und die er niemals ablegte, nicht einmal beim Schlafen. Ich spürte ein plötzliches Begehren in mir aufsteigen.

Er fing meinen Blick auf und lächelte, bevor er seine Aufmerksamkeit wieder der Straße zuwandte.

»Ich kann es kaum erwarten, mit dir von hier zu verschwinden.«

Die letzten Takte des Songs verklangen und mit ihnen verflüchtigte sich auch die Erinnerung. Seufzend konzentrierte ich mich wieder auf die Straße, die sich in engen Serpentinen den Berg hinaufschlängelte.

Warum habe ich es nicht getan? Warum bin ich nicht mit ihm gegangen, als ich die Chance dazu hatte?

Mit dem nächsten Wimpernschlag war ich schon wieder abgetaucht in eine andere Zeit. Es war eine andere Straße gewesen, aber nicht weniger kurvig.

Wir waren auf dem Rückweg von einer Wanderung, und es dämmerte bereits. Ich hätte längst zu Hause sein sollen. Ben lenkte seinen Wagen auf einen Parkplatz abseits der Straße. Hinter einer Baumreihe hielt er an und stellte den Motor ab.

»Was machen wir hier?«, fragte ich und sah mich um.

Ben schnallte sich ab, antwortete aber nicht. Als er sich mir zuwandte, war seine Miene ungewohnt ernst. In seinen Augen lag ein Glitzern, das ich so nicht kannte.

»Du weißt, dass ich mich um dich kümmern werde«, sagte er. »Ich liebe dich, Amelie.«

Sein Blick wanderte von meinem Gesicht nach unten, und instinktiv verschränkte ich die Hände vor meinem Bauch. Es waren erst wenige Wochen, noch war nichts zu sehen. Aber wenn ich die Augen schloss und in mich hineinhörte, konnte ich es beinahe spüren. Das Leben, das in mir heranwuchs.

»Ich weiß.« Es war das Einzige, dessen ich mir sicher war.

Ben griff ins Handschuhfach und holte einen Ring heraus. Schlicht, wunderschön. Zwei ineinander verflochtene goldene Bänder, dazwischen ein einzelner smaragdgrüner Stein.

»Ich meine es ernst, Amelie«, sagte er eindringlich. »Für immer – verstehst du?«

Ich sah erst den Ring an und dann ihn, überrascht und unsicher zugleich. Ich zögerte.

Für immer – so etwas sagte sich so leicht. Aber es zu leben, das war etwas völlig anderes. Wusste er wirklich, was das bedeutete: *für immer*? Er liebte seine Musik, die Band, sein Leben in Freiheit. War er tatsächlich bereit, all das aufzugeben? Zu heiraten, für ein Kind zu sorgen? Und war ich es denn überhaupt? Ich war doch erst siebzehn, stand erst an der Schwelle zum Erwachsensein. Wer wusste denn schon mit siebzehn, wie und mit wem er den Rest seines Lebens verbringen wollte?

Ich sah ihn an und lächelte zaghaft. »Ich muss darüber nachdenken. Okay?«

»Tu das«, erwiderte Ben. »Nimm dir alle Zeit, die du brauchst. Und wenn du so weit bist, werde ich da sein. Ich werde *immer* für dich da sein.«

Ein melancholisches Lächeln umspielte meine Mundwinkel, als ich an diesen Abend zurückdachte. Hätte ich doch nur *ja* gesagt! Ja zu ihm und zu dem ungeborenen Kind in meinem Bauch.

Die Straßen waren schmal, größtenteils gab es nicht einmal einen Pannenstreifen, geschweige denn Leitplanken. Aber es gab mehrere Aussichtspunkte über das Tal, kleine Parkbuchten am Rande des steil abfallenden Berghangs. Jetzt war es nicht mehr weit.

Ein paar Minuten später erreichte ich mein Ziel und lenkte den Wagen auf einen leeren Parkplatz. Ich stieg aus, streckte meine steifen Glieder und ging zum Kofferraum, um die Slipper, die ich während der Fahrt getragen hatte, gegen Franziskas Bergstiefel zu tauschen.

Ich schaute auf mein Handy. Drei Anrufe in Abwesenheit und ebenso viele Signal-Nachrichten, alle von Franziska. Bestimmt war sie inzwischen außer sich vor Sorge, weil ich nicht zu unserer Verabredung erschienen war. Ohne die Nachrichten zu lesen, steckte ich das iPhone wieder in meine Handtasche, schloss das Auto ab und machte mich auf den Weg.

Als ich dem ausgetretenen Wanderpfad in den Wald folgte, stieg mir der Geruch von feuchter Erde in die Nase. Das Zwitschern der Vögel drang an mein Ohr, das Rascheln der Blätter und Zweige im Unterholz, das dumpfe Geräusch meiner Füße auf dem Waldboden. Der Himmel, der zwischen den Baumkronen durchschimmerte, leuchtete in einem kräftigen Blauton. Die Sonne brannte erbarmungslos auf mich herab, und schon bald begann ich von der ungewohnten Anstrengung zu schwitzen.

Die Aussichtsplattform, die ich ansteuerte, lag eine gute Stunde Fußmarsch entfernt. Ich kannte die Strecke auswendig. Als Kinder waren wir mit unseren Eltern oft hier gewesen, Papa, Mama, Franziska und ich. Meine Mutter hatte diesen Ort südlich von Salzburg geliebt, die Berge, die frische Luft, den Zeller See. Jeden Sommer hatten wir einige Wochen hier verbracht, am Wasser oder oben in den Wäldern beim Wandern. Bevor der Krebs vorangeschritten war und sie in den Rollstuhl zwang.

Ich war erst acht gewesen, als meine Mutter starb, aber ich dachte noch immer fast jeden Tag an sie. Ich fragte mich, was sie wohl von meinem erwachsenen Ich halten würde, wenn sie noch hier wäre. Ob sie gutheißen würde, ob sie verstehen könnte, was ich tat.

Ich hielt kurz inne, stützte die Hände auf die Knie, um wieder zu Atem zu kommen, und setzte dann meinen Weg fort, der langsam steiler wurde.

Meine lebendigsten Erinnerungen an meine Mutter stammten aus einer Zeit, als sie schon fast verschwunden war – in ihrem Lehnstuhl am Fenster mit Blick auf den Garten und mit einer dicken Decke über den Beinen. Die Krankheit hatte sie ausgelaugt und sie war schrecklich dünn, doch in meinen Augen war sie immer noch wunderschön gewesen. Eine harmonische Mischung aus zierlich und kantig, und immerzu hatte sie dieses leise Lächeln auf den Lippen gehabt.

Es war Winter gewesen, als Mama starb. Die kalte Jahreszeit brachte eine Grippewelle mit sich und in diesem Jahr hatte sie uns alle heimgesucht. Zuerst Papa, dann mich, schließlich sogar Franziska, obwohl sie sonst nie krank wurde. Ich erinnerte mich noch gut an diese Zeit, an Papas keuchenden Atem, an den Geruch von Eukalyptusöl und das leise Flüstern des Inhalators, der in der Ecke des Wohnzimmers vor sich hin brodelte. Papa schlief damals im Gästezimmer, um die Viren von Mama fernzuhalten.

Doch natürlich hatte das nicht geklappt. Bei uns waren die Erkältungserscheinungen bald wieder abgeklungen, aber bei ihr war daraus eine Lungenentzündung geworden. Mit akuter Atemnot war sie ins Krankenhaus gebracht worden, aber das Antibiotikum hatte nicht angeschlagen. Ihre Krebserkrankung war bereits in einem weit fortgeschrittenen Stadium gewesen, und obwohl wir uns dessen bewusst waren, traf uns ihr plötzlicher Tod hart und völlig unvorbereitet.

Ich wimmerte leise. Die Erinnerungen an sie taten immer noch weh, egal wie viel Zeit verstrichen war.

Papa war fest davon überzeugt, dass es seine Schuld gewesen war. Tief in seinem Herzen musste ihm klar sein, dass dies nicht stimmte. Der Krebs war schuld daran – und natürlich die Grippe. Die Therapien gegen den Krebs hatten Mamas Abwehrkräfte geschwächt, selbst ein banaler Schnupfen hätte fatale Folgen haben können. Ihre Zeit war im Grunde schon längst da gewesen. Aber wenn man die Kausalitätskette zurückverfolgte – was mein Vater natürlich getan hatte –, endete sie bei ihm. *Er* hatte die Grippe angeschleppt. Und dieses Wissen gab ihm den Rest.

Dann hatte Papa mit dem Trinken angefangen und sich in sein Schneckenhaus zurückgezogen, das aus Arbeit und Whisky bestand. Und fortan hatte er uns und alle anderen auf Abstand gehalten.

Ich dachte an meinen Besuch bei ihm vor einigen Tagen und fragte mich, ob er wohl gespürt hatte, dass es das letzte Mal gewesen war. Dass er mich nie wiedersehen würde. Ich schüttelte den Kopf. Ich hatte nicht erwartet, dass mir der Abschied so schwerfallen würde. Ich war davon ausgegangen, dass die Wut alles andere überdecken würde. Aber aus irgendeinem Grund war da keine Wut gewesen. Nur Mitleid mit dem gebrochenen Mann, zu dem er geworden war. Zerfressen von Schuldgefühlen und Trauer um seine Frau. Von dem Geheimnis, das er so lange mit sich herumgetragen hatte. Ihretwegen.

Endlich erreichte ich den Berggipfel. Der Weg wurde breiter und führte zu einer Plattform, von der aus man die gesamte Umgebung überblicken konnte. Keuchend schleppte ich mich weiter und ließ mich auf eine Parkbank sinken. Ich war völlig verschwitzt und meine Füße schmerzten, aber die Aussicht entschädigte mich für die Anstrengung. Unberührte Natur, so weit das Auge reichte. Tief unter mir glitzerte die Wasseroberfläche des Zeller Sees. Dahinter Berge und Felsen, dichte Wälder, dazwischen in der Ferne ein paar Häuser, wie zufällig in die Landschaft gespuckt, darunter auch die kleine Pension, in der ich die letzten Tage untergekommen war. Ich reckte das Gesicht zum Himmel und lächelte.

Mama hatte völlig recht, dachte ich. *Der schönste Ort der Welt. Ein würdiger Ort, um Abschied zu nehmen.*

Die Parkbank ächzte unter meinem Gewicht, während ich einem Vogel zusah, der hoch über mir zu seinem Nest flatterte, einen dicken Wurm im Schnabel.

Ich schloss die Augen, ließ mich gegen die Rückenlehne sinken und spürte, wie sich meine Fingernägel in meine Handflächen gruben.

Ich hatte in meinem Leben so viel falsch gemacht. Es erschien mir wie ein Puzzle aus unbewussten Entscheidungen, deren Tragweite mir nicht einmal ansatzweise bewusst gewesen war. Ich hätte mich früher von Franziska emanzipieren müssen, und meine Ehe mit Konstantin war, nüchtern betrachtet, vermutlich ebenfalls ein Fehler gewesen.

Ich dachte an Franziska, an Papa, an Konstantin und an all die Lügen, die sie mir im Laufe der Jahre aufgetischt hatten. Dachte an das Kind, das nie das Licht der Welt erblickt hatte. Wenn ich damals auf Ben gehört hätte, wenn ich mit ihm nach Berlin gegangen wäre, das Kind bekommen hätte, dann wäre es vielleicht nie so weit gekommen.

Das einzig Gute in meinem Leben war Karl, und plötzlich vermisste ich den kleinen Kerl so sehr, dass es mir die Luft abschnürte. Seinen süßlichen Kinderduft, wenn er die Arme um mich schlang und seinen Kopf in meine Halsbeuge schmiegte. Sein stolzes Lächeln, wenn er mir sein neuestes Kunstwerk präsentierte, das er gemalt hatte – ein Geschenk für seine Mama.

Er ist in guten Händen, sagte ich mir und zwang mich, die Tränen zurückzuhalten, die mir in den Augenwinkeln brannten. *Franziska und Konstantin, sie lieben ihn und werden sich gut um ihn kümmern.*

Wenn ich eines wusste, dann das.

Langsam öffnete ich die Augen.

Es ergab keinen Sinn, jede Weggabelung im Labyrinth meines Lebens immer wieder aufs Neue zu hinterfragen, mich mit müßigen Was-wäre-wenn-Gedankenspielen zu quälen. Was geschehen war, war geschehen. Franziska, Nicky, Konstantin, Papa – sie alle waren schuldig, wenn auch auf unterschiedliche Weise. Und ich war es ebenso.

Die Sonne stand schon ziemlich tief, als ich mich endlich erhob. Mit hängenden Schultern machte ich mich auf den Rückweg zu Franziskas Wagen.

Mein Leben war von so vielen Verlusten geprägt. Zuerst Mama, die viel zu früh von uns gegangen war, dann Papa. Denn als sie starb, war ein Teil von ihm mit ihr gestorben. Die Lücke, die sie hinterlassen hatte, hatte er für sich mit Arbeit, noch mehr Arbeit und Alkohol auszufüllen versucht. Doch für uns hatte er keine Kraft mehr gehabt. Und schließlich Ben, meine große Liebe. Es war, als hätte mein ganzes Leben auf diesen einen Moment hingesteuert. Als wäre es vorherbestimmt, dass es so kommen musste.

Endstation für Amelie Lechner.

Ich verstaute die Bergschuhe wieder im Kofferraum und setzte mich hinters Steuer. Die Handtasche legte ich auf den Beifahrersitz. Ich wusste, dass ich eigentlich Angst haben sollte, Todesangst sogar, doch seltsamerweise fühlte ich gar nichts.

Ich startete den Motor. Während ich den Wagen auf die Straße lenkte, breitete sich ein Lächeln auf meinem Gesicht aus. Ich holte noch einmal tief Luft und trat das Gaspedal bis zum Anschlag durch.

Ich war bereit. So also fühlte sich Frieden an.

KAPITEL 20

Karin

Ich stellte mich so ungeschickt mit dem Schlüssel an, dass ich drei Anläufe brauchte, bis ich die Tür endlich aufbekam.

»Markus?«, rief ich, sobald ich über die Schwelle trat. Dann noch einmal lauter: »Markus, bist du da?«

Ich erhielt keine Antwort. Er hatte mir geschrieben, dass er mit den Mädchen zu seinen Eltern fahren wollte. Anscheinend war er noch nicht wieder zurück.

»Meine Schwester ist tot«, murmelte ich und schleppte mich auf wackeligen Beinen in die Küche. »Nicky ist tot.« Die Worte fühlten sich falsch und unwirklich an. Am liebsten hätte ich mich auf der Stelle übergeben.

Ich setzte Teewasser auf, ließ mich mit einem Stöhnen auf einem Hocker neben dem Küchentresen nieder und schlang die Arme um mich. Obwohl es draußen warm war und in unserer Wohnung noch wärmer, fror ich erbärmlich. Doch die Kälte kam von innen. Keine Decke und kein Mantel der Welt hätten mich wärmen können. Mein Handy hatte ich stumm geschaltet, sah aber am regelmäßigen Aufleuchten des Displays, dass unentwegt neue Nachrichten eingingen. Dazu Anrufe, die ins

Leere gingen. Es kümmerte mich nicht. Nicky war tot. Alles andere war jetzt egal.

Vermutlich sollte ich einfach schlafen gehen, aber ich fühlte mich nicht müde, nur erschöpft. Mein Kopf würde weiterarbeiten, ich würde mich im Bett herumwälzen und am nächsten Morgen ein Wrack sein.

Ich fragte mich, wie ich dieses Bild von meiner Schwester jemals wieder aus dem Kopf bekommen sollte. Nie zuvor hatte ich eine Leichenhalle von innen gesehen. Was für ein schrecklicher Ort! Der schlimmste Ort, an dem ich je gewesen war. Noch immer glaubte ich, ihn an mir zu riechen, diesen abscheulichen Gestank nach Chemikalien und Tod.

Frau Wanger hatte mich durch den Zugang für Angehörige in einen stickigen Raum geführt, der kaum breiter war als ein Korridor. Die Hand schon auf der Klinke der nächsten Tür, hatte sie innegehalten.

»Sie müssen das nicht tun«, sagte sie, nun schon zum dritten Mal. »Sind Sie sicher, dass Sie sich das zumuten wollen? Ich würde verstehen, wenn Sie es sich anders überlegt haben, es zu schwer für Sie …«

»Doch, das muss ich«, widersprach ich. »Bringen Sie mich zu meiner Schwester. Jetzt gleich.«

Frau Wanger nickte langsam. »Wie Sie wollen.«

Sie öffnete die Tür und wir betraten den Leichenschauraum des gerichtsmedizinischen Instituts. Das Neonlicht an der Decke blendete mich und ich brauchte einen Moment, um mich an die Helligkeit zu gewöhnen. Nickys Körper lag unter einem Laken auf einem schmalen Stahltisch in der Mitte des fensterlosen Raumes.

»Sind Sie bereit?«, fragte Frau Wanger und trat an die Bahre.

Bin ich das? Wäre das überhaupt irgendjemand an meiner Stelle?

»Ja.«

Mit einem geübten Handgriff zog die Polizistin das Tuch vom Gesicht meiner toten Schwester und strich es über den Schultern glatt. Dann trat sie respektvoll einen Schritt zurück.

Vorsichtig näherte ich mich der Bahre. Ein Wimmern löste sich aus meiner Kehle, als mein Blick auf den Leichnam fiel.

Es war seltsam, sie hier liegen zu sehen. Dieses aufgeweckte, lebenslustige Mädchen, das in seinem ganzen Leben nie länger als zwei Minuten hatte still sitzen können. Geradezu absurd. Ich schloss die Augen, öffnete sie wieder. Ich konnte nicht glauben, dass das gerade wirklich geschah. Dass keine Verwechslung, kein schrecklicher Irrtum vorlag. Nicky, meine süße, wunderhübsche kleine Schwester, war wirklich tot.

Ich wischte mir die Tränen aus dem Gesicht und zwang mich, genauer hinzusehen.

Nicky sah aus wie immer und auch wieder nicht. Ihre Haare waren gewaschen und gekämmt worden, die Augenlider mit den langen Wimpern geschlossen. Auf den ersten Blick hätte man meinen können, sie schliefe, wäre da nicht diese seltsame Kälte gewesen, die sie umgab. Noch beunruhigender war die Art, wie Nickys Kopf lag. Er war beinahe gerade ausgerichtet, aber doch nicht ganz, und mir fiel auf, dass er etwas nach links sank, was nicht zu der Sorgfalt passte, mit der die Leiche ansonsten aufgebahrt worden war.

Mir wurde schlecht bei der Vorstellung, dass ihr Hinterkopf womöglich an dieser Stelle eingedrückt sein könnte. Ich bückte mich, um nachzuschauen, und tatsächlich: Unterhalb von Nickys Schläfe, halb verdeckt von ihrem Haaransatz, befand sich eine klaffende Wunde. Dann bemerkte ich den chemischen Geruch. Er war schwach, ging aber definitiv von Nickys Körper aus und blockierte meine Atemwege. In diesem Moment brach ich innerlich vollkommen zusammen.

O mein Gott!

Würgend presste ich mir die Hand auf den Mund, um den Brechreiz zu unterdrücken. Ich kämpfte gegen die Panikattacke an, deren Pochen ich bereits hinter meinen Schläfen spürte. Hastig stolperte ich einen Schritt zurück, beugte mich vor und stützte schwer atmend die Hände auf die Knie. Alles drehte sich.

»Vielleicht sollten Sie sich kurz hinsetzen«, hörte ich Frau Wanger neben mir sagen und bekam mit, wie ein Stuhl über den Boden geschleift wurde.

»Es … geht schon wieder«, brachte ich mühsam hervor und ließ mich auf den Stuhl sinken. Die Luft schien sich in meinem Brustkorb zu stauen, und ich rang nach Atem, während mein Herz wie verrückt klopfte. »Ich brauche nur einen kurzen Moment.«

Ich konzentrierte mich auf meine Atmung. Zwei Sekunden einatmen, vier Sekunden ausatmen. Und noch einmal. Immer wieder. Nachdem das Schwindelgefühl nachgelassen hatte und ich meinen Beinen wieder einigermaßen trauen konnte, trat ich erneut an die Leichenbahre. Ich spürte Frau Wangers Blick auf mir. Stumm beobachtete sie mich. Ihr Mitleid widerte mich an.

Mir war klar, dass ich mich von Nicky verabschieden musste, aber ich wusste nicht, wie ich das anstellen sollte. Abschied nehmen würde bedeuten zu akzeptieren, dass sie nicht mehr da war. Aber dazu war ich noch nicht bereit. Und ich hatte keine Ahnung, ob ich jemals so weit sein würde.

Ich beugte mich vor, bis mein Gesicht ganz nah bei ihrem war. Wie in Trance streckte ich die Hand aus, zeichnete in der Luft den Umriss der grotesken Wunde unterhalb ihrer Schläfe nach.

Tränen liefen mir über die Wangen und tropften auf ihr Kinn, doch ihre Haut reagierte nicht, wie man es erwartet hätte. Die Tränenflüssigkeit perlte einfach daran ab.

»Leb wohl, Süße!«, sagte ich mit brüchiger Stimme und küsste Nicky auf die Stirn. Als meine Lippen ihre kalte Haut berührten, jagte mir ein Schauer über den Rücken. Dann wandte ich mich ruckartig ab.

»Wie ist sie gestorben?«

Mein Körper hatte auf Überlebensmodus umgeschaltet. Ich konzentrierte mich jetzt ganz darauf zu funktionieren. »Könnte es ein Unfall gewesen sein? Dass sie ... vielleicht gestürzt ist?«

»Theoretisch könnte die Wunde von einem Sturz herrühren. Aber wenn man den Fundort miteinbezieht ...« Frau Wanger machte ein bekümmertes Gesicht. »Wir benachrichtigen Sie, sobald wir den endgültigen Bericht der Rechtsmedizin vorliegen haben.«

Ich verstand sofort, was sie damit sagen wollte. Man hatte Nickys Leiche im Wald gefunden und alles sprach dafür, dass sie nachträglich dort abgelegt worden war. Am Fundort war kaum Blut gewesen, jedenfalls nicht genug für eine Kopfwunde dieser Art. Und wie man mir erklärt hatte, waren die Prellungen an ihrem Körper mit hoher Wahrscheinlichkeit postmortal.

Wieder spürte ich die Übelkeit in mir aufsteigen, doch diesmal gelang es mir, sie rascher in Schach zu halten. Ich wollte, dass die Polizistin mir bestätigte, was ich eigentlich längst wusste.

»Also war es Mord?«

»Wie gesagt, der endgültige Bericht steht noch aus«, sagte Frau Wanger leise. »Aber alles deutet darauf hin, ja.«

Ich spürte, wie etwas in mir zerbrach. Auf einmal konnte ich mich kaum noch auf den Beinen halten.

Frau Wanger räusperte sich. »Wir möchten Ihnen die Unterstützung durch unseren Beratungsdienst anbieten. Ich kenne da jemanden, der sehr viel Erfahrung in der Betreuung von Opferfamilien hat. Wenn Sie wollen, kann ich ...«

»Nein, schon gut«, unterbrach ich sie. »Danke, aber das ist nicht nötig.«

Das Pfeifen des Teekessels riss mich jäh aus meinen Gedanken. Geistesabwesend stand ich auf, holte einen Becher und einen Beutel Kamillentee aus dem Schrank über der Spüle und goss Wasser auf. Dann setzte ich mich wieder hin, blies sanft in den aufsteigenden Dampf meiner Teetasse und sog das tröstende Kräuteraroma ein.

Hätte ich doch bloß früher nach ihr gesehen! Wenn ich nur nicht so verdammt stur gewesen wäre und auf mein Bauchgefühl gehört hätte – vielleicht hätte ich dann das Schlimmste verhindern können.

Die Erinnerung an unser letztes Treffen stieg in mir auf, und auf einmal sah ich alles wieder deutlich vor mir: die leuchtend orangerote Markise des Cafés in der Innenstadt, die im Wind flatterte, die gehetzte Miene des Kellners, der kurz vor seinem Schichtende an unseren Tisch kam, als Nicky gerade auf der Toilette war. Und dann der Griff in ihre Handtasche, als ich bemerkte, dass ich mein Portemonnaie vergessen hatte. In meiner Erinnerung hörte ich mich noch einmal überrascht nach Luft schnappen, als ich es sah: all das Geld. Bündelweise frisch gedruckte Hunderter.

Stöhnend presste ich die Fäuste gegen meine schmerzenden Augen, während eine neue Welle von Schuldgefühlen über mich hereinbrach. Mein Leben lang hatte ich alles Erdenkliche getan, um Nicky zu beschützen. Ich hatte versucht, ihr die Mutter zu sein, die wir nicht mehr hatten, ihr ein Gefühl von Beständigkeit und Sicherheit zu geben und ihr ein gutes Vorbild zu sein.

Ich schluchzte leise.

Ich hätte einfühlsamer sein müssen, verständnisvoller. Und wenn das nichts gebracht hätte, hätte ich Amelie ins Vertrauen ziehen sollen. Vielleicht wäre es uns ja gemeinsam gelungen, Nicky dazu zu bringen, diesen bescheuerten Plan aufzugeben, den sie sich zurechtgelegt hatte – wer weiß?

Doch ich hatte nichts dergleichen getan. Stattdessen hatte ich Nicky beschimpft und sie gefragt, was das solle. Ich hatte sie angeschrien, sie solle endlich anfangen, die Verantwortung für ihr Handeln zu übernehmen. Und dann war ich gegangen.

Nie im Leben würde ich mir verzeihen, dass ich einfach gegangen war.

KAPITEL 21

»Mama, muss Papa jetzt ins Gefängnis?«

»Wie kommst du denn auf die Idee?« Beinahe hätte ich mich an meinem Orangensaft verschluckt. »Natürlich nicht!«

Ich warf Konstantin, der am Herd stand und Eier in der Pfanne brutzelte, einen schnellen Blick zu. Seine Schultern hatten sich verkrampft.

»Und was wollte dann die Polizei von ihm?«, fragte Karl und stocherte lustlos in seinem Müsli. Die Besorgnis in seiner Miene war nicht zu übersehen.

»Ach, Schatz!« Ich ging hinüber zu ihm und nahm ihn fest in die Arme. »Die waren nur wegen einer Kollegin von Papa hier. Nichts, worüber du dir Sorgen machen müsstest.«

Karl beäugte mich misstrauisch. »Versprichst du's?«

Ich hob die Hand zum Schwur. »Ehrenwort.«

Dann ging ich hinüber zu Konstantin. »Komm, gib her! Ich mach das schon.« Vorsichtig nahm ich ihm den Kochlöffel aus der Hand und schob die Pfanne mit den verkohlten Eiern vom Herd.

»Tut mir leid.« Konstantin lächelte schief. »Ich stehe heute irgendwie neben mir. Diese Sache mit Nicky …«

»Ich weiß«, sagte ich so leise, dass Karl uns nicht hören konnte. »Mir geht es genauso.«

Tatsächlich hatte Konstantin den ganzen Morgen über schon angespannt und fahrig gewirkt. Wie ich hatte er schlecht geschlafen und sich stundenlang neben mir im Bett hin und her gewälzt. Doch jedes Mal, wenn ich meine Hand ausgestreckt hatte, um ihm tröstend über den Rücken zu streichen, hatte er sich auf die andere Seite gedreht und die Bettdecke noch enger um seinen Körper geschlungen. Nickys Tod hatte ihn wohl schwerer getroffen, als er zugeben wollte.

Nach dem Frühstück ging Konstantin nach oben, um Karl beim Anziehen zu helfen. Er hatte angeboten, ihn auf dem Weg zur Arbeit beim Kindergarten abzusetzen, und mir war das nur recht. So blieb mir mehr Zeit, darüber nachzudenken, was ich jetzt tun sollte.

Während ich an meinem Kaffee nippte, sah ich zum gefühlt tausendsten Mal an diesem Morgen auf mein Handy. Noch immer kein Lebenszeichen von Amelie.

Missmutig öffnete ich die Signal-App und scrollte durch den Verlauf. Immer wieder hatte ich ihr Nachrichten geschickt, die unbeantwortet geblieben waren.

Neun Uhr zwölf:

Ich bin in der Wohnung. Wo steckst du?

Dann, am frühen Nachmittag:

Was ist los? Geht's dir gut? Ich mache mir langsam Sorgen. Melde dich bitte!

Und schließlich:

Was zum Teufel soll das, Lilly? Das ist nicht lustig. Ruf mich sofort an, wenn du das liest!

Die Nachrichten waren allesamt nicht gelesen worden. Vielleicht hatte ihr Telefon ja gerade kein Netz. Oder sie hatte es ausgeschaltet. Aber wieso sollte sie das tun?

Frustriert steckte ich das Handy wieder ein und ging nach oben, wo ich in ein frisches Top und einen dazu passenden Rock schlüpfte. Ich verstand einfach nicht, was das zu bedeuten hatte. Gestern Abend, als Karl bereits im Bett lag und Konstantin sich in sein Arbeitszimmer zurückgezogen hatte, hatte ich in allen Krankenhäusern der Umgebung angerufen. Ohne Ergebnis. Anschließend hatte ich das Internet durchforstet und die Nachrichtenkanäle nach einer Meldung über ein Bergunglück abgesucht. Vergeblich. Ich war mir nicht sicher, ob ich darüber beunruhigt oder erleichtert sein sollte.

Kurz nachdem Konstantin und Karl das Haus verlassen hatten, machte auch ich mich auf den Weg. Patrizia hatte mir eine Nachricht hinterlassen. Anscheinend fühlte sich Dr. Höller bereits wieder fit genug, um zu arbeiten.

Die Fahrt dauerte nicht lange und zu meiner Überraschung fand ich sogar eine Parklücke direkt vor dem Haus. Ich stellte den Motor aus und zog die Visitenkarte aus der Tasche, die mir Frau Wanger gestern überreicht hatte. Bereits nach dem zweiten Klingeln nahm sie ab.

»LKA Wien. Wanger am Apparat.« Sie klang müde, fast mürrisch, als hätte auch sie in dieser Nacht nicht viel geschlafen. Im Hintergrund hörte ich leises Stimmengemurmel und die Geräusche einer Kaffeemaschine.

»Hallo, Frau Wanger. Entschuldigen Sie bitte die frühe Störung. Amelie Lechner hier. Wir haben gestern …«

»Ich weiß, wer Sie sind. Warten Sie einen Augenblick.« Ich hörte gedämpfte Schritte, und als sie das Telefon kurz darauf wieder ans Ohr hielt, waren die Hintergrundgeräusche verstummt. »Ich hab nicht damit gerechnet, so bald von Ihnen zu hören. Ist Ihnen in Bezug auf Frau Felm denn in der Zwischenzeit noch etwas eingefallen?«

»Ich rufe nicht deshalb an.« Mir fiel auf, wie dünn und zittrig meine Stimme klang, und räusperte mich. »Es geht um etwas anderes. Um meine Schwester, genauer gesagt. Franziska Pichler.«

»Was ist mit ihr?«

»Sie ist ebenfalls verschwunden.«

»Ach ja? Und wie kommen Sie darauf?«

In kurzen Sätzen erzählte ich ihr von unserer geplatzten Verabredung am Vortag. Dass ich seitdem vergeblich versucht hatte, sie zu erreichen, und von den Nachrichten, die von ihr nicht gelesen worden waren. Abschließend berichtete ich ihr von der Bergwanderung, die sie geplant hatte.

»Hm«, sagte Frau Wanger, als ich geendet hatte. »Das klingt für mich im Moment nicht allzu beunruhigend. Vielleicht ist Ihrer Schwester etwas dazwischengekommen oder sie hat es sich anders überlegt und nur vergessen, Ihnen Bescheid zu sagen. So was soll ja vorkommen.«

»Möglich, aber das glaube ich nicht.«

Ein paar Sekunden lang herrschte Schweigen am anderen Ende der Leitung. Dann fragte Frau Wanger: »Was meinen Sie, könnte das Verschwinden Ihrer Schwester etwas mit dem Tod von Nicky Felm zu tun haben? Ich nehme an, die beiden kannten sich?«

»Nein!«, sagte ich sofort. »Das heißt, ja. Natürlich kannten sie sich, aber sie hatten seit Jahren keinen Kontakt mehr. Soweit ich weiß.«

»Okaaaay«, sagte Frau Wanger gedehnt, und ich hörte an ihrem Tonfall, dass ihr Interesse an unserem Gespräch bereits nachließ. »Nun, ich kann verstehen, dass Sie sich Sorgen machen, vor allem wenn man bedenkt, was Frau Felm zugestoßen ist. Trotzdem schlage ich vor, Sie warten noch ein paar Tage. Wenn Sie bis Ende der Woche immer noch nichts von Ihrer Schwester gehört haben, kommen Sie aufs Revier und wir nehmen eine Vermisstenanzeige auf. Einverstanden?«

Ich biss die Zähne zusammen. Am liebsten hätte ich das Telefon vor Wut aus dem Fenster geworfen. Wie sollte ich Frau Wanger nur den Ernst der Lage klarmachen, wenn ich ihr nicht sagen konnte, was wirklich los war?

»Aber was ist, wenn ihr etwas auf der Wanderung …«

»Hören Sie, Frau Lechner«, unterbrach mich die Polizistin. »Es mag unsensibel klingen, aber Sie müssen verstehen, dass wir nicht nach jedem Erwachsenen suchen können, der sich entschlossen hat, für ein paar Tage abzutauchen. Nichts für ungut.«

»Okay«, erwiderte ich zähneknirschend. »Danke trotzdem für Ihre Zeit.«

»Gern geschehen. Ach, und – Frau Lechner? Wenn ich Sie schon am Telefon habe, ich hätte da noch eine Frage.«

Ich hörte Papier rascheln, dann sagte sie: »Wir haben gerade die Auswertungen des Telefonproviders erhalten. Und da ist uns aufgefallen, dass Sie am Samstag vor einer Woche bei Frau Felm angerufen haben. Zweimal sogar. Würden Sie mir sagen, weshalb?«

Amelie hatte Nicky angerufen? Davon hatte ich nichts gewusst. Aber warum hatte sie das getan? Einen Moment lang herrschte betretenes Schweigen, während ich versuchte, eine Antwort zu finden, die möglichst wenig Nachfragen nach sich ziehen würde.

»Der Anruf … Stimmt!«, sagte ich, um Zeit zu schinden. »Der hatte keinen besonderen Grund. Nicky und ich hatten uns nur schon eine ganze Weile nicht mehr gesehen, und da dachte ich, es wäre nett, wenn wir uns mal wieder auf einen Kaffee oder so treffen würden.«

»Und Sie haben sich nicht gewundert, als Frau Felm nicht rangegangen ist? Und dass sie auch nicht zurückgerufen hat?«

»Ehrlich gesagt, nein. Wie ich schon erwähnt habe, war Nicky nicht gerade die Zuverlässigkeit in Person.«

»Verstehe.« Es klang enttäuscht. »Und was diese andere Sache angeht: Kopf hoch. Bestimmt gibt es einen plausiblen Grund, warum Ihre Schwester Sie versetzt hat.«

»Ja … sicher.«

Mit einem mulmigen Gefühl im Bauch beendete ich das Telefonat und riss die Wagentür auf. Ein wenig zu stürmisch, wie sich herausstellte, denn beim Aussteigen stieß ich mit der Schulter gegen einen Mann, der gerade die Straße überqueren wollte.

Ich strauchelte zur Seite und verlor fast das Gleichgewicht, konnte mich aber im letzten Moment am Türrahmen festhalten.

»Entschuldigung. Wie ungeschickt von mir.«

»Nein, mir tut's leid«, sagte ich, die helfende Hand ignorierend, die der Mann mir entgegenstreckte. »Ich habe Sie nicht kommen sehen.«

Mein Blick wanderte höher und blieb am Gesicht des Mannes hängen. Ich war überrascht, als ich erkannte, wer da vor mir stand: Max.

Was zum Teufel will der denn hier?

Soweit ich wusste, war Max Flemming gleich nach der Matura weggezogen und hatte sich seitdem auch bei keinem Klassentreffen blicken lassen. Zu sagen, ich hätte ihn vermisst, wäre eine glatte Lüge gewesen.

»Oh … Hi, Max!«, sagte ich und versuchte mich an einem Lächeln. »Ich hab gar nicht bemerkt, dass du's bist. Wie geht's dir so?«

Max wirkte irritiert. »Gut, danke«, erwiderte er langsam. »Aber viel wichtiger ist: Wie geht es *dir*? Man könnte fast meinen, du gehst mir aus dem Weg.«

»Warum sollte ich?«

Max hob vielsagend die Augenbrauen, sagte aber nichts, doch da war ein Ausdruck in seinem Gesicht, den ich nicht so recht einordnen konnte. Irgendetwas entging mir hier, das war kaum zu übersehen. Instinktiv umklammerte ich Amelies Handtasche fester und trippelte ein paar Schritte von ihm weg.

»Tut mir leid, Max, ich bin etwas in Eile. Eigentlich sollte ich schon längst bei der Arbeit sein.« Ich deutete auf das Praxisschild hinter seinem Rücken. »Lass uns ein andermal plaudern, ja?«

Max nickte, machte aber keine Anstalten, mich vorbeizulassen. Er hatte die Hände tief in den Taschen seiner ausgeleierten Hose vergraben und wirkte sichtlich nervös. Ich wollte mich gerade umständlich an ihm vorbeiquetschen, als er mich am Arm festhielt.

»Amelie – warte bitte!«

Die Art, wie er den Namen meiner Schwester aussprach, ließ mir die Nackenhaare zu Berge stehen. Auf einmal war er mir viel zu nah und ein Schwall seines übel riechenden Atems wehte mir entgegen. Es kostete mich einiges an Überwindung, nicht angewidert das Gesicht zu verziehen.

»Was ist?«

Max, der meine Anspannung spüren musste, ließ den Arm wieder sinken. »Hör mal, wegen neulich … Ich hätte nicht …« Er brach ab und schüttelte den Kopf. »Schon gut. Ich hab schon verstanden, es passt gerade schlecht. Aber du sollst wissen, dass ich für dich da bin, ja? Egal worum es geht.«

»Danke«, erwiderte ich, ohne auch nur die geringste Ahnung zu haben, was er damit meinte.

Ein vages »Man sieht sich« murmelnd, schob ich mich an ihm vorbei und eilte in Richtung Praxis.

KAPITEL 22

Ich öffnete Amelies Schreibtischschublade und wühlte mich systematisch durch ihren Krimskrams. Eine bunte Ansammlung von Stiften, Heftklammern und Notizzetteln mit angefangenen Einkaufslisten. Die Nachmittagssonne schien durch das Fenster auf die Tischplatte. Durch die offene Zimmertür drang das Gebrabbel des Zeichentrickfilms, den Karl sich gerade ansah.

Ich schloss die Schublade wieder und wandte mich stattdessen Amelies Laptop zu. Das Passwort dafür fand ich in den Notizen auf ihrem Handy. Während ich mich durch die Flut von E-Mails und Dokumenten klickte, trippelte ich nervös mit dem Fuß auf dem Parkettboden.

Amelie war jetzt schon seit über dreißig Stunden verschwunden, und die Ungewissheit trieb mich fast in den Wahnsinn. Die ganze Situation war in höchstem Maße unbefriedigend.

Einmal mehr fragte ich mich, ob es richtig gewesen war, mich vor Frau Wanger als Amelie auszugeben. Aber wie hätte die Alternative ausgesehen? Allein bei dem Gedanken, jemand könnte erfahren, was wir getan hatten, wurde mir ganz anders. Dass wir unsere Familie und Freunde getäuscht hatten, und das nicht zum ersten Mal. Mir war klar, wie das auf Außenstehende wirken musste: völlig verrückt. Krank sogar. Was Amelie und mich verband, ging weit über unsere jeweilige Identität hinaus. Niemand außer uns würde das je verstehen.

Und was Konstantin anging – ich war mir ziemlich sicher, dass dies das Ende ihrer Ehe bedeuten würde. Obgleich Amelie in Erwägung zog, sich von ihm scheiden zu lassen, war es nicht an mir, dem Ganzen auch noch Vorschub zu leisten. Ganz zu schweigen von den Auswirkungen auf einen möglichen Sorgerechtsstreit, wenn die Wahrheit ans Licht käme. Welcher Richter würde schon einer Frau das Sorgerecht für ein Kind zusprechen, die mit ihrer Zwillingsschwester zeitweise das Leben getauscht hatte? Entschieden schüttelte ich den Kopf. Nein, ich hatte die richtige Entscheidung getroffen.

Aber was, wenn ihr was zugestoßen ist? Noch schlimmer – was, wenn sie sich etwas angetan hat?

Allein der Gedanke war zu schrecklich, um ihn zu Ende zu denken. Plötzlich kamen mir Amelies Worte bei unserem Telefonat am Samstagmorgen wieder in den Sinn, die schiere Verzweiflung in ihrer Stimme.

»Ich bin einfach so verdammt unglücklich! Ich weiß nicht, was ich jetzt machen soll. Manchmal denke ich, ich halte das alles nicht mehr aus.«

Ich atmete mehrmals tief durch, ermahnte mich, nicht in Panik zu geraten.

Nein. Unmöglich. Das würde sie nicht tun – oder etwa doch?

Ich stöhnte gequält auf, als eine schmerzhafte Erinnerung in mir aufstieg. Amelie im Wartezimmer einer Arztpraxis, mager und blass, die Hände schützend vor dem Bauch verschränkt. Der verzweifelte Ausdruck in ihren Augen, als sie kurz darauf von mir auf einer Trage den Gang entlanggeschoben wurde. Ihre Finger, die meine bis zuletzt so fest umklammert hielten, dass ich fürchtete, sie würde sie mir jeden Moment brechen.

»Geh nicht! Lass mich nicht allein!«

Der Schwangerschaftsabbruch hatte Amelie schwer zugesetzt, so sehr, dass ich ernsthaft in Sorge um sie gewesen war. Ich hatte sie angefleht, wenigstens Papa einzuweihen, doch Amelie wollte nicht mit sich reden lassen. Also hatte ich für sie gelogen, wenn Papa oder unsere Freunde unangenehme Fragen stellten, war an ihrer Stelle zu den Prüfungen gegangen. Ohne meine Hilfe hätte sie das letzte Schuljahr nicht geschafft, so viel stand fest. Im Gegenzug hatte ich ihr das Versprechen abgerungen, wenigstens einen Psychiater aufzusuchen, was sie dann auch getan hatte. Der hatte ihr Tabletten verschrieben, irgendein Antidepressivum, und nach einer Weile war es ihr tatsächlich besser gegangen.

Erschöpft lehnte ich mich in dem Bürostuhl zurück. Mein Blick schweifte aus dem Fenster.

Ob Amelie wieder depressiv ist?

Als ich mit dem Laptop fertig war, nahm ich mir noch einmal ihr Handy vor. Aufmerksam ging ich ihre Chatverläufe durch, vor allem die mit Konstantin.

Doch da war nichts. Jedenfalls nichts, was mir ungewöhnlich erschien. Unzählige Konversationen darüber, was es zum Abendessen geben würde, wann Konstantin nach Hause käme, wer Karl vom Kindergarten oder einer Geburtstagsfeier abholen sollte. Lauter organisatorische Dinge, langweiliger Ehekram. Auch die Nachrichten, die sie mit Karin und Patrizia ausgetauscht hatte, waren wenig ergiebig.

Anscheinend hatte Amelie in letzter Zeit nicht viel telefoniert, denn die Anrufliste ihres iPhones reichte fast zwei Wochen zurück. Konstantin, Karin, der Kindergarten, Patrizia, wieder Konstantin. Und dann sah ich ihren Namen, ganz unten in der langen Liste – Nicky. Zweimal hintereinander, genau wie Frau Wanger gesagt hatte. Nachdenklich runzelte ich die Stirn.

Mein Blick fiel auf einen weiteren vertrauten Namen, der direkt darüber stand, und ich riss überrascht die Augen auf.

Max. Offenbar hatten sie am Sonntag vor einer Woche miteinander telefoniert.

Was hat Amelie bloß von diesem Idioten gewollt? Und warum hat sie mir nicht erzählt, dass Max wieder in der Stadt ist?

Ich dachte noch einmal an unsere Begegnung am Morgen. Er hatte überhaupt nicht überrascht gewirkt, mich zu sehen. Hatte er Amelie etwa wieder nachgestellt?

Wir kannten Max praktisch schon unser Leben lang. Ein stiller, etwas zu groß geratener Junge, verzweifelt darum bemüht, Amelies Aufmerksamkeit auf sich zu ziehen. Später hatte seine Begeisterung für meine Schwester sogar noch zugenommen, und er war ihr wie ein übergroßer Schatten überallhin gefolgt. Ich rümpfte die Nase. Ich hatte Max nie gemocht, fand ihn irgendwie unheimlich. Nur der Himmel wusste, warum Amelie sich überhaupt mit ihm abgegeben hatte. Wahrscheinlich hatte sie Mitleid mit ihm gehabt. Sie hatte immer schon ein Faible für aussichtslose Fälle gehabt.

Kein bisschen schlauer als vorher, legte ich das Telefon wieder zur Seite und loggte mich in Amelies Bankkonto ein. Aber auch hier – keine ungewöhnlichen Transaktionen. Kein sonst wie gearteter Hinweis auf ihren Verbleib. Nichts.

Wo zur Hölle steckt sie nur?

KAPITEL 23

Max

Lustlos schob ich die Bratkartoffeln auf meinem Teller von einer Seite zur anderen. Wie nahezu alles, was meine Mutter kochte, war das Essen kaum zu genießen. Die Kartoffeln waren angebrannt und trieften vor Fett, der Spinat wässrig und versalzen. Ich verspürte nicht den geringsten Hunger, trotzdem führte ich tapfer die Gabel zum Mund, kaute, schluckte.

Amelies Reaktion, als wir auf dem Gehweg zusammengestoßen waren, ging mir einfach nicht mehr aus dem Kopf. Sie hatte sich merkwürdig verhalten, anders konnte ich es nicht nennen. Die Verblüffung, als sie mich bemerkt hatte, ihr umherirrender Blick, als wolle sie möglichst schnell das Weite suchen. Und schließlich die Verwirrung, als ich ihr meine Hilfe angeboten hatte, ganz so, als wüsste sie gar nicht, wovon ich sprach – über alle Maßen merkwürdig.

Ich würgte einen Bissen Spinat hinunter und seufzte.

Ich hatte nicht vorgehabt, ihr hinterherzuspionieren, wirklich nicht. Es war einfach passiert. Ich hatte meinen morgendlichen Spaziergang gemacht, der mittlerweile zu einer festen Angewohnheit geworden war, hatte nach der Frau mit dem Mischlingshund Ausschau gehalten, die ich so lieb gewonnen hatte, und plötzlich war ich dort gewesen. Vor Amelies Arbeitsstätte.

So etwas war mir schon als Jugendlichem passiert. Wenn ich nicht aufpasste, landete ich irgendwo, wo ich gar nicht hinwollte. Als würde mein Körper die Kontrolle übernehmen und sich selbstständig dorthin bewegen. Auf dem Weg zur Schule fand ich mich auf einmal im Park wieder. Ich lief los Richtung Supermarkt und endete in der U-Bahn, fuhr zum Handballtraining und stand plötzlich vor dem Haus der Pichlers. Und so war es auch dieses Mal gewesen. Ich hatte eigentlich zur Apotheke gewollt, und auf einmal stand ich vor Dr. Höllers Praxis.

Vermutlich lag es daran, dass Amelie mich immer noch nicht angerufen hatte. Ich hätte so gerne gewusst, wie es ihr ging und was sie dazu bewogen hatte, mich an jenem Sonntag anzurufen. Wie sollte es jetzt weitergehen? Hatte sie vor, überhaupt etwas deswegen zu unternehmen?

Unbehaglich rutschte ich auf dem Küchenstuhl hin und her. Die Erinnerung an unser Telefonat nagte an mir, doch so sehr ich auch nach einer Erklärung lechzte, wagte ich es nicht, sie direkt zu fragen. Aus Rücksicht auf ihre Gefühle, aus Respekt, aber vor allem aus Angst. Ich war schon immer ein Feigling gewesen.

»Max, hörst du mir überhaupt zu? *Max!*«

Ich hob irritiert den Kopf und sah in die vorwurfsvollen Augen meiner Mutter. Anscheinend hatte sie bereits eine Weile auf mich eingeredet, ohne dass ich es bemerkt hatte.

»Entschuldige, ich war abgelenkt. Was hast du eben gesagt?«

»Wo bist du nur wieder mit deinen Gedanken«, sagte Mama kopfschüttelnd. »Ist es wegen der Arbeit? Der Jobsuche?«

»Was? Nein.«

Mama kniff die Lippen zusammen, und auf einmal fiel mir auf, wie schlecht sie aussah. Sie hatte in den letzten Wochen stark abgenommen. Ihre Wangen waren eingefallen, ihr Teint fahl. Die tiefen Furchen um Augen und Mund ließen sie älter erscheinen, als sie tatsächlich war – das Ergebnis ihres früheren Lebensstils, der geprägt gewesen war von Schlafmangel, harter körperlicher Arbeit und zu vielen Zigaretten. Und dann der Schlaganfall. Natürlich, vor allem lag es daran.

Mit Sorge dachte ich an die Worte des Arztes bei der letzten Routineuntersuchung vor ein paar Tagen. Mamas Werte waren nach wie vor schlecht. Das Risiko für einen weiteren Schlaganfall in den ersten zwölf Monaten nach dem ersten war besonders hoch.

»Aber du versuchst es, oder?«, hakte Mama nach. »Du suchst doch nach einer neuen Arbeit? Hier in Wien?«

»Natürlich.«

Tatsächlich hatte ich seit meiner Rückkehr nach Wien kaum einen Gedanken an meine Karriere verschwendet. Die Betreuung meiner Mutter und die Sorge um Amelie hatten mich vollkommen in Beschlag genommen.

»Du schreibst doch Bewerbungen? Seit du hier bist, warst du noch bei keinem einzigen Vorstellungsgespräch. Ich weiß, die Zeiten sind schwierig, aber ich könnte meine Freundin Bettina fragen. Vielleicht hat sie …«

»Himmel, nein!«

»Ich hätte dich einfach gern in der Nähe, weißt du?« Sie machte ein gekränktes Gesicht. »Schließlich bin ich nicht mehr die Jüngste.«

Sofort hatte ich ein schlechtes Gewissen, weil ich sie so angefahren hatte. Stöhnend fuhr ich mir mit den Fingern durchs Haar. So lief es schon seit Wochen zwischen uns. Wir waren nicht aneinander gewöhnt, hatten uns im Laufe der Jahre voneinander entfremdet, und Mamas mehr oder weniger subtile Vorwürfe gingen mir zunehmend auf die Nerven. Ich hatte sie vernachlässigt, seit ich mit achtzehn fortgegangen war, und obwohl sie versuchte, es sich nicht anmerken zu lassen, wusste ich, dass sie enttäuscht von mir war. Als alleinerziehende Mutter hatte sie es nicht leicht gehabt, trotzdem hatte sie getan, was sie konnte, um mir einmal ein besseres Leben zu ermöglichen. Die Erkenntnis, dass es ihr nicht gelungen war, hatte sie hart getroffen. Keine feste Arbeit, keine Frau, kein Erfolg gleich welcher Art. Ihr einziger Sohn – die größte Enttäuschung ihres Lebens.

Bis vor wenigen Wochen hatte ich in der Nähe von Frankfurt als Filialleiter einer Elektronikkette gearbeitet, aber die Geräte waren teuer und die Wirtschaftskrise hatte Spuren hinterlassen. Nach und nach waren Mitarbeiter gekündigt worden, und schließlich hatte es auch mich getroffen. Im Grunde war der Anruf von Mamas Arzt gerade zur rechten Zeit gekommen, so makaber das auch klingen mochte.

»Ich finde schon was«, sagte ich und bemühte mich um einen versöhnlicheren Tonfall. »Außerdem hab ich ein bisschen was gespart. Im Augenblick mache ich mir vor allem Sorgen um *dich*. Wegen dem, was der Arzt gesagt hat. Wir müssen zusehen, dass du wieder auf die Beine kommst. Alles Weitere wird sich dann schon fügen.«

Mamas Miene wurde weicher, sie streckte ihre Hand aus und legte sie auf meine. Ihr Blick fiel auf die Tageszeitung, die aufgeschlagen neben uns auf dem Tisch lag, und ihr Gesicht verdüsterte sich wieder.

»Schreckliche Sache, nicht wahr?«, sagte sie und deutete auf die Titelseite, auf der ein großes Schwarz-Weiß-Foto von Nicky Felm prangte. »Das arme Mädchen! Ihre arme Familie!«

Ich nickte nur. Ich erinnerte mich gut an Karins kleine Schwester – ein junges Ding mit langen Beinen und einem koketten Grinsen im Gesicht. Sie hatte in TOP 12 gewohnt, zwei Stockwerke über uns. Seit meiner Rückkehr war ich ihr ein- oder zweimal im Treppenhaus begegnet, doch über ein flüchtiges »Hallo« waren wir nie hinausgekommen. Sie hatte mich ignoriert, wie alle anderen auch.

»Hoffentlich findet die Polizei bald heraus, wer das getan hat. Allein die Vorstellung, dass ein Mörder hier frei rumläuft, dass er sogar bei uns im Haus war …« Sie schüttelte sich.

»Bestimmt werden sie das«, sagte ich und dachte an Frau Wanger mit ihrer humorlosen Art und ihrem durchdringenden Blick. Erst gestern war sie mit ihrem Kollegen hier gewesen, um alle Bewohner des Hauses zu befragen. »Die wissen schon, was sie tun. Irgendjemand muss doch was gesehen oder gehört haben.«

»Ich hoffe es.«

Stille breitete sich zwischen uns aus, während wir uns wieder unseren Tellern zuwandten, und wie ein Bumerang wanderten meine Gedanken zurück zu Amelie.

War sie womöglich deshalb so aus dem Häuschen? Wegen Nicky? Immerhin war Karin ihre beste Freundin, sie kannten sich schon seit Ewigkeiten. Und hatte Frau Wanger nicht erwähnt, dass Nicky für Konstantin gearbeitet hatte?

Nachdenklich wiegte ich den Kopf.

Es fiel mir immer noch schwer, die abweisende Frau von heute Morgen mit dem verzweifelten Häufchen Elend in Einklang zu bringen, das mir vor knapp zehn Tagen im Pub gegenübergesessen hatte. An dem Abend war sie verstört gewesen, regelrecht panisch. Und obwohl sie sich geweigert hatte, mir zu sagen, wo genau der Hase im Pfeffer lag, hatte es doch eine gewisse Verbindung zwischen uns gegeben. Heute Morgen hingegen war sie verschlossen und abweisend gewesen, und das schmerzte. Ich verstand es einfach nicht.

Warum nur verhielt sich Amelie auf einmal so merkwürdig? Als wäre ich bloß ein flüchtiger Bekannter, ein lästiges Relikt aus ihrer Kindheit. Als hätte ich ihr nicht gerade erst meine immerwährende Liebe gestanden und ihr ewige Treue geschworen.

Die Gabel in meiner Hand begann zu zittern, als die Erkenntnis durchsickerte. Es war ein Fehler gewesen, das wurde mir schlagartig klar. Niemals hätte ich mich dazu hinreißen lassen dürfen, Amelie meine wahren Gefühle zu offenbaren. Aber der Wodka, den ich aus Solidarität bestellt hatte, hatte mir die Sinne vernebelt. Dabei wusste ich doch, dass ich keinen Alkohol vertrug, dass er mich sentimental und depressiv machte.

War sie womöglich schlichtweg wütend auf mich?

KAPITEL 24

Nervös kratzte ich mit dem Löffel in meiner Kaffeetasse. Eine unangenehme Stille lag über dem Haus, nur unterbrochen von den steten Tropfen des Sommerregens, die gegen die Fensterscheiben prasselten.

Ich fühlte mich völlig erschlagen. Wie schon in den Nächten zuvor hatte ich schlecht geschlafen, war immer wieder aus wirren Träumen aufgewacht, schweißgebadet und mit klopfendem Herzen. Es war die Art von Aufwachen, bei der man sofort wusste, dass man so schnell nicht wieder einschlafen würde. Ich hatte dagelegen und ein Schreckensszenario nach dem anderen in meinem Kopf durchgespielt. Selbst Konstantin war aufgefallen, dass etwas mit mir nicht stimmte, denn er hatte mir am Morgen eine Tasse Tee ans Bett gebracht und mir geraten, zu Hause zu bleiben und mich auszuruhen. Patrizia war zwar über meine Krankmeldung nicht erfreut gewesen, hatte aber selbst eingeräumt, am Wochenende Kopfschmerzen gehabt zu haben. Vermutlich dasselbe Virus, das auch Dr. Höller letzte Woche erwischt hatte.

Doch mir war ganz und gar nicht nach Ausruhen zumute, und mein Zustand war auch nicht auf eine Sommergrippe zurückzuführen. Ich machte mir Sorgen um meine Schwester.

Missmutig zog ich mein Notizbuch und Amelies Laptop näher an mich heran und konzentrierte mich auf die vor mir liegende Aufgabe.

Bereits nach wenigen Klicks fand ich, wonach ich gesucht hatte: die Website der Anwaltskanzlei von Dr. Premmer. Wie Amelie gesagt hatte, war er auf Scheidungsrecht spezialisiert. Es war eine kleine Kanzlei. Neben den beiden namensgebenden Partnern gab es nur einen Konzipienten und die Sprechstundenhilfe. Sie alle trugen Anzüge und ein blasiertes Lächeln im Gesicht.

Ich leerte meine Kaffeetasse in einem Zug, dann nahm ich all meinen Mut zusammen und wählte die Nummer, die ich unter *Kontakte* gefunden hatte. Der Anruf wurde augenblicklich entgegengenommen.

»Kanzlei Premmer, Kirschner und Partner«, säuselte eine freundliche Frauenstimme. »Was kann ich für Sie tun?«

»Hallo. Mein Name ist Amelie Lechner, und ich würde gerne mit Herrn Dr. Premmer sprechen. Ist er zufällig gerade da?«

Ein paar Sekunden lang war nur das Tippen von Fingern auf einer Tastatur zu hören, dann sagte die Empfangsdame: »Sie haben Glück. Dr. Premmer ist soeben von einem Auswärtstermin zurückgekommen. Dürfte ich erfahren, worum es geht?«

»Wir hatten letzte Woche einen Termin«, improvisierte ich wild darauflos. »Mir ist am Wochenende noch etwas eingefallen, was ich ihn gerne fragen möchte.«

»In Ordnung, Frau Lechner. Ich verbinde Sie. Bitte bleiben Sie so lange in der Leitung.«

Es klickte, dann erklangen die Takte irgendeiner Klaviersonate. Mozart vermutlich, aber ich war mir nicht sicher.

Während ich wartete, trommelte ich nervös mit der Spitze meines Kugelschreibers im Takt der Musik. *Erst ihr Handy und ihr Laptop, dann ihr Bankkonto und jetzt auch noch ihr Anwalt,* dachte ich düster. So weit war es also gekommen. Es widerstrebte mir, Amelies Vertrauen zu missbrauchen und ihr hinterherzuschnüffeln, doch mir fiel nichts ein, was ich sonst hätte tun können. Amelies Besuch bei Dr. Premmer war die letzte Spur, der ich nachgehen konnte. Die letzte Chance, noch etwas herauszufinden. Eine andere Idee hatte ich nicht.

Einen Augenblick später verstummte die Musik und es klickte erneut.

»Dr. Premmer, guten Tag«, meldete sich eine tiefe Männerstimme. »Meine Sekretärin hat mir mitgeteilt, dass Sie mich sprechen möchten.«

»Ja, vielen Dank«, sagte ich. »Mein Name ist Amelie Lechner. Ich rufe an wegen unseres Termins vergangenen Freitag.« Ich holte tief Luft und formulierte mein Anliegen mit Bedacht. »Nun, ich bin leider nicht sicher, ob ich alles richtig verstanden habe, was Sie mir geraten haben. Daher hatte ich gehofft, Sie könnten mir die Kernpunkte unseres Gespräches vielleicht noch einmal schriftlich zukommen lassen.«

Stille am anderen Ende der Leitung.

»Natürlich bezahle ich dafür«, schob ich rasch hinterher. »Ein kurzer Aktenvermerk würde völlig ausreichen.«

»Hm. Wie war Ihr Name noch gleich?«

»Amelie Lechner.«

»Frau Lechner …«, wiederholte der Anwalt gedehnt. »Und Sie sagen, unser Termin wäre am Freitag gewesen?«

»Genau.«

Erneut herrschte Schweigen, während Dr. Premmer, wie ich vermutete, seinen Terminkalender durchging, um nach dem entsprechenden Eintrag zu suchen.

»Es tut mir leid, Frau Lechner«, erwiderte der Anwalt schließlich. »Aber ich habe hier keine Aufzeichnungen über ein Beratungsgespräch mit Ihnen.«

Ich erstarrte.

Keine Aufzeichnungen? Aber wie ist das möglich?

»Oh, wie dumm von mir«, sagte ich, als mir ein neuer Einfall kam. »Jetzt, wo Sie es sagen – vermutlich habe ich Ihnen gegenüber meinen Mädchennamen angegeben. Allein die Vorstellung, mich von meinem Mann zu trennen … Ich stehe im Moment völlig neben mir, wissen Sie?« Ich lachte nervös. »Pichler. Würden Sie es noch einmal mit Pichler versuchen? Und entschuldigen Sie vielmals die Umstände.«

Erneutes Tastaturklappern, doch als Dr. Premmer wieder das Wort ergriff, klang sein Ton kühl und abweisend. »Ich fürchte, hier muss ein Missverständnis vorliegen. Kann sein, dass Sie bei einem Berufskollegen waren, aber sicher nicht in unserer Kanzlei. Auf jeden Fall haben wir keinen der beiden Namen in unserer Klientenkartei.«

»Aber …«

Dann dämmerte es mir. Von einem plötzlichen Schwindelgefühl ergriffen, umklammerte ich das Handy so fest, dass meine Fingerknöchel knackten.

»Okay«, hauchte ich schließlich tonlos. »Trotzdem vielen Dank für Ihre Mühe.«

Nachdem ich aufgelegt hatte, blieb ich regungslos am Küchentisch sitzen.

Amelie hatte mich angelogen, eine andere logische Erklärung gab es nicht. Sie war überhaupt nicht beim Anwalt gewesen, weder bei Dr. Premmer noch bei irgendeinem anderen. Aber warum hatte sie das getan? Was hatte sie damit bezwecken wollen?

Entschlossen klappte ich den Laptop zu und stand auf. Im Vorraum schnappte ich mir Amelies Handtasche und die Autoschlüssel.

Dann würde ich eben noch einmal zu meiner Wohnung fahren. Vielleicht fand ich dort einen Hinweis auf ihren Verbleib. Irgendetwas, das ich beim letzten Mal übersehen hatte.

Ich riss die Tür auf und war schon fast beim Gartentor, als ich die beiden Männer bemerkte, die auf der anderen Straßenseite standen und sich suchend umblickten. Sie waren vermutlich in den Fünfzigern, der eine mit einem ungepflegt aussehenden Bart, der andere nahezu kahl und hager. Irritiert sah ich zu, wie der Bärtige erst auf sein Handy und dann auf die Hausnummer neben dem Gartentor schaute, bevor er seinen Kollegen in die Seite stieß und in meine Richtung deutete. Anscheinend wollten sie zu mir.

Auch das noch!

Mit einem resignierten Stöhnen legte ich die letzten Meter zurück und öffnete das Tor. »Guten Tag. Kann ich Ihnen helfen?«

»Frau Lechner, nehme ich an?«, sagte der Dürre und streckte mir die Hand hin. »Dieter Krick, Polizeikommissariat Döbling. Und das ist mein Kollege Herr Wartzack.« Seine Finger waren feucht und klamm, sein Händedruck schlaff. Aus der Nähe sah ich, dass sein Haaransatz voller Schuppen war.

»Die bin ich.«

Unbehaglich sah ich vom einen zum anderen, während ich mir verstohlen die Hände an der Jeans abwischte.

»Wir sind wegen Ihrer Schwester hier. Franziska Pichler.«

Mein Herzschlag beschleunigte sich. *O mein Gott!*

»Was ist mit ihr?«, fragte ich und rang um Fassung. Ich spürte, wie mir der Schweiß aus allen Poren trat. »Haben Sie sie gefunden? Geht es ihr gut?«

Die beiden tauschten einen kurzen Blick aus.

»Würde es Ihnen etwas ausmachen, wenn wir drinnen weiterreden?« Herr Krick nickte in Richtung Haus.

»Ähm … natürlich nicht. Kommen Sie mit.«

In der Küche angekommen, deutete ich auf zwei Stühle. »Bitte, setzen Sie sich. Kann ich Ihnen etwas zu trinken anbieten? Kaffee? Wasser?«

»Nicht nötig, danke«, sagte Herr Krick.

Sie nahmen Platz.

»Frau Lechner, am besten kommen wir gleich zur Sache. Ihre Schwester, Frau Pichler – wir fürchten, dass sie nicht mehr am Leben ist.« Er sah zu Boden. »Aller Wahrscheinlichkeit nach beging sie Selbstmord.«

»Was? Was sagen Sie da?«

Ich riss die Augen auf. Ich betete, flehte in Gedanken, dass er weitersprechen würde und sich alles als ein großes Missverständnis herausstellen würde. Doch das tat er nicht. Er sah mich nur mitleidig an, während er meine Reaktion abwartete. Ich schloss die Augen, rang nach Luft und weigerte mich, das soeben Gehörte zu akzeptieren.

»Frau Lechner?«

»Ja?«, sagte ich und öffnete widerwillig die Augen. Noch immer sah ich ihn nicht an, keinen von beiden. Stattdessen blickte ich auf meine ineinander verschränkten Finger. Der Nagellack blätterte an den Rändern ab. *Ich muss dringend mal wieder zur Maniküre*, dachte ich. Dann schüttelte ich den Kopf.

»Nein. Unmöglich. Das kann nicht sein.«

»Ich fürchte doch. Es tut uns schrecklich leid. Das muss ein schwerer Schock für Sie sein.« Herr Krick fuhr sich durchs Haar, wobei ein feiner Schuppenregen auf seine Schultern fiel. Die Situation war ihm sichtlich unangenehm.

»Aber ich verstehe nicht. Was … wie …«

»Eine Wanderin will gesehen haben, wie das Auto Ihrer Schwester im Bezirk Zell am See auf eine Böschung zugerast ist.«

Ich sah, wie sich sein Mund beim Sprechen öffnete und wieder schloss, während er mir erklärte, dass das Auto am gestrigen Abend den Abhang hinuntergestürzt und erst am Ufer des Zeller Sees zum Liegen gekommen war. Doch seine Worte drangen nur wie aus weiter Ferne an mein Ohr, ein stetes Rauschen, unwirklich und bizarr.

Herr Krick griff in seine Tasche, zog ein Schwarz-Weiß-Foto hervor und legte es auf den Küchentisch. »Das ist doch das Fahrzeug Ihrer Schwester?«

Ich wimmerte. Das Auto sah schlimm aus, es war kaum wiederzuerkennen. Die gesamte Karosserie war verbeult, sämtliche Scheiben zerbrochen. Aber es gab keinen Zweifel. Das war mein Wagen.

»Sie sagten, Sie *fürchten*, dass sie nicht mehr am Leben ist«, krächzte ich und riss mühsam meinen Blick von dem Foto los. Verzweifelt klammerte ich mich an den letzten Hoffnungsschimmer. »Dann haben Sie sie – ihre Leiche – gar nicht gefunden?«

»Die Bergungsarbeiten dauern noch an. Im Wagen war sie nicht und auch im näheren Umkreis war keine Spur von ihr zu sehen. Wir vermuten, dass Ihre Schwester beim Aufprall aus dem Fahrzeug geschleudert wurde und im See gelandet ist.«

»Dann wäre es also möglich, dass sie noch am Leben ist?«

»Es war ein Absturz aus fast achtzig Metern Höhe«, sagte Herr Wartzack und machte ein bekümmertes Gesicht. »Es ist mehr als unwahrscheinlich, dass sie den Aufprall überlebt hat.«

»Aber es wäre theoretisch möglich?«

»Wie gesagt, wir halten das für sehr unwahrscheinlich.«

Meine Hände begannen unkontrolliert zu zittern. Heftiges Schluchzen durchschüttelte meinen Körper. Das konnte, das *durfte* nicht wahr sein. *Bitte nicht! Nicht Amelie!*

Die beiden Beamten saßen schweigend da und gaben mir Zeit, den ersten Schock zu verdauen.

»Sie sprechen von Selbstmord«, sagte ich plötzlich und sah auf. »Das ist doch Unsinn! Wie kommen Sie auf die Idee, dass sie *absichtlich* über die Klippe gefahren sein soll? Vielleicht stimmte ja was nicht mit den Bremsen, vielleicht …«

»Nun, zum einen gibt es da die Aussage der besagten Zeugin und zum anderen haben wir am Seeufer die Handtasche Ihrer Schwester gefunden. Handy, Portemonnaie, Schlüssel und so weiter – alles da. Und in ihrer Geldbörse fanden wir diese Notiz.«

Herr Krick griff ein zweites Mal in seine Tasche. Das Foto, das er mir jetzt vorlegte, zeigte den Inhalt meiner Handtasche. Dazu einen Zettel. Nur vier Zeilen standen darauf, handgeschrieben in Amelies krakeliger Handschrift.

Es tut mir leid.
Ich sehe keinen anderen Ausweg.
Bitte verzeih mir, Süße.
In Liebe, Zissy

KAPITEL 25

»Amelie! Gott sei Dank, da bist du ja. Wieso bist du denn nicht ans Telefon gegangen?« Konstantin war im Türrahmen aufgetaucht, sein Gesicht war blass und voller Sorge. »Ich bin sofort losgefahren, als ich davon erfahren hab.«

Ich brachte nur ein klägliches Wimmern zustande. Mein Handy lag irgendwo zwischen den Sofakissen vergraben. Ich hatte das Klingeln nicht einmal gehört.

Mit einem Satz war Konstantin an meiner Seite. »Es tut mir ja so leid«, stammelte er. »So unendlich leid.«

Ich ließ mich von ihm umarmen. Unter anderen Umständen hätte mich der Geruch seines Körpers in Aufregung versetzt, aber in diesem Moment fühlte ich nichts. Da war nur eine bleierne Leere. Alles, woran ich denken konnte, war Amelie mit verdrehten Gliedmaßen und gebrochenem Genick. Ihr lebloser Körper, der im Zeller See trieb.

Schließlich ließ Konstantin mich los. Auch er hatte geweint.

»Wir brauchen was zu trinken«, sagte er und sprang auf. Kurz darauf kam er mit einer Flasche Whisky und zwei Gläsern zurück. »Etwas Starkes.«

Er füllte die Gläser drei Finger breit und stürzte seines in einem Zug hinunter. Mir war nicht nach Alkohol, und ich hatte

Whisky noch nie gut vertragen, trotzdem nahm ich das Glas entgegen und führte es an die Lippen.

Eine Weile herrschte Schweigen, während wir tranken, vereint in unserer Trauer. Konstantin hatte in mir zwar nie dasselbe gesehen wie in meiner Schwester, hatte mich nie auf dieselbe Weise geliebt, aber trotzdem wusste ich, dass er mich gemocht hatte. Dass ich ihm etwas bedeutete.

»Ich fasse nicht, dass das passiert ist«, murmelte Konstantin nach einer Weile. Seine Hände am Whiskyglas zitterten. »Es fühlt sich alles einfach so *unwirklich* an. Dass Franziska, dass sie tatsächlich ...«

»Das wissen wir doch noch gar nicht«, fiel ich ihm ins Wort. Allein bei dem Gedanken daran, wie er den Satz beenden würde, hatte ich das Gefühl, dass die Dielen unter meinen Füßen nachgeben würden. »Sie haben sie nur noch nicht gefunden.«

Konstantin warf mir einen raschen Blick von der Seite zu und mir war klar, was er dachte. Die Leugnungsphase. Nicht ungewöhnlich, aber sinnlos.

»Sie hat überlebt. Das *weiß* ich einfach«, fuhr ich fort und legte alle Überzeugung, die ich aufbringen konnte, in meine Stimme. »Es muss so sein. Wahrscheinlich liegt sie bewusstlos irgendwo da draußen im Gebüsch. Oder sie hat sich beim Aufprall den Kopf angeschlagen, ihr Gedächtnis verloren und irrt irgendwo umher.«

»Ja ... vielleicht. Möglich wäre es. Aber andererseits, bei einem Sturz aus dieser Höhe ...«

Mein Blick ließ ihn verstummen. Betreten senkte er den Kopf und füllte sein Glas noch einmal auf. Auch dieses leerte er in einem Zug, wobei er kurz das Gesicht verzog.

»Hast du denn eine Ahnung, was sie dort wollte?«, fragte Konstantin nachdenklich. »In Zell am See?«

»Franziska hat am Telefon was von einer Bergtour erzählt, die sie unternehmen wollte.« Ich schenkte mir ebenfalls nach. Der rauchige Whisky brannte in meiner Kehle. »Vor Mamas Tod waren wir oft zusammen in Zell am See. Im Winter zum Skifahren, aber auch im Sommer.« Ich schluchzte. »Sie hat den Ort geliebt. Sie beide haben das.«

»Aber Selbstmord?« Konstantin schüttelte den Kopf. »Auf mich hat Franziska nie einen sonderlich depressiven Eindruck gemacht.«

Ich schwieg. Was hätte ich darauf auch sagen sollen? Er hatte ja recht.

»Wo ist eigentlich Karl?«, fragte ich, als ich mir der Stille im Haus bewusst wurde. Ich schlug die Hand vor den Mund. »O Gott … Es tut mir leid! Ich hätte ihn doch vom Kindergarten abholen müssen! Ich …«

Konstantin legte mir beruhigend die Hand auf den Arm. »Keine Sorge, das habe ich schon erledigt. Ich habe ihn zu meiner Mutter gebracht. Sie meinte, er könne ein paar Tage bei ihr bleiben. So lange, bis … na ja … bis es dir wieder besser geht.«

Mein Mund öffnete sich, um zu protestieren, doch dann besann ich mich. Konstantin hatte recht, ich war kaum in der Lage, mich aufrecht zu halten, geschweige denn, mich um ein Kind zu kümmern. *Bis es mir wieder besser geht* … Beinahe hätte ich vor Bitterkeit aufgelacht. Wann sollte das sein? Wenn Amelie tot war, wenn sie sich tatsächlich das Leben genommen hatte – ich bezweifelte, dass ich mich jemals davon erholen würde.

»Ich hatte sie doch eben erst wieder«, sagte ich tonlos. »Wie konnte das nur passieren? Wieso ausgerechnet jetzt? Wie soll ich nur …«

Ich brach ab, als mich ein neuer Weinkrampf überkam. Konstantin war sofort zur Stelle, umschlang meine Schultern, drückte mich fest an sich und bedeckte mein Gesicht mit Küssen. »Schhh. Ich bin ja da. Alles wird gut.«

Aber ich weinte nur noch mehr. Die Situation war viel schlimmer, viel verfahrener, als er es sich in seinen kühnsten Träumen hätte vorstellen können.

Ich musste es ihm sagen, das wusste ich. Dass es seine Frau war, die da vermisst wurde und mutmaßlich Selbstmord begangen hatte. Nicht Franziska, nicht ich.

Ich löste mich von ihm und sah ihn mit tränenüberströmten Augen an. »Konstantin, ich …«

Sekunden verstrichen, zogen sich in die Länge, aber kein weiterer Ton kam über meine Lippen.

Ihre Leiche wurde noch nicht gefunden, schoss mir durch den Kopf. *Was, wenn sie tatsächlich noch am Leben ist?*

Verdammt, ich konnte es einfach nicht. Ich konnte es ihm nicht sagen. Nicht solange auch nur die geringste Chance bestand, dass Amelie noch lebte. Und was machte es auch für einen Unterschied, wenn Konstantin es nicht gleich erfuhr? Amelie war tot, oder sie war es nicht. Nichts, was ich jetzt sagte oder tat, würde daran etwas ändern.

»Was ist?«, fragte Konstantin, der mein Mienenspiel beobachtet hatte. »Was denkst du?«

»Wir fahren nach Zell am See«, sagte ich und stand abrupt auf. Die Decke fiel mir von den Beinen, aber ich brauchte sie nicht mehr. Die Kälte war einer eisernen Entschlossenheit gewichen. »Jetzt gleich.«

Konstantin starrte mich fassungslos an. »Amelie, bitte! Bist du sicher, dass das eine gute Idee ist? Wir haben beide getrunken, wir können doch nicht …« Er brach ab, versuchte es anders. »Die Polizei tut doch schon, was sie kann. Die haben Suchhunde. Kommissar Krick hat sogar was von einem Hubschrauber gesagt. Wir sind denen bestimmt nur im Weg.«

»Ist mir egal. Ich muss sie finden. Und das werde ich auch. Also was ist? Kommst du nun mit oder nicht?«

Schließlich nickte Konstantin. Ihm musste klar geworden sein, dass es zwecklos war, mir zu widersprechen.

»Okay. Aber ich fahre.«

KAPITEL 26

Ein Schwall abgestandener Luft schlug mir entgegen, als ich die Tür zu meiner Wohnung öffnete. Ich trat ein und sah mich im Vorzimmer um. Mein Blick glitt über die antike Kommode mit der Schlüsselschale, den Garderobenständer, die Papiertüte mit Kleidern daneben. Alles hier sah noch genauso aus wie beim letzten Mal. Am liebsten hätte ich auf der Stelle losgeheult.

Ein leises Stöhnen kam über meine Lippen, als die Erinnerung an die vergangenen Tage über mich hereinbrach. Erst gestern Abend waren Konstantin und ich aus Zell am See zurückgekommen, übernächtigt, ausgelaugt, am Ende unserer physischen und psychischen Kräfte. Zwei Tage lang hatten wir gemeinsam mit der Polizei und der Feuerwehr die Unfallstelle und das umliegende Gelände abgesucht. Vergebens. Weder die Hundestaffel noch der Tauchtrupp hatten einen Hinweis auf Amelies Verbleib gefunden. Schließlich war die Suche abgebrochen worden. Nie zuvor in meinem Leben hatte ich mich derart hoffnungslos und verlassen gefühlt.

Ich stieg über die Kleidertüte hinweg und ging in die Küche. Die Luft war stickig und sämtliche Oberflächen waren mit Staub bedeckt. Ich griff nach dem leeren Weinglas, das Amelie in der Spüle stehen gelassen hatte, und roch daran. Ich schluckte heftig. Tränen sammelten sich in meinen Augenwinkeln.

Ich fragte mich, was ihr wohl durch den Kopf gegangen sein mochte, während sie den Wein trank. Ob sie da schon den Entschluss gefasst hatte, sich das Leben zu nehmen? Oder war es ein spontaner Einfall gewesen, als sie dort auf dem Gipfel stand, mit Blick auf die umliegenden Berge und den Zeller See? Hatte sie geweint, so wie ich jetzt?

Selbstmord.

Ein erstickter Laut drang aus meiner Kehle, die Tränen flossen nun in Strömen.

Warum nur, Amelie? Warum hast du mir nicht gesagt, wie schlimm es wirklich ist?

Ich stellte das Weinglas zurück und ging weiter durch die Wohnung. Ich ließ mir Zeit, durchsuchte jeden Winkel, jeden Schrank. Ich schaute sogar in die Kisten, die ich beim Einzug in der Abstellkammer gelagert, aber nie ausgepackt hatte. Ich hätte nicht sagen können, wonach genau ich eigentlich suchte, nur dass ich es unbedingt finden musste. Irgendetwas, das Amelie mir hinterlassen hatte, einen Hinweis darauf, warum sie es getan, was sie in den Selbstmord getrieben hatte.

Meine Wohnung kam mir plötzlich schrecklich fremd vor, und zum ersten Mal sah ich sie mit anderen Augen – mit Lillys Augen. Alles hier stand im krassen Gegensatz zu Konstantins und Amelies Villa in Grinzing, ihrem Leben mit Mann und Kind. Kein herumliegendes Spielzeug, keine bekritzelten Wände, keine bunten Kleiderberge. All die teuren Möbel, die unzähligen Schuhe und schicken Klamotten zeugten von meinem Singledasein. Und auf einmal kam mir das alles hier, mein ganzes Dasein, so furchtbar banal, so verdammt bedeutungslos vor.

Zuletzt nahm ich mir mein Schlafzimmer vor. Auch hier sah alles so aus, wie ich es verlassen hatte. Nicht einmal ein

Buch lag auf dem Nachttisch. Ich bückte mich und schaute unter das Bett. Der Staub ließ mich niesen, aber auch hier war nichts Ungewöhnliches zu entdecken. Nur ein Ladekabel ragte aus der Steckdose. Es war ein altes Modell, zu meinem iPhone gehörte es jedenfalls nicht. Ich rappelte mich wieder auf.

Das alles ist doch total sinnlos.

Ich zog das Kopfkissen unter der Tagesdecke hervor und vergrub mein Gesicht darin. Lillys Geruch haftete noch daran, gepaart mit dem Duft des Kokosshampoos, das ich benutzte.

Ich schloss die Augen und drückte das Kissen noch fester gegen meine Nase, konzentrierte mich ganz auf meinen Geruchssinn. Ich horchte in mich hinein, versuchte mir vorzustellen, was in Amelie vorgegangen sein mochte, als sie hier in der Dunkelheit gelegen hatte, wartete auf eine Eingebung.

Nichts.

Warum spüre ich sie nicht?

Schon als Kinder hatten Amelie und ich diese besondere Verbindung zueinander gehabt. Als wären unsere Seelen auf magische Weise miteinander verknüpft. So wie damals mit sechs, als ich zum ersten Mal dieses Ziehen in der Brust gespürt hatte. Und da hatte ich gewusst: Amelie ist in Gefahr.

»*Irgendwas ist mit Lilly*«, hatte ich zu Mama gesagt. »*Bitte, Mama, wir müssen Papa anrufen. Jetzt sofort!*«

Es stellte sich heraus, dass die beiden auf dem Weg zu Amelies Klavierstunde einen Autounfall gehabt hatten. Papa war zu schnell in den Kreisverkehr gefahren, und die Straßen waren vereist gewesen. Zum Glück war Amelie mit einer leichten Gehirnerschütterung einigermaßen glimpflich davongekommen.

»*Wie konntest du das wissen?*«, hatte Mama mich später gefragt. »*Woher wusstest du, dass etwas passiert war?*«

Ich hatte keine zufriedenstellende Antwort auf diese Frage. Es gab keine logische Erklärung. Es war nicht mehr als ein

Zwicken im Bauch gewesen, eine Art Instinkt. Aber ich hatte es gewusst. Immer hatte ich es gewusst.

Amelie und ich brauchten keine Worte, um miteinander zu kommunizieren. Ich spürte, wenn sie etwas bedrückte. Wenn sich mein Herzschlag beschleunigte und ich ohne Grund unruhig wurde, wusste ich, dass ich nach ihr sehen musste. Wenn etwa eine Mitschülerin gemein zu ihr war oder wenn sie wegen irgendeines Jungen traurig war, dann kroch ich nachts zu ihr ins Bett und lag stumm neben ihr, Rücken an Rücken. So eng, dass man nicht hätte sagen können, wo ihr Körper aufhörte und meiner anfing. Ihr Schmerz war auch mein Schmerz.

Ich kniff die Augen fest zusammen und konzentrierte mich ganz auf mein Gefühl. Ich hatte immer gedacht, dass ich es spüren würde, wenn sie tot wäre. Doch da war nichts. Kein Gefühl der Leere, kein Flattern in meiner Brust und auch keine Eingebung. Nur die Trauer in meinem Herzen.

Seufzend legte ich das Kissen zurück und ging ins Wohnzimmer. Ich schritt jeden Quadratmeter des sonnendurchfluteten Raumes ab und machte mir sogar die Mühe, die Sitzpolster der Couch hochzuheben, um nachzusehen, ob sich etwas zwischen den Kissen verbarg. Fehlanzeige.

Entmutigt ließ ich mich aufs Sofa sinken. Wie von selbst tasteten meine Finger nach dem zerknitterten Stück Papier in meiner Hosentasche. Herr Krick und sein Kollege hatten es mir gestern Abend zusammen mit Amelies übrigen Habseligkeiten vorbeigebracht. Die Handtasche, die Wohnungsschlüssel, die Geldbörse, mein kaputtes Handy – und eben Lillys Abschiedsbrief, wenn man ihn denn so nennen wollte.

Es tut mir leid.
Ich sehe keinen anderen Ausweg.
Bitte verzeih mir, Süße.
In Liebe, Zissy

Vier Zeilen, die sie mir hinterlassen hatte, die alles erklären sollten und doch nur Fragen aufwarfen. Wieso sie sich das Leben genommen hatte, zum Beispiel. Oder warum sie ihre Nachricht nicht mit ihrem richtigen Namen unterschrieben hatte, sondern mit meinem.

Meine Kehle war wie zugeschnürt, und meine Hand schloss sich auf einmal so fest um das Papier, dass meine Fingerknöchel weiß hervortraten.

Sie hatte doch mich gehabt, dachte ich wütend. Karl, Konstantin, eine Familie. Was konnte nur so schlimm gewesen sein, dass sie beschlossen hatte, all das einfach wegzuwerfen? Sich so feige aus dem Leben zu stehlen?

Eine Erinnerung bahnte sich ihren Weg in mein Bewusstsein: meine Mutter, blass und ausgemergelt, ihre knochigen Hände, die meine fest umklammert hielten. Ihr Atem auf meiner Haut, als sie mich wenige Tage vor ihrem Tod näher heranzog, mir ins Ohr flüsterte:

»Du bist stark, Zissy. Eine Kämpferin. Das wusste ich schon, als ich dich zum ersten Mal in meinen Armen hielt. Aber Lilly – sie ist anders. Weich, sensibel, unsicher. Versprich mir, dass du gut auf sie aufpassen wirst. Ich weiß, dass du das schaffst.«

Ich schlug mit der Faust auf die Couch. Einmal, zweimal, dreimal.

Gott war mein Zeuge, ich hatte alles Menschenmögliche getan, um dieser Aufgabe gerecht zu werden – Amelie zu beschützen. Vor der Welt, das auch, aber vor allem vor sich selbst. Ich hatte ihr den Weg geebnet, wenn ich die Chance dazu gehabt hatte, hatte sie aufgerichtet, wenn sie traurig gewesen war, ihr Mut gemacht, wenn es ihr an Selbstvertrauen gemangelt hatte. Ich hatte ihr sogar Entscheidungen abgenommen, wenn ihr der Mut dazu gefehlt hatte, ihre Bedürfnisse immer über meine eigenen gestellt. So wie ich es Mama versprochen hatte.

Doch ich hatte versagt. Meine Zwillingsschwester war tot. Es war mir nicht gelungen, sie zu beschützen. Das alles war allein meine Schuld.

Ich musste daran denken, wie sie vor knapp zwei Wochen vor meiner Tür gestanden hatte. Der verzweifelte Ausdruck in ihrem Blick, als sie mich angefleht hatte, mit ihr den Platz zu tauschen. Fetzen unseres Gespräches gingen mir durch den Kopf. Ihre vehemente Weigerung, mir zu sagen, was eigentlich los war.

»Bitte, Zissy! Meinst du echt, ich würde dich das fragen, wenn es nicht wirklich wichtig wäre? Alles, worum ich dich bitte, ist dieser kleine Gefallen. Zumindest das schuldest du mir.«

Ich hatte gewusst, dass sie irgendetwas vor mir verbarg, hatte es von Anfang an gespürt.

»Es ist nur … Ach, Zissy, ich bin einfach so verdammt unglücklich! Manchmal denke ich, ich halte das alles nicht mehr aus.«

In mir zog sich alles zusammen. Wie konnte es sein, dass ich nicht bemerkt hatte, wie nahe sie dem Abgrund bereits war? War mein Zwillingsradar wirklich so stark eingerostet?

Je länger ich darüber nachdachte, desto klarer kristallisierte es sich in meinem Kopf heraus: Amelie hatte ihren Selbstmord von langer Hand geplant. Der angebliche Termin beim Anwalt, der nie stattgefunden hatte, die Wanderung … Jetzt, wo ich darüber nachdachte – ich konnte mich nicht daran erinnern, wann Amelie das letzte Mal Interesse am Bergwandern bekundet hatte. Ich war davon ausgegangen, dass sie Zeit für sich brauchte, dass ihr die Landluft guttun würde. Eine neue Perspektive, ein Neuanfang, für sie und für uns beide.

Was für ein ausgemachter Blödsinn!

Ich schüttelte den Kopf.

Trotzdem ergab es keinen Sinn.

Warum hatte sie mich unter einem Vorwand gebeten, ihren Platz einzunehmen, wenn sie ohnehin vorhatte, sich das Leben zu nehmen? Wozu die Mühe? Und wieso in aller Welt hatte sie ihren Abschiedsbrief mit meinem Namen unterschrieben anstatt mit ihrem eigenen? Was hatte sie nur damit bezwecken wollen?

Mir fiel wieder ein, was sie bei unserem letzten Telefonat gesagt hatte:

»Karl und du – ihr seid das Wichtigste in meinem Leben. Gib gut auf ihn acht, solange ich weg bin, ja? Egal, was sein sollte. Versprich mir das!«

Damals waren mir ihre Worte reichlich melodramatisch vorgekommen, doch jetzt …

Ich schnappte nach Luft, als mir ein schrecklicher Gedanke kam.

Hatte sie es deshalb getan? Damit ich an ihrer Stelle die Rolle von Konstantins Frau und Karls Mutter einnahm? Nicht nur für ein paar Tage, sondern länger – vielleicht sogar für immer?

Ich spürte, wie die Wut in mir aufstieg, und erneut ballten sich meine Hände zu Fäusten.

Wie konntest du nur, Lilly? Wie konntest du mir das antun?

KAPITEL 27

Als ich heimkam, war es bereits nach sieben. Stundenlang hatte ich in meiner Wohnung auf der Couch gesessen, so lange, bis die Dämmerung hereingebrochen war und ich mich schweren Herzens auf den Heimweg gemacht hatte. Zurück zu Konstantin.

Ich wusste nicht, was ich jetzt tun sollte. In meinem Kopf herrschte ein heilloses Durcheinander und so sehr ich mich auch bemühte, ich konnte keinen klaren Gedanken fassen. Immer wieder hallte Lillys Stimme durch meinen Kopf.

»Alles, worum ich dich bitte, ist dieser kleine Gefallen. Zumindest das schuldest du mir.«

Bei der Erinnerung an ihre Worte stieg Wut in mir auf. Denn es war mehr als nur ein kleiner Gefallen, um den Lilly mich da gebeten hatte, das wusste ich jetzt. Wenn ich das wirklich täte, dann würde ich mein Leben aufgeben, dann würde Franziska Pichler aufhören zu existieren. Was Amelie da vorschwebte, war schlichtweg absurd. Sie hätte das niemals von mir verlangen dürfen.

»Hallo, Schatz!«, rief Konstantin, als die Tür hinter mir ins Schloss fiel.

»Hi.«

Der Duft von frisch zubereitetem Essen lag in der Luft und ich folgte ihm in die Küche.

Obwohl ich schrecklich niedergeschlagen war, entlockte mir Konstantins Anblick ein Lächeln. Er trug eine Kochschürze, die über seinem Hemd mit den hochgekrempelten Ärmeln und der eleganten Stoffhose völlig fehl am Platz wirkte. Seine Wangen waren von der Hitze gerötet. Auf der Theke standen zwei Weingläser bereit.

»Ich habe uns Pasta mit Garnelen gemacht«, erklärte Konstantin und drückte mir einen Kuss auf die Stirn. »Setz dich schon mal, ich bin gleich so weit.«

»Super«, sagte ich und bemühte mich, einigermaßen begeistert zu klingen. In den vergangenen Tagen hatte ich kaum mehr als eine Handvoll Erdnüsse und einen Joghurt verdrückt, trotzdem verspürte ich nicht den geringsten Hunger.

Ich schnappte mir eines der Weingläser vom Küchentresen und ging weiter in den Wohn-Ess-Bereich. Gerührt betrachtete ich den Tisch. Mehrere Kerzen erhellten den ansonsten dunklen Raum, sogar an festliche Stoffservietten hatte er gedacht. Wenn die Umstände nicht so traurig gewesen wären, hätte es fast romantisch sein können.

Ich ließ mich am Kopfende des Tisches nieder und nippte an meinem Wein. Gleich darauf nahm ich noch einen zweiten, diesmal größeren Schluck und spürte, wie sich ein angenehmer Nebel in meinem Kopf ausbreitete. Das Gespräch, das mir bevorstand, wäre nüchtern auch kaum zu ertragen.

Kurz darauf stellte Konstantin zwei dampfende Teller vor uns ab.

»Diese Polizistin hat mich übrigens heute angerufen«, sagte er. »Frau Wanger. Sie möchte in den nächsten Tagen noch einmal bei uns vorbeikommen. Anscheinend hat sie noch ein paar Fragen, die sie gerne persönlich mit uns besprechen möchte.«

»Ach ja?«, erwiderte ich desinteressiert. Seit ich von Amelies Unfall erfahren hatte, hatte ich keinen Gedanken mehr an Frau Wanger und ihre Ermittlungen verschwendet. »Wissen sie denn schon, wer Nicky getötet hat? Oder warum?«

»Nicht dass ich wüsste.«

Das Essen verlief schweigend. Konstantin schien zu spüren, dass mir gerade nicht nach Reden zumute war, und drängte mich nicht. Selbst als ich die Weinflasche fast im Alleingang leerte und eine neue holen ging, verkniff er sich einen Kommentar. Ich war ihm dankbar dafür.

»Irgendwie dachte ich immer, ich würde es spüren«, sagte ich schließlich, nachdem wir uns aufs Sofa gesetzt hatten. »Dass ich es wüsste, wenn ihr etwas zugestoßen ist. Aber da war nichts. Ich habe gar nichts empfunden.«

Konstantin machte ein mitfühlendes Gesicht. »Du warst heute in ihrer Wohnung, stimmt's?«

Ich nickte. »Ich verstehe einfach nicht, warum sie das getan hat. Wieso sie keinen anderen Ausweg sah.« Ich griff nach meinem Weinglas und kippte den Inhalt hinunter. Inzwischen war ich ziemlich beschwipst. »Mein Gott, wenn ich gewusst hätte, was sie vorhat …«

»Nicht!«, sagte Konstantin sanft. »Tu dir das nicht an. Glaub mir, es gab nichts, was du hättest tun können.«

Er streckte beide Hände aus, um mich zu umarmen, und bedeckte meine Stirn und meine Wangen mit Küssen. Ich machte einen halbherzigen Versuch, ihn abzuwehren, aber sein Griff war zu fest. Kraftlos sank ich an seine Brust.

»Ich war ihre gottverdammte *Zwillingsschwester*. Ich hätte es wissen müssen – hätte es *spüren* müssen.«

Konstantin strich mir tröstend über den Rücken. »Du weißt, dass es so nicht funktioniert. Man kann nicht in andere Menschen hineinschauen. Ich meine, du hast doch selbst gesagt, dass sie es in letzter Zeit nicht leicht hatte. Dieser Kerl von ihrer

Arbeit, der sich von ihr getrennt hat … Florian oder so ähnlich. Vielleicht hat sie es ja deswegen getan. Aus Liebeskummer. Was auch immer ihre Beweggründe waren – glaub mir, es war nicht deine Schuld.«

Ich stieß ein verzweifeltes Röcheln aus. Denn so war es nicht. Was er da sagte, war völliger Humbug.

Tu es! Jetzt! Das ist die Gelegenheit, meldete sich eine Stimme in meinem Kopf. *Worauf zum Teufel wartest du?*

Ich setzte mich aufrecht hin, nahm all meinen Mut zusammen und öffnete den Mund. Worte formten sich in meinem Kopf, nahmen Gestalt an, zerfielen wieder in tausend Einzelteile. Aber keine Silbe kam über meine Lippen. Stattdessen begann ich leise zu weinen. Dicke Tränen kullerten über mein Gesicht, versickerten in meinem Shirt.

»Ich verstehe ja, wie schwer das für dich sein muss. Zu glauben, dass man jemanden so gut kennt und dann feststellen muss, dass es gar nicht so ist. Aber glaub mir, Amelie …«

»Nein!« Ich sprach zu laut, das wusste ich, und er meinte es nur gut, aber ich konnte nicht anders. Ich schlang die Arme um meinen Körper und wippte rhythmisch vor und zurück. »Du kapierst überhaupt nichts! Begreif doch – ich schaffe das nicht! Sie ist doch mein Zwilling, meine andere Hälfte! Wie soll ich nur weitermachen, wenn sie nicht mehr da ist?«

Konstantin umfasste mein Kinn, zwang mich, ihm in die Augen zu sehen. Widerstrebend tat ich es.

»Ich weiß, es ist schrecklich, aber du schaffst das. Denn weißt du was? *Du* bist *meine* andere Hälfte! Gib dir Zeit! Wir werden das durchstehen. Gemeinsam.«

Ich wimmerte. Ein Teil von mir, der vernünftige Teil, wusste, dass ich es Konstantin sagen musste, dass ich es allen sagen musste. Jetzt sofort. Trotzdem zögerte ich.

Denn ich begriff, wenn ich das täte, würde ich sein Leben unwiderruflich zerstören. Ich würde Karl die Mutter nehmen und Konstantin die Ehefrau. Und das Schlimmste war, dass ich auch Amelies Andenken beschmutzen würde. Konstantin würde uns niemals verzeihen, was wir getan hatten. Weder ihr noch mir.

Hast du deine Entscheidung nicht ohnehin bereits getroffen? Wenn du es ihm wirklich hättest sagen wollen, hättest du das längst getan!

Ich presste die Hand an die Schläfen, um die Stimme aus meinen Gedanken zu vertreiben.

»Du weißt, ich mochte Franziska«, sagte Konstantin, der mein Hadern nicht bemerkt zu haben schien. »Sehr sogar. Aber ich muss immer daran denken, wie erleichtert ich bin, dass es sie getroffen hat und nicht dich.«

Ich spürte, wie ich erbleichte. Es war, als hätte er meine Gedanken gelesen. »Wie kannst du …«

»Ich weiß, was du sagen willst. Es ist schrecklich, so etwas auch nur zu *denken*. Aber es ist die Wahrheit.« Seine Schultern sanken herab, dann hob er den Kopf und sah mir tief in die Augen. »Dafür liebe ich dich einfach viel zu sehr, Amelie Lechner.«

Er beugte sich vor, und ehe ich michs versah, hatte er seine Lippen auf meine gepresst. Er schmeckte süß, vertraut. Und zu meiner eigenen Überraschung erwiderte ich den Kuss.

Bist du von allen guten Geistern verlassen?, schrie eine Stimme in mir. *Hör sofort auf! Das ist Konstantin, Lillys Ehemann! Was glaubst du eigentlich, was du da tust?*

Ich wollte es, ich wollte es wirklich. Aber mit Schrecken stellte ich fest: Ich konnte einfach nicht aufhören. Und die Verzweiflung, die Trauer und die Schuldgefühle verwandelten sich auf einen Schlag in ein anderes Gefühl: Verlangen.

Für den Bruchteil einer Sekunde war es, als wäre ich nicht mehr Herrin über meinen Körper. Wie ein Außenstehender beobachtete ich halb erstaunt, halb entsetzt, wie sich meine

Lippen öffneten, um seine Zunge einzulassen, wie sich meine Arme um Konstantins Hals schlangen. Ich hörte ein Stöhnen und stellte fest, dass es mein eigenes war.

Und dann war da auf einmal noch eine andere Stimme. Hartnäckig, drängend.

War es nicht das, was du dir insgeheim immer gewünscht hast? Mit Konstantin zusammen zu sein? Amelie wusste das, und sie hat ihn für dich freigegeben, bevor sie starb. Willst du wirklich ihren letzten Willen mit Füßen treten?

Und als Konstantin meine Hand ergriff und mich nach oben in Richtung Schlafzimmer zog, leistete ich keinen Widerstand.

Sollte mich doch der Teufel holen!

KAPITEL 28

Sonnenstrahlen drangen durch das offene Fenster und kitzelten mich. Stöhnend drehte ich mich auf die Seite, wobei mir die Decke vom Körper rutschte. Ein kühler Luftzug streifte meine Hüften und erschrocken stellte ich fest, dass ich nackt war.

Was zum …?

Mit einem Schlag war ich hellwach. Ich riss die Augen auf und mein Blick fiel zur Seite. Die andere Betthälfte war zerwühlt, aber leer.

O Gott! Nein, bitte nicht! Bitte mach, dass das nicht wahr ist!

Erinnerungsblitze durchzuckten meine Gedanken, und in rascher Folge zogen die Bilder der vergangenen Nacht vor meinem inneren Auge vorbei. Konstantin, der mein Gesicht in seine Hände nahm und mich inbrünstig küsste. Meine Finger, die ungeduldig an seinem Hemd zerrten. Konstantins Zunge, die den Innenraum meines Mundes erforschte. Das Gefühl seiner Finger auf meiner Haut, der Ausdruck in seinen Augen, als er in mich eindrang. Seine Lippen, die sich meinem Ohr näherten, und die Worte, die er mir zuflüsterte.

»Ich liebe dich einfach so sehr.«

Sein animalisches Stöhnen, als wir fast gleichzeitig zum Höhepunkt kamen.

Ich spürte, wie meine Wangen heiß wurden. Vor Scham schlug ich die Hände vor die Augen.

Was hast du dir nur dabei gedacht?

Ich drehte mich auf den Rücken und starrte an die Decke. Noch nie hatte ich mich derart schäbig gefühlt. Was ich getan hatte, war durch nichts zu rechtfertigen, das wusste ich.

Du hast gerade deine Schwester verloren. Und das Erste, was du tust, ist, mit ihrem Mann ins Bett zu steigen! Hast du denn nicht einen Funken Ehre im Leib?

Das Läuten der Türglocke riss mich jäh aus meinen Gedanken. Ächzend wälzte ich mich auf die andere Seite. Meine Finger tasteten nach dem Handy auf dem Nachttisch und ich stellte überrascht fest, dass es schon nach neun war. Auf dem Display leuchtete das Whatsapp-Symbol mit Konstantins Namen daneben auf. Ich ignorierte alle anderen Nachrichten der letzten Tage, von denen ich nur jede fünfte beantwortet hatte, und sah nach, was er geschrieben hatte.

Guten Morgen, mein Schatz. Ich musste schon früh zur Arbeit und wollte dich nicht wecken. Ruf an, wenn du etwas brauchst. PS: Die letzte Nacht war der Wahnsinn.

Erneut drohten mich die Schuldgefühle zu überwältigen. Doch bevor ich vollends in meinem Selbstmitleid versinken konnte, ertönte die Türglocke ein weiteres Mal.

»Ich komme ja schon«, grummelte ich und erhob mich aus dem Bett. Ich griff nach dem Bademantel, schlüpfte hinein und lief die Treppe hinunter. Meine nackten Füße machten auf dem Parkett ein schmatzendes Geräusch. Ich öffnete die Tür, und der Anblick, der sich mir bot, entlockte mir ein entnervtes Stöhnen.

»Hi«, sagte Max leise. Er hatte die Hände in den Taschen seiner Jeans vergraben und verlagerte das Gewicht abwechselnd erst auf das eine und dann auf das andere Bein.

»Guten Morgen.« Die Sekunden verstrichen, doch Max sagte nichts. Instinktiv schlang ich den Frotteestoff enger um mich, um so viel Haut wie möglich zu bedecken. »Wie kann ich dir helfen?« *Was willst du hier?*

Max schluckte. »Ich … Ich wollte bloß mal nachsehen, ob bei dir alles in Ordnung ist«, stotterte er. »W… Wie geht's dir denn?«

Ich starrte ihn entgeistert an. Wie sollte es mir seiner Meinung nach schon gehen? Was dachte er sich überhaupt dabei, einfach unangemeldet hier aufzukreuzen?

»Entschuldige, das war dumm von mir.« Max zog verlegen den Kopf ein. »Kann ich … Darf ich vielleicht reinkommen?« Er linste an mir vorbei ins Innere des Hauses.

»Es passt gerade schlecht.«

Max blickte zu Boden und seine Schultern sanken noch ein wenig tiefer. »Scheiße, Amelie. Das tut mir alles so leid. Dass Franziska …« Er verstummte, stieß einen leisen Fluch aus. »Eine riesengroße Scheiße ist das.«

»Ja«, erwiderte ich knapp. »Aber du hättest deswegen nicht extra herkommen müssen.«

Mir war klar, dass ich unhöflich war. Aber ich hatte schlicht nicht die Kraft, mich mit seinen geheuchelten Beileidsbekundungen auseinanderzusetzen. Max hatte mich nie besonders gemocht und ich bezweifelte, dass ihm mein vermeintlicher Tod besonders naheging.

»Natürlich musste ich das!« Max' Kopf ruckte nach oben und er sah mich eindringlich an. Die nächsten Worte sprudelten nur so aus ihm heraus. »Ich bin für dich da, Amelie. Egal was ist. Wenn du jemanden zum Reden brauchst, nicht nur über Franziska, auch sonst, wenn …«

»Danke, aber ich komme schon klar. Außerdem habe ich ja Konstantin. Er kümmert sich wirklich gut um mich.«

»Oh. Okay.« Sein Blick glitt über mein zerzaustes Haar und blieb an meinem notdürftig bekleideten Körper hängen. »Das ist … gut.«

Ich nickte nachdrücklich. Die Art, wie er mich ansah, jagte mir einen Schauer über den Rücken. Auf einmal wollte ich ihn nur noch loswerden.

»Wie gesagt, danke, dass du vorbeigeschaut hast. Ich weiß das echt zu schätzen. Bis bald mal, ja?«

Dann knallte ich ihm die Tür vor der Nase zu und lehnte mich mit wild klopfendem Herzen dagegen.

Was zum Teufel war das denn eben?

Eine Stunde später saß ich geduscht und angezogen in Amelies Auto. So sehr mir auch davor graute, ich konnte es nicht länger aufschieben. Was am Zeller See passiert war, war in allen Nachrichten, und auch wenn ich die Pflegerinnen gebeten hatte, meinen Vater von Fernsehern und Tageszeitungen fernzuhalten, konnte ich nicht riskieren, dass er auf andere Weise erfuhr, was mit mir – oder vielmehr mit Amelie – geschehen war. Er musste es von mir hören. Ob er sich später daran erinnerte oder nicht.

Die Fahrt dauerte keine Viertelstunde.

»Guten Tag, Frau Lechner«, begrüßte mich die Schwester am Empfang, als ich eintrat. Es war eine andere als beim letzten Mal. Diese hatte dunkle Haare und ein rundliches Gesicht. Dem Namenschild an ihrem hellblauen Kittel zufolge hieß sie Beatrice.

»Wie geht es ihm?«, fragte ich ohne Umschweife. »Hat er es schon … Ich meine, weiß er …«

»Noch nicht.« Sie blickte zu Boden. Leiser fügte sie hinzu: »Ich hab es in den Abendnachrichten gesehen. Was Ihrer

Schwester da passiert ist … einfach nur schrecklich. Mein herzliches Beileid.«

»Danke«, erwiderte ich knapp. »Kann ich zu ihm?«

»Vielleicht wäre es besser, wenn Sie morgen wiederkommen«, erwiderte sie nach kurzem Zögern. »Ihrem Vater – es geht ihm gerade nicht so gut.«

Sofort war ich alarmiert. »Warum? Was ist denn mit ihm?«

»Nichts Schlimmes, keine Sorge. Es ist nur kein guter Tag. Er hat das Mittagessen ausfallen lassen und sich in sein Zimmer zurückgezogen.«

Mir war klar, was das bedeutete. Ein neuer Schub. Die Demenz – sie hatte sich ein weiteres Stück seines Verstandes einverleibt.

Perfektes Timing, Papa!

»Ich muss leider darauf bestehen. Die Medien, all die Zeitungsberichte. Sie wissen schon.«

Die Pflegerin namens Beatrice machte ein bekümmertes Gesicht. »Ja natürlich, das verstehe ich.«

Wir gingen einen Gang entlang, weg vom Speisesaal, an dessen Ende sich mehrere Aufzüge befanden.

»Sie war hier, wussten Sie das?«, sagte Beatrice, als sich die Aufzugtüren hinter uns schlossen. »Ihre Schwester.«

Ich fuhr herum, meine Hände griffen nach ihrem Arm. »Franziska war hier? Wann?«

»Letzten Freitag.« Sie sah auf meine Hand an ihrem Ärmel und ich ließ sie schnell wieder los.

»Aber …« Ich runzelte die Stirn. »Ich verstehe das nicht – ich war doch selbst erst vor ein paar Tagen hier. Er hat mir gegenüber gar nichts erwähnt.«

Und Amelie auch nicht.

»Sie wissen ja, wie das bei Demenzkranken ist«, sagte Beatrice und strich die Falten ihres Kittels glatt. »Oftmals vergessen sie, was war.«

»Hat meine Schwester gesagt, was sie von ihm wollte? Was für einen Eindruck hat sie auf Sie gemacht?« *Verzweifelt? Depressiv? Fahrig?*

»Ich habe nichts Ungewöhnliches bemerkt. Sie war auch nicht lange da. Eine halbe Stunde, maximal. Sie schien es ziemlich eilig zu haben.«

Papas Worte bei meinem letzten Besuch kamen mir wieder in den Sinn.

»Sie hat es nicht leicht gehabt, deine Schwester. Versprich mir, dass du gut auf sie achtgibst. Ich kann es ja nicht mehr.«

Hatte Papa womöglich geahnt, was Amelie vorhatte, und auf seine verquere Art versucht, mich zu warnen? War sie deswegen hier gewesen? Um sich von Papa zu *verabschieden*? Mir drehte sich fast der Magen um.

Mit einem Ping kam der Aufzug zum Stehen und wir stiegen aus. Schwester Beatrice schien erleichtert, nicht länger mit mir in dem beengten Fahrstuhl eingesperrt zu sein, und gab ein forsches Tempo vor. Wir gingen einen Flur hinunter mit Zimmertüren alle paar Meter rechts und links. Der Teppichboden unter unseren Füßen dämpfte unsere Schritte.

Schließlich hielt sie an.

»Da sind wir«, sagte sie und deutete auf eine der Türen. »Geben Sie Bescheid, wenn Sie etwas brauchen.«

Dann wandte sie sich ab und ließ mich allein.

Ich holte noch einmal tief Luft und drückte die Klinke hinunter. Der Raum war nicht besonders groß, dafür sauber und geschmackvoll eingerichtet. Die Wände waren hellgrau gestrichen; außer dem Bett und einem Schrank gab es einen Lehnstuhl, außerdem ein schmales Bücherregal, das vollgestopft war mit Werken klassischer Literatur, die mein Vater so liebte. Er saß auf der Bettkante mit dem Rücken zur Tür und starrte aus einem der Fenster, die zum Hof hinausgingen.

»Hallo, Papa!«

Keine Reaktion.

Ich klopfte an den Türrahmen, um ihn auf mich aufmerksam zu machen. Mein Vater drehte den Kopf und seine Augen flackerten kurz in meine Richtung, bevor er sich wieder dem Fenster zuwandte.

»Ich hab's bereits Ihrer Kollegin gesagt. Ich möchte nichts.«

Mit einem leisen Seufzer trat ich näher, schob den Lehnstuhl neben das Bett und setzte mich. Sofort versank ich in den weichen Polstern.

»Ich bin's, Papa. Deine Tochter. Lilly.«

Endlich hob er den Kopf, doch sein Blick war glasig und leer. Kein Anzeichen, dass er erkannte, wen er vor sich hatte. »Oh. Hallo.«

Ich sah mich um. An der Wand über dem Bücherregal hingen Fotos von uns, von Lilly und mir, von Konstantin, von Karl, von den Krankenschwestern und Ärzten. Menschen, an die er sich erinnern sollte und denen er vertrauen konnte.

Ich erhob mich und betrachtete sie genauer. Lilly, Papa und ich am Tag unseres Schulabschlusses. Papa hatte seine Arme um unsere Schultern gelegt. Drei breit grinsende Gesichter strahlten mich von dem Foto an. Unsere Haare waren kürzer, Lillys lockig und ungebändigt, meine glatt und glänzend. Doch ansonsten sahen wir völlig gleich aus, wie immer. *Franziska und Amelie, meine Töchter*, stand in Papas krakeliger Handschrift darunter.

Im Augenwinkel bemerkte ich, wie Papa sich sachte vor und zurück wiegte, den Mund leicht geöffnet, Worte vor sich hin murmelnd. Irgendeinen Unsinn, den ich nicht verstand. Dann verharrte er plötzlich in der Bewegung, sein Blick suchte den meinen.

»Elisabeth?«

Ich verzog gequält das Gesicht und schwieg.

Wir hatten bewusst kein Foto von unserer Mutter aufgehängt. Lilly und ich hatten lange darüber diskutiert, ob wir es aufhängen sollten, um ihm die Hoffnung zu lassen, dass sie vielleicht noch lebte, oder ob es besser war, die Erinnerung an sie im Nebel seines demenzkranken Hirnes verblassen zu lassen. Am Ende war ich es gewesen, die die Entscheidung getroffen hatte, denn ich war mir sicher: Der Verlust eines geliebten Menschen war das Schlimmste, was einem passieren konnte. Sich immer wieder daran erinnern zu müssen, was einem genommen worden war. Ihr Foto hätte immer wieder Fragen aufgeworfen, deren Beantwortung jedes Mal aufs Neue schmerzhaft gewesen wäre.

Es dauerte fast eine Stunde, bis mein Vater mich endlich erkannte. Währenddessen blieb ich geduldig bei ihm und wartete. Plötzlich, als hätte jemand in seinem Bewusstsein einen Schalter umgelegt, hob er den Kopf. Sein Blick glitt vom Fenster zu mir. Seine Augen leuchteten auf.

»Franziska«, murmelte er.

»Nicht Franziska. Amelie. Deine andere Tochter.«

Er nickte.

Eine Weile sagte keiner von uns ein Wort, während ich mich fragte, wie ich es ihm schonend beibringen konnte. Wie sollte ich einem Demenzkranken erklären, dass seine Tochter, an die er sich die meiste Zeit nicht einmal erinnerte, tot war? Ergab das überhaupt irgendeinen Sinn?

»Du solltest dich vorsehen«, brach es unvermittelt aus ihm heraus, gerade in dem Moment, als ich den Mund aufmachen wollte. »Der Junge von Frau Flemming, Max. Er weiß zu viel.«

Ich zuckte zusammen. »W… was?«

Wovon zum Teufel redet er da?

Aber Papa schien mich nicht einmal gehört zu haben.

»Es ist mein Ernst.« Er fuhr zu mir herum und packte meine Hände so fest, dass ich zusammenzuckte. »Nimm dich vor ihm in Acht. Versprich es mir!«

Ich erstarrte, völlig überwältigt von seinem Gefühlsausbruch. Ich hatte keinen blassen Schimmer, was er damit meinte, aber ich nickte. »Ist gut, Papa. Ich verspreche es dir.«

Papa ließ meine Hände los und gleichzeitig sanken auch seine Schultern herab. Auf einmal sah er schrecklich alt und erschöpft aus.

»Du siehst ihr so ähnlich«, sagte er dann. »Deine Schwester natürlich auch. Ihr seid praktisch ihr Ebenbild.«

»Hm.«

Es gefiel mir nicht, wenn er mich ansah, als ob etwas von ihr in mir weiterlebte, etwas mir anhaftete wie ein unsichtbares Tattoo. Aber er hatte recht. Wir sahen unserer Mutter tatsächlich ähnlich. Das gleiche dichte Haar, die gleiche schlanke Figur. Nur die Augen. Die Augen hatten wir von unserem Vater.

»Stell dir nur vor, sie wäre kinderlos geblieben. Dann wäre jetzt gar nichts mehr von ihr übrig. Fast hätten wir euch gar nicht gekriegt, wusstest du das? Wir hatten den Traum von einer Familie schon fast aufgegeben, als Elisabeth endlich einen Arzt fand, der uns helfen konnte. Und dann bekamen wir gleich zwei von euch.«

»Nein, ich hatte keine Ahnung.«

Unsere Eltern waren schon über vierzig gewesen, als Mama schwanger geworden war, doch darüber hatte ich mir bislang nie Gedanken gemacht. Ich war immer davon ausgegangen, dass sie es so geplant hatten.

»Eure Mutter war überglücklich, als sie hörte, dass wir Zwillinge erwarteten. Da sie selbst als Einzelkind aufgewachsen war, wollte sie unbedingt mehr als nur ein Kind. Und jetzt, wo sie tot ist, verstehe ich auch, warum. Franziska und du – ihr habt zumindest einander.« Er lächelte traurig. »Ich für meinen

Teil wusste nie, was ich mit euch anfangen soll, Lilly. Wie ich mit euch umgehen soll, euch ein richtiger Vater sein kann. Aber ihr seid gut geraten, ganz von allein. Trotz allem.«

Ich dachte an meine unzähligen gescheiterten Beziehungen, an das Fiasko mit Florian. An Amelie, die gesagt hatte, sie wolle Konstantin verlassen. An meine Karriere bei der Zeitung, die gerade den Bach runterging.

»Ich bin nicht gut geraten«, sagte ich leise.

»Natürlich bist du das«, widersprach Papa. »Sieh dich doch mal an! Seht euch beide an!«

Die Hitze stieg mir ins Gesicht und meine Fingerspitzen begannen zu kribbeln. Ich ertrug dieses ständige Hin und Her nicht mehr, diese Unbeständigkeit seines Geistes.

Jetzt oder nie!

»Ich muss dir etwas sagen«, stieß ich gepresst hervor. »Es ist furchtbar. Es geht um Franziska.« Die Worte blieben mir fast im Halse stecken.

»Was ist mit ihr?«

»Sie hatte einen Unfall, Papa. Sie ist … tot.«

Ich redete zu schnell und verhaspelte mich ein paarmal, als ich ihm von den Ereignissen am Zeller See erzählte. Es hatte keinen Sinn, es vor ihm zu verbergen. Er würde es sowieso erfahren.

Papa schaute mich an, während ich sprach, aber ich spürte, wie er mir bereits entglitt. Seit er mich vor Max gewarnt hatte, driftete er wieder davon, und es gab nichts, was ich dagegen tun konnte.

»Ich verstehe«, sagte er, als ich geendet hatte. »Danke, dass du es mir gesagt hast.«

Ich griff nach seiner Hand. »Es tut mir so leid, Papa. Ich wünschte, ich hätte etwas tun können, um sie aufzuhalten.«

Er nickte nur und starrte mit ausdrucksloser Miene aus dem Fenster. Es war unmöglich zu sagen, was er dachte, und ob er überhaupt verstanden hatte, was ich ihm da gerade erzählt hatte.

»Weiß es deine Mutter schon?«

Ich schluckte. So fing es jedes Mal an. Er sprach von ihr, als würde sie noch leben. Bald würde er komplett in eine andere Zeit eintauchen. Als würde ihn die Erinnerung an sie an einen sicheren Zufluchtsort führen, wo die Welt noch intakt war. Vermutlich war es so leichter für ihn, und ich wünschte mir plötzlich, ich könnte es ihm gleichtun. Die Realität war so verdammt deprimierend und ungerecht.

»Nein.«

»Gut. Das ist gut.« Er nickte finster. »Wir müssen behutsam vorgehen. Lass mich mit ihr reden.«

KAPITEL 29

Nach dem Besuch bei Papa war ich nach Hause gefahren und hatte versucht, eine Stunde zu schlafen. Doch natürlich hatte das nicht geklappt. Ich wusste nicht, ob es daran lag, dass ich den ganzen Tag noch nichts gegessen hatte, oder an der Situation an sich. Jedenfalls war mir, kaum dass ich mich auf dem Bett ausgestreckt und die Augen geschlossen hatte, so schlecht geworden, dass ich aufs Klo gerannt war und meinen gesamten Mageninhalt erbrochen hatte. Was ohnehin nicht besonders viel gewesen war.

Danach ging es mir besser, aber an Schlaf war trotzdem nicht zu denken. Also setzte ich mich an den Computer, loggte mich in Amelies Facebook-Account ein und tippte den Namen Max Flemming in das Eingabefenster.

Ihre Chatprotokolle waren überwiegend belanglos. Anscheinend hatten sich Max und Amelie nur ab und zu geschrieben, um sich gegenseitig über ihr Leben auf dem Laufenden zu halten. Vor gut drei Wochen war die Konversation abgebrochen, nachdem Max Amelie mitgeteilt hatte, dass er nach Wien käme, um sich um seine kranke Mutter zu kümmern. Er hatte ihr noch seine Handynummer hinterlassen und ihr vorgeschlagen, sich doch bei Gelegenheit mal auf einen

Kaffee zu treffen. Amelie hatte die Nachricht zwar gelesen, aber nicht geantwortet.

Ich sah auf ihrem Handy nach.

Aber auf keinem ihrer Kommunikationskanäle war etwas zu finden. Wenn sich die beiden also wirklich verabredet hatten, dann wohl per Telefon. Entmutigt ließ ich das iPhone sinken, während ich mir Papas Worte noch einmal ins Gedächtnis rief.

»Der Junge von Frau Flemming. Max. Er weiß zu viel.«

Was hatte er nur damit gemeint? Wovon wusste Max?

Was mein Vater gesagt hatte, ergab für mich überhaupt keinen Sinn, aber ich war verzweifelt genug, um zu versuchen, irgendeine tiefere Bedeutung in seinen wirren Gedanken zu erkennen. War es möglich, irgendeine Verbindung zwischen seinen Worten und Amelies Selbstmord herzustellen?

Hatte Max womöglich etwas zu Amelie gesagt, das sie so erschüttert hatte, dass sie sich das Leben nahm? Aber was hätte das sein sollen? Und warum hätte sich Amelie damit ausgerechnet an Papa wenden sollen? Oder war das alles nur ein Ausfluss seiner Paranoia gewesen, ausgelöst durch die fortschreitende Demenz?

Resolut klappte ich den Laptop zu und griff nach dem Autoschlüssel. Hier herumzusitzen und mich in immer abstrusere Gedanken zu verstricken, brachte mich auch nicht weiter. Ich würde Amelies Schwiegereltern einen Besuch abstatten und nach Karl sehen. Ich würde versuchen, ihm eine gute Mutter zu sein, wie ich es Amelie versprochen hatte.

Kaum hatte ich die Haustür abgeschlossen, klingelte mein Handy. Kein Name, nur eine Nummer, die ich nicht gespeichert hatte.

»Hallo?«

»Wanger hier, LKA Wien. Frau Lechner?«

»Am Apparat.«

»Frau Lechner, ich weiß, es ist kurzfristig, aber könnten Sie vielleicht heute bei uns in der Berggasse vorbeikommen? Wir hätten da noch ein paar Fragen an Sie in Bezug auf Frau Felm.«

So viel zu meinem Plan, Karl zu besuchen.

»Natürlich, kein Problem.« Ich sah auf meine Uhr. »Wäre jetzt gleich denn okay? Ich wollte ohnehin gerade los.«

»Das passt perfekt. Wir sind im 9. Bezirk, Berggasse 41.«

Ich nickte und merkte erst nach einigen Sekunden, dass sie das ja nicht sehen konnte. »Gut. Bis gleich dann.«

Das LKA entpuppte sich als Altbau mit hohen Decken und überraschend großen Büroräumen. Frau Wanger erwartete mich in einem kleinen Raum hinter einem Schreibtisch, auf dem sich Berge von Akten stapelten. Zu ihrer Rechten saß ihr Kollege, an dessen Namen ich mich nicht mehr erinnern konnte. Wie hieß er noch gleich? Irgendetwas Osteuropäisches. Keine Chance, dass mein Kopf mit dieser Information rausrücken würde. Nicht jetzt, ich war viel zu aufgewühlt.

»Danke, dass Sie so schnell gekommen sind«, sagte Frau Wanger und reichte mir die Hand. »Es dauert auch nicht lange.«

Ich nickte dem jungen Beamten kurz zu und setzte mich auf den mir angebotenen Stuhl. Aus einem der Nebenräume hörte ich Gelächter und stellte erstaunt fest, dass es eine beruhigende Wirkung auf mich hatte. Da war niemand, der mit Handschellen auf mich wartete, um mich gleich festzunehmen, denn dieser Gedanke, wenngleich natürlich absurd, war mir während der Kontrolle durch die Beamten am Eingang in den Sinn gekommen.

»Tut mir leid, das mit Ihrer Schwester. Ich hab es von meinen Kollegen gehört. Eine furchtbare Geschichte.«

Ich nickte nur und verkniff mir die spitze Bemerkung, die mir auf der Zunge lag – dass es womöglich nie so weit gekommen wäre, wenn sie meinen Anruf ernst genommen hätte.

»Weiß man inzwischen, wer Nicky … also, wie sie gestorben ist?«, fragte ich stattdessen, mich vorsichtig von Wort zu Wort tastend. »Und warum?«

Frau Wanger schaute mich an, als überlege sie, ob sie auf meine Frage überhaupt antworten solle. »Wir gehen derzeit verschiedenen Spuren nach«, sagte sie dann. »Unsere anfänglichen Vermutungen haben sich bestätigt: Frau Felm wurde definitiv nicht am Fundort getötet. Jemand hat ihre Leiche nachträglich dort abgelegt. Wir haben Blutspuren in ihrer Wohnung gefunden. Sie wurde mit ziemlicher Sicherheit dort ermordet.«

»Mein Gott!« Ich presste mir die Hand auf den Mund, um die aufsteigende Übelkeit zu unterdrücken. »Das ist ja schrecklich!«

»Ist es.« Frau Wanger nickte ihrem Kollegen zu, der beflissen einen Kugelschreiber zückte und eine neue Seite in seinem Notizbuch aufschlug. »Wir möchten Ihre Zeit nicht über Gebühr in Anspruch nehmen, deshalb komme ich gleich zum Punkt: Es geht um Ihren Mann.«

»Okay«, sagte ich und spürte, wie sich ein mulmiges Gefühl in mir breitmachte. »Was genau wollen Sie denn wissen?«

»Wie würden Sie das Verhältnis Ihres Mannes zu Frau Felm beschreiben?«

»Die beiden kannten sich schon ewig. Karin, Nickys ältere Schwester, ist eine enge Freundin der Familie, aber das wissen Sie ja bereits. Karin war mit mir in der Schule. Konstantin ebenso. Er war einen Jahrgang über uns.«

»Wie kam es, dass Frau Felm für Ihren Mann arbeitete?« Sie sah auf ihre Notizen. »Sie hat zuletzt Psychologie studiert, Ihr Mann hingegen ist Geschäftsführer eines Unternehmens mit Schwerpunkt Immobilienentwicklung. Nicht gerade naheliegend, oder?«

»Das war meine Idee«, sagte ich sofort. »Nicky war auf der Suche nach einem Praktikum, also hab ich vorgeschlagen, dass sie es doch bei ihm in der Firma machen könnte.«

»Hatten die beiden Ihres Wissens auch außerhalb der Arbeit Kontakt miteinander?«

Ich hob die Schultern. »Keine Ahnung, aber ich glaube nicht. Wie gesagt, er hat sie nur mir zuliebe eingestellt.«

»Dann war das Verhältnis zwischen Frau Felm und Ihrem Mann zuallererst geschäftlicher Natur?«

»Ja.« Ich runzelte die Stirn. »Warum fragen Sie mich das?«

Frau Wanger ignorierte meine Gegenfrage und kramte in ihren Unterlagen nach einem Bündel zusammengehefteter Papiere. Mit dem Zeigefinger strich sie über die dicht bedruckten Seiten und hielt dann inne. »Aus den Protokollen des Telefonproviders geht hervor, dass Ihr Mann mit Frau Felm in den Wochen vor ihrem Tod telefoniert hat. Ziemlich oft. Was denken Sie, warum?«

Ich zuckte die Achseln. »Wegen der Arbeit, schätze ich mal. Aber das müssen Sie ihn schon selbst fragen.«

Die Polizistin nickte. Doch ihre Miene verriet, dass sie das nicht glaubte.

»Ungefähr zur selben Zeit, als die Telefonate anfingen, gab es Bareinzahlungen auf Frau Felms Konto. Mehrere Tausend Euro jeweils.« Frau Wanger verschränkte die Arme vor der Brust. »Wir haben mit der Sekretärin Ihres Mannes gesprochen, mit der Buchhalterin und den anderen Geschäftsführern. Offenbar hat es ein paar Ungereimtheiten bei den Geschäftskonten gegeben. Geld, das gefehlt hat. Wussten Sie etwas davon?«

»Nein. Konstantin hat mir gegenüber nie so etwas erwähnt.« Dann riss ich die Augen auf. »Verstehe ich das richtig? Denken Sie etwa, dass Nicky das gewesen sein könnte? Dass sie das Geld gestohlen hat?«

Frau Wanger wiegte den Kopf. »Unwahrscheinlich. Nur wenige Tage vor ihrem Tod war alles wieder da. Nach einer größeren Bareinzahlung war der Kontostand wieder ausgeglichen. Auf Frau Felms Konto gab es keine Abhebung in dieser Größenordnung.«

»Merkwürdig.«

»In der Tat.« Frau Wanger verschränkte die Finger vor sich auf der Tischplatte und beugte sich gespannt vor. Sie maß mich mit einem Blick, der etwas länger dauerte, als mir angenehm war. »Steckt Ihr Mann in irgendwelchen Schwierigkeiten, Frau Lechner? Hat er Geldsorgen?«

»Wie bitte? Wie kommen Sie denn auf die Idee?«

Ich sank unter ihrem bohrenden Blick in mich zusammen. Konstantins Worte kamen mir wieder in den Sinn.

»Ich muss mich übrigens bei dir entschuldigen. Die vielen Überstunden, dass ich so wenig zu Hause war. Du hattest es in letzter Zeit nicht leicht mit mir, und das tut mir leid. Die Arbeit und all das – ich stand einfach sehr unter Druck.«

Ich spürte, wie mir die Hitze in die Wangen stieg. War es das, was Konstantin mit *all das* gemeint hatte? Steckte er etwa tatsächlich in finanziellen Schwierigkeiten?

Ich räusperte mich, aber meine Stimme blieb zittrig. »Sie glauben doch nicht, dass mein Mann ... Sie verdächtigen ihn doch nicht, oder?«

Frau Wanger musterte mich weiterhin mit prüfendem Blick. »Wir ziehen keine voreiligen Schlüsse, falls Sie das befürchten. Wir machen hier nur unsere Arbeit, Frau Lechner.«

Ich nickte matt.

»Da wäre noch etwas«, sagte Frau Wanger nach einer Weile. »Der Abend des zwanzigsten August. Können Sie mir sagen, wo Sie da waren? So zwischen neunzehn und vierundzwanzig Uhr?«

Ich starrte sie mit wachsendem Entsetzen an, brachte aber kein Wort heraus. *Mein Alibi. Sie fragt mich nach meinem Alibi. Sie verdächtigt uns!*

»Ich … äh … Ich weiß es nicht. Zu Hause wahrscheinlich. Ich müsste in meinem Kalender nachsehen, um sicher zu sein.«

»Bitte tun Sie das.« Sie konsultierte erneut ihre Notizen, bevor sie hinzufügte: »Es gibt da nämlich eine Zeugin, die in der Tatnacht Ihren Wagen in der Nähe von Frau Felms Haus gesehen haben will. Haben Sie dafür eine Erklärung?«

»Wie bitte?« Ich schnappte nach Luft. »Ich verstehe das nicht … Das kann doch nicht sein! Es stimmt, ich habe Nicky an jenem Abend angerufen. Das ja, aber ich war nicht bei ihr. Und auch nicht in der Nähe ihres Hauses. Das schwöre ich!«

Frau Wangers Miene blieb unbewegt. »Wer außer Ihnen hat sonst noch Zugriff auf Ihren Wagen? Ihr Mann?«

»Ja, aber …«

»Das haben wir uns schon gedacht.«

Die Stille, die daraufhin einsetzte, dröhnte mir in den Ohren. Entgeistert wanderte mein Blick zwischen den beiden Beamten hin und her. Ich konnte nicht glauben, was sie Konstantin da gerade unterstellten.

»Bitte, Frau Wanger, was auch immer Sie vermuten, Konstantin war das nicht. Und ich auch nicht. Ich kenne meinen Mann – er könnte keiner Fliege was zuleide tun!«

Die Polizistin nickte, aber nicht bestätigend. Eher so, als hätte sie eine solche lahme Erklärung erwartet. Erneut tauschte sie einen Blick mit ihrem Kollegen, und mich beschlich das ungute Gefühl, dass sie etwas wussten, was sie mir bisher verschwiegen hatten. Die beiden begegneten mir so distanziert, so ganz anders als beim letzten Mal. Der mitfühlende, fast freundliche Ausdruck war aus ihren Gesichtern verschwunden. Offenbar hielt Frau Wanger uns für verdächtig, vielleicht stand sie aber auch so unter Stress, dass sie meine Befragung nur als einen lästigen Punkt auf ihrer ohnehin viel zu langen To-do-Liste betrachtete.

»Eine letzte Frage noch, Frau Lechner. Wären Sie mit einem DNA-Abstrich einverstanden? Wir bräuchten ihn als Vergleichsprobe.«

Ich spürte, wie mir die Röte ins Gesicht stieg, als ich begriff, worauf die Frage abzielte. Dann gab es also bereits Erkenntnisse. Es hatte eine Obduktion von Nickys Leiche gegeben und anscheinend waren dabei auch DNA-Spuren gefunden worden.

»Das ist natürlich freiwillig«, sagte Frau Wanger, die mein Zögern als Widerwillen deutete. »Sie stehen nicht unter Verdacht. Aber wir möchten sichergehen, wenn Sie verstehen. Eine reine Formalität.«

Der Moment zog sich in die Länge, während ich meine Möglichkeiten abwog. Allein der Gedanke, dass sie in Betracht zogen, Konstantin oder ich könnten etwas mit Nickys Tod zu tun haben, trieb mir den Schweiß auf die Stirn. Andererseits – so bedrohlich sich das mit der Probe auch anhören mochte –, danach würde ich Ruhe haben. Und wenn ich mich weigerte, würde die Polizei dann nicht erst recht glauben, ich hätte etwas zu verbergen?

»Okay. Ich bin einverstanden.«

»Danke, wir wissen Ihre Kooperation zu schätzen.« Frau Wanger lächelte, zum ersten Mal an diesem Tag. Sie griff in eine Schublade, förderte ein überlanges Wattestäbchen zutage und zog es aus seiner Verpackung. »Würden Sie bitte den Mund öffnen? Keine Sorge, es tut nicht weh.«

Ich tat, worum sie mich bat, und wartete, den Blick zur Decke gerichtet, bis sie mit dem Stäbchen über die Innenseite meiner Wange gefahren war. Es war erniedrigend.

»Das war's schon, vielen Dank. Jetzt bräuchte ich nur noch eine Unterschrift von Ihnen.«

Sie reichte mir einen Kugelschreiber, der nicht funktionierte, also kramte sie in ihren Sachen nach einem anderen. Dessen Kappe war abgekaut und ich bemühte mich, nicht angewidert das Gesicht zu verziehen, als ich meine Unterschrift unter das Formular setzte. Nachdem ich mein Einverständnis gegeben hatte, beschriftete Frau Wanger den Plastikbeutel und schob ihn ihrem Kollegen hin.

»Ich begleite Sie noch zum Ausgang.«

»Auf Wiedersehen«, sagte ich, als wir im Erdgeschoss angelangt waren. »Und danke, dass Sie sich für die Aufklärung des Falles so einsetzen.«

Sie lächelte nicht, warf mir nur einen prüfenden Blick zu. »Gern geschehen. Sie halten sich bitte weiterhin zu unserer Verfügung, ja?«

Dann wandte sie sich um und ging.

KAPITEL 30

Nach meinem Besuch bei der Polizei war ich eine halbe Stunde ziellos herumgelaufen, bis ich mich schließlich im Votivpark wiederfand. Gelächter lag in der Luft. Studenten bevölkerten die Wiesen, manche nur mit Badesachen bekleidet, ihre nackten Bäuche der Sonne entgegengestreckt.

Ich setzte mich auf eine Parkbank und dachte nach, die Ellbogen auf die Knie gestützt, das Kinn auf die Handflächen. Ich gestand es mir nur ungern ein, aber Frau Wangers distanziertes Verhalten vorhin ärgerte mich. Normalerweise konnte ich gut mit Menschen umgehen, mit Frauen wie mit Männern. Dass Frau Wanger so gar nicht auf meine Ausstrahlung reagierte, irritierte mich. Als sie letzte Woche bei uns im Haus gewesen war, war das noch anders gewesen. War ich ihr auf einmal unsympathisch? Oder dachte sie, ich wäre ihr gegenüber nur so freundlich, um sie von Konstantin abzulenken?

Ich stampfte mit dem Fuß auf und ein Spatz, der ein paar Meter von mir entfernt im Gras saß, flog erschrocken auf. Am liebsten hätte ich vor Wut laut geschrien. Konstantin war ein guter Mensch. Manchmal etwas eigensinnig, egozentrisch, selbstverliebt – klar. Aber allein der Gedanke, dass er eine junge Frau ermordet haben könnte, war absurd. Die Einzahlungen auf

Nickys Konto konnten weiß Gott woher kommen. Vielleicht hatte Nicky ja mit Drogen gehandelt. Gewundert hätte mich das nicht.

Aber wie ich es auch drehte und wendete, Frau Wangers Andeutungen hatten in mir einen Funken Zweifel gesät, und das ärgerte mich fast noch mehr. Nur eben in Bezug auf ein anderes Thema und ganz anders, als es von ihr vermutlich beabsichtigt gewesen war.

Ich musste an eine Szene bei Fionas Taufe denken. Nicky, die ein viel zu kurzes Kleid trug, das ihre langen Beine entblößte. Wie sie zwischen den Gästen herumstolzierte, als gehöre ihr die Welt, wie sie mit Ehemännern und Vätern flirtete, wie ihre wilden Locken im Wind tanzten. Und auf einmal konnte ich beinahe wieder ihr mädchenhaftes Gekicher hören, als sie den Kopf in den Nacken warf und verschmitzt über irgendeinen Scherz lachte, den Konstantin gemacht hatte.

Ich verzog das Gesicht. Nicky war schon immer ein kleiner Wirbelwind gewesen. Draufgängerisch, abenteuerlustig, kokett. Sie hatte sich stets dümmer gestellt, als sie war, vor allem, wenn sie sich einen Vorteil davon versprach. Bereits mit fünfzehn war sie über die Maßen reif für ihr Alter gewesen und hatte mit jedem männlichen Wesen geflirtet, das in ihre Nähe kam. Auch mit Konstantin. Er hatte es abgetan, hatte gesagt, Nicky sei wie eine kleine Schwester für ihn. Aber gefallen? Ja, sicher, gefallen hatte es ihm trotzdem.

Gedankenverloren beobachtete ich eine Gruppe Jugendlicher, die es sich auf einer Decke bequem gemacht hatten, während sich eine weitere Erinnerung ihren Weg an die Oberfläche bahnte. Nur eine Stunde später, am selben Nachmittag: wie Nicky Amelie beiseitenahm und ihr etwas ins Ohr flüsterte. Und Amelie, wie sie plötzlich erbleichte und den Kopf in meine Richtung drehte, der Blick scharf und feindselig.

Ich biss die Zähne so fest zusammen, dass es knirschte. Ob sie Amelie deshalb verraten hatte, dass sie mich mit Konstantin erwischt hatte – fast fünf Jahre zuvor? Um einen Keil zwischen die beiden zu treiben? Weil sie sich insgeheim Chancen auf ihn ausrechnete? Keine Ahnung, wie Nicky damals herausgefunden hatte, dass sie Konstantin mit *mir* gesehen hatte – und nicht mit Amelie. Vielleicht, weil sie kurz zuvor noch mit ihr in der Küche geredet hatte und Amelie so schnell gar nicht bis zur Kammer gelaufen sein konnte, in der ich mich mit Konstantin vergnügte? Zu blöd aber auch, dass sie uns gesehen hatte, als wir dort zusammen rausgekommen waren. Dabei war es doch nur eine einmalige Sache gewesen. Ein dummer Fehltritt.

Mir stockte der Atem.

Erneut sah ich Konstantin vor mir, die Bestürzung in seinem Gesicht, als er erfuhr, dass Nicky tot war.

»Ich muss mich übrigens bei dir entschuldigen. Die vielen Überstunden, dass ich so wenig zu Hause war. Du hattest es in letzter Zeit nicht leicht mit mir, und das tut mir leid …«

Vielleicht hatte er da gar nicht von irgendwelchen Geldsorgen gesprochen, sondern von Nicky. *Seiner Geliebten.* Hatten die beiden womöglich eine Affäre gehabt? Und Amelie hatte irgendwie Wind davon bekommen und sich deshalb das Leben genommen?

»Du hast ja keine Ahnung, wie es ist, mit ihm verheiratet zu sein. Ich bin einfach so verdammt unglücklich!«

Konnte es wirklich sein, dass Konstantin fremdgegangen war? Mit der kleinen Schwester ihrer besten Freundin? So sehr ich Amelie auch immer um ihre Beziehung beneidet hatte – was wusste ich letztlich schon über ihre Ehe?

Kurz entschlossen zog ich mein Handy aus der Tasche und wählte Konstantins Nummer.

»Amelie!«, rief er. Es klang gehetzt. »Alles okay bei dir? Ist irgendwas passiert?« Im Hintergrund hörte ich das Dröhnen von Maschinen und die Stimmen von Männern, die sich Anweisungen zuriefen.

»Ja. Nein. Keine Ahnung.« Ich seufzte. »Ich war gerade auf dem Polizeirevier. Frau Wanger hat mir allerhand Fragen gestellt, über dich und Nicky. Um einen DNA-Abstrich hat sie mich auch gebeten. Offenbar haben sie irgendwelche DNA-Spuren gefunden, die sie jetzt abgleichen wollen.«

»Shit! Warte einen Augenblick.« Er hielt die Hand vor den Lautsprecher und sagte irgendwas zu den Männern, das ich nicht verstehen konnte. Als er das Telefon wieder ans Ohr hielt, war seine Stimme klar und verständlich. »Mich haben sie auch vorgeladen. Sieht ganz so aus, als würden sie uns verdächtigen.« Er fluchte erneut. »Aber die fischen bestimmt nur im Trüben. Es wird sich alles aufklären, das versprech ich dir.«

»Hoffen wir's«, erwiderte ich, doch ich war mir da keineswegs sicher. Einen Moment lang überlegte ich, ihn auf die veruntreuten Firmengelder anzusprechen und auf meinen Verdacht, er und Nicky hätten eine Affäre gehabt. Aber das war eindeutig nicht der richtige Zeitpunkt. Stattdessen fragte ich: »Wann kommst du heute nach Hause? Ich vermisse dich.«

»Ich dich auch, Baby. Ich dich auch.« Er stöhnte. »Könnte aber leider spät werden. Ich bin gerade auf einer Baustelle, und der Bauleiter hat's in meiner Abwesenheit total verbockt. Wir reden später über alles, ja? Ich liebe dich.«

Ich starrte auf das Display, bis es sich wieder verdunkelte, und versuchte, die aufsteigende Panik, die mich befallen hatte, seit ich Frau Wangers Büro betreten hatte, aus meinen Gedanken zu verbannen. Ich sagte mir, dass Selbstmitleid jetzt nicht das vorherrschende Gefühl in mir sein durfte, dass die Trauer über Nickys Tod dominieren musste. Die Trauer um eine junge Frau, die ich mein Leben lang gekannt hatte.

Als ich an Karin dachte, überkam mich ein schlechtes Gewissen. Ich hätte mich längst bei ihr melden müssen. Seit

Amelies Unfall durch die Presse gegangen war, hatte sie mehrmals versucht mich anzurufen und mir ein Dutzend SMS geschickt, aber ich hatte keine einzige beantwortet. Allein der Gedanke, mich mit ihr auseinanderzusetzen, raubte mir das letzte bisschen Kraft, das noch in mir steckte. Am liebsten hätte ich mich einfach auf der Bank ausgestreckt und die Augen geschlossen. Nichts mehr tun, nichts mehr wissen, nichts mehr fühlen.

Ich versuchte es, aber ich hielt es nicht länger als zwei Minuten aus. Also richtete ich mich wieder auf, entsperrte mein Handy und wählte Karins Nummer.

Sie nahm sofort ab.

»Amelie«, keuchte sie. »Gott sei Dank meldest du dich endlich!«

Die Besorgnis in ihrem Ton war unüberhörbar und sofort meldete sich mein schlechtes Gewissen. »Tut mir leid, dass ich nicht früher zurückgerufen habe. Aber ich …«

»Ich weiß«, sagte Karin. Ihre Stimme klang belegt, als kämpfe sie darum, die Tränen zurückzuhalten. »Das ist alles einfach so schrecklich. Erst Nicky und jetzt auch noch Franziska.« Sie zog die Nase hoch. »Ich verstehe nicht, wie das passieren konnte. Das kommt mir alles wie ein perverser Albtraum vor.«

»Geht mir genauso.« Ich atmete tief durch und fasste mir ein Herz. »Du hast nicht zufällig Zeit für ein Treffen?«

Einige Sekunden verstrichen, während ich atemlos auf ihre Antwort wartete. Da kam mir ein weiterer schrecklicher Gedanke. Wenn die Polizei uns für verdächtig hielt – womöglich galt das ja auch für Karin? Vielleicht war sie es ja gewesen, die mit dem Finger auf uns gezeigt hatte. Meine Hände fühlten sich plötzlich taub an, so fest umklammerte ich mein Handy.

»Ich verstehe natürlich, wenn es heute schlecht passt«, sagte ich hastig. »Dann eben ein anderes Mal.«

»Nein, das passt schon«, erwiderte Karin langsam. »Ich würde dich tatsächlich gerne sehen. Wo bist du denn gerade?«

»Auf einer Parkbank. Im Votivpark.«

»Okay. Was hältst du davon, wenn wir uns im Café Français treffen? Sagen wir, in einer halben Stunde?«

»Super«, erwiderte ich, überrascht und auch erleichtert. »Dann bis gleich.«

Karins Anblick traf mich wie ein Schlag in die Magengrube. Seit unserem letzten Treffen hatte sie stark abgenommen. Das lange Sommerkleid, das sie trug, schlotterte um ihren lang gezogenen Körper. Ihre Augen waren vom Weinen gerötet, und um ihren Mund hatten sich tiefe Furchen gebildet, die früher nicht da gewesen waren.

Wortlos schloss ich sie in die Arme.

»Wo ist denn Fiona?«, fragte ich, als Karin mich wieder losließ und mir auffiel, dass der obligatorische Kinderwagen fehlte.

»Ich habe sie bei Markus gelassen.« Sie lächelte schwach. »Seit Nicky tot ist, bin ich nervlich ein Wrack. Ich schaffe es nicht mal, mir selbst einen Tee zu kochen.« Sie hob die rechte Hand, die in einem Verband steckte. »Markus ist wirklich ein Schatz. Er schmeißt den Haushalt und hält mir die Kinder vom Leib. Er hat mir sogar dabei geholfen, einen Sarg auszusuchen und all das.«

Ich nickte langsam. Stimmt, die Beerdigung – daran hatte ich noch überhaupt nicht gedacht. Ich würde nicht umhinkommen, ebenfalls eine zu organisieren. Oder was man sonst so tat, wenn es keine Leiche gab. Der bloße Gedanke, eine Trauerfeier für meine tote Zwillingsschwester abzuhalten, raubte mir fast den Verstand, und ich wandte mich rasch wieder Karin zu.

»Es tut mir ja so leid, was Nicky passiert ist. Ich hätte dir in dieser schweren Zeit eigentlich eine Stütze sein und für dich da sein müssen. Wenn ich irgendwas für dich tun kann …«

»Ich bitte dich! Du hast doch selber genug um die Ohren.« Sie löste ihre Finger aus meinen und rührte mit dem Löffel in der Kaffeetasse, die der Kellner ihr gebracht hatte. »Wie hat dein Vater die Nachricht aufgenommen? Du hast es ihm doch schon gesagt, oder etwa nicht?«

»Natürlich.« Ich wiegte den Kopf. »Um ehrlich zu sein, bin ich mir nicht sicher, ob er verstanden hat, was los ist. So ist das oft bei ihm. An manchen Tagen ist er völlig klar, dann wiederum redet er nur wirres Zeug. Als ich ihn zuletzt besucht habe, war so ein Tag.«

Karin verzog mitleidig das Gesicht. »Und Karl?«

»Er wird noch für ein paar Tage bei Konstantins Eltern bleiben. Er weiß von nichts und fürs Erste belassen wir es dabei. Er ist ja noch so klein.«

»Mit Milly und Fiona ist es dasselbe. Ist bestimmt besser so.« Karin schüttelte den Kopf. »Ich kann einfach nicht glauben, dass Franziska tatsächlich Selbstmord begangen haben soll. Das passt so gar nicht zu ihr. Aber was weiß ich schon? Früher haben wir uns fast täglich gesprochen, doch in letzter Zeit … Ich hätte mir mehr Mühe geben müssen, den Kontakt aufrechtzuerhalten.«

Ich brachte nur ein kurzes Nicken zustande. *Mir tut es auch leid, Karin*, dachte ich. *Ich wünschte, das hätten wir.*

»Immerzu muss ich an früher denken«, fuhr sie fort. »Weißt du noch damals, als wir zu diesem Festival in die Steiermark gefahren sind? Konstantin, Markus, Franziska, du und ich. Und Nicky natürlich.« Sie lächelte melancholisch. »Sie war von zu Hause ausgebüxt und stand auf einmal mit ihrem Rucksack vor unserem Zelt. Dabei war sie erst sechzehn.«

Ich erinnerte mich noch gut daran. »Es hat die ganze Zeit nur geschüttet und das Gelände war ein einziges Schlammfeld. Ich glaub, ich bin nie wieder so dreckig gewesen wie an diesem Wochenende.«

»Stimmt. Aber das war uns egal«, ergänzte Karin. »Wir hatten ja uns. Haben Bier aus Pappbechern getrunken und den ganzen Tag Gras geraucht. Es war ein Heidenspaß.«

Ich grinste. »Für dich vielleicht. Du hast dir auch nicht die ganze Nacht die Seele aus dem Leib gekotzt wegen diesem elenden Zeug.« Ich schüttelte mich.

Plötzlich erstarb Karins Lächeln. »Wer hätte damals gedacht, dass heute – nicht mal acht Jahre später – nur noch vier von uns übrig sind.«

Daraufhin kehrte Schweigen ein und wir nippten nachdenklich an unseren Kaffeetassen.

Noch immer in glücklichen Jugenderinnerungen schwelgend, wanderte mein Blick über die geschäftige Währinger Straße. Menschen strömten an uns vorbei, um vor dem Abendessen noch ein paar letzte Besorgungen zu machen. Für einen Moment blieb mein Blick an einem hageren Mann hängen, der auf der anderen Straßenseite stand und angestrengt in unsere Richtung schaute. Er war groß, die Schultern nach vorne gebeugt.

Max!

Für den Bruchteil einer Sekunde trafen sich unsere Blicke. Mein Herzschlag beschleunigte sich, und schnell wandte ich den Kopf ab.

Was macht der denn hier? Ist er mir etwa schon wieder gefolgt?

Doch als ich wieder hinsah, war Max in der Menge verschwunden. Vielleicht war er auch nie da gewesen. Die Sache mit Amelie und Nicky – mein Gehirn musste mir einen Streich gespielt haben. Ich schien allmählich den Verstand zu verlieren.

Rasch richtete ich meine Aufmerksamkeit wieder auf Karin. »Gibt es denn schon einen konkreten Verdacht, wer Nicky ermordet haben könnte?«

Meine Freundin zögerte einen Augenblick, dann schüttelte sie den Kopf. »Nein. Nicht soweit ich weiß.«

»Ich war heute bei der Polizei. Die haben mir eine Menge Fragen gestellt. Über Konstantins Verhältnis zu Nicky. Ihn haben sie auch vorgeladen. Ich glaube, sie verdächtigen ihn. Verrückt, oder?«

Gespannt wartete ich auf Karins Reaktion. Ich suchte in ihrem Gesicht nach Anzeichen von Feindseligkeit oder Misstrauen, doch sie hielt den Kopf hartnäckig gesenkt und wich meinem Blick aus.

»Das hab ich mir schon gedacht.«

»Himmel, Karin!«, keuchte ich atemlos. »Du glaubst doch nicht wirklich, dass er Nicky etwas angetan haben könnte? Ihr seid unsere ältesten Freunde. Nicky gehörte praktisch zur Familie!«

»Natürlich weiß ich das. Aber Konstantin …«

Wie heiße Lava breitete sich das Entsetzen in meinen Eingeweiden aus. Ich rang nach Luft, dann stellte ich ihr die Frage, die mir auf der Seele brannte. »Sag mir die Wahrheit, Karin: Hatten Konstantin und Nicky eine Affäre?«

»Was?« Ihr Blick flog hoch. »Nein, natürlich nicht!«

Ich zog eine Augenbraue hoch. »Ach, Karin! Nicky hatte doch schon immer einen Narren an Konstantin gefressen. Und Frau Wanger zufolge haben die beiden in den Wochen vor ihrem Tod ziemlich oft miteinander telefoniert. Was sonst sollte der Grund dafür gewesen sein?«

Karin sah mich einen Moment lang wortlos an, als überlege sie, wie viel sie mir verraten könne. »Nicky hatte keine Affäre mit Konstantin. Jedenfalls nicht dass ich wüsste.«

»Was ist es dann?«

Karin begann zu zittern und ich streckte die Hand aus und berührte sie an der Schulter, bis sie endlich den Kopf hob und mir in die Augen sah. »Jetzt sag schon! Was verschweigst du mir? Was war da los zwischen Konstantin und Nicky?«

Für einen Moment war ich sicher, dass sie sich mir wieder entziehen würde, dann jedoch sackten ihre Schultern herab. »Ich hätte dir das schon viel früher erzählen sollen.« Sie seufzte. »Konstantin ist spielsüchtig, Amelie. Er hatte Schulden. Ziemlich hohe sogar.«

Ich war wie vom Donner gerührt. »Wie bitte?«

Karin nickte unglücklich. Die Worte kamen nun schnell aus ihrem Mund, als könnte sie es nicht ertragen, ihr Geheimnis noch länger für sich zu behalten. »Blackjack. Poker. Aber vor allem Blackjack. Er muss eine Menge Schulden angehäuft haben, bei ein paar ganz üblen Typen. Und als die ihn unter Druck gesetzt haben, hat er das Geld einfach aus der Firmenkasse genommen. Nicky hat das herausbekommen und ihn damit konfrontiert.«

»Willst du mir etwa sagen, Konstantin hätte Firmengelder veruntreut? Und Nicky hat ihn deswegen *erpresst*?«

»Ich weiß, ich weiß.« Stöhnend vergrub Karin das Gesicht in ihren Händen. »Ich hätte es dir gleich erzählen sollen, als ich davon erfuhr, aber ich wusste einfach nicht, wie. Sie war doch meine Schwester!« Sie fing an, noch heftiger zu zittern. »Ich hab sie angefleht, damit aufzuhören und Konstantin in Ruhe zu lassen. Aber es war zwecklos, sie wollte nicht auf mich hören.«

»Aber …« Plötzlich begriff ich, was Karin dachte. Zu welcher Schlussfolgerung auch Frau Wanger gelangt sein musste.

Nicky hatte vor ihrem Tod mehrere größere Bargeldbeträge erhalten, deren Herkunft unklar war. Aller Wahrscheinlichkeit nach handelte es sich um Erpressungsgelder, die Konstantin für ihr Schweigen bezahlt hatte. Und als es ihm zu bunt wurde, ihren Forderungen nachzukommen, hatte er sie aus dem Weg geräumt. Erledigt. Fall gelöst.

»Du glaubst, dass es Konstantin war, stimmt's?«, hauchte ich tonlos. »Dass er sie getötet hat?«

»Ich weiß nicht, was ich denken soll.«

»Er war es aber nicht«, sagte ich und sah ihr dabei fest in die Augen. »Konstantin war es nicht!«

Karin sah auf ihre ineinander verknoteten Finger und schwieg. Das gab mir den Rest.

»Wenn das so ist, dann gehe ich wohl besser.«

Mit diesen Worten schnappte ich mir meine Handtasche und eilte davon, damit Karin nicht die Tränen sah, die mir über die Wangen liefen.

KAPITEL 31

Max

Ich überflog einen Artikel über Klimaaktivisten in der »News«, um mir die Zeit zu vertreiben, bekam aber nicht allzu viel vom Inhalt mit, weil mein Blick immer wieder zum Eingang mit der Hausnummer 41 wanderte. Von dem Café aus hatte ich einen guten Blick auf den Eingang des Polizeikommissariats.

Amelie war jetzt bereits fast eine Stunde dort. Was wollte die Polizei nur schon wieder von ihr? Und warum dauerte das so lange?

Ich zog mein Handy aus der Tasche und rief die App mit der Spy-Software auf, die ich auf ihrem iPhone installiert hatte, als Amelie während unseres Treffens im Pub auf der Toilette gewesen war. Es war leichter gewesen, als ich gehofft hatte. Kurz zuvor hatte ich gesehen, wie sie den Code eingetippt hatte – ihr Geburtsdatum, wie ich unschwer erkannt hatte. Die Phone-Tracker-Software war ein simples Programm, die Installation hatte kaum mehr als dreißig Sekunden gedauert.

Ein kleiner Punkt leuchtete auf dem Display auf, keine hundert Meter von meinem eigenen Standort entfernt. Beruhigt, dass sie mir nicht entwischt war, steckte ich das Handy wieder ein.

Inzwischen wusste ich ziemlich genau über Amelies Tagesablauf Bescheid. Nicht dass sie das Haus am Wochenende besonders oft verlassen hätte. Seit sie und Konstantin aus Zell am See zurückgekehrt waren, war Amelie die meiste Zeit daheimgeblieben, wo sie auf der Terrasse gesessen und mit leeren Augen in den Garten gestarrt hatte oder rastlos im Wohnzimmer auf und ab gewandert war. Sie so verzweifelt zu sehen, bereitete mir fast körperliche Schmerzen. Mehrmals war ich drauf und dran gewesen, an ihrer Tür zu klingeln und sie anzuflehen, sich von mir trösten zu lassen, doch am Ende hatte die Vernunft gesiegt. Amelies brüske Reaktion beim letzten Mal war mir noch in lebhafter Erinnerung.

Ihre Zurückweisung kränkte mich. Obendrein verstand ich sie nicht. Warum weigerte sich Amelie nur so hartnäckig, sich mir anzuvertrauen? Und so sehr ich mir auch einzureden versuchte, dass ihr seltsames Verhalten nur der Trauer geschuldet war, war ich mir da längst nicht mehr sicher.

Missmutig starrte ich auf die bräunliche Brühe am Boden meiner Kaffeetasse. Ich konnte nicht behaupten, dass ich es sonderlich bedauerte, dass Franziska tot war. Nur für Amelie tat es mir leid. Franziska mochte kein guter Mensch gewesen sein, aber immerhin war sie ihre Schwester gewesen. Die letzte leibliche Angehörige, die ihr neben ihrem dementen Vater noch geblieben war.

Trotz der räumlichen Distanz hatte ich die Zwillinge über die Jahre im Auge behalten und wusste, dass Franziska für eine bekannte Zeitung gearbeitet hatte. Was sie wohl dazu bewogen hatte, sich das Leben zu nehmen?

Eine halbe Stunde und einen weiteren Cappuccino später öffnete sich die Tür des Polizeigebäudes und Amelie trat heraus. Für den Bruchteil einer Sekunde erhaschte ich einen Blick auf ihr Gesicht. Sie war erschreckend blass und ihre Unterlippe schien zu zittern, während sie ihre Handtasche eng an den

Körper presste. Ob aus Verzweiflung oder aus Wut, vermochte ich nicht zu sagen. Ohne nach links oder rechts zu schauen, überquerte sie die Straße und machte sich auf den Weg die Berggasse hinauf. Rasch klemmte ich einen Zehneuroschein unter die leere Kaffeetasse, zog meine Baseballkappe tiefer ins Gesicht und nahm die Verfolgung auf.

Eigentlich hatte ich mir ja vorgenommen, damit aufzuhören. Meine Besessenheit von Amelie war nicht gesund, das wusste ich, und ein Psychologe hätte für mein Verhalten vermutlich die eine oder andere beunruhigende Bezeichnung gefunden. Trotzdem kam ich nicht dagegen an. Das Bedürfnis, bei ihr zu sein, war einfach zu groß. Ich wollte zur Stelle sein, wenn sie meine Hilfe brauchte, und selbst wenn ich gerade nicht in ihrer Nähe war, kreisten meine Gedanken permanent um sie. Ich hatte mich längst in ihrer Welt verloren.

In gebührendem Abstand folgte ich Amelie durch die Straßen und in den Votivpark, wo ich mich in einiger Entfernung unter einer alten Eiche niederließ. Mit dem Rücken an den Stamm gelehnt, schlug ich die Zeitung auf und tat so, als würde ich lesen, während ich meine Freundin verstohlen aus den Augenwinkeln beobachtete.

Ihr Blick folgte einer Gruppe spielender Kinder, doch ich bezweifelte, dass sie von dem, was um sie herum geschah, etwas mitbekam. Ihr Blick war nach innen gerichtet, und selbst aus der Entfernung konnte ich sehen, wie aufgewühlt sie war. Es brach mir schier das Herz.

Schon im zarten Alter von acht Jahren hatte ich gewusst, dass ich Amelie liebte. Nicht auf eine romantische Art, sondern als Mensch. Seit sie mich einmal vor meinen Klassenkameraden, die mich wegen meiner billigen Kleidung und meiner Größe gehänselt hatten – denn schon damals überragte ich meine Mitschüler um gut eine Kopflänge –, in Schutz genommen hatte.

»Lasst Max in Ruhe!«, hatte Amelie gesagt und sich schützend vor mich gestellt. »Er ist mein Freund.«

Und seither war ich genau das – *ihr Freund.*

Schon davor war ich von diesem Mädchen fasziniert gewesen, von ihrem freundlichen Wesen, von der Art, wie sie mich beim Spielen miteinbezog, wie sie mir zuhörte, wenn ich sprach, wo es doch sonst keiner tat. Aber es war dieses eine Erlebnis gewesen, das letztlich den Ausschlag gegeben hatte.

Die Mutter der Zwillinge war schon früh verstorben, und der alte Herr Pichler hatte schon bald erkannt, dass er den Haushalt unmöglich allein bewältigen konnte. Seither war Mama, die als Hausmeisterin für eines seiner Häuser zuständig war, zweimal wöchentlich zu ihnen gefahren, um sauber zu machen und sich um die Wäsche zu kümmern. Und immer, wenn sie das tat, nahm sie mich mit. Sehr zum Leidwesen von Franziska, versteht sich.

Amelies Schwester konnte mich nicht ausstehen, das hatte sie mich schon früh spüren lassen. In ihren Augen war ich nur der sonderbare Junge, dessen Mutter ihr Haus putzte, ein lästiger Eindringling, den es zu verscheuchen galt.

Amelie und Franziska mochten sich äußerlich gleichen, doch ihre Persönlichkeiten hätten nicht gegensätzlicher sein können. Amelie war sanftmütig und schüchtern. Ich mochte ihr freundliches Wesen, während ich für die kontrollsüchtige und verbissene Franziska nur Verachtung übrighatte. Ihre gesamte Existenz schien allein darauf ausgerichtet, Amelie zu beschützen, und dabei schoss sie gerne über das Ziel hinaus.

Wie damals in der Fünften.

Als Clarissa sich über Amelies Aufsatz lustig gemacht hatte, den sie der Klasse vorlesen musste. Im Grunde war es harmlos gewesen, nur ein schlichter Spaß. Immerhin war das Ende der Story ja auch tatsächlich etwas weit hergeholt gewesen.

Niemand hätte dem Vorfall irgendeine Bedeutung beigemessen. Niemand außer Franziska.

Als ich nach dem Unterricht zu meinem Spind lief, hörte ich die gedämpften Stimmen zweier Mädchen.

»Mach das nie wieder!«, zischte Franziska, gerade so laut, dass ich es hören konnte. Die Hände in die Seiten gestemmt, funkelte sie Clarissa an, die unter ihrem Blick zurückwich. »Wenn du dich noch einmal über meine Schwester lustig machst, kriegst du es mit mir zu tun, verstanden?«

»Mensch, Franziska, jetzt hab dich nicht so. Das war doch nur …« Ein lautes Krachen war zu hören, als Clarissas Rücken gegen die Spindwand prallte, dann ein Aufschrei, gefolgt von einem Keuchen.

»Haben wir uns verstanden?«

Kurz darauf lief Clarissa mit Tränen in den Augen an mir vorbei.

In diesem Moment wurde mir klar, dass Franziska nicht ganz richtig im Kopf war. Ihr Beschützerinstinkt gegenüber Amelie ging weit über ein gesundes Maß hinaus. Der frühe Tod der Mutter hatte beide Schwestern gleichermaßen schwer getroffen, doch während Amelie sich danach in sich selbst zurückgezogen hatte, noch stiller und schüchterner geworden war, hatte sich Franziskas Fixierung auf ihre Schwester noch verstärkt.

Jetzt, wo es nach Franziska ging, gab es die beiden nur noch im Doppelpack. Sie teilten alles und jeden. Sogar die Jungs. Ich hatte die Zwillinge oft genug beobachtet, um das zu wissen. In der Regel fügte sich Amelie den Wünschen ihrer Zwillingsschwester. Ich verurteilte sie nicht dafür. Vermutlich hatte sie einfach nicht die Kraft, sich gegen Franziska aufzulehnen.

Es war Amelie, die sich für mich einsetzte, der ich es zu verdanken hatte, dass ich die Zwillinge gelegentlich zu den Treffen mit ihren Freunden begleiten durfte, zu ihren Verabredungen mit Konstantin, Markus und Karin. Die fünf waren eine eingeschworene Clique, und auch wenn die anderen drei mir gegenüber nie offen feindselig waren, wusste ich, dass sie meine Anwesenheit nur Amelie zuliebe duldeten.

Doch das machte mir nichts aus. Amelies Meinung war das Einzige, was für mich zählte. Wenn sie glücklich war, war ich es auch. Ich hatte schon früh festgestellt, dass es mir genügte, immerhin als Zuschauer an ihrem Leben teilzuhaben. Also gab ich mich damit zufrieden, sie aus der Ferne zu lieben. Ich wurde zu ihrem stummen Begleiter – und einem ständigen Beobachter.

Einmal hatte mich Franziska dabei ertappt. Ihr war mein Fahrrad aufgefallen, das ich auf der anderen Straßenseite abgestellt hatte. Vom Garten aus war es unschwer zu sehen gewesen. Meine Schuld natürlich, ein dummer Fehler.

»Glaub ja nicht, dass ich nicht wüsste, was du da treibst!«, hatte sie mir am nächsten Tag in der Schule zugeraunt, als sie sich unbeobachtet wähnte. »Halt dich fern von uns, sonst erzähle ich meinem Vater, was für ein kranker Stalker du bist.«

Nun, im Grunde hatte sie ja recht. Es war nicht in Ordnung, was ich tat. Auch wenn ich natürlich immer nur die besten Absichten hatte.

In diesem Moment nahm ich aus dem Augenwinkel eine Bewegung wahr. Entschlossen verdrängte ich die Kindheitserinnerung aus meinen Gedanken und konzentrierte mich wieder auf Amelie.

Sie hielt ihr Handy dicht ans Ohr gepresst und sprach aufgeregt in den Hörer. Ich spitzte die Ohren, doch keine Chance, von hier aus konnte ich unmöglich verstehen, was sie sagte. Aber Amelies Gesichtsausdruck gefiel mir nicht. Fast meinte ich zu spüren, wie ihr das Adrenalin durch die Adern schoss, wie die Gedanken vor ihrem inneren Auge herumwirbelten. Mit wem sprach sie da wohl? Und worüber?

Kurz überlegte ich, mich näher heranzupirschen, doch noch während ich dabei war, Nutzen und Risiko gegeneinander abzuwägen, hatte Amelie das Gespräch schon wieder beendet.

Mit einem stummen Fluch auf den Lippen zog ich mir die Kappe, die mir nach hinten gerutscht war, tiefer ins Gesicht und richtete den Blick auf die Zeitung auf meinem Schoß.

Eine Viertelstunde später sah ich, wie Amelie sich von der Parkbank erhob und zielstrebig auf den Ausgang des Parks zusteuerte.

Na endlich. Wurde auch Zeit.

Ächzend streckte ich meine steifen Glieder und gab ihr einen angemessenen Vorsprung. Dann machte ich mich ebenfalls auf den Weg.

KAPITEL 32

Nach meinem Besuch bei der Polizei und dem Treffen mit Karin hatte ich eine weitere Nacht mit wenig Schlaf hinter mich gebracht. Gegen drei war ich hochgefahren und hatte stundenlang nicht mehr einschlafen können. So hatte ich mit pochendem Herzen dagelegen, neben mir Konstantin, der mir den Rücken zugekehrt hatte. Seine Brust hatte sich im Schlaf langsam gehoben und gesenkt.

Ich begriff nicht, wie er so ruhig bleiben konnte. Wie er selig schlummern und wie er sich auf die Arbeit konzentrieren konnte, während doch alles gerade zum Teufel ging. Trotz seiner Beteuerungen war er erst spät nach Hause gekommen und am Morgen aufgebrochen, bevor ich richtig wach gewesen war.

Ich duschte, zog mir frische Sachen an und machte mich widerwillig auf den Weg zur Arbeit. Ich war seit fast einer Woche nicht mehr dort gewesen. Es wurde Zeit, dass ich mich mal wieder blicken ließ.

Als ich die Praxis betrat, umarmten mich sowohl Patrizia als auch Dr. Höller. Wahrscheinlich, weil ihnen dadurch längere Beileidsbekundungen erspart blieben. Ich konnte ihnen das nicht verübeln. Es war sicher nicht einfach, in einem Fall wie diesem die richtigen Worte zu finden. Was sagte man dem

Hinterbliebenen, wenn ein naher Angehöriger vermutlich Selbstmord begangen hatte?

»Wie geht's dir denn?«, fragte Patrizia, nachdem Dr. Höller sich in den Behandlungsraum zurückgezogen hatte.

»Hm«, erwiderte ich und dachte einen Moment lang ernsthaft über ihre Frage nach. »Mir geht es ... Na ja, alles fühlt sich irgendwie unwirklich an. Das beschreibt es wahrscheinlich am besten. Als wäre ich plötzlich in einem Paralleluniversum aufgewacht.«

Patrizia nickte. Zur Abwechslung schien sie einmal sprachlos zu sein. Doch leider nicht lange.

»Ich will mir gar nicht vorstellen, wie das für dich sein muss«, sagte sie nach einem Moment des Schweigens leise. »Der Schock und all die Fragen, ob es wirklich Selbstmord war.«

Sofort waren all die Bilder wieder in meinem Kopf: das zerbeulte Auto, die Polizisten mit ihren Hunden, die mit ernster Miene das Gelände absuchten, das Rotorengeräusch der Hubschrauber über mir.

»Dann hat man ihre Leiche also immer noch nicht gefunden?«

»Nein. Die gehen davon aus, dass sie in den See geschleudert und abgetrieben wurde.«

Der restliche Vormittag glitt an mir einfach so vorbei. Es fühlte sich seltsam an, wieder zu arbeiten, banale Dinge zu tun, wie Telefonanrufe entgegenzunehmen, Termine zu vereinbaren, Kaffee zu kochen. Vollkommen unwirklich. Zu meiner Erleichterung ließ mich Patrizia die meiste Zeit in Ruhe, warf mir nur dann und wann einen besorgten Blick zu. Trotzdem war ich erleichtert, als ich gegen zwei meine Sachen zusammenpacken und den Heimweg antreten konnte.

Bevor ich nach Hause fuhr, machte ich noch einen Abstecher zu Konstantins Eltern. Wir hatten vereinbart, dass Karl noch bis zum Ende der Woche bei ihnen bleiben sollte, und ich war den beiden dankbar für ihre Hilfe. Ich hätte nicht gewusst, wie ich es hätte schaffen sollen, mich um ihn zu kümmern bei allem, was gerade los war.

Der Kleine war überglücklich, mich zu sehen. Kaum hatte ich die Türschwelle überschritten, lief mir Karl mit weit ausgebreiteten Armen entgegen. Er wollte mich gar nicht mehr loslassen. Es war herzzerreißend und ich erschauderte bei dem Gedanken, wie er wohl reagieren würde, wenn er erfahren würde, dass ich gar nicht seine Mutter war – dass seine Mutter vielmehr tot war.

Wir verbrachten den Nachmittag auf dem Spielplatz, und für einen kurzen Moment gelang es mir fast, nicht an das Chaos zu denken, zu dem mein Leben geworden war. An Amelie und Nicky, an all die Dinge, um die ich mich kümmern musste. Die Trauerfeier, die Kündigung meiner Wohnung, die Regelung meines Nachlasses und all das.

Konstantins Auto stand nicht vor dem Haus, als ich gegen fünf vom Besuch bei seinen Eltern zurückkam. Er hatte mir eine Nachricht geschrieben, dass er länger arbeiten würde, trotzdem musste ich sichergehen.

»Konstantin? Bist du da?«, rief ich die Treppe hinauf. Als ich keine Antwort bekam, nahm ich zwei Stufen auf einmal nach oben, ging den Flur entlang und rief weiter nach ihm. Er war nicht da.

Ich entspannte mich ein wenig und ging wieder nach unten. Ich war furchtbar wütend auf ihn, doch auch wenn ich dringend mit ihm reden musste, kam mir seine Abwesenheit gelegen.

In der Küche machte ich mir einen doppelten Espresso und kehrte mit meiner Tasse bewaffnet zurück ins obere Stockwerk. Ich ging an unserem Schlafzimmer und Karls Kinderzimmer vorbei und steuerte direkt Konstantins Büro an. Wie ich in den vergangenen Tagen mitbekommen hatte, nutzte er es kaum, aber vielleicht fand ich hier ja doch etwas, was mir weiterhelfen konnte. Ich brauchte Antworten.

Alles in Konstantins Arbeitszimmer war schlicht und minimalistisch gehalten. Ein Schreibtisch, ein Sessel, ein Schrank mit Aktenordnern. An den Wänden hing noch die alte Tapete. Offensichtlich hatten Amelie und Konstantin hier noch keine Renovierung vorgenommen.

Ich ging zum Schreibtisch. Nur Konstantins flacher Laptop lag hier neben der altmodischen Schreibtischlampe meines Vaters.

Ich nahm einen Schluck aus meiner Kaffeetasse und schnappte mir das Notebook, bevor ich es mir anders überlegen konnte. Es war passwortgeschützt. Ich probierte verschiedene Kombinationen aus Konstantins, Karls und unseren Geburtsdaten, kam damit aber nicht weiter, und nach einer Weile gab ich es auf.

Nachdenklich sah ich mich in dem kleinen Raum um. Wo würde ich Sachen aufbewahren, wenn ich etwas zu verbergen hätte?

Ich musste systematisch vorgehen. Zuerst die Schreibtischschubladen, dann die Schränke. Ich trank den Rest des inzwischen lauwarmen Kaffees und machte mich an die Arbeit.

Die meisten Schubladen waren leer. Nur ein paar Notizblöcke, alte Kalender, Haftnotizen. Ich stopfte alles zurück und wandte mich der Schrankwand hinter mir zu.

Als ich eine der Schranktüren öffnete, flatterte mir ein Papierstapel entgegen. Ich setzte mich im Schneidersitz auf den Boden und arbeitete mich Stück für Stück durch die Dokumente. Ich stellte fest, dass es sich hauptsächlich um alte Unterlagen meines Vaters handelte. Dokumente über die Immobilien, die meine Familie besaß, aber sie waren nicht vollständig. Anscheinend bewahrte Amelie den Rest davon irgendwo anders auf.

Nachdem ich mit dem ersten Ordner durch war, nahm ich mir den nächsten vor. Dann den übernächsten. Ich wollte schon aufgeben und die Suche abbrechen, da hielt ich unvermittelt inne. Ich blätterte einige Seiten zurück. Ein Name war mir ins Auge gesprungen. Ich knipste die Schreibtischlampe an und schaute genauer hin.

Tatsächlich: *Margarete Flemming.*

Was? Warum zum Henker steht ihr Name dort?

Ich überflog den Vertrag und den beigefügten Grundbuchauszug und runzelte die Stirn. So wie es aussah, hatte Papa Frau Flemming ihre Hausmeisterwohnung überschrieben. Zu einem selbst für damalige Verhältnisse irrwitzig niedrigen Preis.

Ich stand auf und atmete tief durch, um mich ein wenig zu beruhigen, aber meine Finger zitterten immer noch.

Was hatte das zu bedeuten? Plötzlich fielen mir Papas Worte wieder ein.

»Der Junge von Frau Flemming. Er weiß zu viel.«

Mit grimmiger Miene nahm ich den Vertrag aus dem Ordner und legte ihn beiseite, um ihn später mit nach unten zu nehmen. Es half nichts, ich musste noch einmal mit Papa reden und ihm genauer auf den Zahn fühlen. Aber erst einmal musste ich herausfinden, ob an der Sache mit dem unterschlagenen Geld etwas dran war. Gab es Beweise? Etwas, das zweifelsfrei bewies, dass Konstantin tatsächlich erpresst worden war?

Ich kaute an meinem Daumennagel, was ich schon seit Jahren nicht mehr getan hatte. Wenn Konstantin wirklich so hoch verschuldet gewesen war, wie Karin behauptet hatte, war er wohl kaum mit seinem Gehalt ausgekommen. Das fehlende Geld hatte von woanders kommen müssen. Von Amelie etwa?

Ich sprang auf und war auf einmal ganz aufgeregt. Natürlich, Karls Sparkonto! Konstantin und Amelie hatten es gleich nach seiner Geburt eingerichtet. Nicht bei der Bank, bei der Amelie ihr Girokonto hatte, sondern bei einer anderen, die bessere Konditionen geboten hatte. Warum hatte ich nicht gleich daran gedacht?

Ich stieß einen leisen Triumphschrei aus, rannte zu Amelies Laptop und loggte mich ein. Rasch überflog ich die Auflistung der Abhebungen von Karls Konto und mein Herz setzte einen Schlag aus. Noch vor wenigen Monaten hatte der Kontostand noch rund fünfzigtausend Euro betragen, jetzt jedoch waren es nur noch ein paar Hundert Euro. Es war so, wie Frau Wanger gesagt hatte. Es hatte regelmäßige Bargeldabhebungen im Umfang von jeweils mehreren Tausend Euro gegeben.

Scheiße!

Ich spürte, wie alle Kraft aus meinem Körper wich. Erschöpft sank ich gegen die Lehne des Küchenstuhls. Konstantin würde mir einiges zu erklären haben, so viel stand fest.

Die nächste Stunde verbrachte ich damit, auch noch die restlichen Ordner durchzusehen. Ich zog Zettel zwischen den Seiten hervor und las die vereinzelten Kommentare am Rand durch. Aber außer der Übertragungsurkunde für Frau Flemmings Wohnung fiel mir nichts von Bedeutung in die Hände.

Anschließend ging ich unter die Dusche und stellte das Wasser so heiß, dass ich es gerade noch aushielt. Doch so sehr ich mich auch abschrubbte, die böse Vorahnung, die mich seit meinem Besuch bei der Polizei überkommen hatte, ließ sich nicht abwaschen. Es war ein Gefühl, das sich in den Rippen festsetzte und langsam von innen heraus an mir nagte – es war die Angst, die Kontrolle zu verlieren. Ich spürte sie. Sie lauerte direkt unter der Oberfläche. Ich sah sie in meinen Augen, wenn mein Blick den Badezimmerspiegel streifte, und ich hatte sie in Karins Stimme gehört. Amelie, Papa, Max und jetzt auch noch Konstantin. Sie alle verbargen etwas vor mir. Das alles hing irgendwie zusammen, nur dass ich nicht wusste, wie.

Schließlich ging ich in Amelies Bademantel gehüllt ins Wohnzimmer und schaltete den Fernseher ein. Wegen der Geräuschkulisse. Die Stille im Haus – sie machte mich krank.

Doch die lächerliche Komödie, die im ORF lief, ertrug ich genauso wenig. Ich stand auf und ging zu Konstantins Barschrank, wo ich mich für einen fünfundzwanzig Jahre alten Whisky entschied. Er war ein Jahr älter, als Nicky gewesen war, sieben Jahre jünger als Amelie und ich. Die bernsteinfarbene Flüssigkeit schwappte fast über den Rand des Glases, als ich mich auf das Sofa fallen ließ und durch die Kanäle zappte. Ich mied die Nachrichtensender, überall nur Katastrophenmeldungen – der Klimawandel, der Krieg in der Ukraine, die Teuerungswelle. Es war, als würde die Welt vor die Hunde gehen, und ich mit ihr.

Ich schloss die Augen und nahm einen großen Schluck aus meinem Glas. Der Alkohol machte mir das Denken schwer, und ich genoss es. Eine kurze Verschnaufpause war genau das, was ich brauchte …

»Amelie?«

Ich schlug die Augen auf. Konstantin. Er stand vor mir und blickte auf mich herab, die Aktentasche hielt er noch in der Hand. Behutsam setzte er sich neben mich, und ein unangenehmer Geruch stieg mir in die Nase. Ein Geruch nach Staub und Dreck, wahrscheinlich von der Baustelle, von der er gerade kam, vermischt mit Schweiß. Besorgnis spiegelte sich in seinem Gesicht wider.

»Alles okay mit dir?«

»Mmhm«, brummte ich undeutlich und setzte mich auf. Ich schlang den Bademantel um mich, der mir von den Hüften gerutscht war. »Ich muss eingenickt sein. Wie spät ist es denn?«

»Fast zehn.«

Jäh rückte die Welt wieder zurück in mein Blickfeld. Mein Nacken kribbelte, und auf einmal war alles wieder da. Amelie. Frau Wanger. Karin. Nicky. In meinem Kopf hämmerte es, als ob darin ein Bauarbeiter mit einem Presslufthammer zugange wäre. Stöhnend presste ich die Finger an die Schläfen.

Verdammter Whisky!

Konstantin zog die Augenbrauen hoch. Sein Blick wanderte zwischen der Whiskyflasche und mir hin und her. »So schlimm?«

Ohne darauf einzugehen, stand ich auf, ging in die Küche und machte mir einen Kaffee. Ich brauchte Koffein, musste dringend wieder einen klaren Kopf bekommen.

»Willst du auch einen?«

»Um diese Uhrzeit?«

Ich zuckte die Achseln. Dann eben nicht.

Er folgte mir mit den Augen, während ich einen Schluck aus dem Becher nahm. Ich verzog das Gesicht. Das Gebräu schmeckte verdammt bitter. Mit langsamen Schritten ging ich zurück ins Wohnzimmer, während ich mich innerlich auf das anstehende Gespräch vorbereitete. Ich nahm mir vor, ruhig und sachlich zu bleiben. Vergeblich.

»Hattest du eine Affäre mit Nicky?«, platzte es aus mir heraus.

Konstantin zuckte zusammen. Er keuchte. »Das kann nicht dein Ernst sein! Nicht schon wieder!«

Offenbar hatte Amelie ihm diese Frage auch schon gestellt. Womöglich mehrmals.

»Das ist keine Antwort auf meine Frage.«

»Natürlich nicht!«, rief Konstantin und warf die Arme in die Luft. »Ich hatte keine Affäre, mit niemandem. Wie oft soll ich dir das eigentlich noch sagen?« Dann, mit Nachdruck: »Ich liebe *dich*. Und zwar nur dich. Ich fasse es nicht, wie du so etwas auch nur denken kannst.«

Ich sah ihn an. Seine Gesichtszüge flackerten im Licht der Stehlampe, die er angeknipst hatte. Ich suchte in seinem Gesicht nach Anzeichen dafür, dass er log. Ich wollte ihm so gerne glauben. Aber ich konnte es nicht. Schließlich ließ ich die Schultern sinken.

»Die Polizei glaubt, dass du Nicky ermordet hast«, murmelte ich leise.

»Das habe ich aber nicht! Und das hab ich dieser Frau Wanger auch gesagt, als ich heute Morgen bei ihr auf dem Revier war.«

»Ich weiß. Aber Karin, sie …«

Konstantin sog scharf die Luft ein. »Du hast mit Karin darüber gesprochen?«

Ich nickte. »Gestern, nachdem ich bei der Polizei war. Ich wollte dir schon früher davon erzählen, aber wir haben uns ja seither nicht gesehen. Sie glaubt, dass Nicky dich erpresst hat und du sie deshalb umgebracht hast.«

»Verdammte Scheiße! Dann war sie es also, die uns Frau Wanger auf den Hals gehetzt hat? Wollten die deshalb unbedingt unsere Fingerabdrücke nehmen? Weil Karin mich für einen Mörder hält?« Er atmete schwer. »Wie kommt sie denn nur auf diesen Mist?«

Ich zog die Augenbrauen hoch. »Weißt du das wirklich nicht?«

Konstantin schwieg, und ich spürte, wie Zorn in mir aufstieg.

»Ich weiß von deinen Spielschulden«, sagte ich kalt. »Und von dem Erpressungsgeld weiß ich auch.«

Schlagartig wich alle Farbe aus seinem Gesicht. Mit einer fahrigen Bewegung strich er sich die Haare aus der Stirn. »Ich kann das erklären.«

Ich nickte, setzte mich aber nicht, hielt Distanz. »Ich bitte darum.«

Konstantin ging vor dem Sofa auf und ab, während er erzählte. Er blieb immer in Bewegung, als würde er vom Blitz getroffen, wenn er auch nur einen Moment innehalten würde.

Markus hatte ihn und ein paar Kollegen zu einer Pokerrunde eingeladen. Damit hatte es angefangen. Dann der erste Abend im Casino, ebenfalls mit Markus. Ein harmloser Zeitvertreib, eine gelungene Abwechslung vom stressigen Alltag. Zuerst nur Poker, später auch Blackjack. Und dann war alles irgendwie außer Kontrolle geraten. Die Einsätze waren gestiegen, die Verluste ebenso. Einmal hatte er groß gewonnen, aber das konnte die schlechten Abende, wie er sie nannte, nicht aufwiegen. Stockend erzählte Konstantin, wie er schließlich Firmengelder abgezweigt hatte, als ihm die Schulden allmählich über den Kopf gewachsen und die Gläubiger immer fordernder geworden waren. Irgendwann hatte sich seine Spielsucht dann nicht mehr auf den Besuch öffentlicher Casinos beschränkt, sondern sich auf Runden im kleinen Kreis verlagert in den Spielhöllen der Wiener Unterwelt, fernab jeglicher gesetzlicher Spielerschutzbestimmungen.

Als er geendet hatte, war meine Wut verflogen und einer Mischung aus Ungläubigkeit und Mitleid gewichen.

»Verdammt, Konstantin, was hast du dir nur dabei gedacht?«

»Ich wollte das Geld ja zurückzahlen«, beteuerte er. »Und das habe ich letztlich auch.«

»Ja, ich weiß«, sagte ich und lachte bitter. »Mit dem Geld, das wir für Karls Studium zurückgelegt hatten.«

Er wich meinem Blick aus und nickte betreten. »Ich werde alles zurückzahlen, das verspreche ich dir. Glaub mir, ich habe meine Lektion gelernt.«

Ich schwieg und fragte mich, ob er mir das alles auch dann erzählt hätte, wenn ich nicht selbst dahintergekommen wäre. Vermutlich nicht. Doch über Konstantins Spielsucht konnte ich mir später immer noch den Kopf zerbrechen. Es gab dringendere Fragen zu klären.

»Und was hatte Nicky mit alldem zu tun?«

Er schnaubte. »Keine Ahnung, ob du das noch weißt, aber zu Anfang ihres Praktikums habe ich Nicky gebeten, für eine Weile in der Buchhaltung auszuhelfen. Frau Steiner war schon länger krank und wir brauchten dringend Ersatz. Da muss ihr aufgefallen sein, dass Geld fehlte.«

»Und dann hat sie dich deswegen erpresst?« Ungläubig schüttelte ich den Kopf. »Ich fasse es nicht!«

»So war es aber«, sagte er düster. »Nicky war nicht dumm. Ihr war klar, wenn sie den anderen Geschäftsführern erzählen würde, was ich getan hatte, würden sie mich sofort rausschmeißen. Mir blieb nichts anderes übrig, als auf ihre Forderungen einzugehen.«

Ich presste die Lippen zusammen, um nicht vor Wut aufzuschreien. *Dieses gemeine, hinterhältige Biest!*

»Erst verlangte sie zwanzigtausend Euro. Die hat sie auch bekommen, in Raten. Aber irgendwann wollte sie mehr. Erheblich mehr. Ich hab ihr gesagt, dass ich da nicht mehr länger mitspiele. Zu dem Zeitpunkt hatte ich die Geschäftskonten längst ausgeglichen.«

»Und jetzt ist Nicky tot.«

Konstantin nickte unglücklich. »Ja. Und ich kann mir vorstellen, wie das für dich aussehen muss, aber ich habe sie nicht getötet. Ich schwöre dir, ich war es nicht!«

Ich glaubte ihm.

»Und was machen wir jetzt?« Ächzend ließ ich mich auf die Couch fallen und zog die Knie an die Brust. »Wegen Frau Wanger, meine ich. Die Frau ist wie eine Bulldogge. Ich bezweifle, dass sie das Ganze einfach auf sich beruhen lässt.«

»Keine Ahnung.« Er lächelte schief. »Früher oder später werden sie den wahren Mörder schon finden, oder nicht?«

»Hoffen wir, dass sie es bald tun. Trotzdem solltest du mit Frau Wanger reden und ihr die Wahrheit sagen. Spätestens wenn sie Einsicht in unsere Konten nimmt, wird sie sowieso Bescheid wissen.«

Konstantin ließ den Kopf hängen. »Vermutlich hast du recht.« Er schüttelte sich. »Ich fass es nicht, dass Nicky ihrer Schwester davon erzählt hat. Das hätte ich im Traum nicht für möglich gehalten.«

Endlich hatte er genug vom Hin-und-her-Laufen und setzte sich neben mich auf die Couch. Ich ließ zu, dass er meine Hand nahm und fest drückte. Liebevoll, beschwörend.

»Es tut mir so schrecklich leid, Amelie! Wirklich. Ich hab nicht gewollt, dass du auf diese Weise davon erfährst.«

KAPITEL 33

Als ich am nächsten Morgen gegen acht Uhr aufwachte, fühlte ich mich wie zerkaut und wieder ausgespuckt. Der Alkohol hatte einen pelzigen Nachgeschmack in meinem Mund hinterlassen und hinter meinen Schläfen pochten so heftige Kopfschmerzen, dass mir übel davon wurde. Trotzdem war ich dankbar für den Schmerz. Er lenkte mich von meinen Sorgen ab.

Die halbe Nacht hatte ich wach gelegen und über mein Gespräch mit Konstantin nachgedacht, mir den Kopf zerbrochen, wie ich ihn – uns beide – heil aus dieser Sache herausbringen könnte. Ich hatte Konstantin angefleht, die Flucht nach vorne anzutreten und Frau Wanger alles zu erzählen. Aber ich war mir nicht sicher, ob er auf mich hören würde. Er hatte Angst, das hatte ich deutlich gespürt, und ich verstand ihn.

Der Gedanke an Nicky jagte mir eine neue Welle des Schmerzes durch den Schädel. Obwohl es sich nicht schickte, schlecht über eine Tote zu denken, war ich innerlich außer mir vor Wut. Was hatte sie sich nur dabei gedacht? Amelie hatte ihr einen Job verschafft, als vermutlich niemand sonst ihr einen gegeben hätte, und was tat sie zum Dank? Sie erpresste Amelies Ehemann – war das zu fassen?

Ich schaffte es gerade noch, mir einen Tee zu kochen, dann rief ich bei Patrizia an, um mich krankzumelden, und kehrte ins Bett zurück. Eine ganze Weile lag ich regungslos da und lauschte meinem Atem, als müsste ich mich daran erinnern, dass ich noch lebte. Allmählich ließen die Kopfschmerzen nach und ich driftete gerade wieder weg, da wurde ich von der Türklingel jäh aus dem Halbschlaf gerissen. Das Geräusch ging mir durch Mark und Bein.

Das war bestimmt Max. Oder Karin. Egal wer es war, er konnte sich gleich wieder verziehen. Ich dachte gar nicht daran aufzumachen. Aber das Schellen hörte einfach nicht auf, wurde drängender, die Abstände zwischen den schrillen Klingeltönen kürzer.

Ich spürte, wie sich mein Magen zusammenkrampfte, als ich aus dem Bett stieg. Voller Hass auf mich selbst und die Welt würgte ich die aufsteigende Galle hinunter und tappte nach unten, fest entschlossen, demjenigen, der mich gestört hatte, zu sagen, er solle sich gefälligst zum Teufel scheren. Ich riss die Tür auf.

»Hallo?«

»Frau Lechner, wie schön!« Eine oberflächlich freundliche Frauenstimme. »Sie sind ja doch zu Hause. Dürfen wir reinkommen?«

Frau Wanger. Einen halben Meter hinter ihr erkannte ich ihren jungen Kollegen. Ich versuchte, mir meine Unruhe nicht anmerken zu lassen. An die Möglichkeit, dass es die Polizei sein könnte, hatte ich tatsächlich gar nicht gedacht.

Frau Wanger musterte mich von oben bis unten und mir wurde schlagartig bewusst, wie verwahrlost ich aussah. Ungewaschene Haare, Reste von Mascara unter den Augen und ein überlanges T-Shirt, das meinen Hintern nur notdürftig verhüllte.

»Haben wir Sie geweckt?«

»Nicht wirklich, aber ich lag im Bett. Migräne. Kommen Sie rein.«

Ich trat einen Schritt von der Tür zurück, um sie einzulassen, wobei ich am Saum meines T-Shirts zerrte, um meine Oberschenkel zu bedecken.

Die Polizisten kamen herein und gingen an mir vorbei ins Wohnzimmer, wo sich der Jüngere aufmerksam umsah. Pavlovic, genau. Jetzt fiel es mir wieder ein.

»Darf ich Ihnen etwas zu trinken anbieten? Kaffee, Tee, Wasser?« Nervös trat ich von einem Bein auf das andere. Waren sie wegen Konstantin gekommen? Oder meinetwegen? Hatte Konstantin womöglich schon mit ihnen gesprochen? Er war bereits weg gewesen, als ich aufgewacht war, sodass ich keine Gelegenheit gehabt hatte, ihn zu fragen, was er jetzt vorhatte.

»Nur Wasser, bitte«, sagten Frau Wanger und Herr Pavlovic gleichzeitig.

Ich für meinen Teil brauchte dringend etwas Stärkeres. Wodka oder Wein, aber Kaffee tat es zur Not auch.

»Okay.«

Ich ging in die Küche, stellte die Kaffeemaschine an und holte das Mineralwasser aus dem Kühlschrank. Während die Maschine aufheizte, lief ich kurz ins Bad, um mir eine Jogginghose überzuziehen. Sie war fleckig und der Saum war aufgerissen, aber etwas anderes fand ich auf die Schnelle nicht.

Die beiden Polizisten saßen auf der Couch und unterhielten sich leise, unterbrachen ihr Gespräch aber sofort, als ich mit den Getränken ins Wohnzimmer kam.

»Danke«, sagte Frau Wanger und nahm das Glas entgegen.

Ich nickte nur und nahm einen Schluck Kaffee, um den ekligen Geschmack in meinem Mund zu vertreiben. Verdammt, ich hatte nicht mal Zähne geputzt.

»Wie kann ich Ihnen helfen?« Ich bemühte mich um einen gelassenen Tonfall.

Wortlos griff Frau Wanger in ihre Tasche und zog ein Foto im DIN-A4-Format heraus, das sie mir über den Couchtisch zuschob. Ich warf einen Blick darauf und zuckte zusammen.

Das Foto zeigte Nicky. Aber nicht das hübsche, aufgeweckte Mädchen aus meiner Erinnerung. Die Haut der toten jungen Frau auf dem Foto war fahlweiß, der Kopf zur Seite gedreht, sodass unterhalb der linken Schläfe eine klaffende Wunde zu sehen war. Ich würgte, um die aufsteigende Galle hinunterzuschlucken.

»Was soll das?«, keuchte ich. Ich drehte das Foto um, sodass ich Nickys leeren Blick nicht länger ertragen musste. »Wieso zum Teufel zeigen Sie mir das?«

Völlig verunsichert schaute ich Frau Wanger an, die sich vorbeugte und die Ellbogen auf die Knie stützte. »Es ist so, Frau Lechner, die Spurensicherung hat in Frau Felms Wohnung Haare gefunden. *Ihre* Haare, wie sich herausgestellt hat.«

Ich schüttelte den Kopf und spürte, wie alles in mir kalt wurde. Hatte ich vorher nur ein mulmiges Gefühl gehabt, kroch nun Angst in mir hoch. Ich wollte widersprechen, aber es kam kein Ton heraus.

»Und jetzt würden wir natürlich gerne wissen«, fuhr Frau Wanger fort, »was Sie bei Frau Felm gemacht haben. Wo Sie sie doch angeblich so lange nicht mehr gesehen haben.«

Die Atmosphäre zwischen den Polizisten und mir änderte sich schlagartig von entspannt zu angespannt. Zwei Mal setzte ich zu einer Antwort an, doch als ich endlich meine Stimme wiedergefunden hatte, klang sie fremd und heiser. »Ich weiß nicht, wie meine Haare da hingekommen sind. Ich war schon mal da, klar war ich das, aber das ist schon eine Ewigkeit her.«

»Es fällt uns schwer, Ihnen das zu glauben«, entgegnete die Polizistin. »Kommen Sie, Frau Lechner, seien Sie vernünftig. Wir finden es sowieso heraus. Warum ersparen Sie uns allen nicht die Mühe?«

Alles an mir war wie erstarrt. Alles, nur mein Magen nicht. Ich hatte das Gefühl, mich gleich übergeben zu müssen, und das würden die beiden als weiteres Indiz für meine Schuld auslegen. Ich unterdrückte den Drang, mein Gesicht in den Händen zu verbergen und laut aufzuschreien. Ich konnte den Polizisten ihre Vermutung noch nicht einmal verübeln. Ich hätte an ihrer Stelle die gleichen Schlüsse gezogen.

»Ich war das nicht«, flüsterte ich und schluckte die Magensäure hinunter. »Ich schwöre es.«

»DNA lügt aber nicht. Die Haare, die in Frau Felms Wohnung gefunden wurden, sind ganz klar Ihnen zuzuordnen. Wie erklären Sie sich das?«

Ich schwieg. Ich wusste nicht, was ich darauf antworten sollte. Beim besten Willen konnte ich mich nicht erinnern, wann ich das letzte Mal in Nickys Wohnung gewesen war. Es musste schon Jahre her sein. Dann fiel mir ein, was ich einmal in einem Artikel über Zwillingspaare gelesen hatte. *Unterschiedliche Fingerabdrücke, aber dieselbe DNA.* Ein schrecklicher Gedanke schoss mir durch den Kopf. Nein, unmöglich! Dazu wäre Amelie niemals fähig. Meine Schwester war keine Mörderin. Aber wie kamen diese Haare dann in Nickys Wohnung? Offensichtlich war sie ja tatsächlich dort gewesen. *Aber warum?*

Für den Bruchteil einer Sekunde erwog ich, ihnen alles zu erzählen. Von Amelie und mir, von unserem Identitätstausch. Dass ich nicht die war, für die sie mich hielten. Nicht die, deren DNA man dort gefunden hatte. Ich musste mich anstrengen, nicht laut loszulachen, noch bevor ich mir das Gespräch, das daraufhin folgen würde, zu Ende vorgestellt hatte. Sie würden mir ohnehin nicht glauben. Gut möglich, dass die Polizei dann einen Psychiater hinzuziehen würde. Aber vielleicht wäre das gar nicht so schlecht. Vielleicht brauchte ich ja einen. Die ganze Situation hatte längst die Grenze zur Absurdität überschritten.

»Wir sagen Ihnen jetzt, was wir glauben«, ergriff Frau Wanger wieder das Wort, als klar war, dass ich nichts mehr sagen würde.

»Ihr Mann hatte Spielschulden, Frau Lechner, aber das wissen Sie ja bereits. Hohe Summen. So etwas kann man mit einem Griff in die Portokasse nicht aus der Welt schaffen. Um diese Schulden zu bezahlen, hat er Geld aus der Firmenkasse genommen. Frau Felm hat das herausgefunden und ihn damit erpresst. Nicht schön, aber wahr. Irgendwann wurde Frau Felm zu gierig oder Ihrem Mann ging die Geduld aus, also hat er das Geld von Ihrem gemeinsamen Konto genommen und damit die Firmenkonten ausgeglichen. So weit richtig?«

Ich hob überrascht den Kopf. »Hat Konstantin Ihnen das gesagt?«

Frau Wanger verzog das Gesicht. »Das war nicht nötig. Dafür reichte ein wenig gute, alte Ermittlungsarbeit. Und die Einsicht in Ihre Privatkonten, mit richterlicher Genehmigung selbstverständlich.«

»Ich wusste nichts von der Veruntreuung. Auch nicht, dass Nicky Konstantin erpresst hat«, sagte ich matt. »Konstantin hat mir erst gestern Abend davon erzählt.«

Frau Wangers Lippen kräuselten sich zu einem hämischen Lächeln. »Ah, so? Dann hat er Ihnen sicher auch gleich gebeichtet, dass er eine Affäre mit Frau Felm hatte?«

Ich zuckte zusammen. »Er hatte *was*?«

Frau Wanger nickte. »Eine Affäre. Und ich kann es Ihnen auch beweisen.« Sie griff erneut in den Umschlag und zog einen ganzen Stapel Fotos heraus. »Die hier haben wir in der Cloud von Frau Felms Computer gefunden. Auf ihrem Handy wurden sie nämlich gelöscht.«

Meine Hände zitterten, als ich die Bilder in die Hand nahm und betrachtete. Konstantin und Nicky, Wange an Wange in die Kamera grinsend. Konstantin und Nicky, die Körper nur notdürftig mit Laken bedeckt. Und noch unzählige weitere. Ich verzog das Gesicht und war erneut kurz davor, den beiden Polizisten vor die Füße zu kotzen.

»Die Fotos hier sehe ich zum ersten Mal«, sagte ich und schob sie angewidert beiseite. »Ich hatte keine Ahnung, dass zwischen den beiden etwas lief.«

»Denkbar«, sagte Frau Wanger, »aber wir glauben Ihnen nicht.«

»Die sind schon ein paar Monate alt«, fügte Herr Pavlovic hinzu, der bislang geschwiegen hatte. »Wir nehmen an, dass Herr Lechner die Affäre beendet hat. Und aus Rache hat Frau Felm ihn dann mit seiner Spielsucht erpresst.«

Vor meinem inneren Auge tauchte Konstantins Gesichtsausdruck auf, als er von Nickys Verschwinden erfahren hatte. Die tiefe Bestürzung, die mir schon damals unangenehm aufgestoßen war. Das Gefühl des Verrats, das mich dabei erfüllt hatte, war kaum zu ertragen gewesen. Aber ich hatte im Moment weitaus schlimmere Probleme.

»Und da kommen Sie ins Spiel«, ergänzte Frau Wanger. »Wir halten zwei Varianten für denkbar. Variante eins: Ihr Mann hat Ihnen erzählt, dass Frau Felm ihn erpresst hat, und Sie haben sie gemeinsam verschwinden lassen. Variante zwei: Sie haben herausgefunden, dass Frau Felm eine Affäre mit Ihrem Mann hatte, und haben sie deshalb umgebracht. Mit Verlaub – in beiden Fällen kommen Sie nicht besonders gut weg.«

»Aber Konstantin, er …«

»Wir haben auch die Fingerabdrücke Ihres Mannes in Frau Felms Wohnung gefunden, falls Sie sich das gefragt haben sollten. Hauptsächlich im Schlafzimmer und in der Küche, aber auch im Wohnzimmer. Was angesichts der Tatsache, dass die beiden über Monate hinweg eine Affäre hatten, auch nicht allzu verwunderlich ist. Allerdings hat Herr Lechner ein Alibi für den Tatzeitpunkt. Ein Geschäftsessen mit einem Kunden.

Wir haben das überprüft. Was sagten Sie noch gleich, wo Sie an jenem Abend waren? Allein zu Hause? Kann das vielleicht sonst noch jemand bestätigen? Ihr Sohn war an jenem Abend jedenfalls bei seinen Großeltern, so viel wissen wir bereits.«

Ich stützte meinen Kopf in die Hände und atmete einmal tief durch. Als ich wieder aufblickte, war meine Stimme so leise, dass die beiden sich vorbeugen mussten, um mich zu verstehen.

»Zwei nette Theorien, die Sie sich da zusammengebastelt haben. Aber im Grunde haben Sie nichts. Keinerlei Beweise. Nur ein Haar in Nickys Wohnung, und selbst das könnte bereits seit Ewigkeiten dort liegen.«

»Oh, wir haben eine ganze Menge. Sie hatten die Gelegenheit und ein Motiv, haben aber kein Alibi für den Tatzeitraum. Wir werden schon noch weitere Beweise finden, machen Sie sich da mal keine Gedanken.«

Ich spürte, wie mir erst heiß und dann kalt wurde. »Verschwinden Sie aus meinem Haus!«, knurrte ich. »Ohne meinen Anwalt sage ich kein Wort mehr.«

»Mit Vergnügen. Bleiben Sie bitte in der Stadt. Wir melden uns wieder bei Ihnen.«

Frau Wanger stand auf und wandte sich zum Gehen. Herr Pavlovic folgte ihr auf dem Fuß.

»Ach ja, Frau Lechner«, sagte die Polizistin im Hinausgehen. »Bevor ich's vergesse: Wir haben einen Durchsuchungsbeschluss für Ihren Wagen.«

Sie nahm den Zettel entgegen, den Herr Pavlovic ihr reichte, und wedelte damit in meine Richtung. »Wollen Sie mir den Schlüssel freiwillig überlassen oder ziehen Sie es vor, dass wir ihn aufbrechen?«

KAPITEL 34

Nachdem die Polizisten gegangen waren, blieb ich regungslos im Wohnzimmer sitzen. Körperlich war ich wie gelähmt, aber meine Gedanken wirbelten so schnell durcheinander, dass mir schlecht davon wurde. Alles war überlagert von den Bildern, die Frau Wanger mir gezeigt hatte. Sie hingen vor meinem inneren Auge fest, mit sämtlichen grauenvollen Einzelheiten. Nickys Gesicht, die Wunde unterhalb ihrer Schläfe, ihr halb geöffneter Mund, als hätte sie versucht, noch etwas zu sagen, bevor sie starb. Ich wusste nicht, wie ich dieses Bild je wieder loswerden sollte.

Einen Augenblick erwog ich, Konstantin anzurufen, ließ es dann aber doch bleiben. Die Fotos von ihm und Nicky hatten sich tief in meine Netzhaut eingebrannt.

Es stimmte also. Konstantin hatte mich – beziehungsweise Amelie – tatsächlich betrogen. Mein Gefühl hatte mich nicht getäuscht. Ich dachte an unser Gespräch vom Vorabend und fragte mich, was von dem, was er mir erzählt hatte, womöglich noch gelogen war.

Ich konnte nicht länger still sitzen, zu viel Adrenalin. Also stand ich auf, streckte meine schmerzenden Glieder und lief im Zimmer auf und ab, während ich das Gespräch mit Frau Wanger

Revue passieren ließ. So absurd sich das alles auch anfühlte, ihre Theorien entbehrten nicht einer gewissen Logik. Aber was hatten sie schon gegen mich in der Hand? Ein fragwürdiges Motiv, mein fehlendes Alibi für die Tatnacht und die DNA-Spuren in Nickys Wohnung. Ob das für eine Verurteilung ausreichen würde, wenn es hart auf hart käme? Ich wusste es nicht. Aber es hatte gereicht, um einen Durchsuchungsbeschluss für Amelies Auto zu bekommen, und das war nicht gut. Wie lange würde es wohl dauern, bis sie es auseinandergenommen hatten? Und was würden sie darin finden? Allein bei dem Gedanken wurde mir schlecht.

Ich hätte nie einer DNA-Probe zustimmen dürfen, das wurde mir jetzt schmerzlich bewusst. Vor allem, weil ich nicht wusste, ob und wann Amelie bei Nicky gewesen war. *Was habe ich mir nur dabei gedacht?*

Die Sache wuchs mir über den Kopf. Hätte ich Frau Wanger doch von dem Identitätstausch mit Amelie erzählen sollen? Oder hätte ich mich damit noch viel tiefer ins Verderben gestürzt, meine Glaubwürdigkeit endgültig untergraben? Auf jeden Fall hätte ich mich schon längst um einen Anwalt kümmern müssen.

Ich ging in die Küche, holte Amelies Laptop und klappte ihn auf. Die Liste, die Google ausspuckte, war lang. Ich klickte mich durch die verschiedenen Homepages. Das, was ich so dringend brauchte – nämlich einen Fachanwalt für Tötungsdelikte –, war gar nicht so leicht zu finden. Offenbar mochte sich niemand explizit zu diesem Spezialgebiet auf der Website bekennen. Wenn überhaupt, tauchte das Delikt nur in einer längeren Themenliste auf. *Gefährliche Drohung, Nötigung und Erpressung, Diebstahl und Einbruch, Stalking und Sexualdelikte, Totschlag und Mord.*

Diese Aufzählung fand ich auf der Homepage eines gewissen Dr. Frühling, daneben ein Foto, auf dem mir ein unterkühlt wirkender Mann mit aggressivem Blick entgegenstarrte.

Ich hatte keine Erfahrung mit Anwälten, schon gar nicht mit Strafverteidigern, aber im Internet fand ich ein paar Presseartikel, denen zufolge Dr. Frühling in der Vergangenheit einige medienwirksame Prozesse geführt und gewonnen hatte. Außerdem lag sein Büro nicht allzu weit entfernt im 18. Bezirk.

Ich trat ans Fenster, um mich zu sammeln, und tippte dann die Nummer der Kanzlei in mein Handy. Zu meiner Überraschung wurde ich ohne Wartezeit vom Sekretariat zu Dr. Frühling durchgestellt.

In kurzen Sätzen erklärte ich ihm mein Anliegen. Ich berichtete ihm, dass die Praktikantin meines Mannes ermordet worden war und dass die beiden, wie ich kürzlich erfahren hatte, eine Affäre gehabt hatten. Außerdem erzählte ich ihm von Konstantins Spielschulden und der Erpressung.

»Und jetzt ist es so, dass die Polizei heute bei mir war, und es scheint, als wäre ich plötzlich verdächtig. Aber ich war das nicht.« Ich stockte. »Trotzdem, die Sache ist … verworren. Sehr sogar. Und es gibt da noch einen anderen Aspekt, der alles noch viel komplizierter macht. Aber das würde ich lieber persönlich mit Ihnen besprechen. Vorausgesetzt, Sie erklären sich bereit, meinen Fall zu übernehmen.«

»In Ordnung, Frau Lechner«, sagte Dr. Frühling. »Atmen Sie erst einmal tief durch. Sie sind bei mir genau an der richtigen Adresse. Mit solchen Fällen kenne ich mich aus.«

Das bezweifelte ich zwar, behielt den Gedanken aber für mich.

»Warten Sie einen Augenblick, ich schaue in meinem Kalender nach.« Kurz darauf sagte er: »Wie wäre es mit sechzehn Uhr, ginge das bei Ihnen?«

»Heute?« Mit seinem kurzfristigen Terminvorschlag überrumpelte er mich. Ich überlegte.

»Was auch immer Sie vorhaben sollten, sagen Sie es ab. Juristische Beratung dürfte im Moment für Sie oberste Priorität haben. Sechzehn Uhr also? Da ist bei mir ein Termin frei geworden und ich könnte Sie einschieben.«

»Okay.«

Geradezu erschlagen von so viel Energie legte ich auf. Obwohl das Gespräch nichts Tröstliches gehabt hatte, fühlte ich mich ein wenig zuversichtlicher. Als hätte jemand die Zügel in die Hand genommen, dem man sie getrost überlassen konnte.

Ich setzte mich wieder an den Computer und betrachtete noch einmal das Foto von Dr. Frühling. Er musste um die fünfzig sein, sein Haar war an den Schläfen ergraut und er trug einen teuer aussehenden Anzug. Ich hoffte von ganzem Herzen, dass ich mit ihm eine gute Wahl getroffen hatte.

Zwei Stunden später verließ ich das Haus. Zu Fuß würde ich fast vierzig Minuten brauchen, aber das machte nichts. So hatte ich noch etwas Zeit, mir genau zu überlegen, wie ich Dr. Frühling meine Geschichte erzählen würde. Es war wichtig, dass er mir glaubte, dass ich ihn restlos von meiner Unschuld überzeugen konnte. Denn wenn mir das bei ihm nicht gelang, wie sollte es dann erst bei Frau Wanger gelingen, wenn ich ihr die Wahrheit sagte?

»Letztlich kommt es nicht darauf an, ob Sie Frau Felm wirklich getötet haben. Was im Augenblick zählt, ist die Beweislage. Ihre DNA im Haus des Opfers wirft jedenfalls kein gutes Licht auf Sie.«

Dr. Frühling saß mir gegenüber und sah mich eindringlich an. Nach den üblichen Begrüßungsfloskeln hatte ich damit begonnen, die Fakten offen vor ihm auszubreiten. Angefangen mit Nickys Verschwinden, meinem Besuch auf dem Revier und der DNA-Probe, der ich nur allzu bereitwillig zugestimmt hatte, bis hin zu all den hässlichen Details des heutigen Vormittags und der Beschlagnahmung meines Autos. Schließlich erzählte ich ihm haarklein, was ich von Karin erfahren hatte und wie Konstantin darauf reagiert hatte. Von seinen Spielschulden, der Veruntreuung von Firmengeldern und dem Geld, das Nicky im Gegenzug für ihr Schweigen erhalten hatte.

»Ja, das ist mir auch klar«, entgegnete ich zerknirscht. »Und ich fürchte, die Sache wird gleich noch deutlich komplizierter.« Ich hielt inne, denn nun kam der schwierige Teil. Aber vorher musste ich sicher sein, dass er auf meiner Seite war. »Worüber wir hier reden«, fragte ich zaghaft, »das bleibt doch unter uns, oder?«

»Selbstverständlich. Alles, was wir besprechen, unterliegt der anwaltlichen Schweigepflicht.« Er lächelte mir aufmunternd zu. »Und ich muss betonen, wie wichtig es ist, dass Sie ehrlich zu mir sind. Bitte halten Sie keine Informationen zurück. Ich kann Ihnen nur helfen, wenn ich alle Fakten kenne. Mögen Sie auch noch so unschön sein.«

»Okay.«

Ich schloss für einen Moment die Augen und versuchte, alle Zweifel und Schuldgefühle aus meinen Gedanken zu verbannen. Gott, ich hätte nie gedacht, dass es jemals so weit kommen könnte. Amelie und ich – wir hatten einander ein Versprechen gegeben. Und bis zum heutigen Tage hatte ich eisern daran festgehalten. *Was auch immer passiert, während wir die Rollen tauschen, es bleibt unter uns. Niemand darf davon erfahren. Niemals.*

»Es geht um meine Zwillingsschwester«, sagte ich schließlich leise. »Amelie Lechner.«

Dr. Frühling kniff die Brauen zusammen und schaute noch einmal auf seine Notizen. »Mit Verlaub, ich dachte, Sie wären …«

»Das ist genau der Punkt.« Jetzt gab es kein Zurück mehr. »Das bin ich eben nicht.«

Dann legte ich los. Zuerst sprach ich langsam, dann immer schneller. Die Wahrheit brach Stück für Stück aus mir heraus, in all ihren verworrenen Details. Ich begann mit unserer Kindheit, als uns zum ersten Mal bewusst geworden war, mit was für einem Geschenk wir gesegnet waren. Dass wir es uns zunutze machen konnten, dass wir genau gleich aussahen. Ich erzählte ihm von den Streichen, die wir unseren Freunden und Mitschülern gespielt hatten, und von den manipulierten Prüfungsergebnissen.

Je länger ich sprach, desto leichter kam mir die Wahrheit über die Lippen, und ich stellte erstaunt fest, wie gut es tat, sich endlich jemandem anzuvertrauen. Mir war klar, wie abenteuerlich sich das anhören musste, aber Dr. Frühling verzog die ganze Zeit über keine Miene. Nur dann und wann unterbrach er mich, um eine Zwischenfrage zu stellen. Nach einer Weile griff er zum Hörer und bat seine Sekretärin, alle weiteren Termine für den heutigen Tag zu verschieben.

»Habe ich das richtig verstanden?«, sagte er, als ich innehielt, um einen Schluck Wasser zu trinken. »Sie haben mit Ihrer Schwester immer wieder den Platz getauscht?« Er schüttelte ungläubig den Kopf. »Heilige Scheiße!«

Ich nickte. »Vor knapp zwei Wochen stand Amelie überraschend vor meiner Tür. Sie hat nicht viel gesagt, nur dass sie unbedingt eine Auszeit bräuchte. Dass sie in ihrem Leben in einer Sackgasse stecke und sogar darüber nachdenke, sich von ihrem Mann scheiden zu lassen. Und dann bat sie mich, noch einmal mit ihr die Rolle zu tauschen. Nur für ein paar Tage.«

»Und Sie haben zugestimmt?«

»Das habe ich.« Ich wand mich. »Es hatte da ein paar … Unstimmigkeiten zwischen uns gegeben, wissen Sie. Amelie, sie war eine Zeit lang sauer auf mich gewesen. Zu Recht. Etwa vor einem Jahr hatte sie herausgefunden, dass ich einmal etwas mit ihrem Mann hatte. Also nichts Ernstes, keine Affäre oder so. Auf der Hochzeit unserer besten Freundin war das gewesen. Konstantin hatte keine Ahnung, dass ich es war, mit der er da rummachte. Meine Schwester und ich waren beide Brautjungfern und trugen die gleichen Kleider.« Ich blickte beschämt zu Boden. »Ich weiß, wie sich das anhört. Der Mann der eigenen Schwester? Was für ein Klischee! Gott, ich wünschte, das alles wäre nie passiert. Aber ich hatte ziemlich viel getrunken und Konstantin … Na ja, ich hatte schon immer eine Schwäche für ihn. Jedenfalls hat Amelie davon Wind bekommen und den Kontakt zu mir abgebrochen. Über ein Jahr lang haben wir uns praktisch weder gesehen noch gehört, obwohl ich mich redlich bemüht habe, ihr klarzumachen, wie leid mir das alles tat.«

Dr. Frühling sah mich scharf an. »Ihre Schwester hat Sie also gebeten, ihren Platz einzunehmen, obwohl sie wusste, dass Sie in ihren Mann verliebt waren? Kam Ihnen das gar nicht seltsam vor?«

»Doch, natürlich. Aber Amelie hat nicht damit aufgehört, und irgendwann habe ich nachgegeben.« Ich hob den Kopf und sah ihn Verständnis heischend an. »Ich konnte ihr diese Bitte nicht abschlagen, verstehen Sie? Ich war es ihr schuldig!«

Dr. Frühling nickte langsam. »Ich glaube, ich verstehe. Und was ist dann passiert?«

»Eigentlich war geplant, dass wir uns eine Woche später wieder in meiner Wohnung treffen und danach unsere wahre Identität wieder annehmen. Wir standen auch die ganze Zeit über in Kontakt, haben telefoniert und uns gegenseitig mit Kurznachrichten auf dem Laufenden gehalten. Aber dann …«

Dr. Frühling horchte auf. »Sie haben sich geschrieben, sagen Sie? Gibt es die Chatprotokolle noch? Kann ich sie sehen?«

Ich schüttelte den Kopf. »Das lief alles über Signal. Wir haben die App so eingestellt, dass sämtliche Nachrichten automatisch gelöscht werden, sobald die andere sie gelesen hat. Das war unser übliches Prozedere. Keine Beweise hinterlassen, niemand sollte Verdacht schöpfen, falls unsere Handys mal in die falschen Hände geraten würden.«

»Okay. Fahren Sie fort.«

Das tat ich. Ich erzählte, wie ich in der darauffolgenden Woche in meine Wohnung gekommen war, Amelie dort aber nicht angetroffen hatte. Und von allem, was danach geschehen war. Bis hin zu Amelies Selbstmord, dem Autounfall in Zell am See.

»Ich habe davon gelesen«, sagte Dr. Frühling. »Es war überall in den Nachrichten. Das war Ihre Schwester?«

Ich nickte. »Ich weiß, was Sie jetzt denken. Das wäre der Moment gewesen, in dem ich hätte Farbe bekennen müssen. Aber zuerst dachte ich, dass das alles nur ein furchtbares Missverständnis wäre und Amelie vielleicht noch am Leben ist, und dann war es irgendwann zu spät dafür.« Ich ließ den Kopf hängen. »Inzwischen glaube ich, dass meine Schwester das alles geplant hat. Ich weiß zwar nicht, warum sie sich umgebracht hat, aber offensichtlich wollte sie, dass ich mich um Karl kümmere, ihren Adoptivsohn. Er war ihr Ein und Alles.«

Ich zog Amelies Abschiedsbrief aus der Tasche, und Dr. Frühling warf einen kurzen Blick darauf.

Einen Moment lang herrschte Schweigen, während er das Gesagte auf sich wirken ließ.

»Ist das alles?«

»Ja. Jetzt wissen Sie genauso viel wie ich.«

»Gut.« Dr. Frühling nahm nun selbst einen Schluck Wasser, dann verzog er nachdenklich das Gesicht. »Sie haben recht. Die Sache ist komplizierter, als ich dachte.«

»Ich weiß, und ich bin mit den Nerven am Ende, wie Sie sich sicher vorstellen können.« Ich knabberte an meiner Unterlippe herum. »Ich bin vielleicht kein guter Mensch, Dr. Frühling.

Aber das mit Nicky – das war ich nicht. Das müssen Sie mir glauben.«

»Das tue ich. Ich bin selbst überrascht, aber das tue ich wirklich. So eine Geschichte kann man sich gar nicht ausdenken.«

»Danke. Das bedeutet mir sehr viel«, sagte ich leise. »Aber wie soll es denn jetzt nur weitergehen? Was schlagen Sie vor? Was soll ich denn jetzt tun?«

Dr. Frühling strich sich über den Hinterkopf, während er angestrengt nachdachte. »Nun, nach dem, was Sie mir eben gerade erzählt haben, stellen sich mir gleich mehrere Fragen. Erstens: Halten Sie es für möglich, dass Konstantin Nicky umgebracht hat? Gründe dafür hätte er ja wohl mehr als genug gehabt.«

Ich schloss die Augen, auf einmal unendlich müde. »Vor ein paar Wochen hätte ich das noch kategorisch ausgeschlossen. Aber jetzt, wo ich weiß, was er alles verheimlicht hat, wie oft er Amelie – und auch mich – belogen hat …« Ich brach ab. »Aber er kann es nicht gewesen sein. Frau Wanger hat gesagt, dass sie sein Alibi überprüft hat.«

»Lassen wir das mal so stehen. Was ist mit Ihrer Schwester?«

»Ich gebe zu, dass ich daran auch schon gedacht habe. Aber nein, im Grunde glaube ich es nicht. Wozu die ganze Mühe mit dem Identitätstausch, wenn sie sich ohnehin das Leben nehmen wollte? Außerdem kann ich mir beim besten Willen nicht vorstellen, dass sie mich so sehr gehasst hat, dass sie mir einen Mord anhängen würde.«

Dr. Frühling wiegte den Kopf hin und her. »Ich habe in meiner Laufbahn bereits so einiges erlebt. Und wenn Sie nicht in Nickys Wohnung waren, *muss* es Ihre Schwester gewesen sein. Warum, frage ich mich?«

»Keine Ahnung. Ich weiß nicht, ob die beiden Kontakt hatten. Aber das Haar könnte ja auch schon eine Weile dort gelegen haben. Nicky war nicht gerade die Ordnungsliebe in Person. Wer sagt uns, dass es aus der Mordnacht stammt?«

»Auch wieder wahr«, erwiderte der Anwalt bedächtig. »Aber womöglich werden Sie Ihre Sichtweise in diesem Punkt noch einmal überdenken müssen.«

Es dauerte einige Sekunden, bis ich seine Gedankengänge richtig verstand. Überrascht schaute ich ihn an. »Wollen Sie das Ganze etwa so aufziehen? Dass Amelie Nicky getötet hat?«

Der Anwalt zuckte die Achseln. »Aufziehen ist vielleicht das falsche Wort. Im Augenblick geht es vor allem darum, Möglichkeiten aufzuzeigen. Eine plausible Erklärung zu liefern, warum Sie den Mord auf keinen Fall begangen haben können. Und dafür müssen Sie beweisen, dass Sie Franziska Pichler sind. Haben Sie eigentlich ein Alibi für diesen Abend?«

Ich dachte einen Moment lang nach und nickte dann. »Florian. Mein Ex. Wir waren an diesem Wochenende zusammen in meiner Wohnung.«

»Na bitte.«

Die fast heitere Gelassenheit, mit der er mir seine Lösung präsentierte, erschreckte mich.

»Aber Amelie war es nicht!«

»Ich möchte nicht unsensibel klingen, aber Ihre Schwester ist tot. Ihre Loyalität in allen Ehren, aber jetzt sollten Sie vor allem an sich selbst denken.« Etwas sanfter fügte er hinzu: »Sie müssen mit der Polizei sprechen, Frau Pichler. Endlich die Wahrheit sagen, so unangenehm das auch sein mag. Ich kann auf dem Revier anrufen und einen Termin für Sie vereinbaren.«

Ich seufzte. »Ich werde darüber nachdenken.«

»Tun Sie das.« Dr. Frühling stand auf und reichte mir die Hand. Anscheinend war für ihn die Sache damit klar. »Und bitte – ab jetzt sprechen Sie nur noch in meiner Gegenwart mit der Polizei.«

KAPITEL 35

Auf dem Weg nach Hause fühlte ich mich erleichtert. Mir graute zwar bei dem Gedanken an eine weitere Auseinandersetzung mit Frau Wanger, aber das Gespräch mit dem Anwalt hatte mir Kraft gegeben. Nicht weil mir seine Taktik besonders zusagte oder ich ernsthaft glaubte, dass Amelie etwas mit Nickys Tod zu tun hatte, sondern weil ich dieser furchtbaren Situation nun nicht mehr allein gegenüberstand. Dr. Frühling wirkte intelligent und gerissen, aber was fast noch wichtiger war – er glaubte mir.

Als ich endlich in unsere Straße einbog, war es schon dunkel. Konstantins Auto stand vor dem Haus.

»Wo warst du?«, fragte er. »Ich habe mir Sorgen um dich gemacht!«

Er lehnte im Türrahmen der Küche, die Hände vorwurfsvoll in die Seiten gestemmt, und sah zu, wie ich mir die Schuhe von den Füßen streifte.

»Spazieren.«

»Im Dunkeln – ganz allein? Und wo ist überhaupt dein Auto?«

»Der Audi? Ach, der ist nicht mehr hier. Der wurde beschlagnahmt.«

Ich schob mich an ihm vorbei in den Wohn-Ess-Bereich und setzte mich an den Küchentisch. Ich war furchtbar erschöpft. Am liebsten hätte ich mich im Bett verkrochen und mir die Decke über den Kopf gezogen.

»Was? Aber – warum das denn?« Entsetzen machte sich auf Konstantins Gesicht breit. »Die Polizei war schon wieder hier? Ach, Amelie! Warum hast du mich denn nicht gleich angerufen?«

Mit zwei großen Schritten war er bei mir und umfasste mit beiden Händen meine Schultern. Sofort waren die Bilder wieder da. Er und Nicky, eng umschlungen in irgendeinem Hotelzimmer. Es kostete mich meine ganze Willenskraft, nicht vor seiner Berührung zurückzuweichen.

»Du erinnerst dich doch noch an die DNA-Probe, die sie von mir genommen haben? Anscheinend haben sie Spuren mit meiner DNA in Nickys Wohnung gefunden. Jetzt glauben sie, ich hätte sie ermordet.«

Konstantin erbleichte. »Scheiße! Verfluchter Mist!« Er ließ sich neben mich auf den Stuhl fallen. »Das kann doch wohl nur ein schlechter Scherz sein. Wie kommen die nur auf diese haarsträubende …«

»Du hast mich angelogen«, unterbrach ich ihn unwirsch. Mit einem Mal war die Wut zurück. Ich hatte keine Lust, sie noch länger in Schach zu halten. »Ich weiß jetzt von deiner Affäre mit Nicky. Verdammt, Konstantin!«

Er schwieg. Seine Finger begannen zu zittern. Auf einmal wirkte er nervös. Hochgradig nervös sogar. »Ich … Es tut mir ja so leid«, sagte er tonlos. »Wer – ich meine, woher weißt du es?«

»Spielt das eine Rolle?«

Konstantin schluckte. »Es ist nicht so, wie du denkst. Es war nichts Ernstes. Wirklich. Nur ein einmaliger Ausrutscher, ein dummer Fehler.«

Ich dachte an die Fotos, die mir die Polizistin gezeigt hatte, und mein Mund verzog sich zu einem freudlosen Lächeln. »Frau Wanger ist da anderer Meinung. Sie hat mir Fotos von euch gezeigt. Die sahen nicht so aus, als wäre es nur eine einmalige Sache gewesen. Sie weiß Bescheid, Konstantin. Sie weiß *alles*.«

Ich gab mir einen Ruck und erzählte ihm, was die Polizei herausgefunden hatte. Dass sie unsere Konten überprüft hatten und wussten, woher das Geld auf Nickys Konto kam. Und ich berichtete ihm von den Fotos auf Nickys Computer und in ihrer Cloud, und dass die Polizei sich auf einen neuen Verdächtigen eingeschossen hatte: auf mich.

Als ich fertig war, war Konstantin sprachlos. Er blickte auf seine Hände, die auf der Tischplatte lagen.

»Aber das kann doch alles nicht wahr sein. Du hast Nicky nicht getötet. Du warst es nicht. Oder?« Seine Stimme klang auf einmal brüchig.

Der zweifelnde Unterton versetzte mir einen Schlag in die Magengrube. »Natürlich nicht!«

Die Stille, die daraufhin einsetzte, war geradezu ohrenbetäubend. Ich konnte regelrecht sehen, wie die Gedanken in Konstantins Kopf durcheinanderwirbelten, sich neu formierten, Halt fanden. »Aber wie ist deine DNA in Nickys Wohnung gekommen?«, fragte er leise. »Du hast doch auch schon früher gedacht, ich hätte was mit anderen Frauen. Mit Frau Steiner und dann mit Nicky.«

»Ja, und ich hatte recht damit!«

Konstantin senkte schuldbewusst den Blick. Als er wieder aufsah, waren das Mitgefühl und die Sorge in seiner Miene etwas anderem gewichen. Etwas Härterem. Er misstraute mir. »O Gott, Amelie! Hast du sie etwa deswegen …«

»Hör auf!«, kreischte ich und schlug mit der Handfläche auf die Tischplatte. »Hör sofort auf damit! Wie kannst du so was auch nur *denken*?«

»Frau Wanger sagte, dass jemand damals dein Auto in der Nähe von Nickys Wohnblock gesehen hat. Du warst nicht da, als ich von meinem Geschäftsessen nach Hause kam. Im Ernst, Amelie, wo warst du an diesem Abend?«

Einige Sekunden lang starrte ich ihn ungläubig an. Ich konnte nicht fassen, was da gerade passierte. Dass er ernsthaft in Betracht zog, seine Frau könne eine Mörderin sein. Ich wimmerte leise. Mein ganzes Leben lang hatte ich diesen Mann vergöttert, hatte mir gewünscht, er hätte sich damals für mich und nicht für Amelie entschieden. Jeden Kerl hatte ich insgeheim an ihm gemessen und für nicht gut genug befunden. Jetzt spürte ich förmlich, wie das Bild, das ich mir von ihm in meinem Kopf gemacht hatte, krachend in sich zusammenfiel. Wie etwas in mir zerbrach.

Schließlich straffte ich die Schultern und wischte mir die Tränen von den Wangen. Die Erkenntnis tat weh, verdammt weh sogar, aber sie hatte auch etwas Gutes.

Bis vor Kurzem hatte ich noch gehofft, dass ich irgendwie einen anderen Weg aus diesem Schlamassel finden könnte. Dass ich Konstantin nicht das Herz brechen müsste, dass ich ihm ersparen könnte zu erfahren, was Amelie und ich getan hatten. Aber Dr. Frühling hatte recht. Ich musste jetzt an mich selbst denken. Mir blieb keine andere Wahl.

»Du hast mich angelogen. Immer und immer wieder«, zischte ich voller Bitterkeit. Ich zählte in Gedanken von zehn herunter und bereitete mich auf die Bombe vor, die ich gleich zünden würde. »Aber das ist nur gerecht, schätze ich. Denn auch ich habe gelogen. Amelie ebenfalls, aber vor allem ich.«

KAPITEL 36

Den ganzen Morgen hatte ich insgeheim darauf gewartet, dass Frau Wanger wieder vor der Tür stehen würde. Seit ich erfahren hatte, dass das Haar, das man in Nickys Wohnung gefunden hatte, meine DNA aufwies, war ich bei jedem Auto, das vor dem Haus langsamer fuhr, ans Fenster gelaufen und hatte ängstlich nach draußen gespäht. Ich war jedes Mal fest davon überzeugt, dass es diesmal ein Polizeiauto sein musste. Dass sie mich nun holen würden.

Doch nichts dergleichen geschah, und ich wurde immer nervöser. Mehrmals hatte ich mit Dr. Frühling telefoniert, um eine Strategie für die nächste polizeiliche Vernehmung zu entwickeln. Einmal war ich sogar kurz davor gewesen, Frau Wangers Nummer zu wählen und mich nach dem Stand der Dinge zu erkundigen.

Aber natürlich tat ich das nicht. Ich blieb brav zu Hause, starrte die Wände an und trieb mich mit meinen Gedankenspielen selbst in den Wahnsinn. Das permanente Abspielen quälender Erinnerungen in meinem Kopf wurde nur durch noch quälendere Anrufe unterbrochen. Patrizia, Karin, Max. Ich ging gar nicht erst ran.

Fetzen meines Streits mit Konstantin am gestrigen Abend schwirrten mir in allen schrecklichen Einzelheiten immerzu durch den Kopf.

Er hatte *gelacht*. Er hatte mich ernsthaft ausgelacht. Erneut spürte ich, wie sich Wut in mir ausbreitete. Auf Konstantin, auf Amelie, auf mich selbst.

»Du verarschst mich doch!« Konstantin hatte den Kopf in den Nacken gelegt und ein ungläubiges Lachen ausgestoßen. »Deine Schwester ist tot, Amelie, und jetzt willst du ihr das alles in die Schuhe schieben! Einen Mord, den du aus Eifersucht begangen hast. So ist es doch! Himmel, Amelie, ich hätte nie gedacht, dass du so tief sinken kannst. Ich habe immer geglaubt, du wärst die Anständige von euch beiden. Nun, wie es aussieht, habe ich mich geirrt.«

»Aber es ist die Wahrheit. So haben wir das schon unser ganzes Leben lang gemacht. Wir sind in die Rolle der anderen geschlüpft. Und niemand, nicht einmal du, hat je etwas gemerkt.« Ich funkelte ihn wütend an. »Begreifst du's denn nicht? Amelie, deine Frau, hat sich umgebracht, nicht ich. Und ich frage mich – warum? Was war da wirklich los zwischen euch? Was in Gottes Namen hast du getan?«

Konstantin schüttelte den Kopf. »Das ist nicht wahr, und das weißt du auch. Wenn du auch nur einen Funken Anstand im Leib hättest, würdest du dich stellen. Glaub ja nicht, dass ich dir diese abstruse Geschichte abkaufe!«

Dann war er wutschnaubend aus dem Haus gestürmt und seitdem nicht mehr aufgetaucht. Ich war froh darüber. Ich wollte ihn nicht sehen, nicht einmal im selben Raum mit ihm sein.

Als das nächste Mal ein Auto am Haus vorbeifuhr und ich wieder zum Schlafzimmerfenster eilte, ertappte ich mich bei dem Gedanken, wie verlockend es wäre, die Fensterflügel zu öffnen und mich hinauszulehnen. Weit und immer weiter. Bis es kein Halten mehr gäbe. Und auf einmal verstand ich, wie sich Amelie gefühlt haben musste. Auch wenn ich immer noch keinen Schimmer hatte, warum sie es getan hatte.

Mein Telefon klingelte und ich zuckte zusammen. Ich spürte, wie die Wirklichkeit zurückkehrte, mein Gehirn wieder seine gewohnte Tätigkeit aufnahm.

Das alles war doch verrückt! Natürlich würde ich so etwas nicht tun. Was mir da gerade passierte, fühlte sich vollkommen surreal an. Trotzdem war es wie ein Schlag ins Gesicht, als mir klar wurde, dass ich zum ersten Mal in meinem Leben einen Moment lang tatsächlich mit dem Gedanken gespielt hatte, mich umzubringen.

Ich ging zu meinem Handy, das auf dem Nachttisch lag, und sah auf das Display. Bestimmt war es Frau Wanger, die wissen wollte, ob ich zu Hause war. Oder Dr. Frühling, dem noch etwas eingefallen war, was er mir mit auf den Weg geben wollte. Aber es war keiner von beiden. Es war das Pflegeheim.

»Ja bitte?«

Es dauerte ein paar Sekunden, bis ich begriff, was los war. Kurz darauf hatte ich mich fertig angezogen und eilte nach draußen, um mir ein Taxi zu rufen.

Als ich den Raum betrat, waren zwei Pflegerinnen dabei, auf meinen Vater einzureden, während ein Arzt seine Werte kontrollierte. Papa lag auf dem Rücken, den Blick ausdruckslos in die Ferne gerichtet. Seine Handgelenke waren mit einem breiten Gurt am Bett festgeschnallt.

»Was in aller Welt ist denn hier los?«, rief ich, drängte mich an einer der Schwestern vorbei und ging vor meinem Vater in die Hocke. Ich rüttelte an den Gurten. »Was soll das? Was machen Sie da mit ihm?«

»Frau Lechner!« Ich spürte eine Hand auf meiner Schulter, aber die Stimme drang nur wie durch dichten Nebel an mein Ohr.

»Frau Lechner!« Diesmal eine Männerstimme, schärfer, vermutlich der Arzt. Er griff nach meinem Arm und hinderte mich daran, die Fesseln zu lösen. »Es geht ihm *gut*. Ihrem Vater geht es gut. Die Gurte sind nur zu seinem eigenen Schutz.«

Erst jetzt schaute ich mich richtig im Zimmer um. Eine der Schwestern sah mitgenommen aus, ihr Haar war zerzaust und hing ihr wirr ins Gesicht. Neben ihr stand ein Mann, den ich zuerst nicht gesehen hatte, der weder wie ein Arzt noch wie ein Pfleger aussah und meinen Vater argwöhnisch musterte. Die Luft roch abgestanden, nach Medikamenten, Reinigungsmitteln und Bleiche.

»Wir haben Ihrem Vater ein Beruhigungsmittel verabreicht. Deswegen wirkt er so apathisch. Vermutlich wird er bald einschlafen, und wir hoffen inständig, dass er sich beruhigt hat, wenn er wieder aufwacht.«

»Nun, ich bezweifle, dass er ruhig und gelassen sein wird, wenn er aufwacht und feststellt, dass er angebunden ist.« Ich atmete tief durch. »Was ist denn überhaupt passiert? Was hat meinen Vater denn so aufgeregt, dass Sie es für nötig hielten, ihn zu fixieren?«

Der Arzt streckte mir die Hand entgegen, die ich widerwillig ergriff. »Ich bin Dr. Wittum. Ich leite jetzt dieses Pflegeheim. Kommen Sie doch bitte kurz mit in mein Büro, ja?«

Dr. Wittum griff nach meinem Arm und zog mich mit sanfter Gewalt vom Bett weg. »Ich verspreche Ihnen, Ihrem Vater geht es gut, Frau Lechner. Es bleibt in der Zwischenzeit auch jemand bei ihm.«

Der Arzt führte mich aus dem Zimmer und dann ein Stockwerk tiefer in ein Büro mit riesigen Landschaftsbildern an jeder Wand und einem Schreibtisch mit einer Empfangsdame, die emsig auf einer Computertastatur herumtippte.

Dr. Wittum nickte ihr kurz, aber freundlich zu und ging dann weiter in sein Büro. Inmitten des großzügigen Raums thronte ein massiver Schreibtisch, übersät mit Akten und medizinischen Fachzeitschriften. An einer Seite standen zwei komfortable Stühle vor einem kleinen Beistelltisch, die offensichtlich für Besprechungen gedacht waren. Auf einen davon wies Dr. Wittum jetzt, doch ich zog es vor, stehen zu bleiben. Die Angst um meinen Vater hielt mich aufrecht.

Dr. Wittum setzte sich auf den anderen Stuhl und faltete die Hände auf dem Schoß. »Ehrlich gestanden mache ich mir Sorgen um Ihren Vater. Es gab da heute Morgen einen Zwischenfall.«

»Einen Zwischenfall? Was für einen Zwischenfall denn?«

»Ihr Vater hat sich furchtbar aufgeregt. Sein Wutausbruch grenzte schon fast an Wahnvorstellungen. Er ging weit über die übliche Desorientiertheit hinaus.«

»Das kann ich mir kaum vorstellen.«

»Es war aber so. Er beharrte darauf, seine Tochter sei in Gefahr, und ließ sich trotz all unserer Bemühungen nicht beruhigen. Zwei der Pfleger mussten ihn festhalten, damit ich ihm ein Beruhigungsmittel verabreichen konnte. Und dabei rief er immer wieder: ›Meine Tochter! Bringen Sie mich zu meiner Tochter.‹« Er seufzte. »Gab es denn einmal ein bestimmtes Ereignis, bei dem Sie sich in Gefahr befanden? Wenn Ihr Vater sich auf ein solches konkretes Ereignis beziehen würde, wäre sein Verhalten ja verständlich. Also erlauben Sie bitte, dass ich Sie das frage: Waren Sie schon einmal in großer Gefahr, Frau Lechner?«

Ich schüttelte den Kopf. »Ich habe keine Ahnung, wovon er da spricht.«

Plötzlich fiel mir wieder ein, was Papa bei meinem letzten Besuch zu mir gesagt hatte.

»Der Junge von Frau Flemming. Max. Er weiß zu viel.«

Ich schluckte und stellte mir vor, wie mein Vater tobte und nach seiner Tochter, nach mir, schrie. Oder nach Amelie? Ein Schauer lief mir den Rücken hinunter, breitete sich in meinem Körper aus, in meinem Bauch, in meinem Zwerchfell.

»Nun, falls nicht, frage ich mich, ob das hier die richtige Einrichtung für Ihren Vater ist. Wir sind ein Pflegeheim. Für die Behandlung von Psychosen und anderen psychischen Störungen gibt es Einrichtungen, die besser geeignet sind als unser Haus.«

O Gott! Erwog Dr. Wittum ernsthaft, ihn rauszuschmeißen? Das durfte auf keinen Fall passieren. Nicht ausgerechnet jetzt.

»Ich verstehe, was Sie meinen«, sagte ich, um einen verbindlichen Tonfall bemüht. »Und ich glaube, ich kann das erklären. Wahrscheinlich meinte er gar nicht mich, sondern meine Zwillingsschwester Franziska. Sie ist vergangene Woche in Zell am See bei einem Autounfall ums Leben gekommen.«

»Ich habe in den Nachrichten davon gehört«, sagte der Arzt langsam. »Das war also Ihre Schwester? Mein herzliches Beileid.«

»Danke. Ich habe meinem Vater vor ein paar Tagen erzählt, was passiert ist. Es tut mir leid, das muss ihn ziemlich mitgenommen haben. Aber es dürfte sich demnach nicht um Wahnvorstellungen handeln, sondern um Trauer.«

Dr. Wittum runzelte die Stirn, während er über meine Worte nachdachte. Schließlich nickte er. »Das würde sein Verhalten erklären. Das mit Ihrer Schwester tut mir leid, aber Sie hätten das unbedingt der Anstaltsleitung melden müssen. Dann wären wir vorbereitet gewesen. Jedenfalls sollten wir ihn weiter im Auge behalten. Wenn so etwas noch einmal vorkommt …«

»Das wird es nicht«, fiel ich ihm ins Wort. »Versprochen.«

Ich ging in den Speisesaal, holte Papas Mittagessen und brachte es in sein Zimmer. Dann setzte ich mich in den Sessel, starrte aus dem Fenster und wartete. Die Stunden verstrichen, und das Essen war schon längst kalt, als mein Vater endlich aufwachte.

»Hallo, Papa«, sagte ich behutsam. Ich trat an sein Bett und setzte mich auf die Kante. »Wie geht es dir?«

Er rieb sich die Handgelenke und ich sah die roten Abschürfungen, wo die Gurte ihm ins Fleisch geschnitten hatten. Ich biss mir auf die Unterlippe.

»Kopfschmerzen«, erwiderte er nur. »Ich hab schreckliche Kopfschmerzen.«

Ich nickte mitfühlend. Das waren sicher die Nachwirkungen des Beruhigungsmittels.

Er setzte sich auf und sah sich verwirrt um. Als sein Blick über mein Gesicht glitt, wurden seine Augen weich. »Lilly?«

Immerhin wusste er, wer ich war. Oder zumindest, wer ich sein sollte. »Ja, Papa. Ich bin da. Alles ist gut.«

Ich griff nach dem Teller auf dem Nachttisch und reichte ihn ihm. Die Serviette steckte ich meinem Vater in den Kragen. »Du musst was essen. Du bist bestimmt halb verhungert.«

Zu meiner Überraschung nahm er das Besteck widerstandslos entgegen und schob sich eine Gabel in den Mund. Es gab Hackbraten mit Kartoffelpüree. Sein früheres Leibgericht.

Kurz darauf spürte ich einen Luftzug, als die Tür aufging und Dr. Wittum eintrat, gefolgt von einer der Schwestern.

»Wie fühlen Sie sich, Herr Pichler? Geht es Ihnen besser?«

»Was? Oh, ja natürlich.« Papa führte eine weitere Gabel zum Mund. »Das ist übrigens meine Tochter Amelie.«

»Freut mich, Sie kennenzulernen, Frau Lechner«, erwiderte Dr. Wittum schmunzelnd. »In Ordnung, Herr Pichler. Schön zu sehen, dass Sie wohlauf sind. Sie ruhen sich jetzt erst einmal ein wenig aus und morgen werden wir noch einmal Ihre Werte kontrollieren. Okay?«

Er warf mir zum Abschied noch einen mahnenden Blick zu, dann fiel die Tür mit einem scheppernden Geräusch hinter ihm ins Schloss. Ich schickte ein stummes Dankgebet zum Himmel.

»Du darfst dich nicht so aufregen«, murmelte ich, als wir wieder allein waren. »Ich verstehe ja, dass du trauerst, und du hast jedes Recht dazu. Aber wenn du so rumbrüllst wie heute Morgen, bringt uns das beide in Schwierigkeiten.«

Dann kam mir ein Gedanke. Da war etwas, das ich ihn schon die ganze Zeit fragen wollte. Jetzt war wahrscheinlich nicht der richtige Zeitpunkt – aber gab es den denn überhaupt?

»Sag mal, Papa, erinnerst du dich zufällig noch daran, dass Franziska hier war?«, fragte ich vorsichtig. »Vor etwas mehr als einer Woche? Weißt du noch, worüber ihr da gesprochen habt?«

»Sicher. Deine Schwester, sie war hier«, sagte er und trommelte mit der Gabel auf den Teller. Aber er sah mich nicht an, und ich wusste, dass seine Antwort nur eine Hinhaltetaktik war, während er nach der richtigen Erinnerung suchte. Er versuchte, Zeit zu gewinnen, bis es ihm wieder einfiel.

»Max«, sagte ich ins Blaue hinein. »Sie hat dir von Max erzählt, nicht wahr? Dass er wieder in der Stadt ist.«

Ich beobachtete, wie Papas Augen hin und her wanderten, wie er sich den Kopf zerbrach, schließlich die Erinnerung fand und sie aus dem Nebel ans Licht holte.

»Ich erinnere mich nicht.«

Aber ich sah, dass er sich doch erinnerte. Ich atmete langsam ein und aus, fasste Mut und wagte mich noch einen kleinen Schritt weiter vor.

»Warum hast du damals Frau Flemming die Wohnung überschrieben, Papa? Ich habe die Urkunde bei den Wohnungsunterlagen gefunden.«

Er sagte immer noch nichts, aber sein ganzer Körper versteifte sich, und ich spürte, dass ich auf etwas gestoßen war. Auf etwas Wichtiges.

»Du hast mir nie davon erzählt. Warum?«

Der Schatten, der sich bei diesen Worten über sein Gesicht zu legen schien, entging mir nicht. Papa sah sich in dem leeren Raum um, nahm meine Hand und zog mich zu sich heran, bis mein Ohr ganz nah an seinem Mund war. Dann flüsterte er: »Der Ausbau. Die Hütte im Garten. Das darfst du nicht machen. Es ist zu gefährlich. Für uns alle.« Sein Griff um mein Handgelenk wurde fester. »Unsere Familie hat Leichen im Keller. Buchstäblich. Es gibt da einige Dinge, von denen du nichts weißt. Bitte, Lilly, grab nicht weiter! Schlafende Hunde soll man nicht wecken. Es bleibt besser alles so, wie es jetzt ist.«

Erschöpft schloss er die Augen. Er entzog sich mir wieder, driftete weg. Vergangenheit, Gegenwart, Fiktion – in seinem Kopf waren sie ein und dasselbe, untrennbar miteinander verbunden.

»Aber …«

Plötzlich spürte ich, wie sich eine dunkle Vorahnung in mir regte. Und auf einmal begriff ich, was er wohl gemeint hatte. Die Antwort, sie war die ganze Zeit über da gewesen. Dicht unter der Oberfläche, zum Greifen nahe. Bittere Galle stieg in mir auf.

O Gott!

Ob er damit tatsächlich das meinte, was ich befürchtete?

KAPITEL 37

Max

Im Licht der einsetzenden Abenddämmerung, halb verdeckt von den Zweigen der Bäume und Sträucher, erkannte ich die Umrisse zweier Menschen. Einer davon groß und schlaksig, in einer speckigen dunklen Lederjacke, der andere war gut einen Kopf kleiner. Eine Frau. Ihr braunes Haar wogte sanft in der frühsommerlichen Brise. Selbst aus der Entfernung entging mir nicht die stumme Verachtung in ihrem Gesicht, während sie wild gestikulierend vor dem Jungen auf und ab lief.

Ich spitzte die Ohren. Nur zu gerne hätte ich gewusst, worüber sie redeten und was der Grund für ihren Streit war. Aber von meinem Versteck aus war es unmöglich, einen Sinn in den Wortfetzen zu erkennen, die abgehackt zu mir herüberwehten.

»… Berlin … Kopf schlagen …«

»… zu jung für …«

»Hast du schon mal darüber nachgedacht, was …«

Ich fluchte stumm.

Näher! Du musst näher ran!

Meine Knie schmerzten vom langen Ausharren in der Hocke, als ich mich aufrappelte und hinter dem Strauch hervorkam. Vorsichtig kroch ich ein paar Meter weiter, schlängelte mich wie eine Katze zwischen den dicht stehenden Baumstämmen hindurch. Der Hang fiel hier steil ab. Die Erde unter den Bäumen war mit Laub und losen Zweigen bedeckt, und beinahe wäre ich gestürzt, als ich mich mit einem meiner Schuhe in einem abgebrochenen Ast verfing. Im allerletzten Moment konnte ich mich an einer aus dem Boden ragenden Wurzel festklammern. Das Knacken des Holzes erschien mir so laut wie der Schuss einer Kanonenkugel. Ich erstarrte mitten in der Bewegung und mein verräterisches Herz schlug so heftig, dass ich überzeugt war, sie müssten es hören.

Verdammt! Das war's dann wohl!

Ich schloss die Augen und wagte einige qualvolle Sekunden lang kaum zu atmen. Ich hoffte, betete, dass ich nicht aufgeflogen war.

Doch – nichts. Keine wütenden Schreie, keine Schritte, die sich durchs Geäst auf mich zubewegten, keine Hand, die sich wie ein Schraubstock um meinen Arm schloss. Nur das leise Zirpen der Grillen und das Zwitschern der Vögel hoch über mir in den Baumwipfeln.

Langsam öffnete ich wieder die Augen und mein Blick fiel auf die beiden Gestalten, die jetzt nicht mehr ganz so weit entfernt waren und sich deutlich vor dem dunkler werdenden Himmel abzeichneten. Das Stimmengemurmel war jetzt lauter, drängender, die Atmosphäre noch immer aufgeladen. Sie schienen völlig in ihr Streitgespräch vertieft. Keiner von beiden schien mitzubekommen, was um ihn herum geschah.

»Im Ernst … dumm und verantwortungslos …«

»… kann nicht zulassen, dass …«

Ich biss die Zähne zusammen und stolperte weiter. Diesmal konzentrierte ich mich auf den Boden und kämpfte mich Baumstamm für Baumstamm durchs Unterholz.

Nur noch ein kleines Stückchen. Komm schon, du schaffst das!

Kurz darauf ging ich keuchend hinter einer riesigen Tanne in Deckung. Spitze Nadeln stachen mir in die Arme, als ich mich eng an den Stamm presste, aber ich spürte es kaum. Meine ganze Aufmerksamkeit galt dem Pärchen, das jetzt nur noch eine Wurflänge von mir entfernt war.

Der Junge war einen bedrohlichen Schritt auf seine Freundin zugegangen. »Es ist mir egal, was du davon hältst«, knurrte er gerade so laut, dass ich es hören konnte. »Mein Entschluss steht fest. Ich lasse mir doch nicht von einer verrückten Göre wie dir das Leben versauen!«

Sein Gesicht war wutverzerrt, und ich spürte, wie sich mir die Nackenhaare aufstellten. So wütend hatte ich ihn noch nie gesehen. Auch das Mädchen wirkte zornig, bekam es anscheinend aber mit der Angst zu tun, denn es wich einige Schritte vor ihm zurück.

Ich unterdrückte einen Aufschrei. Erst jetzt war mir bewusst geworden, wie nahe sie am Abgrund standen. Viel zu nah!

Ich kannte die uneinsehbare Stelle gleich hinter dem Parkplatz. Ich war selbst oft genug dort gewesen, um die Ruhe und Abgeschiedenheit zu genießen. Die Aussicht auf die umliegenden Weinberge und Hügel war fantastisch, aber der Platz war auch gefährlich. Ein steiler Hang, darunter nichts als Fels und Wald.

Achtung, Amelie!, wollte ich ihr zurufen. *Pass auf! Keinen Schritt weiter!*

Doch nur ein Fiepen kam über meine Lippen, zu leise, als dass irgendwer mich hätte hören können.

Trotzdem schien Amelie die Gefahr gespürt zu haben, denn sie machte instinktiv einen Schritt zur Seite, just in dem Moment, als Ben den letzten verbleibenden Meter zwischen ihnen zurücklegte.

Ich schlug die Hand vor den Mund, als ich Zeuge wurde, wie Bens Sohlen auf dem unebenen Kies wegrutschten. Ich sah das Weiße in seinen Augen aufblitzen, als er seinen Fehler bemerkte.

Mein Gott, er stürzt ab!, dachte ich noch.

Dann ging alles sehr schnell.

Der Ruck, der durch den Körper des Jungen ging, als er stolperte und endgültig das Gleichgewicht verlor. Seine Hände, die durch die Luft ruderten und versuchten, ihre rettende Hand zu fassen zu bekommen. Amelie, die wie versteinert mit vor der Brust verschränkten Armen dastand und zusah – einfach nur zusah –, wie er strauchelte. Ein Schrei, der von den Bäumen widerhallte, gefolgt von einem hässlichen Knacken.

Dann: Stille. Totenstille.

Schreiend fuhr ich aus dem Schlaf.

Es dauerte eine Weile, bis die Schemen meines alten Kinderzimmers den Nebel meiner Gedanken durchdrangen. Der helle Holzschrank, der Schreibtisch am Fenster, durch das das Mondlicht hereinschien.

Stöhnend wälzte ich mich im Bett auf die andere Seite und versuchte, meinen rasenden Herzschlag zu beruhigen. Fast war es, als könnte ich die Erde und das verrottete Laub noch immer riechen, die Stille nach dem Schrei noch immer hören. Als hätte selbst der Wald den Atem angehalten.

Es war ein Traum, Max! Nur ein Albtraum. Es ist alles okay.

Stöhnend schälte ich mich aus dem Bett. An Schlaf war ohnehin nicht mehr zu denken, also tappte ich im Dunkeln in die Küche, wo ich erst das Deckenlicht und dann die Kaffeemaschine einschaltete.

Während der Kaffee durchlief, wurde der Laubgeruch, der sich so hartnäckig in meiner Nase hielt, allmählich vom Geruch der Kaffeebohnen verdrängt und es gelang mir endlich, mich aus den Fängen des Albtraums zu befreien.

Nur dass es kein Traum gewesen war.

Es war eine Erinnerung. Die Erinnerung an den traumatischsten Tag meines Lebens. An den Tag, der alles verändert hatte.

Amelie geht es gut, sagte ich mir immer wieder, und mit der Zeit beruhigte sich auch mein Atem. *Sie ist unverletzt.*

Nun, zumindest körperlich.

Ich setzte mich an den Küchentisch und meine Miene verdüsterte sich, als mir mein Gespräch mit Frau Wanger in den Sinn kam. Als sie gestern noch einmal hier gewesen war, hatte sie mir allerhand unangenehme Fragen über Amelie und unser Treffen am Nachmittag der Mordnacht gestellt. Worüber wir gesprochen hatten, wollte sie wissen, ob Amelie sich meiner Meinung nach irgendwie seltsam benommen hatte und ob ich davon gewusst hatte, dass es in ihrer Ehe mit Konstantin Probleme gegeben hatte. Es war nicht schwer, mir auszumalen, wieso Frau Wanger sich auf Amelie als Täterin eingeschossen hatte.

Seit Nickys Leiche gefunden worden war, brodelte die Gerüchteküche. Erst heute hatte ich wieder mitangehört, wie sich zwei der Nachbarinnen aus dem oberen Stockwerk im Treppenaufgang darüber unterhielten, dass sie Konstantin in den letzten Monaten mehrmals erst spätnachts aus Nickys Apartment kommen sehen hatten. Anscheinend hatten die beiden eine Affäre gehabt, was Amelie, die vermutlich kein Alibi für den Tatzeitraum hatte, in Frau Wangers Augen zu der perfekten Verdächtigen machen musste.

Trotzdem konnte ich nicht glauben, dass Frau Wanger das wirklich ernst meinte. Amelie – eine Mörderin? Ich schüttelte entschieden den Kopf. Ich kannte diese Frau und eines wusste ich mit Sicherheit: Zu so etwas wäre sie niemals in der Lage. Natürlich hatte ich das auch Frau Wanger gesagt, aber ich bezweifelte, dass sie viel auf meine Meinung gab. Wer wusste schon, was sie sich alles so zusammenreimte? Die Frau war ein

Pitbull. Sie würde nicht mehr lockerlassen. Für sie zählten nur die Fakten, und deshalb brauchte sie Beweise. Ich hatte gesehen, wie die Polizei am Morgen Amelies Auto beschlagnahmt hatte, und das verhieß gewiss nichts Gutes.

Meine Gedanken wanderten zurück zu jenem Nachmittag im Pub, und eine Welle des Mitleids für meine alte Freundin überkam mich. Das stumme Entsetzen in ihrem Blick, ihre Andeutungen, dass es Probleme in ihrer Ehe gäbe. Ob sie da bereits gewusst hatte, dass Konstantin fremdging? War das der Grund für ihre Verzweiflung gewesen?

Meine Hände zitterten vor Wut und ich spürte kaum, wie der Kaffee über den Rand meiner Tasse schwappte und mir den Handrücken verbrannte.

Dieser elende Wichser!

Schon in der Schule war Konstantin ein überdurchschnittlich gut aussehender Junge gewesen, und wie viele gut aussehende Männer litt auch er an chronischer Selbstüberschätzung. Ich hatte ihn noch nie leiden können. Aber der Erfolg gab ihm recht: Schon damals wollte jeder sein Kumpel oder Freund sein und die Frauen lagen ihm zu Füßen. Selbst Amelie, die ich eigentlich für klüger gehalten hatte. Warum hatte sie sich nur ausgerechnet mit diesem minderbemittelten Armleuchter eingelassen?

»Wo ich doch so viel besser zu ihr gepasst hätte«, murmelte ich und erschrak, dass ich es tatsächlich gewagt hatte, den Gedanken laut auszusprechen. Normalerweise verbot ich mir solche Träumereien, aber jetzt, nachts in den trauten vier Wänden von Mamas Küche, gab ich mich für einen Moment dem Gedanken hin, sie hätte mich gewählt. Natürlich war ich bei Weitem nicht so attraktiv und erfolgreich wie Konstantin. Ich konnte nicht mit einem teuren Auto oder schicken Klamotten aufwarten. Aber ich hätte sie wenigstens anständig behandelt. Frauen wie Amelie verdienten es, dass man sie auf

Händen trug, dass man sie liebte und ehrte, dass man ihnen den Vorrang vor allen Nichtigkeiten des Lebens gab. Und – Gott bewahre – natürlich hätte ich sie niemals betrogen.

Für wen hielt sich dieser blasierte, eingebildete Blender? Und warum verstanden die Frauen, die ich wollte, nie, worauf es im Leben wirklich ankam?

KAPITEL 38

Das Duschwasser war kalt und ich wusste nicht, ob ich wegen der Temperatur fror oder wegen des Restadrenalins. Die Hitze des Tages klebte an mir, vermischte sich mit Angstschweiß. Aber die Kälte tat gut, sie half mir, den Schmerz hinter meiner Stirn in Schach zu halten.

»Unsere Familie hat Leichen im Keller. Buchstäblich. Es gibt da einige Dinge, von denen du nichts weißt. Bitte, Lilly, grab nicht weiter! Schlafende Hunde soll man nicht wecken. Es bleibt besser alles so, wie es jetzt ist.«

Von einer plötzlichen Übelkeitswelle überwältigt, stolperte ich aus der Dusche und zur Toilette, wo ich mich übergab. Zweimal. Dann sank ich auf dem Fliesenboden zusammen. Das Erbrechen hätte gutgetan, wenn nur auch diese schrecklichen Kopfschmerzen verschwunden wären.

Ich konnte nicht klar denken. Das Hämmern zwischen meinen Ohren brachte mich noch um. Ich brauchte dringend ein Schmerzmittel. Unter Aufbietung all meiner Kräfte kam ich auf die Füße und hielt mich an der Wand fest, bis das Schwindelgefühl endlich nachließ.

Im Badezimmerschrank fand ich eine Schachtel Aspirin. Ich schluckte eine Tablette und befahl meinem Magen, sie bei sich zu behalten. Dann zog ich den Bademantel an und ging auf wackligen Beinen nach unten, wo ich auf einem Küchenstuhl zusammensackte.

Die Türklingel ließ mich hochfahren.

Sie sind da, dachte ich. *Die Polizei. Das war's jetzt!*

Ich wollte nicht im Bademantel die Tür öffnen, also lief ich zurück nach oben und schlüpfte in die Jeans und das T-Shirt von gestern, die neben dem Bett auf dem Boden lagen. Auf nackten Füßen tappte ich zur Tür.

»Hallo?«

Klein, drahtig, dunkler Haarknoten, ernste Miene: Frau Wanger. Mir sackte das Herz in die Hose.

»Frau Lechner, hiermit verhafte ich Sie wegen des Mordes an Nicola Felm. Sie haben das Recht zu schweigen. Alles, was Sie sagen, kann vor Gericht gegen Sie verwendet werden.«

Alles Weitere ging erschreckend schnell. Hinter Frau Wanger tauchten zwei uniformierte Polizisten auf und nahmen mich in die Mitte. Nachdem ich mir Socken und Schuhe angezogen hatte, klickten die Handschellen, dann brachten sie mich zum Streifenwagen, der ein paar Meter weiter auf der Straße parkte. Ich leistete keinen Widerstand. Wozu auch? Es wäre sowieso sinnlos gewesen.

Die Fahrt verlief schweigend. Nachdem wir das Polizeirevier in der Berggasse erreicht hatten, führten mich die Polizisten mehrere Treppenstufen hinauf und in einen schlichten Raum ohne Fenster. Frau Wanger ging, die beiden Uniformierten blieben.

»Leeren Sie bitte Ihre Taschen.«

Ich tat, was sie verlangten, ließ mich nach Waffen durchsuchen und setzte mich auf den mir zugewiesenen Platz. Niemand im Raum sprach ein Wort. Herr Pavlovic kam herein und stellte wortlos eine Flasche Wasser auf den Tisch. Dann verschwand er wieder.

Ich starrte auf die zerkratzte Tischplatte und wartete. Eine Ewigkeit, wie mir schien. Ich zerbrach mir den Kopf darüber, wie ich ihnen erklären sollte, was passiert war. Wie ich möglichst überzeugend klingen würde. Konstantins Reaktion kam mir wieder in den Sinn, und ich spürte, wie Panik in mir aufstieg. Ich hatte mir das alles selbst eingebrockt, das war mir klar. Hätte ich nicht so bereitwillig Amelies Platz eingenommen, hätte ich mich nicht auf ihren wahnwitzigen Plan eingelassen, stünde ich jetzt nicht unter Mordverdacht.

Als sich die Tür schließlich wieder öffnete, zuckte ich zusammen, so sehr hatte ich mich in mich selbst zurückgezogen. Es war Frau Wanger, dicht gefolgt von Herrn Pavlovic. Sie setzten sich mir gegenüber.

»Bevor wir anfangen, müssen wir Sie über Ihre Rechte aufklären. Sie haben das Recht zu schweigen und einen Rechtsbeistand hinzuzuziehen. Sollen wir Ihren Anwalt benachrichtigen oder wollen Sie einen Pflichtverteidiger? Wenn ja, werden wir die Vernehmung so lange aufschieben.«

»Dr. Frühling«, brachte ich mühsam heraus. »Mein Anwalt heißt Dr. Frühling. Können Sie ihm bitte sagen, dass ich hier bin?«

Es dauerte nicht lange, bis mein Anwalt eintraf. Er stürmte herein, eingehüllt in eine Wolke von teurem Aftershave, eine große Aktentasche in der Hand. Sie ließen uns ein paar Minuten allein, um die letzten Details zu besprechen, dann ging es los.

»Wir haben Ihr Auto auf Spuren untersuchen lassen, Frau Lechner. Die Ergebnisse liegen inzwischen vor.« Frau Wanger warf einen kurzen Blick auf ihren Bericht. »Sie haben es professionell reinigen lassen, nicht wahr? Das hätten Sie uns sagen sollen.«

Ich öffnete den Mund, um etwas zu erwidern, dann sah ich aus dem Augenwinkel, wie Dr. Frühling kaum merklich den Kopf schüttelte. Mir fiel ein, was er mir eingetrichtert hatte.

»Wir sagen erst einmal gar nichts, Frau Pichler. Wir warten ab, bis alles, was die gegen Sie in der Hand haben, auf dem Tisch liegt. Erst dann reagieren wir. Vertrauen Sie mir, ich weiß, was ich tue.«

Ich klappte den Mund wieder zu und zuckte die Achseln. »Und weiter?«

»Reinigung hin oder her, die Spurensicherung hat ganze Arbeit geleistet. Wie erwartet haben wir Blutspuren im Kofferraum Ihres Autos gefunden, Frau Lechner. Und die passen zum Mordopfer.« Frau Wanger lehnte sich in ihrem Stuhl zurück, ein siegessicheres Lächeln auf ihrem Gesicht. »Können Sie uns erklären, wie die dorthin gekommen sind?«

Ich meinte zu spüren, wie die Dielenbretter unter meinen Füßen nachgaben, als der letzte Hoffnungsschimmer in mir zerbrach. Sie hatten mich am Arsch. Sie wussten es, und ich wusste es auch.

»Frau Lechner?«

Ich spürte Frau Wangers kalten Blick auf mir, und wieder überkam mich die Panik. Egal was ich sagte, wie ich das Gespräch aufbaute, sie würden mir nicht glauben. Sie würden mich bestenfalls für verrückt halten. Für eine Wahnsinnige, die sich in Anbetracht ihrer offensichtlichen Notlage an jeden Strohhalm klammerte. Es würde nichts nützen, die Wahrheit zu sagen. Im Gegenteil, mit meiner Aussage würde ich mich ihnen ans Messer liefern, wie ein naives Kind, das noch an eine gerechte Ordnung der Dinge glaubt. Daran dass Unschuldige nicht ins Gefängnis kommen und die Schuldigen bestraft werden.

Aber bin ich das überhaupt? Unschuldig?

»Kommen Sie«, durchbrach Dr. Frühlings Stimme die Nebelwand meiner Gedanken. Ich spürte seine Hand auf meinem Unterarm und hob den Kopf. »Erzählen Sie den Beamten das, was Sie mir erzählt haben. Ich weiß, es ist schwer, aber Sie schaffen das.«

Ich griff nach dem Glas Wasser, das man mir hingestellt hatte, und trank einen Schluck, nahm mir Zeit. Schließlich gab ich mir innerlich einen Ruck. Ich hatte nichts mehr zu verlieren.

»Gleich zu Beginn muss ich etwas klarstellen. Ich hätte Ihnen das vermutlich schon viel früher sagen sollen, aber ich bin nicht Amelie Lechner.« Ich war selbst erstaunt, wie klar und fest meine Stimme klang. »Ich bin ihre Schwester Franziska Pichler.«

Auf dieses Statement folgte dröhnende Stille. Die beiden Polizisten tauschten verwirrte Blicke. Damit hatten sie nicht gerechnet.

»Wie bitte? Was sagen Sie da?«, fragte Frau Wanger, als sie sich wieder gefangen hatte. »Franziska Pichler – die Zwillingsschwester? Die, die gestorben ist?«

»*Angeblich* gestorben. Aber ja, so ist es.«

Ich begann zu erzählen. Wie schon in Dr. Frühlings Kanzlei fing ich ganz von vorne an. Mit Amelies und meiner Kindheit. Ich gab mir Mühe, nichts auszulassen. Kein noch so unangenehmes Detail, auch wenn es mich als Betrügerin dastehen ließ. Als Lügnerin, als abgebrühte, gerissene Hochstaplerin. Auch alle meine Wissenslücken legte ich offen: Dass ich keine Ahnung hatte, ob Amelie von Konstantins Affäre mit Nicky oder der Erpressung gewusst hatte. Oder warum sich meine Schwester das Leben genommen hatte. Frau Wanger versuchte mehrmals, mich zu unterbrechen, aber ich ließ mich nicht beirren und redete einfach weiter. Wie Gift floss die Wahrheit unaufhaltsam aus mir heraus. Tropfen um Tropfen.

»Sie sagen also, Ihre Zwillingsschwester hätte Sie gebeten, die Identität mit ihr zu tauschen. Und zwar nur für ein paar Tage. Nehmen wir mal an, dass ich Ihnen glaube. Wieso sollten Sie so etwas tun?«

»Wie gesagt, Amelie hat mich darum gebeten.« Ich hob die Schultern. »Mir ist klar, dass es schwer für Sie sein muss, das zu verstehen. Sie haben keine Ahnung, wie wir sind. Niemand kann das wissen, außer vielleicht, er ist selbst ein Zwilling.«

»Und Sie wollen ernsthaft behaupten, Amelie, Ihre Schwester, hätte Sie reingelegt, um Ihnen einen Mord anzuhängen?«

Ich suchte den Blick meines Anwalts, der kaum merklich nickte. *Gut. Weiter so!* Ich rief mir ins Gedächtnis, was er mir geraten hatte. Dass ich meine Sichtweise auf die Dinge ändern und ihnen eine plausible Erklärung für das liefern musste, was passiert war. Ich musste ihnen eine Version der Geschichte bieten, in der ich nicht die Täterin war.

»Ich weiß nicht, ob meine Schwester Nicky ermordet hat. Ob sie versucht hat, mich reinzulegen, wie Sie es genannt haben. Aber ich halte es zumindest für möglich.« Meine Eingeweide krampften sich zusammen. Ich fühlte mich wie eine Verräterin.

»Und warum sollte sie so etwas tun, wo sie doch offenbar ohnehin vorhatte sich umzubringen?« Frau Wanger sah mich zweifelnd an. »Aus Rache etwa? Weswegen?«

»Das frage ich mich auch«, sagte ich leise. Ich schaute auf meine Hände. »Aber Amelie, sie war sehr … labil. Und das schon seit vielen Jahren. Sie war deswegen sogar in psychiatrischer Behandlung.«

Frau Wanger schnaubte. »Das ist alles, was Ihnen dazu einfällt? Dass Ihre Schwester angeblich *labil* war?«

Ich fuhr mir durchs Haar und sprach endlich laut aus, was ich insgeheim dachte. »Vielleicht ist sie ja auch gar nicht tot. Vielleicht gibt es eine völlig andere Erklärung für all das. Ihre Leiche wurde bislang nicht gefunden, wie Sie wissen, also …«

»Kommen Sie, lassen Sie den Unsinn! Wollen Sie uns verarschen?«

Ich zuckte zusammen.

»Nichts für ungut, Frau Wanger, aber es ist nicht die Aufgabe meiner Mandantin, eine Erklärung für die Beweggründe von Frau Lechner zu liefern. Das ist Ihr Job.« Dr. Frühling verschränkte die Arme und maß die Polizistin mit abschätzender Miene. »Fest steht jedoch, dass diese Frau hier«, er deutete auf mich, »Franziska Pichler ist.«

Er kramte in seiner Aktentasche und zog ein Gesprächsprotokoll hervor, das er Frau Wanger über den Tisch hinweg zuschob. »Und bevor Sie fragen: Frau Pichler hat ein Alibi für die Mordnacht. Ihr Ex-Freund Florian Schuster hat mir gegenüber bestätigt, dass er den ganzen Abend und die ganze Nacht bei ihr war. Die Kontaktdaten von Herrn Schuster sind ebenfalls vermerkt, falls Sie selbst mit ihm sprechen möchten.«

Frau Wanger warf einen kurzen Blick auf das Blatt, auf dem unten Florians Unterschrift prangte. Sie presste die Lippen zusammen und schob es angewidert beiseite.

»In meiner gesamten Laufbahn ist das die skurrilste Geschichte, die ich je gehört habe. Und ich hab schon verdammt viele skurrile Geschichten gehört. Sie glauben doch nicht im Ernst, dass wir Ihnen das abkaufen?« Sie schüttelte den Kopf. »Sie haben uns angelogen, Frau Lechner! Von Anfang an haben Sie uns nur an der Nase herumgeführt. Woher soll ich wissen, dass das nicht wieder eine Lüge ist?«

»Mir ist klar, wie sich das anhört«, sagte ich. »Aber es ist die Wahrheit. Ich sage jetzt die Wahrheit.«

»Nun, ich glaube, das reicht jetzt.« Dr. Frühling nickte mir zu als Zeichen, dass ich genug gesagt hätte. Dann wandte er sich an die beiden Polizisten. »Wussten Sie, dass die DNA von eineiigen Zwillingspaaren identisch ist, Frau Wanger?«, fragte er heiter. »Eigentlich unglaublich, aber ich habe es recherchiert, es ist tatsächlich so. Fingerabdrücke hingegen lassen sich eindeutig zuordnen. Haben Sie denn welche gefunden, Frau Wanger? In Frau Felms Wohnung – Fingerabdrücke, meine ich.«

»Nein, aber …«

»Nun, dann ist die Sache für mich klar.« Der Anwalt lächelte. »Betrachten wir doch mal die Faktenlage: Was Sie haben, ist DNA in der Wohnung des Opfers, die von beiden Schwestern stammen könnte. Dann gibt es da noch irgendeine Zeugin, die Frau Lechners Auto am fraglichen Abend in der Nähe von Frau Felms Wohnung gesehen haben will, sowie Blutspuren im Kofferraum von Frau Lechners Wagen. Keine Zeugen, ausschließlich Indizienbeweise. Gegen Frau *Amelie Lechner* wohlgemerkt.« Er lehnte sich entspannt zurück. »Aber das hier ist nicht Frau Amelie Lechner. Und das heißt, solange Sie nicht das Gegenteil beweisen können, haben Sie gar nichts. Ihnen bleibt nichts anderes übrig, als meine Mandantin gehen zu lassen.«

Frau Wanger schwieg. Ihre Augen hatten sich zu Schlitzen verengt. Offenbar dämmerte ihr, dass die Beweisführung in ihrem vermeintlich klaren Fall gerade wie ein Kartenhaus in sich zusammenfiel. Sie stand abrupt auf und verließ, gefolgt von Herrn Pavlovic, der ihr wie ein Hündchen brav hinterhertrottete, das Vernehmungszimmer.

Ich atmete hörbar aus.

»Das muss schwer für Sie gewesen sein, aber Sie haben das sehr gut gemacht«, lobte mich Dr. Frühling und drückte mir aufmunternd die Hand. »Haben Sie Frau Wangers Gesichtsausdruck gesehen, als ich ihr das mit der Zwillings-DNA erklärt habe?« Er kicherte.

Mir war alles andere als zum Lachen zumute. Ich wollte einfach nur weg von hier. Weg von Frau Wanger und diesem unwirtlichen Ort. Und auch weg von Dr. Frühling, den meine prekäre Situation tatsächlich zu amüsieren schien.

Kurz darauf ging die Tür wieder auf.

»Sie können gehen«, sagte Frau Wanger barsch.

Ich sah sie ungläubig an. »Im Ernst?«

»Im Ernst.« Diese Worte auszusprechen schien ihr alle Willenskraft abzuverlangen. »Vorerst. Es ist mir nicht möglich, eine Anklage zu erwirken, solange ich nicht sicher weiß, wer von Ihnen beiden es getan hat.« Sie sah mich finster an. Wenn Blicke töten könnten, wäre ich tausend Tode gestorben. »Aber seien Sie gewiss, das hier wird ein Nachspiel haben, Frau *Franziska* Pichler, geborene Lechner, oder wie auch immer Sie heißen mögen. Ihre Geschichte ist sehr einfallsreich, das muss ich Ihnen lassen, aber sie hat Lücken. Egal was ich dafür tun muss, ich werde Sie drankriegen. Wir sehen uns bald wieder, darauf können Sie sich verlassen.«

KAPITEL 39

Es war bereits nach elf, als ich das Revier endlich verlassen durfte. Zuerst hatte ich es kaum glauben können, dass sie mich wirklich gehen ließen. Erst als ich mich allein auf der Straße wiederfand, fühlte es sich real an.

Ich war noch nie so kraftlos gewesen. Ich konnte mir nur noch vorstellen, nach Hause zu fahren und mir die Decke über den Kopf zu ziehen. Aber es war nur eine Frage der Zeit, bis die Polizei wieder bei mir auftauchen würde, das hatte Frau Wanger unmissverständlich klargemacht. Es war schon zu spät, um Max aufzusuchen, doch es gab da noch etwas anderes, das ich überprüfen wollte, und dafür war die späte Stunde genau richtig.

Das Rascheln von Laken drang durch die offene Tür, als ich durch den Flur ins Schlafzimmer tappte. Konstantin lag auf dem Bett, die Tagesdecke war heruntergefallen und lag zerknüllt auf dem Boden. Normalerweise schlief er nicht sehr tief, doch jetzt ging sein Atem langsam und gleichmäßig. Sein Brustkorb hob und senkte sich in beständigem Rhythmus. Die Uhr auf dem Nachttisch zeigte 23.55 Uhr.

Perfekt.

Ich wandte mich ab und schlich auf Zehenspitzen wieder nach unten. Dann schnappte ich mir Konstantins Schlüsselbund aus seiner Sakkotasche, die über dem Küchenstuhl hing, holte die Taschenlampe aus der Abstellkammer und verließ das Haus.

Als ich die Funkfernbedienung betätigte, leuchteten die Scheinwerfer von Konstantins BMW auf. Schnurstracks lief ich auf ihn zu und setzte mich hinters Steuer.

Ich ließ den Motor an, lenkte den Wagen auf die Hauptstraße und ging in Gedanken noch einmal die Ereignisse der letzten Tage durch. Während ich darauf gewartet hatte, dass Dr. Frühling die Formalitäten mit Frau Wanger klärte, war es mir plötzlich wie Schuppen von den Augen gefallen.

Als ich Konstantin von Amelies und meinem Rollentausch erzählt hatte, war mir etwas an seiner Reaktion seltsam vorgekommen. Aber ich war viel zu sehr mit meinen eigenen Emotionen beschäftigt gewesen, viel zu verzweifelt und enttäuscht darüber, dass er mir nicht glaubte, um zu erkennen, was es war. Aber jetzt, jetzt sah ich es klar und deutlich vor mir.

Konstantin war wütend geworden. Regelrecht rasend vor Zorn war er gewesen. Er hatte mich ausgelacht und mich mit allen möglichen Beschimpfungen überhäuft. Aber er war nicht *überrascht* gewesen. Oder bestürzt. Er hatte keine Spur von Trauer gezeigt, obwohl ich ihm doch gerade gesagt hatte, dass seine Frau tot war. Die Reaktion von Dr. Frühling und den Polizisten hingegen war völlig anders ausgefallen, und sie war beide Male gleich gewesen: Überraschung, gepaart mit Unglauben.

Und das konnte nur zweierlei bedeuten.

Eine Möglichkeit war, dass Konstantin es tatsächlich für ausgeschlossen hielt, dass er die vergangenen Wochen mit der falschen Frau verbracht und dies nicht bemerkt hatte. Mein Bauchgefühl sagte mir jedoch etwas anderes.

Es war noch gar nicht so lange her, da hatte Konstantin beteuert, wie sehr er mich – Amelie – liebte. Da hatte er mir noch versichert, dass wir all das zusammen durchstehen würden. Wie war es möglich, dass er mich da auf einmal fallen ließ? Mich den Wölfen praktisch zum Fraß vorwarf? Was hatte er noch gleich gesagt?

»Wenn du auch nur einen Funken Anstand im Leib hättest, würdest du dich stellen.«

Mir wurde kalt ums Herz, denn das brachte mich zu der zweiten, viel schlimmeren Erklärung für sein rückgratloses Verhalten.

Konstantin hatte es bereits gewusst. Er hatte längst gewusst, dass ich nicht Amelie war. Meine Schwester musste ihm von dem Rollentausch erzählt haben. Vermutlich steckten sie sogar unter einer Decke.

Denn noch etwas anderes war mir wieder eingefallen. Eine Bemerkung, die Konstantin kurz nach unserer Rückkehr aus Zell am See gemacht hatte. Er war so darauf erpicht gewesen, mich abzulenken und mir Gründe dafür zu nennen, warum meine Schwester sich umgebracht haben könnte, dass er nicht gemerkt hatte, welch dummer Fehler ihm dabei unterlaufen war.

»Dieser Kerl von ihrer Arbeit, der sich von ihr getrennt hat … Florian oder so ähnlich. Vielleicht hat sie es ja deswegen getan. Aus Liebeskummer.«

Nur dass ich Flos Namen Konstantin gegenüber nie erwähnt hatte. Das wusste ich ganz genau.

Die Behörden gingen davon aus, dass sie in den See geschleudert und abgetrieben worden war. Aber was, wenn das nicht stimmte?

Ich erinnerte mich an das Gefühl, das mich beschlichen hatte, als ich von Amelies angeblichem Selbstmord erfahren hatte, an meinen Instinkt, der mir gesagt hatte, dass meine Zwillingsschwester nicht tot sein konnte. Und vermutlich war sie das auch gar nicht. Sie musste das alles geplant haben. Das war die einzige logische Erklärung. Und inzwischen glaubte ich auch zu wissen, warum.

Der Firmenparkplatz war leer. Ich parkte direkt neben dem Eingang und stieg aus. Die Zacken von Konstantins Schlüsseln schnitten mir in die Handflächen, als ich die letzten Meter rennend zurücklegte.

Das Büro von Konstantins Unternehmen lag im dritten Stock. Ich wagte nicht, das Licht anzumachen, und schlich im Dunkeln die Treppe hinauf. Ziemlich außer Atem erreichte ich das richtige Stockwerk, und meine Hand schlug zitternd gegen die Tür, als ich den Schlüssel ins Schloss steckte. Er passte. Natürlich passte er. Der Türknauf drehte sich und der Riegel ließ sich mühelos zur Seite schieben. Mein ganzer Körper kribbelte vor Aufregung, als ich eintrat.

Ich sollte nicht hier sein.

Angestrengt lauschte ich in die Stille. Aber außer mir war niemand da. Ich war allein.

Schließlich wagte ich es, die Taschenlampe anzuschalten, hielt sie aber nach unten und weg von den Fenstern.

Die Büros waren nicht groß. Neben einer Kaffeeküche gab es einen Besprechungsraum und mehrere kleinere Räume, in denen offenbar die Schreibtische der Mitarbeiter untergebracht waren. Ich inspizierte die Namensschilder an den Türen und fand Konstantins Büro als letztes in der Reihe.

Unschlüssig sah ich mich um. Wo sollte ich anfangen?

Ich entschied mich für die Schreibtischschubladen. Die Taschenlampe klemmte ich mir zwischen die Zähne. Sie schmeckte kalt und metallisch. Auf den ersten Blick befand sich nichts Ungewöhnliches in den Schubladen. Ich wühlte mich durch ein Sammelsurium von Notizblöcken, Stiften und Visitenkarten. Und ich fand eine angebrochene Schachtel Zigaretten. Ich hatte keine Ahnung gehabt, dass Konstantin wieder rauchte. Noch etwas, das ich nicht über ihn gewusst hatte.

Mein Blick fiel auf einen Stapel Rechnungen, die ich rasch durchsah. Hauptsächlich Tankstellenquittungen, Restaurantrechnungen und Belege für Flughafentransfers.

Dann hielt ich inne, blätterte zurück. Ich nahm die Taschenlampe aus dem Mund und leuchtete genauer hin. Mein Puls beschleunigte sich, als mein Blick auf die Adresse fiel, die oben auf der Hotelrechnung stand. Buenos Aires.

Was zum Teufel hatte Konstantin in Argentinien gewollt?

Dem Datum zufolge musste er erst vor Kurzem dort gewesen sein. Ich rechnete nach und spürte, wie mir mulmig wurde. Konstantin war überhaupt nicht in der Schweiz gewesen, wie Amelie und er mir gegenüber behauptet hatten, sondern in Buenos Aires. *Noch eine Lüge.* Wieso war ich überhaupt noch überrascht?

Mit finsterer Miene schob ich die Schubladen wieder zu.

Als Nächstes kam der Aktenschrank an die Reihe. Immobilienprospekte und Architektenentwürfe.

Komm schon, Zissy. Denk nach!

Mein Blick fiel auf das Bild an der gegenüberliegenden Wand, ein Landschaftsgemälde, das den Schlosspark Schönbrunn zeigte, und meine Miene hellte sich jäh auf. Natürlich, der Safe! Amelie hatte einmal erwähnt, dass Konstantin wichtige Dokumente und Wertgegenstände lieber in einem Safe im Büro aufbewahrte, da es in der Villa unseres Vaters keinen gab. Wenn mich meine Erinnerung nicht trog, musste er sich hinter diesem Gemälde befinden.

Ganz langsam durchquerte ich den Raum und betrachtete es genauer. Bei näherem Hinsehen entdeckte ich an der rechten Seite ein winziges Scharnier. Ich zog daran und das Bild ließ sich widerstandslos wegklappen. *Na bitte.*

Der Wandtresor, der dahinter zum Vorschein kam, war nicht groß, maß nur etwa dreißig mal vierzig Zentimeter. Auf der einen Seite befand sich ein winziges Schlüsselloch.

Ich zog Konstantins Schlüsselbund heraus und schüttelte ihn. Ein Schlüssel aus Messing fiel mir ins Auge. Der Größe nach musste er passen. Und tatsächlich, mit einem Klicken sprang der Safe auf, als ich den Schlüssel in die Öffnung steckte und drehte. Der Blick ins Innere war frei.

Ich leuchtete mit der Taschenlampe auf einen dicken Umschlag, der unter einem altmodischen Handy und dem dazugehörigen Ladekabel hervorlugte. Eines dieser einfachen Dinger, die man für dreißig Euro in jedem Elektrogeschäft kaufen konnte. Ein Wegwerfhandy. Dazu mehrere teure Armbanduhren.

Wozu braucht Konstantin ein zweites Telefon? Und warum bewahrt er es hier auf?

Ich nahm alles bis auf die Uhren aus dem Safe und ging zurück zum Schreibtisch, wo ich die Sachen ausbreitete. Nachdenklich nahm ich das Billighandy in die Hand. Der Anblick des Gerätes weckte irgendwelche Erinnerungen in mir. Ich betrachtete das Ladekabel genauer, und da fiel es mir wieder ein. Das Kabel unter dem Bett in meinem Schlafzimmer – es war exakt das gleiche gewesen.

Zufall? Wohl kaum. Ich glaubte schon lange nicht mehr an Zufälle.

Meine Hände zitterten unkontrolliert, als ich den Einschaltknopf drückte und wartete. Kurz darauf leuchtete das Display auf und die Menüleiste erschien. Es war nicht einmal passwortgeschützt. Aber wozu auch, wenn Konstantin es in einem verschlossenen Safe in seinem Büro aufbewahrte?

Ich brauchte einige Zeit, bis ich mich in dem altmodischen Menü zurechtfand, und dann klickte ich mich durch die Kontakte und die Anrufliste. Die war nicht lang, und es war immer dieselbe Nummer. Ich musste keine Hellseherin sein, um zu wissen, wessen Nummer das war.

In mir krümmte sich alles zusammen. Ich spürte, wie mir die Tränen von den Wangen übers Kinn liefen, bevor sie auf das dunkle Holz von Konstantins Schreibtisch fielen. Mein schlimmster Verdacht hatte sich soeben bestätigt. Ich schluchzte laut auf.

Warum nur, Amelie?

Wieder tauchten Bilder vor meinem inneren Auge auf. In schneller Folge zogen sie vorbei, ein Wirbelwind aus Farben und glücklichen Erinnerungen. An Kindergeburtstage und Faschingspartys. Zwei Mädchen mit langen Zöpfen und Schleifen im Haar, die einander glichen wie ein Ei dem anderen.

Wir sind eins.

Und das waren wir. Bis die Männer in unser Leben getreten waren und das Band zwischen uns Risse bekommen hatte.

Max. Ben. Konstantin.

Ich wusste nicht, wie lange ich so dagesessen hatte, aber ich blickte erst wieder auf, als am Horizont ein Lichtschein auftauchte, der durch das Fenster fiel.

Himmel, ist es wirklich schon so spät?

Resolut wischte ich mir mit dem Handrücken über die Nase und versuchte, mich zu sammeln. Ich musste mich beeilen, musste von hier verschwunden sein, bevor um sieben Uhr die Putzkolonne kam. Oder – noch schlimmer – Konstantin.

Mit einem schweren Seufzer griff ich nach dem Umschlag. Mir graute davor, was ich darin finden würde, aber meine schlimmsten Vermutungen wurden noch übertroffen.

Es waren Buchungsbelege für drei Flugtickets. Nach Argentinien. Und ein Reisepass mit meinem Foto und einem fremden Namen.

KAPITEL 40

»Amelie?«

Konstantin saß vollständig angezogen auf der Bettkante. Obwohl ich ihm den Rücken zugewandt hatte, spürte ich seinen Blick in meinem Nacken, ein unangenehmes Kribbeln, das meinen Puls in die Höhe trieb. Ich gab einen schlaftrunkenen Laut von mir und presste die Lider fester zusammen.

Geh weg! Bitte, lass mich zufrieden.

Doch Konstantin ließ nicht locker.

»Komm schon, Amelie. Ich weiß, dass du wach bist. Denkst du nicht, wir sollten darüber reden?«

Er streckte die Hand aus, und als er mich an der Schulter berührte, empfand ich nur Ekel. Mit einem Ruck schlug ich die Decke zurück und schwang die Beine aus dem Bett.

»Ich wüsste nicht, worüber.«

Ohne ihn eines Blickes zu würdigen, ging ich hinüber zur Kommode, schnappte mir ein frisches T-Shirt und dazu passende Shorts und ging ins Bad.

Konstantin folgte mir.

»Ich verstehe ja, dass du sauer bist«, sagte er. »Was ich da zu dir gesagt habe – das war ziemlich daneben. Natürlich hast du Nicky nicht getötet, und ich bin sicher, dass die Polizei das früher oder später herausfinden wird. Nur als du dann mit Franziska angefangen hast … da sind mir wohl die Nerven durchgegangen.« Er senkte betreten den Kopf. »Trotzdem, ich hätte dich nicht so anschreien dürfen. Bitte verzeih mir.«

Er lehnte im Türrahmen und sah zu, wie ich Zahnpasta auf meine Zahnbürste drückte, während er vergeblich darauf wartete, dass ich etwas sagte. Was ich nicht tat. All die Gespräche der letzten Wochen, all die heuchlerischen Liebesbeteuerungen und nun seine halbherzige Entschuldigung: nichts als eine Farce. Und das wussten wir beide. Nur schien er an dieser teuflischen Scharade eisern festhalten zu wollen.

Nun, das konnte er haben.

»Ich wollte dir das schon gestern Abend sagen. Mich entschuldigen, meine ich. Aber du warst nicht da.«

Wortlos putzte ich weiter meine Zähne. Ich wagte es immer noch nicht, ihn direkt anzuschauen, aus Angst, er würde die Wut und die Enttäuschung in meinen Augen sehen. Und dann würde er Bescheid wissen. Meine Gedanken wanderten zu dem Pass und den Buchungsbestätigungen, die ich ganz hinten zwischen meinen Socken versteckt hatte, bevor ich ins Bett geschlüpft war. Das Prepaidhandy steckte noch in meiner Handtasche. Ich fragte mich, wie lange es wohl dauern würde, bis ihm auffiel, dass diese Dinge fehlten.

Plötzlich stand Konstantin neben mir und berührte mich an der Wange.

Ich wich zurück und sah ihn an. »Was ist?«

»Ich … nichts.« Er ließ die Hand wieder sinken, ohne den Blick von mir abzuwenden, und auf einmal wirkte er schrecklich niedergeschlagen. »Du siehst nur so … erschöpft aus«, sagte er dann. »Hast du überhaupt geschlafen?«

Die Besorgnis in Konstantins Stimme klang täuschend echt. Seine schauspielerische Leistung war oscarreif, das musste man ihm lassen.

»Nicht wirklich.«

Zumindest das war keine Lüge.

Ich konnte seine Nähe nicht ertragen, also ging ich einen Schritt von ihm weg, hin zum Waschbecken. Ich spuckte aus und legte die Zahnbürste weg. Dann ging ich zur Dusche und stellte sie an.

»Vielleicht solltest du deswegen zum Arzt gehen«, fuhr Konstantin fort. »Das geht jetzt schon seit Wochen so. Erst Franziska, dann die Sache mit Nicky … Das ist alles gerade ein bisschen viel. Du könntest etwas nehmen, was dir hilft. Ein Beruhigungsmittel oder ein leichtes Schlafmittel. Ich kann dich zum Arzt begleiten, wenn du willst.«

Beinahe hätte ich laut gelacht. *Das könnte dir so passen!*, dachte ich. Damit er mich in die Psychiatrie einweisen lassen und meine Glaubwürdigkeit endgültig untergraben konnte.

»Nicht nötig, danke. Mir geht es gut.«

Langsam breitete sich der Dampf aus, doch noch zögerte ich, mich auszuziehen. Seine Anwesenheit im Raum störte mich, und ich hielt instinktiv den Atem an.

Bitte, hau endlich ab, flehte ich ihn in Gedanken an, *bevor ich mich selbst vergesse und Dinge sage, die ich später bereue. Hör auf, Fragen zu stellen, und geh!*

»Gibt es denn schon was Neues von der Polizei? Die müssten mit dem Audi doch längst fertig sein, oder?«

»Hör zu, Konstantin«, knurrte ich mit mühsam beherrschter Stimme. »Ich kann das jetzt wirklich nicht. Nur so viel: Ich habe mir einen Anwalt genommen und er glaubt, dass er mich aus der Sache rausboxen kann. Du hast es selbst gesagt: Ich war das nicht, und Frau Wanger wird das auch einsehen müssen. Also alles gut.«

»Amelie, das sind ja großartige Neuigkeiten! Wieso hast du das nicht gleich gesagt?«

Ich zuckte nur die Schultern und griff nach einem Handtuch. »Ist sonst noch was? Wenn nicht, wäre ich dir dankbar, wenn du jetzt gehst. Ich möchte duschen. Allein!«

Konstantin sah mich lange an. »Ich weiß, der Zeitpunkt ist denkbar schlecht. Aber irgendwann müssen wir darüber reden, Amelie. Über das, was passiert ist. Und über uns.«

Er sah mich an, als hoffe er, dass ich noch etwas dazu sagen würde. Schließlich ließ er langsam die Schultern sinken.

»Okay. Ich fahr dann mal zur Arbeit«, murmelte er. »Ruf mich an, wenn du etwas brauchst.«

Mit einem letzten Blick zurück verließ er das Badezimmer. Kurz darauf hörte ich die Haustür ins Schloss fallen.

Ich atmete auf.

Endlich!

Nachdem ich geduscht und mich angezogen hatte, ging ich hinunter in die Küche, um mir einen Kaffee zu machen. Mit der Tasse in der Hand lief ich zum Fenster. Ein Gewitter war aufgezogen und es regnete in Strömen. Alles, was ich hörte, war der Regen auf dem Dach, der Wind, der an den Fensterläden rüttelte, und fernes Donnergrollen.

Ich kaute an meinem Daumennagel. Während es draußen stürmte, baute sich auch in mir etwas auf und ein beklemmendes Gefühl breitete sich in mir aus. Das Gefühl, dass etwas passieren würde. Etwas Schlimmes.

Auch wenn ich es nicht wahrhaben wollte – Amelie hatte Nicky umgebracht, eine andere Erklärung gab es nicht. Oder zumindest die Leiche beiseitegeschafft, aus welchem Grund auch immer. Amelie war nicht dumm, ihr musste klar gewesen sein, dass man sie früher oder später deswegen drankriegen würde. Also hatten Konstantin und sie den Plan mit dem Rollentausch ausgeheckt. Amelie hatte ihren Tod vorgetäuscht, um Zeit zu gewinnen, bis Konstantin ihr den gefälschten Pass besorgt hatte, mit dem sie unbemerkt das Land verlassen konnte.

Buenos Aires, Argentinien.

Amelies Flug ging schon morgen. Konstantin und Karl würden ihr wenige Wochen später folgen. Was auch immer ich jetzt zu tun gedachte, mir blieben dafür nur noch ein paar Stunden. Sechsundzwanzig, um genau zu sein.

Ich fragte mich, wie Konstantins Pläne aussehen mochten. Würde er sich von »Amelie« scheiden lassen wollen, nachdem sie des Mordes an Nicky angeklagt worden wäre? War unser Gespräch eben vielleicht schon der erste Schritt in diese Richtung gewesen?

»Irgendwann müssen wir darüber reden, Amelie. Über das, was passiert ist. Und über uns.«

Ich biss die Zähne zusammen. Amelie hatte mich auf das Schändlichste verraten. Es hatte keinen Zweck, das noch länger zu leugnen. Der Schmerz, der mich bei diesem Gedanken erfüllte, war mehr, als ich ertragen konnte.

Aber warum? Warum tat sie mir das an? Ich war doch ihre Schwester, Herrgott noch mal, ihr Zwilling!

Doch im Grunde kannte ich die Antwort bereits.

Aus Rache. Wegen Ben.

Ich trank den letzten Schluck Kaffee, der längst kalt geworden war, dann stellte ich die Tasse in die Spüle und wandte mich zum Gehen. Ich nahm einen Schirm aus dem Ständer neben der Garderobe und wagte mich hinaus.

Heftige Kopfschmerzen pochten hinter meinen Schläfen, als ich mich im Sturm durch den Garten kämpfte.

»Unsere Familie hat Leichen im Keller. Buchstäblich. Es gibt da einige Dinge, von denen du nichts weißt. Bitte, Lilly, grab nicht weiter! Schlafende Hunde soll man nicht wecken.«

Ich erschauerte. Denn genau das hatte ich vor. Die Hunde wecken, die in unserem Keller schliefen, besser gesagt, unter unserer Gartenhütte.

Ich erreichte die Tür und riss sie auf. Inzwischen war ich nass bis auf die Haut. Mein Blick glitt über den frisch betonierten Boden, die sorgsam aufgebauten Schränke.

Ist er hier? Hat Papa ihn hierhergebracht?

Bilder liefen in rasantem Tempo vor meinem inneren Auge ab. An dem Wochenende, an dem Ben starb, hatte Papa den Boden verlegen wollen. Aber er war noch nicht fertig gewesen. So musste es gewesen sein. Alles passte zusammen. Konstantin und Amelie hatten die Gartenhütte umgebaut und dabei mussten sie Ben gefunden haben. Jedenfalls das, was von ihm noch übrig war. Amelie – sie wusste Bescheid.

Wieder sah ich ihn vor mir: Ben. Das Entsetzen auf seinem Gesicht, als er das Gleichgewicht verlor und den Abhang hinunterstürzte.

Ich sank wimmernd zu Boden.

Gott war mein Zeuge – ich hatte nicht gewollt, dass das passierte! Aber ich hatte das alles nur für sie getan, für Amelie. Und war es nicht das, was Mama mir aufgetragen hatte, bevor sie starb? Dass ich auf sie aufpassen sollte? Wir waren doch erst siebzehn gewesen, praktisch noch Kinder. Ben hatte keine Ahnung gehabt, was es bedeutete, Vater zu werden. Und früher oder später wäre er unter der Last der Verantwortung zusammengebrochen, da war ich mir sicher gewesen. Und doch … Wenn ich heute noch einmal in derselben Situation wäre – würde ich wieder genauso handeln?

Ich hatte Papa vertraut, als er gesagt hatte, dass er sich darum kümmern würde, dass er dafür sorgen würde, dass Bens Leiche nie gefunden werden würde. Ich hatte keine Ahnung gehabt, wie er das bewerkstelligen wollte, hatte ihn nie danach gefragt.

Der Schmerz in meinem Kopf wurde noch stärker und trieb mir die Tränen in die Augen. Mein Vater war krank, er hatte nicht mitbekommen, dass er im Begriff gewesen war, alles zu verraten. Aber ich spürte ihn, den Luftzug, der mir um die Ohren blies, während ich taumelnd in die Tiefe stürzte. Ich befand mich schon lange im freien Fall.

Als ich mich endlich vom Boden erhob, kam mir ein Gedanke. Es war eine dumme Idee, möglicherweise die dümmste Idee überhaupt, aber ich schaffte es nicht, sie mir aus dem Kopf zu schlagen.

Max. Ich musste mit Max sprechen. Herausfinden, wie viel er wusste, bevor es zu spät war. Und dann … Ich hatte keine Ahnung, was dann.

Ich rief mir ein Taxi, und die Fahrt durch den morgendlichen Berufsverkehr dauerte eine halbe Ewigkeit. Als wir endlich ankamen, reichte ich dem Taxifahrer wortlos einen Geldschein nach vorne und sprang aus dem Wagen, ohne auf das Wechselgeld zu warten.

Mit klammen Händen drückte ich auf den Klingelknopf. Wartete. Einige quälende Minuten lang passierte gar nichts. Vielleicht war die Klingel kaputt, oder es war niemand zu Hause. Gerade als ich aufgeben und wieder gehen wollte, wurde die Haustür geöffnet und eine Frau mit einem angeleinten Dackel kam heraus. Ich nickte ihr zu und schlüpfte ins Haus.

Max' Mutter wohnte in der Nummer 3 im ersten Stock. Einen Aufzug gab es nicht. Während ich die Stufen hinaufstieg, überlegte ich, wie ich das Gespräch am besten einleiten könnte. Sobald Max merkte, dass ich nicht Amelie war, würde er dichtmachen, das war klar. Ich musste extrem behutsam vorgehen.

Im richtigen Stockwerk angekommen, drückte ich auf die Klingel. Aus dem Inneren der Wohnung hörte ich die Türglocke, gefolgt von schleppenden Schritten, die sich näherten. Dann öffnete sich die Tür einen Spaltbreit.

»Hallo?«

Eine gebrechlich aussehende Frau war erschienen. Mit ihrem von der Arthrose gekrümmten Rücken reichte sie mir gerade einmal bis zur Brust.

»Guten Morgen, Frau Flemming«, sagte ich und setzte ein, wie ich hoffte, gewinnendes Lächeln auf. »Schön, Sie zu sehen. Es ist ja schon eine Weile her. Wie geht es Ihnen?«

Die Alte musterte mich von Kopf bis Fuß, erwiderte mein Lächeln aber nicht. »Was willst du hier, Amelie?«

Anscheinend war die Freude allein auf meiner Seite.

»Ich würde gerne mit Ihrem Sohn sprechen«, sagte ich. »Ist Max zu Hause?«

Frau Flemming schürzte die Lippen. »Einen Augenblick.« Ohne die Kette zu lösen, kehrte sie mir den Rücken zu und rief: »Max? Komm doch mal bitte. Hier ist Besuch für dich.«

»Für mich? Wer ist es denn?«

Wieder hörte ich Schritte, dann tauchte Max hinter seiner Mutter auf. Seine Augen weiteten sich, als er mich sah. »Amelie! Du – hier?«

Ich nickte beklommen. »Tut mir leid, dass ich einfach unangemeldet hier auftauche, aber … können wir reden?« Mit einem Seitenblick auf Frau Flemming fügte ich hinzu: »Alleine?«

»Klar, sicher.«

Max nahm seinen Schlüssel vom Haken neben der Tür und drückte dann beruhigend den Arm seiner Mutter, die gerade zum Sprechen ansetzte. »Ist schon gut, Mama. Ich bin gleich wieder da.«

Schweigend folgte er mir die Treppe hinunter auf die Straße. Erst als wir einige Meter vom Haus entfernt in einem Hauseingang standen, hielt er inne.

»Jetzt sag schon, Amelie, was ist denn los? Du siehst aus, als hättest du ein Gespenst gesehen.« Er sah mich besorgt an. »Ist es wegen Nicky? Ich fasse nicht, dass die tatsächlich glauben, du wärst das gewesen. Was für ein Unsinn.«

»Ja«, sagte ich, »das mit Nicky ist echt schlimm, aber deshalb bin ich nicht hier.«

Ich blickte über meine Schulter, aber die Straße war leer. Kein Mensch weit und breit.

»Hör zu, Max, ich weiß, dass ich in letzter Zeit nicht besonders nett zu dir war. Du wolltest mir helfen und ich habe dich weggestoßen. Bitte verzeih mir!«

Er zuckte die Achseln, aber ich bemerkte, wie sein Gesichtsausdruck weicher wurde. »Du hattest viel um die Ohren.«

»Das mag sein. Aber du sollst wissen, dass es mir leidtut. Du warst mir ein guter Freund, als ich einen brauchte, und so geht man nicht mit Freunden um.«

»Schon verziehen.«

»Danke.« Ich hielt einen Augenblick inne und sagte dann betont beiläufig: »Da wäre noch etwas, was ich dich fragen möchte. Unser Telefonat neulich – nun … ich … ich bin mir nicht sicher, ob ich richtig verstanden habe, was du mir sagen wolltest.«

Max zog die Augenbrauen hoch. »Was meinst du denn?«

Zu vage.

Noch einmal sah ich mich um, holte tief Luft und setzte alles auf eine Karte. »Was du da gesagt hast … Da ging es um Ben, nicht wahr?«

Max presste die Lippen zusammen und schwieg. Aber sein Blick sagte mehr als Worte. Ich spürte, wie sich mein Herzschlag beschleunigte.

Es stimmt also. Verdammt!

»Es tut mir so leid, Amelie. Ich hätte es dir vermutlich schon viel früher erzählen müssen, was deine Schwester getan hat. Aber dein Vater, er …« Er brach ab und vergrub stöhnend das Gesicht in den Händen.

»Er hat euch die Wohnung überschrieben«, beendete ich den Satz für ihn. »Als Gegenleistung für dein Schweigen. So ist es doch, oder?«

Max senkte den Kopf, sagte aber nichts. Das war auch nicht nötig.

»Weißt du, wo er … jetzt ist?«, brachte ich mühsam hervor. »Wo sie ihn hingebracht haben?«

»Nein, tut mir leid.«

Max sah auf einmal furchtbar unglücklich aus, und ich streckte die Hand aus, drückte mitfühlend seinen Arm. »Ist schon gut, Max. Wirklich. Danke, dass du es mir gesagt hast.«

Bevor er noch etwas erwidern konnte, wandte ich mich um und ging.

KAPITEL 41

Der Regen war stärker geworden. Ich umklammerte den Schirm fest mit einer Hand, schlug mit der anderen den Kragen meiner Jacke hoch und lief los. Ein paar Minuten irrte ich ziellos durch die Straßen auf der Suche nach einem Taxi, als mir ein Café ins Auge fiel. Klein und schmuddelig, aber trocken. Das gab schließlich den Ausschlag.

Ich stieß die Tür auf und stolperte hinein. Der Duft von frischen Semmeln wehte mir entgegen. Ich atmete ihn tief ein und ließ mich von der Wärme umfangen, die zurück in meinen Körper strömte. Ich war der einzige Gast im Raum.

»Was für ein Mistwetter, nicht wahr?«, sagte die Bedienung und hob zur Begrüßung kurz die Hand. »Das war's dann wohl mit dem Sommer. Na egal. Was darf ich Ihnen bringen, meine Liebe?«

»Einen Kaffee, bitte«, sagte ich. »Schwarz, ohne Zucker.«

Ich schüttelte die Wassertropfen von meiner Jacke und setzte mich in eine Fensternische neben dem Eingang. Gedankenverloren starrte ich nach draußen, sah zu, wie dicke Regentropfen gegen die Scheiben prasselten und wie der Wind an den Ästen der Bäume auf der anderen Straßenseite zerrte.

Die Reaktion von Max gerade eben hatte meine schlimmsten Befürchtungen bestätigt. Bei Amelies letztem Telefonat mit ihm war es also tatsächlich um Ben gegangen. Ich schüttelte den Kopf. Kein Wunder, dass er die ganze Zeit so aus dem Häuschen gewesen war.

Seufzend nahm ich einen Schluck von dem Kaffee, den mir die Bedienung hingestellt hatte. Er war sehr dünn, aber er wärmte. Dass Max wusste, was damals mit Ben passiert war, war schlimm, aber im Moment war das nicht mein drängendstes Problem. Viel wichtiger war die Frage: *Was jetzt?*

Sollte ich zurück zum Revier fahren und Frau Wanger alles erzählen? Ich könnte ihr den gefälschten Reisepass und die Buchungsbestätigungen zeigen, die ich in Konstantins Safe gefunden hatte, und ihr brühwarm erzählen, was ich herausgefunden hatte – dass Amelie oder Konstantin oder beide zusammen Nicky getötet hatten und nun versuchten, mir den Mord anzuhängen.

Doch diesen Gedanken verwarf ich gleich wieder. Es war unschwer, mir auszumalen, was dann geschehen würde. Frau Wanger würde schnurstracks zu Konstantin fahren und ihn befragen, und natürlich würde er alles abstreiten. Er würde behaupten, dass ich mir das alles nur ausgedacht und ich selbst den falschen Ausweis besorgt hätte, um das Land zu verlassen und mich einer Anklage zu entziehen. Es würde Aussage gegen Aussage stehen – im besten Fall. Außerdem hatte ich keine Ahnung, ob Konstantin auch ohne Prepaidhandy in der Lage war, mit Amelie in Kontakt zu treten. Wenn ja, dann würde er sie warnen. Alles wäre verloren. Amelie wäre endgültig untergetaucht, bevor ich bis drei zählen konnte.

Alternativ könnte ich mich heute Nacht, wenn alle weg waren, noch einmal in Konstantins Büro schleichen, die Sachen zurück in den Safe legen und Amelie morgen am Flughafen auflauern. Aber was, wenn mir das nicht gelang? Wenn die Polizei in der Zwischenzeit auf neue Beweise stieß und mich wieder festnahm? Was, wenn Amelie mir entwischte? Dieses Risiko konnte ich auf keinen Fall eingehen.

Und natürlich gab es noch eine dritte Option: den Pass nehmen, mir ein Ticket nach Timbuktu oder sonst wohin kaufen und verschwinden. Irgendwo weit weg von hier ein neues Leben beginnen. Ich lächelte, als ich mich für einen Moment dieser Vorstellung hingab. Ich sah mich selbst an einem weißen Sandstrand liegen, einen riesigen Sonnenhut im Gesicht, ein Cocktailglas mit bunten Früchten in der Hand. Doch die Bilder vor meinem inneren Auge verblassten und mein Lächeln erstarb.

Aufzuhören Franziska Pichler zu sein und zu Amelie Lechner zu werden, war die eine Sache. Den Rest meines Lebens auf der Flucht zu sein, eine ganz andere. Außerdem würde das bedeuten, dass ich Karl nie wiedersehen würde. Und Papa auch nicht. Wir hatten uns zwar nie wirklich nahegestanden, aber gleich beide Töchter zu verlieren – das konnte ich ihm unmöglich antun.

Entschieden schüttelte ich den Kopf. Nein, ich würde nicht fliehen. Ich hatte viele schlechte Eigenschaften, aber Feigheit gehörte nicht dazu. Es musste noch einen anderen Weg geben.

Ich rief mir noch einmal ins Gedächtnis, was der Anwalt gestern gesagt hatte, ehe wir das Polizeirevier verlassen hatten.

»Ich glaube, Ihre Chancen stehen nicht schlecht. Ich weiß nicht, was Frau Wanger sonst noch in der Pipeline hat, aber wir werden schon damit fertigwerden. Sie haben Ihre Sache gut gemacht, jetzt müssen Sie nur noch ein wenig durchhalten. Dann ist alles vorbei.«

Ich schüttelte den Kopf, denn er irrte sich. Frau Wanger würde nicht eher ruhen, bis ich hinter Gittern saß, wo ich ihrer Meinung nach hingehörte. Solange sie Amelie nicht gefunden hatten – tot oder lebendig –, würde die Polizei Jagd auf mich machen, das sagte mir mein Instinkt. Mir lief die Zeit davon. Außerdem hatte ich keine Ahnung, wann und wo sich Konstantin und Amelie zur Übergabe des gefälschten Ausweises treffen wollten und wie Konstantin reagieren würde, wenn er merkte, dass sich jemand an seinem Safe zu schaffen gemacht hatte. Ich schnappte nach Luft. *Oder ist das womöglich längst geschehen?*

Ich zog mein Handy aus der Tasche und suchte die Nummer von Konstantins Büro heraus. Die Festnetznummer der Sekretärin.

Das Telefonat dauerte nur kurz. Ich erfuhr, dass Konstantin noch nicht da gewesen war und den ganzen Tag auf verschiedenen Baustellen zu tun hatte. Erleichtert legte ich auf.

Immerhin etwas.

Ich steckte das iPhone zurück in die Tasche und nahm stattdessen das Prepaidhandy zur Hand. Ich suchte nach irgendwelchen Textnachrichten, die mir in der Nacht entgangen waren, doch es gab keine. Wenn sie überhaupt welche ausgetauscht hatten, musste Konstantin sie sofort gelöscht haben. Aber laut Anrufliste hatten er und Amelie gestern Vormittag das letzte Mal miteinander telefoniert, also wusste sie wahrscheinlich schon, dass ich unseren Pakt gebrochen und gegenüber Konstantin meine wahre Identität offenbart hatte.

Ich beugte mich vor, starrte auf meine Schuhe und versuchte, einen klaren Gedanken zu fassen und einen Ausweg zu finden. Aber wie ich es auch drehte und wendete, es gab nur noch eine Sache, die ich jetzt tun konnte. Ich musste Amelie dazu bringen, sich mit mir zu treffen. Es galt, die Angelegenheit von Angesicht zu Angesicht mit ihr zu klären. Unter Schwestern. Was passiert war, ging nur uns beide etwas an.

Ein grimmiges Lächeln umspielte meine Mundwinkel, während sich in meinem Kopf ein Plan zusammenbraute. Dann fasste ich mir ein Herz und begann, eine Nachricht zu tippen.

KAPITEL 42

Draußen tobte ein Sturm. Ich hörte ein Donnergrollen, und kurz darauf leuchtete ein Blitz auf. Durch die schrägen Dachbodenfenster sah ich den verhangenen Himmel über der Stadt, Unheil bringende Wolken, die sich am Horizont zusammenballten.

Fröstelnd knipste ich die Nachttischlampe an und setzte mich im Bett auf. Meine Augen blieben an der staubigen Scheibe des Spiegelschranks gegenüber hängen und wanderten über das dunkle Haar der Perücke. Irritiert wandte ich den Blick wieder ab. Ich hatte mich immer noch nicht an meinen neuen Look gewöhnt.

Der Raum direkt unter den Dachbalken war weder groß noch luxuriös. Mottenzerfressene Vorhänge, alte Dielen, die beim Gehen knarrten, und eine Dusche im Badezimmer, die weder richtig warm noch kalt wurde. Aber für meine Zwecke war das völlig ausreichend. Das Haus gehörte einer netten, fast blinden Dame in den Siebzigern, die ihren Dachboden gelegentlich an Gäste untervermietete. Für sie war ich Frau Köstner, eine frisch geschiedene Frau auf der Suche nach einer billigen Bleibe.

Mein Blick fiel auf die Reisetasche zu meinen Füßen und ich spürte, wie sich freudige Erregung in mir ausbreitete. Die Sachen darin waren allesamt neu – mehrere Jeans, Shorts und schlichte T-Shirts, die ich vor meinem Ausflug an den Zeller See gekauft hatte. Dazu ein nagelneuer roter Bikini, der viel zu teuer gewesen war. Ich lächelte in mich hinein. Ich konnte es kaum erwarten, endlich von hier wegzukommen. Ich freute mich auf das Wiedersehen mit Karl, auch wenn bis dahin wohl noch ein paar Wochen vergehen würden. Selbst mein Zorn auf Konstantin war allmählich abgeklungen. Ich war wegen der Spielschulden und weil er mich wegen allem so lange im Unklaren gelassen hatte, unglaublich wütend auf ihn gewesen. Doch letztlich hatte ich ihm verziehen.

Gedankenverloren fuhr ich mir mit der Hand über den Ellbogen. Die Schürfwunden an den Armen und Knien, die ich mir beim Sprung aus dem fahrenden Wagen zugezogen hatte, waren endlich verheilt. Ich schüttelte den Kopf. Ich war immer noch überrascht, wie glatt alles gelaufen war.

Es war sicher nicht leicht gewesen, vor Franziska den Ahnungslosen zu spielen, aber soweit ich das beurteilen konnte, hatte Konstantin seine Sache wirklich gut gemacht. Es war ihm sogar gelungen, für einige der Wohnungen, die Papa mir überschrieben hatte, einen Käufer zu finden. Blieb nur noch unser Haus. Aber das hatte Zeit. Fürs Erste hatten wir genug Geld auf dem Offshore-Konto, das ich extra zu diesem Zweck eingerichtet hatte. Weitaus schwieriger war es gewesen, einen gefälschten Ausweis zu besorgen, der der Passkontrolle am Flughafen standhalten würde, aber letztlich war Konstantin auch das gelungen. Wir hatten gestern telefoniert, inzwischen hatte er alles beisammen.

Es war genau so gekommen, wie ich es vermutet hatte – Franziska hatte der Versuchung einfach nicht widerstehen können, in meine Haut zu schlüpfen, mein Leben zu leben und, ja, sogar meinen Mann zu übernehmen. Ich lächelte grimmig. Wie hieß es doch so schön? *Wie man sich bettet, so liegt man.* Inzwischen war es mir egal, ob sie im Gefängnis landete oder nicht. Wenn es so weit wäre, wäre ich längst weg. Konstantin würde die Scheidung einreichen und das war es dann. Und ich würde endlich befreit von ihr sein.

Ich seufzte schwer. Dass Franziska auf Karins Hochzeit mit Konstantin Sex gehabt hatte, hatte mich schwer getroffen, aber womöglich hätte ich ihr eines Tages verzeihen können. Ein Teil von mir hatte sich danach gesehnt. Eine Stimme in meinem Kopf hatte mir gesagt, dass ich ihr nicht ewig böse sein konnte. Und vielleicht hätte ich ihr eines Tages tatsächlich vergeben, wenn ich die Sache mit Ben nicht erfahren hätte.

Wie immer, wenn ich an Ben dachte, schnürte sich mir die Kehle zu. Wir waren nur etwa acht Monate ein Paar gewesen, aber rückblickend war es die glücklichste Zeit meines Lebens gewesen. Bevor ich auf einen Schlag erwachsen werden musste, bevor auf einmal alles anders geworden war.

Damals hatte ich angefangen, mich ganz allmählich von Franziska zu lösen. Ich war fast achtzehn, an der Schwelle zum Erwachsensein, unablässig geplagt von dem Gefühl, ich könnte dort draußen etwas verpassen. Ben verkörperte all das, was ich mir immer erträumt hatte. Wenn er mit seiner Gitarre auf der Bühne stand und mir zulächelte, hatte ich das Gefühl, als spielte er nur für mich. Als wäre ich die einzige Frau im Saal. In seinen Armen hatte ich mich geliebt und geborgen gefühlt wie nie zuvor.

Im Gegensatz zu mir hatte Ben schon früh gemerkt, dass mit meiner Zwillingsschwester etwas nicht stimmte. In der kurzen Zeit, die wir zusammen gewesen waren, hatten wir uns selten gestritten, und wenn, dann wegen ihr. Franziska war von Anfang an gegen unsere Beziehung gewesen, wie überhaupt gegen alles in meinem Leben, was sie nicht miteinschloss.

Im Grunde hatte er mich mit seinem Heiratsantrag vor die Wahl gestellt: *sie oder ich.* Es wäre die Chance gewesen, alles hinter mir zu lassen, wenn ich mit ihm nach Berlin gegangen wäre, das Kind bekommen hätte, das ich unterm Herzen trug, und mit ihm zusammen eine Familie gegründet hätte. Er – oder aber meine Schwester, meine andere Hälfte, meine treue Begleiterin, die mir stets zur Seite gestanden hatte. Ich war schlicht nicht dazu in der Lage gewesen, zwischen ihnen zu wählen.

So war das nun mal als Teenager, bevor man lernte, dass jeder Schritt eine Entscheidung war, selbst das Aufschieben einer Entscheidung. Bevor einem klar wurde, dass man manchmal etwas loslassen musste, wenn man etwas erreichen wollte.

Als Franziska eines Morgens bleich und mit rot unterlaufenen Augen vor meinem Bett stand und mir das Armband hinhielt, das ich Ben geschenkt hatte, wusste ich, dass ich zu lange gewartet hatte. Am Abend zuvor hatte ich mit einer Magenverstimmung im Bett gelegen und keine Ahnung gehabt, dass Franziska sich an meiner Stelle mit Ben verabredet hatte.

Was genau passiert war, konnte ich nur vermuten. Fest stand, ich hatte Ben niemals wiedergesehen. Jahrelang hatte ich ihn dafür gehasst, dass er sich so feige aus dem Staub gemacht hatte, aber jetzt wusste ich, dass ich falschgelegen hatte. Ben hatte mich nicht verlassen, jedenfalls nicht im herkömmlichen Sinne. Er war einfach tot, und ich hatte es die ganze Zeit über nicht gewusst. Er war unter der Gartenhütte, die Papa damals gebaut hatte, verscharrt worden. Franziska, meine eigene Schwester, war für seinen Tod verantwortlich. Und dafür würde sie büßen.

Ich schreckte zusammen, als ich plötzlich ein Piepen hörte. Ich griff nach dem Handy auf dem Nachttisch und warf einen Blick auf die eingegangene Nachricht. Sie musste von Konstantin sein, denn niemand sonst kannte diese Nummer.

Übergabe heute um 16 Uhr. Wir treffen uns dort, wo wir uns zum ersten Mal geküsst haben. Kann es kaum erwarten, dich zu sehen. K.

Ich schüttelte nachdenklich den Kopf. Eigentlich hatten wir uns erst am späten Abend treffen wollen, auf einer Raststätte auf halbem Weg zum Flughafen. Warum diese kurzfristige Planänderung? Kurz entschlossen wählte ich seine Nummer. Es klingelte, aber der Anruf wurde weggedrückt. Kurz darauf kam eine weitere Nachricht.

Bin gerade nicht allein. Können wir später reden? Dann erkläre ich dir alles.

KAPITEL 43

Max

Als ich in die Wohnung zurückkam, war Mama von ihrem Lieblingsplatz vor dem Fernseher in die Küche übergesiedelt. Der Duft ihres Kräutertees lag in der Luft.

»Was wollte Amelie von dir?«

»Nur reden.«

»Und worüber, wenn ich fragen darf?«

Stöhnend setzte ich mich meiner Mutter gegenüber an den Küchentisch und griff nach der Teekanne. »Ich bin mir nicht sicher. Und um ehrlich zu sein, ich mache mir Sorgen um sie. Irgendwie verhält sich Amelie in letzter Zeit seltsam.«

»Also das wundert mich nicht. Du weißt schon, dass sie wahrscheinlich wegen Mordes angeklagt wird? Frau Turm aus dem zweiten Stock hat es mir gestern erzählt.«

»Amelie war das nicht.«

Mama schürzte die Lippen. »Woher willst du das wissen? Die ganze Familie ist doch total verkorkst. Ich habe lange genug für die Pichlers gearbeitet, um das beurteilen zu können. Der Fisch fängt immer am Kopf an zu stinken, und bei denen ist es genauso«, sagte sie und tippte sich vielsagend an die Schläfe. »Halt dich bloß fern von diesem Mädchen!«

»Amelie ist meine *Freundin*«, stieß ich hervor. Meine Kieferknochen mahlten. »Ich werde sie jetzt nicht im Stich lassen. Außerdem ist sie nicht wie die anderen. Sie ist etwas Besonderes. Ein guter Mensch.«

Mamas Gesichtsausdruck wechselte von besorgt zu verärgert. »Deine Besessenheit von diesem Mädchen war schon immer deine größte Schwäche. Ich flehe dich an, Junge, lass Amelie in Ruhe und kümmere dich um deine eigenen Angelegenheiten. Such dir endlich eine Arbeit! Und ein anständiges Mädchen.« Die Enttäuschung in ihrer Stimme war kaum zu überhören. »Wie alt bist du jetzt? Zweiunddreißig? Es wäre wirklich an der Zeit, dass du dir eine Frau suchst. Willst du denn nicht irgendwann mal heiraten und eine Familie gründen?«

Und schon geht es los, dachte ich. *Immer wieder die gleiche Leier.* Ich konnte es nicht mehr hören. Ich biss die Zähne zusammen, drückte mir die Handflächen auf die Ohren. Aber Mama ließ sich nicht beirren. Sie war mal wieder voll in ihrem Element.

»Du bist kaum noch zu Hause, treibst dich den ganzen Tag da draußen rum. Was machst du nur die ganze Zeit? Ist es wegen dieser Amelie? Stellst du ihr etwa wieder nach? Ich schwöre dir, Max, wenn ich …«

Ich stand so abrupt auf, dass die Teetassen auf dem Tisch klirrten. »Ich gehe noch mal raus.«

Mama warf die Arme in die Luft. »Bei dem Wetter?«

Wie zur Bestätigung ihrer Worte war ein klapperndes Geräusch zu hören, als der Wind an den Fensterläden rüttelte.

»Ja«, knurrte ich. »Ich halte das nicht mehr aus! Dein ständiges Gejammer über meine Arbeit, dein Gerede über Enkelkinder – es macht mich krank! Ich bin doch hier. Kannst du nicht einmal zufrieden sein, verdammt noch mal?«

Ohne eine Antwort abzuwarten, verließ ich mit polternden Schritten den Raum und knallte die Wohnungstür hinter mir zu. Erst als ich draußen auf der Straße stand, fühlte ich mich besser.

Unschlüssig, was ich jetzt tun sollte, zog ich mein Handy aus der Tasche und rief die Tracking-App auf, um auf der Karte nach Amelie zu suchen. Sie war nicht weit von hier, hatte anscheinend in einem Café ein paar Gassen weiter Unterschlupf gesucht. Kurz erwog ich, ihr dorthin zu folgen, überlegte es mir dann aber anders.

Es stimmte, was ich zu meiner Mutter gesagt hatte. Amelie verhielt sich wirklich seltsam. Noch seltsamer als vorher. *Fast so, als wäre sie gar nicht sie selbst.*

Ohne zu wissen, wohin ich wollte, zog ich den Kopf ein, stemmte mich gegen den Wind und lief los. Als ich in die Straße einbog, die zu den Weinbergen führte, ging mir dieser Nachmittag noch einmal durch den Kopf. Unser Treffen im Pub vor zwei Wochen. Schon damals hatte ich es gespürt, dieses unbestimmte Gefühl, dass mit Amelie etwas nicht stimmte.

Ich hatte Amelie schon von Weitem erkannt. Sie saß allein an einem Tisch in der Ecke, vor sich ein Glas mit einer durchsichtigen Flüssigkeit. Ich gab dem Barkeeper ein Zeichen, mir dasselbe zu bringen, und setzte mich ihr gegenüber auf die Bank. Beim Anblick ihrer hängenden Schultern lief mir ein kalter Schauer über den Rücken.

»Hi«, sagte ich zaghaft. »Schön, dass du doch noch angerufen hast. Wie geht's dir denn?«

»Gut«, entgegnete sie, obwohl ihr Gesichtsausdruck etwas anderes vermuten ließ. »Wirklich, es ist nichts. Ich bin nur ein bisschen durcheinander. Konstantin und ich, wir machen gerade eine schwere Zeit durch.«

»Oh.«

Besorgt betrachtete ich meine Freundin. Ihre Augen waren vom Weinen gerötet, ihre schönen Haare hingen wirr und zerzaust herab. Keine Spur mehr von der lebenslustigen Frau, die ich noch vor wenigen Tagen über den Gartenzaun hinweg beobachtet hatte. »Darf ich fragen, was …« Ich verstummte, als Amelie abwehrend die Hände hob.

»Bitte nicht. Ich möchte jetzt nicht drüber nachdenken.« Sie sah mich an und lächelte schwach. »Wir haben uns so lange nicht gesehen. Erzähl mir doch was von dir. Bitte, Max, würdest du das für mich tun? Mich ein bisschen ablenken?«

Also tat ich, was sie verlangte. Ich erzählte ihr von meinem Leben in Deutschland, von meinem ehemaligen Job in der Elektronikfirma, von Mamas Schlaganfall. Wir plauderten über unsere Schulzeit, über unsere Lehrerinnen, Freunde und Bekannte, die wir aus den Augen verloren hatten oder auch nicht. Ich tat mein Bestes, um sie auf andere Gedanken zu bringen, dennoch blieb die Stimmung gedrückt.

»Erinnerst du dich eigentlich noch an Ben?«, fragte Amelie unvermittelt, als ich gerade eine kurze Pause machte. Ihre Stimme war undeutlich, ihre Zunge schwer vom Wodka. Es war bereits ihr drittes Glas. »Den Gitarristen, mit dem ich in unserem letzten Schuljahr zusammen war?«

»Natürlich.«

Zu meinem Entsetzen fing Amelie plötzlich an zu weinen. Ich kramte in meiner Hosentasche nach einem Taschentuch und reichte es ihr. Amelie drückte es sich ans Gesicht und putzte sich dann hörbar die Nase.

»Tut mir leid«, schniefte sie, nachdem sie sich wieder einigermaßen gefasst hatte. »Ich weiß nicht, warum ich auf einmal so komisch drauf bin. Unsere Trennung liegt jetzt fünfzehn Jahre zurück, trotzdem muss ich in letzter Zeit oft an ihn denken. Ob mein Leben anders verlaufen wäre, glücklicher, wenn ich …« Sie brach ab und schüttelte den Kopf. »Er wollte, dass ich mit ihm nach Berlin gehe, wusstest du das?«

Unbehaglich rutschte ich auf der Bank hin und her. »Nein, das wusste ich nicht.«

»Manchmal frage ich mich, ob ich damals nicht einen schrecklichen Fehler gemacht habe. Ich hätte es einfach tun sollen, verstehst du?«, murmelte sie. »Ich hab es erst begriffen, als es längst zu spät war. Aber man kann die Zeit ja nicht zurückdrehen.«

Ich schüttelte stumm den Kopf. *Nein, das kann man nicht.*

Amelie nahm einen großen Schluck aus ihrem Glas. »Er ist einfach verschwunden. Von einem Tag auf den anderen. Einfach so. Als ob das zwischen uns nichts gewesen wäre. Nichts von Bedeutung. Wir wollten *heiraten*, verdammt noch mal!«, sagte sie voller Bitterkeit. »Was für ein Scheißkerl!«

Sie so traurig zu sehen, berührte etwas in mir. Ich kämpfte innerlich mit mir, suchte nach Worten, um sie aufzumuntern. Ich musste etwas sagen. Irgendetwas, das die Dinge besser machen und ihren Schmerz lindern würde.

»Er war ein guter Mensch«, sagte ich schließlich. »Ben hat dich geliebt. Es wird bestimmt Gründe gegeben haben, warum er gegangen ist.«

»Ja … vielleicht. Sag mal, hast du eigentlich seitdem was von ihm gehört? Ich habe ihn gegoogelt, konnte aber nichts finden. Die Band, in der er damals gespielt hat, scheint es jedenfalls nicht mehr zu geben.«

»Tu das nicht!« Die Worte kamen einfach so aus mir heraus. Auch ich war inzwischen ziemlich betrunken. Ich war nicht an Hochprozentiges gewöhnt, schon gar nicht tagsüber. »Such nicht nach ihm. Du würdest ihn ohnehin nicht finden.«

Amelie hob überrascht den Kopf. »Wie meinst du das?«

Ich wurde rot, wie immer, wenn ich log, und hielt den Kopf gesenkt, in der Hoffnung, dass sie es nicht bemerkte. »Ich weiß nicht. Es ist nur schon so lange her. Was hat das denn jetzt noch für einen Sinn, noch mal alles aufzuwühlen?«

Amelie ließ den Kopf hängen. »Ja, vermutlich hast du recht.«

Etwa eine Stunde später verabschiedete sich Amelie von mir. Beim Hinausgehen hielt ich sie noch einmal am Arm fest.

»Ich verstehe ja, dass du nicht darüber reden willst. Aber was auch immer Konstantin getan hat, was dich so quält – er ist ein Idiot. Du hast etwas Besseres verdient.« Ich atmete hörbar aus, merkte, dass ich schwankte, und hielt mich am Türrahmen fest. »Ich … Ich habe dich immer geliebt, Amelie. Schon als ich noch ein kleiner Junge war. Ruf mich an, wenn du etwas brauchst. Egal, was es ist, ich bin für dich da. Ich werde immer für dich da sein. Ich will nur, dass du das weißt.«

Amelie betrachtete mich voller Wärme, in ihrem Blick lag Dankbarkeit, aber da war auch noch etwas anderes. Bedauern? Mitleid? Bemitleidete sie mich etwa?

»Danke, Max.« Sie streckte die Hand aus und tätschelte meinen Arm. »Du bist wirklich ein guter Freund.«

Dann war sie gegangen.

Am nächsten Tag kam dann der Anruf. Ich hatte nicht damit gerechnet, so schnell wieder von ihr zu hören.

»Amelie!«, rief ich, überrascht und freudig zugleich. »Wie geht es dir?«

Sie ging nicht auf meine Frage ein. »Du wusstest es, stimmt's?« Ihre Stimme klang eiskalt. »Das mit Ben. Was mit ihm passiert ist. Du hast es die ganze Zeit über gewusst.«

Ich spürte, wie mir das Blut in den Adern gefror. Für einen Moment war ich wie vom Donner gerührt, meine Gedanken rasten. Ich hatte keine Ahnung, was ich darauf sagen sollte. Woher wusste sie es? Was war passiert? Warum jetzt? Ich fluchte leise. *Warum habe ich überhaupt etwas gesagt?*

Sekunden verstrichen, dann hörte ich ihr ungläubiges Ausatmen. Es ging mir durch Mark und Bein. »Ich hab's gewusst!«

»Es ... Es tut mir leid, Amelie«, stammelte ich, aber die Verbindung war schon unterbrochen. »Es tut mir so schrecklich leid.«

Erst jetzt begriff ich, wohin mich meine Beine unbewusst geführt hatten. Zu der Parkbucht mit Blick über Wien. Zu dem Ort, an dem Ben gestorben war.

Plötzlich fror ich erbärmlich. Ich zitterte am ganzen Körper, während mich die Erinnerung überwältigte. Ich stellte mich unter eine große Tanne, um mich vor dem Regen zu schützen, und suchte die Umgebung mit den Augen ab. Ich erkannte die Stelle sofort. Dort drüben hatte ich gestanden, vor so vielen Jahren, kaum fünfzehn Meter von hier, versteckt hinter einer anderen Tanne.

Ich erinnerte mich noch genau daran. Was ich an jenem Tag gesehen hatte, würde mich für immer verfolgen, bis ans Ende meines Lebens.

Schon in der Woche davor war mir die seltsame Stimmung aufgefallen, die zwischen Amelie und Ben geherrscht hatte. Eine schwelende Anspannung, die mir Unbehagen bereitete und deren Ursache ich nicht verstand. Ich wollte unbedingt wissen, was zwischen den beiden vorgefallen und was der Grund für ihre Beziehungskrise war. Als ich also an jenem Tag zum Haus der Pichlers gegangen war und am Ende der Straße Ben entdeckte, der sich gerade mit Amelie auf den Weg in Richtung der Weinberge machte, konnte ich nicht widerstehen. Ich gab ihnen ein paar Minuten Vorsprung, dann schlich ich ihnen hinterher.

Hätte ich es doch nicht getan!

Ich hätte auf meine Mutter hören und mich aus den Angelegenheiten anderer Leute heraushalten sollen, das wusste ich jetzt. Denn dann hätte ich nicht mitansehen müssen, was als Nächstes geschehen war. Ich wünschte, ich wäre wenigstens mutig genug gewesen, das Richtige zu tun.

Nachdem Ben den Abhang hinuntergestürzt war, war ich vor Schreck wie erstarrt in meinem Versteck geblieben. Ich hätte zu Amelie hinübergehen und nachsehen müssen, ob Ben überlebt hatte. Ich hätte die Rettung oder die Polizei rufen müssen. Irgendetwas tun müssen. Aber ich tat es nicht. Stattdessen blieb ich, wo ich war, und sah zu, wie Amelie sich über den Abgrund beugte, bevor sie ihr Handy aus der Tasche zog und ihren Vater anrief. Es dauerte nicht lange, bis er kam.

Er erfasste die Situation sofort und wies seine Tochter an zu gehen. Ab jetzt würde er sich um die Sache kümmern. Ich wagte kaum zu atmen, während ich zusah, wie er die Leiche aufhob, sie den Abhang nach oben trug und in den Kofferraum seines Wagens legte.

Feigling! Feigling! Feigling!

Als Herr Pichler schließlich ins Auto stieg, wendete und davonfuhr, drehte er den Kopf in meine Richtung, und für den Bruchteil einer Sekunde war ich mir sicher, dass er mich gesehen hatte. Sofort schloss ich die Augen und presste meinen Körper noch fester gegen den Stamm. Regungslos verharrte ich in meinem Versteck, bis es so dunkel geworden war, dass ich kaum noch die Hand vor den Augen erkennen konnte. Ich hoffte inständig, dass er mich nicht bemerkt, dass ich mir das Blitzen des Wiedererkennens in seinen Augen nur eingebildet hatte. Doch natürlich hatte ich es mir nicht nur eingebildet. Er musste mich gesehen haben, der alte Herr Pichler, denn am nächsten Morgen tauchte er überraschend bei uns zu Hause auf. Das hatte er zuvor noch nie getan. Er brauchte nichts zu sagen, ich wusste sofort, warum er gekommen war. Er sah aus, als wäre er in den letzten Stunden um Jahrzehnte gealtert.

»Es war ein Unfall«, erklärte er unumwunden. »Niemand darf davon erfahren, hörst du? Das würde sie zerstören. Ihr ganzes Leben. Und das willst du doch nicht, oder?«

Victor Pichler bot mir an, Mama die Wohnung zu überschreiben, deren Miete für uns ohnehin viel zu teuer geworden war. Als Gegenleistung versprach ich, das Gesehene zu vergessen. Dazu rang er mir das Versprechen ab, die Stadt gleich nach dem Schulabschluss zu verlassen und nie mehr zurückzukehren. Ich willigte sofort ein. Wegen Amelie. Nur ihretwegen. Um sie zu schützen, hätte ich alles getan.

Nur dass sie es gar nicht gewesen war. Nicht Amelie war schuld an Bens Tod, sondern Franziska, die sich hinter dem Rücken ihrer Schwester mit Ben getroffen hatte. Aber als ich das begriff, war es zu spät. Viel zu spät.

Erst als Amelie mir Tage später unter Tränen erzählte, Ben hätte sie verlassen, dass er einfach gegangen sei, ohne sich zu verabschieden, war mir klar geworden, dass ich mich getäuscht hatte. Es war nicht Amelie gewesen, der ich an jenem Nachmittag gefolgt war, sondern Franziska. Ich hatte sie verwechselt. Ausgerechnet ich.

Ich wusste nicht, wohin Amelies Vater Bens Leiche gebracht hatte, aber das war im Grunde auch egal. Ben hatte keine Verwandten in Wien. Es gab niemanden, der nach ihm suchte. Es war fast so, als hätte es ihn nie gegeben, und das Leben ging wieder seinen gewohnten Gang.

Tränen liefen mir über das Gesicht und vermischten sich mit dem Regen auf meiner Haut. Es war alles meine Schuld! Ich war derjenige, der den Stein ins Rollen gebracht hatte. Hätte ich mein Versprechen nicht gebrochen und nur meine verdammte Klappe gehalten, wäre das alles vermutlich nie passiert.

Meine Hände, die ich in den Taschen meiner Jacke vergraben hatte, ballten sich zu Fäusten. Auf einmal wusste ich wieder, was mir vorhin so merkwürdig vorgekommen war.

»Unser Telefonat neulich … Ich bin mir nicht sicher, ob ich richtig verstanden habe, was du mir sagen wolltest. Was du da gesagt hast … Da ging es um Ben, nicht wahr?«

Ich schüttelte den Kopf. Aber ich hatte überhaupt nichts über Ben gesagt, damals am Telefon. Ganz bestimmt nicht. Was war nur los mit Amelie?

Und dann die zufällige Begegnung vor der Praxis. Die schlecht kaschierte Überraschung, als Amelie mich erblickte, ganz so, als hätten wir uns schon seit Ewigkeiten nicht mehr gesehen. Ihr abweisendes Verhalten, auch später, als ich ihr mein Beileid zu Franziskas Tod aussprechen wollte. Schon die ganze Zeit über war mir Amelie seltsam vorgekommen – und nun glaubte ich auch zu wissen, warum.

Weil sie es gar nicht war.

Natürlich! Warum bin ich nur nicht schon viel früher darauf gekommen?

Aber wenn die Frau vorhin Franziska gewesen war, wenn sie tatsächlich wieder die Plätze getauscht hatten – wo steckte dann Amelie? Mein Magen krampfte sich zusammen, als ich an den Unfall am Zeller See dachte.

O Gott, nein! Bitte mach, dass das nicht wahr ist!

Ich zog mein Handy aus der Tasche. Amelie – oder Franziska, wer wusste das schon genau? – saß nicht mehr in dem Café. Der Punkt, der ihren Aufenthaltsort markierte, befand sich jetzt irgendwo auf halbem Weg zu ihrem Haus.

Ich setzte mich in Bewegung. Der Regen hatte weiter zugenommen und nach zehn Metern war ich bis auf die Knochen durchnässt. Der Wind peitschte mir um die Ohren, aber ich blieb nicht stehen, sondern beschleunigte meine Schritte noch ein wenig. Immer schneller eilte ich die Straße hinunter, die ich gekommen war.

Gerade als ich in die Straße einbog, an deren Ende das Haus von Amelie und Konstantin lag, klingelte mein Handy.

Mit vom Regen glitschigen Fingern zog ich es aus der Tasche. Die Nummer auf dem Display war mir unbekannt.

»Hallo?«

»Hier ist Dr. Carmen Böhler vom AKH Wien. Spreche ich mit Maximilian Flemming?«

»Der bin ich.«

»Herr Flemming, gut, dass ich Sie erreiche. Es tut mir leid, aber Ihre Mutter ist zusammengebrochen. Sie wurde eben mit der Rettung bei uns eingeliefert.«

»O Gott! Was ist mit ihr? Ist sie verletzt?«

»Nach Auskunft der Rettungssanitäter ist Ihre Mutter auf dem Gehweg kollabiert. Eine Passantin hat den Notarzt gerufen. Sie ist bei Bewusstsein. Meine Kollegen bringen sie gerade zum CT. Es sieht nach einem Schlaganfall aus, aber Genaueres wissen wir noch nicht.«

Kalte Angst griff nach meinem Herzen. »Schon wieder? Ihr letzter ist doch erst ein paar Wochen her!«

»Wie gesagt, wir wissen es noch nicht mit Sicherheit. Aber in den ersten zwölf Monaten …«

»… ist die Wahrscheinlichkeit für einen weiteren Schlaganfall am größten, ich weiß«, unterbrach ich die Ärztin ungeduldig. »Danke, dass Sie mich benachrichtigt haben. Ich komme sofort.«

Mit einem letzten Blick auf das Haus der Pichlers machte ich wieder kehrt, rannte den Weg hinunter zur Hauptstraße und stieg dort in ein Taxi.

KAPITEL 44

Ich nahm den Bus, der bis an die Stadtgrenze fuhr, von dort aus waren es nur noch zehn Minuten Fußmarsch bis zum Campingplatz. Neben den üblichen Stellplätzen konnte man hier auch kleine Bungalows mieten, die bei Regen ein festes Dach boten, während ansonsten weiterhin die typische Campingatmosphäre herrschte. Ich hatte mich für den hintersten in der Reihe entschieden. Jetzt, im September und bei dem miesen Wetter, war die Anlage wie ausgestorben und ich fröstelte, als ich die von Bäumen gesäumte Straße entlanglief und schließlich vor einem niedrigen Häuschen mit der Nummer 23 stehen blieb, das ich kurzfristig angemietet hatte. Wenigstens hatte der Regen nachgelassen.

Ein Schwall muffiger Luft schlug mir entgegen, als ich die Tür öffnete. Naserümpfend sah ich mich in dem schäbigen Raum um. Der Bungalow bestand nur aus einem etwa fünfzehn Quadratmeter großen Wohn-Ess-Bereich und einem winzigen Schlafzimmer. Die Einrichtung war karg und unpersönlich.

Ich ging ins Schlafzimmer, das nach hinten rausging, und ließ mich auf die Matratze sinken. Regungslos starrte ich durch das kleine Fenster nach draußen und wartete darauf, dass es vier Uhr wurde.

Der Gedanke an das, was gleich passieren würde, trieb mir den Puls in die Höhe. Ich zwang mich, nicht in Panik zu geraten, während ich meinen Plan noch einmal durchging. Er war mehr als dürftig, das war mir klar, aber einen besseren hatte ich nicht. Ich würde versuchen, Amelie aus der Reserve zu locken, sie dazu zu bringen, endlich mit der Wahrheit herauszurücken. Sie musste sich den Behörden stellen. Noch immer gab es da einen Funken Hoffnung in meiner Brust, dass es eine andere Erklärung dafür gab, warum Nickys Leiche in Amelies Wagen gelegen hatte, und auch für die DNA-Spuren in ihrer Wohnung. Dass meine Schwester Nicky trotz aller Beweise nicht ermordet hatte. Denn in diesem Fall gäbe es vielleicht einen Ausweg.

Ich hatte nicht die leiseste Ahnung, wie ich es bewerkstelligen sollte, Amelie zum Reden zu bringen. Mir schien nichts anderes übrig zu bleiben, als mich auf meinen Instinkt zu verlassen.

Plötzlich leuchtete das Display des Prepaidhandys auf, das griffbereit vor mir auf der Matratze lag.

Ich bin am Eingang. Wo genau bist du?

Mit klammen Fingern tippte ich eine Antwort. Mein Herz schlug schnell und heftig in meiner Brust. Sie war also tatsächlich gekommen.

Bungalow Nr. 23. Ganz hinten.

Meine Nerven waren zum Zerreißen gespannt, als ich zurück ins Wohnzimmer eilte und mich in eine Ecke stellte, die vom Eingang aus nicht gleich zu sehen war. Den Elektroschocker, den ich unterwegs gekauft hatte, hielt ich fest umklammert.

Kurz darauf hörte ich auch schon Schritte auf dem Asphalt, die rasch näher kamen.

»Konstantin?«, rief Amelie, als sie eintrat. Misstrauisch sah sie sich um. »Wo …«

Noch bevor sie den Satz beenden konnte, machte ich zwei große Schritte nach vorne und drückte ihr den Elektroschocker gegen den Oberarm. Amelie stieß einen lauten Schrei aus, als sie zur Seite taumelte. Ihr Körper zuckte, während ihre Hand zu ihrem Herzen wanderte.

Das reichte.

Blitzschnell sprang ich zur Tür und drehte den Schlüssel, der innen steckte, zweimal im Schloss. Nachdem ich ihn in meiner Hosentasche verstaut hatte, drehte ich mich schwer atmend zu meiner Zwillingsschwester um. Sie hatte sich noch immer nicht von der Stelle gerührt, wirkte völlig paralysiert. Ich hoffte, dass es sie nicht zu schlimm erwischt hatte. Der Elektroschocker, für den ich mich entschieden hatte, war ein Modell, das man in Österreich zum Selbstschutz legal kaufen konnte. Er war nicht besonders stark, und die Wirkung sollte nicht länger als eine halbe Minute anhalten.

Und so war es auch.

»*Du?*«, keuchte Amelie, als sie sich endlich wieder bewegen konnte. Sie starrte mich fassungslos an. »Was zum Teufel soll das? Was machst du hier? Wo ist Konstantin?«

»Ich freue mich auch, dich zu sehen, Schwesterherz!«, antwortete ich trocken. »Es ist schön zu wissen, dass du wohlauf bist.«

Ein Ruck ging durch Amelies Körper, als sie sich aus ihrer Schockstarre löste. Mit schmerzverzerrtem Gesicht rieb sie sich den Oberarm. »Scheiße, was soll das? Das hat verdammt wehgetan!«

»Tut mir leid«, sagte ich und meinte es auch so. »Aber es ging nicht anders. Denk gar nicht erst daran, wegzulaufen. Einen zweiten Ausgang gibt es hier nicht.«

Amelies Blick flog in Windeseile zum Eingang und wieder zurück zu mir. Ihre Augen verengten sich zu Schlitzen, als ihr klar wurde, dass sie in der Falle saß. »Sperr sofort die verdammte Tür auf!«

»Nein.«

Ohne ein weiteres Wort ging ich an ihr vorbei ins Schlafzimmer, wo ich mich auf die Bettkante sinken ließ. Nach einem kurzen Moment folgte mir Amelie, immer noch etwas wackelig auf den Beinen.

»Ich glaube, es wird Zeit, dass wir uns unterhalten.« Ich klopfte mit der Handfläche neben mir auf die Matratze. Dann sagte ich sanfter: »Bitte, Lilly! Ich will doch nur reden.«

Amelie hatte die Arme vor der Brust verschränkt, machte aber keine Anstalten, sich zu setzen.

»Gut, dann rede eben ich.« Ich seufzte. »Ich weiß, was du getan hast. Du hast deinen Tod nur vorgetäuscht. Und du hast mich nur deshalb gebeten, den Platz mit dir zu tauschen, damit du heimlich verschwinden kannst. Ich habe deinen gefälschten Reisepass und den Beleg für die Flugtickets gefunden.« Ich atmete einmal tief durch. »Dein Ehekrach mit Konstantin, deine angebliche Lebenskrise – das war alles nur Show, ist es nicht so?«

Amelie schwieg. Mein Blick glitt über ihr verhärmtes Gesicht und blieb an ihrer Perücke hängen. Sie war fast schwarz und hatte Stirnfransen, die ihr tief in die Stirn fielen. Hätte ich nicht gewusst, dass es meine Schwester war, die da vor mir stand, hätte ich zweimal hinsehen müssen, um sie zu erkennen.

»Konstantin war einsame Klasse«, fuhr ich fort. »Er ist wirklich ein großartiger Schauspieler, im Ernst. Zuerst seine scheinbare Ablehnung, damit ich dir eure Eheprobleme abkaufe, dann die Reue und die Liebesgefühle, die er mir vorgespielt hat, um mich an Ort und Stelle zu halten. Und schließlich das Misstrauen, als glaubte er ernsthaft, ich hätte Nicky getötet.

Der erste Schritt, um später dann die Scheidung zu rechtfertigen, keine Frage. Er hat mich verführt, wusstest du das?« Ich schluckte den Kloß hinunter, der sich in meinem Hals gebildet hatte. Es tat immer noch weh, daran erinnert zu werden. »Aber was sage ich da? Natürlich hast du davon gewusst, es war ja schließlich deine Idee. Du wusstest, dass ich in ihn verliebt war, und das hast du ausgenutzt.« Ich hielt einen Moment inne und schüttelte fassungslos den Kopf. »Gar nicht mal schlecht, deine Strategie. Nicht im Traum hätte ich gedacht, dass du zu so etwas fähig bist. Mich so hinters Licht zu führen.«

»Ich hab keine Ahnung, wovon du da sprichst«, sagte Amelie. »Es stimmt, ich wollte einen Neuanfang. Aber ich wollte nicht, dass …« Sie sprach den Satz nicht zu Ende. »Was da mit Nicky passiert ist – du glaubst doch nicht etwa, dass *ich* das war? Wieso sollte ich so etwas Schreckliches tun?«

»Das ist die entscheidende Frage«, knurrte ich. Ihre gespielte Überraschung trieb mir die Zornesröte ins Gesicht. »Herrgott, Lilly – du hast versucht, mir einen *Mord* anzuhängen! Es hat keinen Sinn, das jetzt zu leugnen.«

Ich stand auf und begann, vor dem Bett auf und ab zu laufen. Drei Schritte vor und drei zurück. Mehr Platz gab es hier nicht. »Es passt alles zusammen. Dein plötzliches Auftauchen in meiner Wohnung, obwohl du doch nie wieder etwas von mir wissen wolltest. Dein Gerede von euren angeblichen Eheproblemen und dass Karl und ich die einzig wichtigen Menschen in deinem Leben wären. Nur Lügen und noch mehr Lügen!« Ich hielt inne und sah ihr direkt in die Augen. »Ich begreife nur nicht, warum. Warum hast du das getan? Weil ich ein Mal mit Konstantin geschlafen habe – vor mehr als fünf Jahren? Weil ich in deinen Augen eine schlechte Schwester war? Das ist doch krank! Völlig verrückt!«

Amelies Kiefermuskeln verkrampften sich, während sie den Raum erneut mit ihren Blicken nach einem Ausgang absuchte.

Aber es gab keinen. Das musste ihr inzwischen klar geworden sein, denn sie verschränkte die Arme vor der Brust.

»Du kapierst es echt nicht, oder? Fällt dir wirklich kein anderer Grund ein, der meine Wut auf dich erklären könnte?«

»Nein!«, schrie ich. Meine Stimme klang mindestens eine Oktave zu hoch. »Bitte, Lilly, jetzt sag mir endlich, was los ist!«

Amelie presste die Kiefer so fest aufeinander, dass es knirschte. Dann zischte sie: »Ich weiß es!« Die unverhohlene Wut in ihrem Ton ließ mir die Haare zu Berge stehen. »Ich weiß, was du damals mit Ben gemacht hast. Wir haben ihn gefunden, Konstantin und ich. Unter dem Boden der Gartenhütte. Verdammt, Zissy! Wie konntest du das nur tun?«

Mein Magen rebellierte und ich sackte unter ihrem bohrenden Blick zusammen. Bis zu diesem Moment war ich mir nicht hundertprozentig sicher gewesen, hatte gehofft, mich zu irren. Doch jetzt, nachdem ich es aus ihrem Mund gehört hatte, wusste ich, dass es kein Zurück mehr gab. Die Lunte hatte Feuer gefangen. Die unvermeidliche Explosion stand unmittelbar bevor. Tief in meinem Herzen hatte ich mich immer davor gefürchtet, dass es so kommen würde.

»Ich habe das doch nur für dich getan«, flüsterte ich. »Um dich zu schützen, dich vor einem schrecklichen Fehler zu bewahren! Ben war nicht gut genug für dich. Er war ein Nichtsnutz, ein Versager. Irgendwann hättest du das auch gemerkt, aber dann wäre es zu spät gewesen.« Ich schluckte, bevor ich weitersprach. »Das konnte ich nicht zulassen, verstehst du das nicht? Ich konnte nicht zulassen, dass du dein Leben einfach so wegschmeißt.«

Amelie warf die Hände in die Luft. »Hörst du überhaupt, was du da sagst? *Du hast ihn umgebracht!*«

»Es war ein Unfall. Bitte glaube mir! Ich wollte nicht, dass er stirbt«, krächzte ich und wich ihrem Blick aus.

Amelie gab sich damit nicht zufrieden. Sie wollte wissen, wie genau Ben ums Leben gekommen war, und gab nicht eher Ruhe, bis ich ihr alles genau geschildert hatte.

»Ich wollte nur, dass er dich in Ruhe lässt. Dass er fortgeht.« Ich presste die Lider zusammen, um die Bilder auszublenden, die sich in meinem Kopf tummelten. All die fürchterlichen Erinnerungen. »Aber der Idiot hat einfach nicht auf mich gehört. Und dann … ja, dann …« Ich rang nach Atem.

»Es war aber nicht an dir zu entscheiden, was das Richtige für mich ist! Ich habe ihn geliebt!«

»Und später hast du Konstantin geliebt. Es ging euch doch gut miteinander!«

Amelie atmete schwer. Sie sah aus, als würde sie jeden Augenblick auf mich losgehen. »Darum geht es doch überhaupt nicht! All die Jahre hast du mich in dem Glauben gelassen, Ben hätte mich verlassen. Dass er einfach weggegangen wäre. War dir denn gar nicht klar, was das mit mir gemacht hat?« Sie lachte bitter. »Aber das war Teil deines Planes, nicht wahr? So ist es schon immer zwischen uns gewesen. Deine Welt war in Ordnung, solange ich nur klein und unsicher war. Denn dann wusstest du, dass ich dich brauche. Du hast mich gefügig gemacht. All die Jahre hast du mich manipuliert und kontrolliert, mich emotional an dich gekettet. Aber in Wirklichkeit war es genau umgekehrt. Du warst nichts ohne mich. Solange ich die kleine Lilly blieb und auf deine Hilfe und Unterstützung angewiesen war, konntest du die großartige Franziska Pichler sein. Erfolgreich, unabhängig, frei.« Sie schluchzte auf. »Deshalb warst du so gegen meine Beziehung mit Ben. Nicht weil er angeblich ein Nichtsnutz war, sondern *weil du Angst hattest, er könnte dich ersetzen.*«

Ihre Worte trafen mich bis ins Mark. Denn auch wenn ich es mir nur widerwillig eingestand, so wusste ich doch, dass ein

Teil von dem, was sie gesagt hatte – wenn auch nur ein winzig kleiner Teil –, der Wahrheit entsprach.

»So war es doch gar nicht! Mein Gott, Lilly, ich wollte dir doch nichts Böses! Du bist der wichtigste Mensch in meinem Leben. Ich *liebe* dich. Mehr als alles andere auf der Welt!«

Amelie heulte auf. »Ach ja? Und warum hast du mich dann zur Abtreibung gedrängt? Du hast meine Trauer ausgenutzt, obwohl du doch wusstest, wie sehr ich das Kind behalten wollte.« Jetzt weinte sie. »Du hast mein Leben zerstört! Du hast nicht nur Ben getötet, sondern indirekt auch dafür gesorgt, dass ich keine eigenen Kinder mehr bekommen kann. Glaubst du wirklich, ich könnte dir das je verzeihen?«

Eisiges Schweigen trat ein. Sekundenlang sahen wir uns einfach nur an. Amelies Augen sprühten Funken. Die Verachtung in ihrem Blick war kaum zu ertragen. Verschwunden war das schüchterne, liebliche Mädchen, das ich gekannt hatte. Die Person, die jetzt vor mir stand, war eine völlig andere. Und sie machte mir Angst.

»Es tut mir leid«, sagte ich schließlich. »Ich dachte damals wirklich, dass es so am besten wäre.« Ich schlang die Arme um meine Brust. »Aber was ich immer noch nicht verstehe – warum Nicky? Was ist mit ihr passiert? Wie kamen die Spuren in deinen Kofferraum, dein Haar in ihre Wohnung? Hast du sie wirklich umgebracht? Warum? Weil sie Konstantin erpresst hat? Oder wegen ihrer Affäre?«

KAPITEL 45

»Der *Affäre*?« Ich erbleichte. »Was für eine Affäre? Wovon redest du?«

»Davon wusstest du also wirklich nicht?« Franziska schüttelte den Kopf. »Ach, Lilly. Bist du wirklich immer noch so naiv? Es tut mir leid, aber Konstantin hat dich betrogen. Über Monate hinweg.«

»Das ist nicht wahr! Du lügst!«

Franziska lächelte traurig. Ihr Blick war mitleidig, doch ich konnte keine Anzeichen der Unaufrichtigkeit in ihren Augen erkennen, und das machte mich schier rasend.

»Ich wünschte, es wäre so. Die Polizei hat Fotos von den beiden in Nickys iCloud gefunden. Ziemlich viele sogar.«

Ich schüttelte so heftig den Kopf, dass mir die Strähnen der Perücke ins Gesicht peitschten. »Du hast mich mein halbes Leben lang belogen. Und auch jetzt lügst du wieder. Konstantin würde mir so was nie antun.«

Ach ja?, meldete sich eine Stimme in meinem Hinterkopf. *Warum belügst du dich selbst? Du weißt es doch schon längst.*

Ich erinnerte mich an seine Worte, als wir zum letzten Mal zusammen gewesen waren.

»Ich fasse nicht, dass du denkst, ich hätte dich betrogen. So was würde ich niemals tun. Hörst du – niemals!«

Unerbittlich schoben sich die Bilder jenes verhängnisvollen Abends in meine Gedanken. Von plötzlichem Schwindel überwältigt, ließ ich mich gegen die Wand sinken. Auf einmal konnte ich mich kaum noch auf den Beinen halten.

Schon seit Monaten hatte ich gespürt, dass mit Konstantin etwas nicht stimmte. Die Anzeichen waren unübersehbar. Oft kam er erst gegen Mitternacht nach Hause, betrunken und nach Zigarettenrauch stinkend. Selbst am Wochenende ging er ins Büro, was er früher nie getan hatte. Sein Handy trug er ständig bei sich, auch wenn er nur kurz auf die Toilette ging. Und auch sonst war er merklich abwesend, mit seinen Gedanken weiß Gott wo.

Wir hatten schon seit Ewigkeiten keinen Sex mehr gehabt. Konstantin hatte sich wie ich immer eine eigene Familie gewünscht, und obwohl er Karl von ganzem Herzen liebte, hatte die Erkenntnis, dass ich ihm keine leiblichen Kinder schenken konnte, etwas zwischen uns verändert. Es hatte sich ganz langsam in unsere Beziehung geschlichen, wie ein unsichtbarer Elefant im Raum, über den niemand offen zu sprechen wagte. Konstantin gab vor, es läge nur an der Arbeit und er stünde unter großem Druck, aber das glaubte ich ihm schon lange nicht mehr. Manchmal meinte ich sogar, sie an ihm riechen zu können. Diese andere Frau.

Irgendwann hatte ich es nicht mehr länger ausgehalten und war nachts aufgestanden, um sein Handy zu checken, und da hatte ich sie auf der Anrufliste gefunden – die Telefonate mit einem gewissen Elias, obwohl ich wusste, dass er niemanden kannte, der so hieß. Was war das überhaupt für ein Name – Elias? War ihm wirklich nichts Besseres eingefallen? Also hatte ich die Nummer überprüft und herausgefunden, dass es in Wahrheit ihre war. Nickys.

Und je länger ich darüber nachdachte, desto klarer wurde mir alles. Nicky war schon immer scharf auf Konstantin gewesen, und ungefähr zur selben Zeit, als sie in seiner Firma angefangen hatte, hatte auch sein seltsames Verhalten begonnen. Ich konnte nicht fassen, dass ich so dumm gewesen war, ausgerechnet sie als Praktikantin vorzuschlagen.

Konstantin musste gespürt haben, dass ich Verdacht schöpfte. Blumen, Pralinen, Schmuck – war das nicht das, was Ehemänner ihren Frauen schenkten, um ihr schlechtes Gewissen zu verbergen? In unserem Fall waren es keine Blumen und auch kein Schmuck. Es war der Ausbau der Gartenhütte. Seit zwei Jahren, seit wir das Haus von Papa übernommen hatten, hatte ich ihm bereits damit in den Ohren gelegen. Aber jedes Mal hatte er eine andere Ausrede gehabt, warum es gerade nicht ging. Dass mein Vater dagegen sei und der Umbau zu teuer, und so weiter. Aber dann hatte er mich Anfang des Sommers mit dem fertigen Ausbau überrascht, als ich von einer Reise mit Karin und den Kindern zurückgekommen war.

Ich schnaubte.

Was für ein Klischee!

Ich hatte mich mit Max im Pub verabredet und ihm mein Leid geklagt. Nachdem wir uns voneinander verabschiedet hatten, lief ich zwei Stunden lang ziellos durch die Gegend. Ich schaute in abgedunkelte Schaufenster und betrachtete sehnsüchtig die vorbeigehenden Menschen. Überall Pärchen, wohin ich auch blickte. Ich wollte nicht nach Hause, jetzt noch nicht. Ich ertrug die Stille nicht, die dort herrschte. Karl übernachtete bei Konstantins Eltern, er selbst war angeblich noch bei irgendeinem Geschäftsessen. Der Schwebezustand, in dem ich mich befand, brachte mich allmählich um den Verstand. Was ich brauchte, war Gewissheit.

Als ich sie anrief, ging Nicky nicht ran, was mich nicht weiter wunderte. Also fuhr ich, immer noch betrunken und aufgewühlt, wie ich war, zu ihrer Wohnung.

»Amelie!«, rief Nicky überrascht, als sie die Tür öffnete. Sie trug nichts außer einer kurzen Schlafanzughose, die kaum ihren Hintern bedeckte. »Was willst *du* denn so spät noch hier? Ist was passiert?«

»Wir müssen reden«, sagte ich und schob mich an ihr vorbei in die Wohnung. »Über dich und meinen Mann.«

Ich lief schnurstracks ins Wohnzimmer. Der Anblick, der sich mir dort bot, war grauenhaft. Überall lagen Sachen herum, schmutziges Geschirr stapelte sich, Dreck in jeder Ecke. Angewidert drehte ich mich zu Nicky um, die mir hinterhergelaufen war.

»Gib es zu: Ihr habt eine Affäre, nicht wahr?«

Zuerst leugnete sie alles. Natürlich tat sie das. Sie behauptete, dass ich mir das alles nur einbildete, dass Konstantin und sie nur Kollegen seien. Freunde. Aber ich bemerkte das heimtückische Glitzern in ihren Augen, und das machte mich wütend.

»Lüg mich nicht an!« Ich machte einen drohenden Schritt auf sie zu. »Du miese kleine Hure! Nach allem, was ich für dich getan habe! Jetzt sag endlich die Wahrheit: Fickst du meinen Mann?«

Ich hatte erwartet, dass sie beschämt oder betroffen reagieren würde. Oder dass sie mich um Verzeihung bitten würde. Doch das Gegenteil war der Fall.

»Und wenn es so wäre?« Trotzig reckte sie das Kinn nach vorne. »Willst du mich dann etwa auch umbringen und in eurem Garten verscharren, hm?«

Einen Augenblick war ich starr vor Schreck. »Wie bitte?«, stammelte ich. »Was hast du da eben gesagt?«

Nicky lachte selbstgefällig. »Komm schon, Amelie. Jetzt tu doch nicht so scheinheilig. Ich weiß Bescheid. Die Leiche unter eurer Gartenhütte – klingelt da was? Wie hieß dein damaliger Freund noch gleich? Ben … Ben irgendwas. Wollte er dir etwa den Laufpass geben, der böse Ben? So wie der aussah, ließ er bestimmt nichts anbrennen … Hast du ihn etwa aus Eifersucht kaltgemacht?«

Was dann geschah, war in meiner Erinnerung seltsam verschwommen. Wie ich die Hand hob und Nicky eine schallende Ohrfeige verpasste. Nicky, die erschrocken zurückwich, dabei über einen Schuh stolperte, der unter dem Sofa hervorlugte, und nach hinten fiel. Das brutale Geräusch von Knochen auf Stein, als sie mit dem Hinterkopf hart auf den Couchtisch aufschlug und zu Boden stürzte. Das Blut, das aus der Wunde an ihrem Kopf sickerte und sich zu einer Lache sammelte. Dunkelrot. Überhaupt, das ganze Blut, überall …

»Nicky!«, keuchte ich. »O Gott – nein!«

Ich kniete mich neben sie, fühlte ihren Puls.

Nichts. Den leeren Ausdruck in ihren großen Augen würde ich nie vergessen.

O Gott, o Gott, o Gott! Was habe ich getan?

Wie in Trance erhob ich mich, den Blick noch immer auf Nickys leblosen Körper gerichtet. Dann eilte ich aus der Wohnung, rannte die Treppe hinunter, zwei Stufen auf einmal nehmend. Ich kam erst wieder zu mir, als sich die Autotür hinter mir schloss. Zu Hause angekommen, zitterte ich immer noch.

Konstantin war inzwischen von seinem Geschäftsessen zurück und saß mit ausdrucksloser Miene am Küchentisch, ein großes Glas Whisky vor sich. Es fühlte sich an wie ein schreckliches Déjà-vu. Genauso hatte Papa auch immer dagesessen, wenn er was auf dem Herzen gehabt hatte.

»Scheiße, wie siehst du denn aus?«, rief er, als er den Kopf hob und mich anschaute. »Was zur Hölle ist denn mit dir passiert? Ist das etwa … Blut?«

Er streckte die Hand aus, um meinen Körper nach Verletzungen abzutasten, aber ich wich vor seiner Berührung zurück.

»Fass mich nicht an! Bleib bloß weg von mir!« Ich atmete schwer. »Sag mir nur eins: Ist da wirklich eine Leiche in unserem Garten vergraben? Unter der Gartenhütte? Und warum zum Teufel weiß ich nichts davon?«

Plötzlich wich alle Farbe aus Konstantins Gesicht. Er öffnete den Mund, um etwas zu sagen, doch ich hielt ihn davon ab.

»Nein! O Gott! Ich will es gar nicht hören.«

Dann brach ich endgültig zusammen. Die Tränen flossen einfach aus meinen Augen. Ich versuchte nicht einmal, etwas dagegen zu tun. Konstantin, der kaum wusste, wie ihm geschah, nahm mich tröstend in den Arm, und diesmal ließ ich es zu.

»Jetzt erzähl schon, Schatz, was ist passiert? Warum bist du so durcheinander? Und was ist das für Blut?«

Schließlich begann ich stockend zu erzählen. Von meiner Verzweiflung, weil ich dachte, er habe eine Affäre. Und von allem, was bei Nicky passiert war. Was sie gesagt hatte und dass sie gestolpert und gestürzt war. Und dass sie nun tot war.

»Ich wollte das nicht«, wimmerte ich. »Ich wollte nicht, dass das passiert.«

»Ich weiß, Schatz. Es tut mir ja so leid«, flüsterte Konstantin und strich mir tröstend über den Rücken. Dann schüttelte er den Kopf. »Obwohl ich nicht behaupten kann, dass es mir um Nicky sonderlich leidtut. Sie war schon ein ziemliches Miststück. Aber wenigstens hat die ganze Scheiße hier jetzt ein Ende.«

Fassungslos starrte ich ihn an. »Wie kannst du nur so was sagen?«, stammelte ich und spürte, wie mir schon wieder die Tränen kamen. »Ich habe Nicky gerade *umgebracht*! Wie kannst du nur so gefühllos sein?«

Konstantin sah mich an, als überlege er, wie viel er mir zumuten könne. Dann schüttelte er wieder den Kopf. »Ich muss dir was erzählen, und ich fürchte, es wird dir nicht gefallen.«

Sein Atem ging auf einmal schnell und flach, während er sich wie ein Ertrinkender an sein Glas klammerte.

Dann rückte er endlich mit der Sprache heraus. Er berichtete mir von seinen Spielschulden, wie er das Geld vom Firmenkonto genommen hatte und dass Nicky dahintergekommen war. Er erzählte von dem Schweigegeld, das er ihr monatelang gezahlt hatte, bis er ihr endlich gesagt hatte, dass er nicht mehr länger mitspiele. Und er erzählte von Nickys Wut darüber und wie sie dann ohne Vorwarnung bei uns zu Hause aufgetaucht war, als er gerade beim Renovieren der Gartenhütte auf die Überreste eines menschlichen Körpers gestoßen war. Danach hatte alles wieder von Neuem begonnen: Nickys Anrufe, die Erpressung und die Zahlungen.

»Ich wusste sofort, dass es Ben war. Wegen dieser Kette, die er immer trug …«, sagte er tonlos. »Ich habe wirklich geglaubt, dass du ihn getötet und seine Leiche dorthin geschafft hast. Deswegen habe ich sie verbrannt und die Asche im Rosenbeet vergraben – um dich zu beschützen.« Schaudernd trank er einen großen Schluck Whisky. »Du warst die Letzte, die ihn gesehen hat, bevor er verschwand. Daran erinnerte ich mich noch.«

Seine Worte tröpfelten nur langsam in mein Bewusstsein. Bis zu diesem Moment hatte ich es nicht glauben wollen. Ich hatte versucht, mir einzureden, dass Nicky gelogen haben musste, dass es unmöglich Ben sein konnte, von dem sie da gesprochen hatte.

»Ich war das aber nicht«, sagte ich schließlich. »Ich schwöre dir, ich hatte keine Ahnung, dass Ben tot ist. Aber wer sonst könnte …«

Ich verstummte jäh, als die Erkenntnis einsickerte, bis in die hintersten Windungen meines Gehirns vordrang. Wir sahen uns an, und plötzlich war es, als hätte jemand ein Feuer in meinem Kopf entfacht. So hell, dass es mich blendete. Auf einmal sah ich es glasklar vor mir.

Franziska, aber natürlich!

Ich rang nach Atem. Warum war ich nicht schon längst dahintergekommen? Natürlich war sie es gewesen. Sie hatte Ben gehasst. Und natürlich hatte sie das nicht allein tun können. Wie hätte sie seine Leiche allein hierherbringen und unter dem Fundament der Gartenhütte vergraben können? Mein Vater musste ihr geholfen haben. Als ich an ihn dachte, zog sich mein Herz schmerzhaft zusammen. All die Jahre hatte er dieses Geheimnis mit sich herumgetragen. Er war daran zugrunde gegangen, das wurde mir jetzt klar. Und noch etwas wurde mir klar: dass sie alle schuldig waren. Franziska, die Ben getötet hatte, mein Vater, der seine Leiche versteckt hatte, Konstantin, der für Nickys Schweigen bezahlt hatte. Selbst Max. Was hatte er noch gleich gesagt? *»Such nicht nach ihm. Du würdest ihn ohnehin nicht finden.«* Also hatte er ebenfalls davon gewusst.

Ich hob erst wieder den Kopf, als ich aus dem Augenwinkel eine Bewegung wahrnahm. Konstantin war aufgestanden.

»Ich werde nicht zulassen, dass du wegen Nickys Tod ins Gefängnis kommst«, knurrte er. »Wenn überhaupt jemand Schuld hat, dann Franziska. Sie hat Ben auf dem Gewissen. Damit hat alles angefangen – und dafür wird sie bezahlen. Dafür werde ich sorgen, und wenn es das Letzte ist, was ich tue. Komm mit, ich weiß jetzt, was zu tun ist.«

Und ich glaubte ihm. Genauso wie später, als er mir versicherte, er habe mich niemals betrogen. *Nein*, korrigierte ich mich in Gedanken. So war es nicht. *Ich wollte ihm glauben.*

Aber was hatte ich für eine Wahl? Ich hatte gerade – egal ob absichtlich oder nicht – ein Menschenleben ausgelöscht. Gerade eben erst hatte ich erfahren, dass meine erste große Liebe tot war, ermordet von meiner eigenen Schwester und wie Abfall im Garten verscharrt. Und mein Vater hatte ihr dabei geholfen, wie ich stark vermutete.

Konstantin und Karl – sie waren alles, was mir jetzt noch geblieben war.

Wir fuhren zu Nickys Wohnung und parkten das Auto sicherheitshalber ein paar Straßen weiter. Inzwischen war es weit nach Mitternacht. Konstantin wickelte Nickys Körper in eine Decke, während ich den Wohnzimmerboden und den Couchtisch schrubbte. So lange, bis mir fast die Finger bluteten. Anschließend holten wir das Auto, legten Nickys Leiche in den Kofferraum und fuhren in den Wald.

Wir suchten eine Stelle, an der hoffentlich niemand so bald vorbeikommen würde, und bedeckten die Leiche notdürftig mit Erde und Laub. Es war nur eine Frage der Zeit, bis man sie finden würde. Und obwohl wir Handschuhe und Plastiktüten auf dem Kopf getragen hatten, ja, so vorsichtig wir auch gewesen sein mochten, war es praktisch unmöglich, keine Spuren zu hinterlassen. Ich hatte genug Krimis gesehen, um das zu wissen.

Es war Konstantin, der die zündende Idee gehabt hatte, dass ich und meine Zwillingsschwester die Plätze miteinander tauschen sollten, um uns etwas Zeit zu verschaffen. Und dann würden wir verschwinden. Irgendwo weit weg von hier würden wir uns ein neues Leben aufbauen und den Neuanfang wagen, den wir uns beide so sehnlichst wünschten. Und Franziska?

Franziska würde sich für einen Mord verantworten müssen, wenn auch nicht für den, den sie begangen hatte.

»Dann ist es also wahr?«, drang Franziskas Stimme dumpf an meine Ohren. »Dann hast du Nicky also wirklich getötet? Seinetwegen? Weil er eine Affäre mit ihr hatte?«

Die Erinnerung verblasste vor meinem inneren Auge, als ich abrupt zurück in die Gegenwart katapultiert wurde.

Langsam, wie in Zeitlupe, hob ich den Kopf, und mein Blick traf den meiner Schwester. Sie musste mich schon seit geraumer Zeit beobachtet haben. Eine Woge des Hasses drohte mich zu überwältigen, und ich biss die Zähne zusammen. Ich war wütend. Auf sie, aber auch auf Konstantin.

Dieser miese Dreckskerl!

Mühsam schluckte ich die Enttäuschung und den Schmerz hinunter und konzentrierte mich wieder auf das Hier und Jetzt.

»Es war ein Unfall«, sagte ich. »Aber – ja, so ist es. Ich wollte das nicht, das musst du mir glauben.«

»Oh, Lilly! Warum bist du damit denn nicht zu mir gekommen? Ich hätte dir doch helfen können! Gemeinsam hätten wir schon einen Ausweg aus diesem Schlamassel gefunden.«

»Ich *will* deine Hilfe aber nicht! Begreifst du das nicht?«

Die Sekunden verrannen, während Franziska mich ungläubig anstarrte, unfähig, auch nur einen Ton herauszubringen. Kaum zu glauben, aber meine Reaktion hatte sie tatsächlich überrascht.

Fluchend ballte ich die Hände zu Fäusten, als ich mich noch einmal in dem winzigen Raum umsah und mir die Ausweglosigkeit meiner Situation bewusst wurde. Viel gab es hier nicht. Nur ein Bett mit einem Nachttisch und einer Messinglampe darauf. Die Fenster waren zu klein, um meinen Körper hindurchzuzwängen. Franziska hatte vollkommen recht.

Es gab nur einen einzigen Weg hier raus – durch die Eingangstür. Und der Schlüssel dazu steckte in ihrer Hosentasche.

»Wir müssen zur Polizei gehen«, sagte sie jetzt. Ich öffnete den Mund, um ihr zu widersprechen, aber sie hob die Hand. »Warte – lass mich nachdenken.« Sie tippte sich mit dem Finger gegen die Oberlippe und nickte dann. Ich konnte förmlich sehen, wie die Gedanken in ihrem kranken Hirn herumschwirrten. »Wir könnten ihnen sagen, dass es Notwehr war. Ja, das könnte funktionieren. Wie wäre es damit: Nicky ist auf dich losgegangen, als du sie wegen der Erpressung zur Rede stellen wolltest. Du hast sie bloß abwehren wollen, aber dummerweise ist sie dabei hingefallen und hat sich den Kopf aufgeschlagen. Da bist du in Panik geraten und hast die Leiche weggeschafft.« Sie sah mich triumphierend an. »Sie könnten dich höchstens wegen Behinderung der Justiz drankriegen, oder wie das richtig heißt. Ich kenne da einen Anwalt. Dr. Frühling, der hat mich auch verteidigt und ist wirklich gut.«

»Das ist deine bahnbrechende Lösung? Ich soll mich einfach stellen?« Fast hätte ich losgelacht. »Vergiss es! Nur über meine Leiche.«

»Alternativ könnten wir die Sache natürlich auch Konstantin in die Schuhe schieben. Das wäre auch eine Möglichkeit. Er hat dich dazu gezwungen, ihre Leiche verschwinden zu lassen, damit der Verdacht nicht auf ihn fällt. Weil die beiden ja eine Affäre hatten und wegen der Erpressung und so weiter. Bei dem, was du seinetwegen durchmachen musstest – verdient hätte er es allemal.«

Ich hob die Hand und ließ sie wieder sinken. Meine Kopfhaut unter der Perücke juckte wie von tausend Insektenstichen. Dazu hatte sich hinter meiner Stirn ein fürchterlicher Kopfschmerz ausgebreitet.

Schluss mit dem Unsinn!

»Das ist eine schöne Lösung, die du dir da ausgedacht hast, aber ich muss dich enttäuschen. Ich mache da nicht mit. Wenn du mich wirklich so sehr liebst, wie du sagst, dann gib mir jetzt meinen neuen Pass und lass mich gehen.«

»Nein.« Ihre Stimme klang brüchig, aber sie blieb standhaft. »Es tut mir leid, aber das kann ich nicht. Alles, nur das nicht.«

»Gib mir den verdammten Ausweis!«

»Nein.« Sie schüttelte den Kopf. »Bitte, Lilly! Das kannst du doch nicht ernst meinen. Einfach abzuhauen – so bist du doch nicht!«

»Du weißt einen Scheißdreck über mich.«

»Das stimmt doch nicht! Natürlich tue ich das. Wir sind eins, erinnerst du dich?« Ihre Stimme klang flehend, als sie einen Schritt nach vorne machte und mich umarmen wollte. »Ich bin doch dein Zwilling, deine andere Hälfte. Wir sind *Seelenverwandte*!«

»Das sind wir eben nicht!«, brüllte ich und schlug ihren Arm weg. Ich konnte es nicht fassen, dass sie es immer noch nicht begriffen hatte. »Ich bin ganz und gar nicht wie du! Ich ertrage es nicht einmal, mit dir im selben Raum zu sein, dieselbe Luft zu atmen wie du. Wenn ich dich ansehe, empfinde ich nichts als Hass. Ich hasse es, dass wir Schwestern sind, dass wir genau gleich aussehen. Ich werde dir niemals verzeihen, was du getan hast, hörst du – niemals! Wir beide sind fertig miteinander. Und jetzt schließ endlich diese verdammte Tür auf und lass mich gehen!«

Ohne sie noch eines Blickes zu würdigen, lief ich an ihr vorbei ins Wohnzimmer und rüttelte am Türgriff. Das Schloss knackte, aber es hielt stand. Also versuchte ich es anders und warf mich mit meinem gesamten Körpergewicht gegen die Tür. Ich hörte erst auf, als ich spürte, wie sich Franziskas Hand um meinen Unterarm schloss und mich zurückzog.

»Lass den Scheiß!«

Keuchend befreite ich mich aus ihrem Klammergriff und stützte die Hände auf die Knie. Hasserfüllt starrte ich sie an.

Die Luft knisterte vor Anspannung, während wir uns schweigend anschauten. Ein kalter Ausdruck lag in Franziskas Augen. Ich konnte die Wellen der Wut, die von meiner Schwester ausgingen, fast körperlich spüren. Jede Faser ihres Körpers zitterte vor Zorn, als sie in ihrer hinteren Hosentasche nach dem Elektroschocker tastete. Doch das Schlimmste war ihr starrer Gesichtsausdruck. Unwillkürlich fragte ich mich, ob es dasselbe Gesicht gewesen war, das Ben vor seinem Tod gesehen hatte.

Ob er wohl Angst vor ihr hatte, so wie ich jetzt?

KAPITEL 46

Max

Angespannt lief ich den Flur der Neurologie auf und ab. Zwölf Schritte vor und wieder zurück.

Ich machte mir schreckliche Vorwürfe. Warum war Mama überhaupt rausgegangen? Sie sollte das doch nicht tun, schon gar nicht ohne ihren Rollator! Hatte sie sich etwa in das Unwetter gewagt …, um nach mir zu suchen? Wenn ihr meinetwegen etwas zugestoßen war, würde ich mir das nie verzeihen. Ich schwor mir, in Zukunft ein besserer Sohn zu sein und mehr Geduld mit meiner alten Mutter zu haben. Ich würde mir einen Job in der Nähe suchen, wie sie es sich wünschte. Alles, egal was, wenn sie nur wieder gesund würde.

Gleich nach meiner Ankunft hatte ich mit Frau Dr. Böhler gesprochen. Mama hatte sich ein paar Rippen geprellt, aber sonst hatte sie den Sturz relativ glimpflich überstanden. Es war, wie der Rettungssanitäter vermutet hatte – ein Schlaganfall war die Ursache für ihren Zusammenbruch gewesen. Ein Blutgerinnsel im Gehirn, das hatte das CT eindeutig bestätigt. Ich hatte Dr. Böhler über Mamas Krankengeschichte informiert und ihr die Nummer des Arztes gegeben, der sie nach ihrem letzten Schlaganfall betreut hatte. Danach hatten sie mich endlich zu ihr gelassen.

Mamas Anblick entlockte mir ein Stöhnen. Sie lächelte, als sie mich sah, doch ihre linke Gesichtshälfte machte dabei irgendwie nicht mit, sodass es eher wie eine Grimasse aussah. Sie versuchte zu sprechen, aber es kam nur ein unverständlicher Wortsalat aus ihrem Mund. Es war schrecklich, sie so zu sehen.

Dann hatten sie ihr ein Kontrastmittel gespritzt, um den Verschluss zu lokalisieren, der den Schlaganfall verursacht hatte, und mich wieder in den Warteraum geschickt. Dort saß ich nun. Seit Stunden schon.

Während ich wartete, schaute ich alle fünf Minuten auf mein Handy. Ich beobachtete, wie der Punkt, der Franziskas Standort markierte, gegen zwei Uhr das Haus verließ und den vertrauten Weg zur Straßenbahnhaltestelle entlangkroch. Am Schottentor stieg sie in die U-Bahn um. Stöhnend massierte ich mir mit den Fingerknöcheln meinen schmerzenden Nacken.

Wo will Franziska nur hin? Und wo ist Amelie? Bilde ich mir das alles womöglich nur ein? Verliere ich allmählich den Verstand?

Gegen fünf Uhr öffnete sich die Tür des Behandlungszimmers und eine müde aussehende Ärztin mit einem Klemmbrett in der Hand kam heraus. Ich stürzte auf sie zu.

»Frau Dr. Böhler!« Schlitternd kam ich vor ihr zum Stehen. »Gott sei Dank, da sind Sie ja wieder. Wie geht es meiner Mutter? Gibt es schon etwas Neues?«

Der Ärztin sah man an, dass sie vor einigen Jahren einmal sehr gut aussehend gewesen sein musste. Sie war etwa Mitte vierzig, blond, hatte eine sportliche Figur und gleichmäßige Gesichtszüge, wirkte aber abgespannt und die tiefen Fältchen um ihre Augen zeugten von zu vielen Nachtschichten.

»Wir führen gerade eine intravenöse Lysetherapie durch«, erklärte sie. »Ihrer Mutter wird eine Substanz in die Vene injiziert, die das Gerinnsel im Gehirn auflösen soll. Dabei wird sie von meinen Kollegen überwacht. Sie ist in guten Händen.«

»Okay.« Ich schluckte. »Ist sie ansprechbar? Kann ich zu ihr?«

Die Ärztin schüttelte bedauernd den Kopf. »Heute nicht mehr, fürchte ich. Ihre Mutter war ziemlich aufgewühlt. Außerdem hatte sie starke Kopfschmerzen, deshalb haben wir ihr ein leichtes Beruhigungsmittel gegeben. Sie schläft jetzt. Ich bezweifle, dass sie vor morgen früh wieder aufwachen wird.« Sie bemerkte meinen erschrockenen Gesichtsausdruck und tätschelte mir beruhigend den Arm. »Machen Sie sich keine Sorgen, Herr Flemming. Ihre Mutter wird schon wieder.«

»Aber ihr Gesicht …«

»Auch das. Mir ist klar, wie verstörend ihr Anblick für Sie sein muss, aber ich verspreche Ihnen, das gibt sich wieder. Zum Glück war es nur ein leichter Schlaganfall. Morgen werden wir entscheiden, ob wir Ihre Mutter noch länger hierbehalten oder direkt in die Reha entlassen.« Sie lächelte. »Entspannen Sie sich, Herr Flemming. Gehen Sie nach Hause und sehen Sie zu, dass Sie ein wenig Schlaf bekommen. Sie sehen aus, als hätten Sie welchen nötig.«

Nachdem ich der Ärztin das Versprechen abgerungen hatte, mich sofort anzurufen, falls sich Mamas Zustand verschlechtern oder sie wider Erwarten doch aufwachen sollte, nickte sie mir noch einmal aufmunternd zu, dann schob sie sich an mir vorbei und verschwand.

Widerstrebend verließ ich das Krankenhaus. Aber so sehr es mir auch missfiel, im Moment konnte ich nicht mehr für Mama tun, als abzuwarten und die Ärztin ihre Arbeit machen zu lassen.

Draußen auf der Straße winkte ich mir ein Taxi heran und gab dem Fahrer die Adresse des Campingplatzes. Laut App war

Franziska schon seit zwei Stunden dort – warum auch immer. Dann ließ ich mich erschöpft gegen die Rückenlehne sinken.

Ein halbes Leben lang hatte ich mich dafür verurteilt, dass ich damals zu feige gewesen war. Dass es mir nicht gelungen war, das Unglück zu verhindern. Das würde mir kein zweites Mal passieren. Ich wusste, was zu tun war. Ich musste Franziska zur Rede stellen und herausfinden, was mit Amelie geschehen war und ob ich mit meinem Verdacht richtiglag.

Die Fahrt bis zum Stadtrand, wo sich der Campingplatz befand, dauerte quälend lange. Und wie es mein Schicksal zu sein schien, kam ich zu spät.

Kurz bevor wir in die Seitenstraße einbogen, die zum Campingareal führte, hörte ich sie: die Sirenen. Zuerst aus der Ferne, dann immer lauter werdend und schließlich ganz nah. Ich drehte mich um und schaute durch die Heckscheibe des Mercedes nach draußen. Und tatsächlich, zwei Einsatzfahrzeuge, Polizei und Rettung, rasten mit Blaulicht und Martinshorn heran. Regenwasser spritzte nach beiden Seiten, als sie durch tiefe Pfützen fuhren. Ein Passant, der die Straße überqueren wollte, konnte sich gerade noch mit einem Sprung in Sicherheit bringen.

Der Taxifahrer fuhr auf den Seitenstreifen, um sie vorbeizulassen. Als die beiden Fahrzeuge an uns vorbeirasten, wanderte mein Blick nach vorne zur Windschutzscheibe. Ein paar Hundert Meter weiter bogen sie in die Einfahrt zum Campingplatz ein und eine dunkle Vorahnung überkam mich. Ich fing an zu schwitzen.

Erst zu feige. Dann zu spät.

»Hinterher!«, rief ich dem Fahrer zu. »Jetzt machen Sie schon! Ich glaub, ich weiß, wo die hinwollen!«

Der Taxifahrer warf einen irritierten Blick in den Rückspiegel, tat aber wie ihm geheißen. Mit grimmiger Miene trat er aufs Gaspedal und der Wagen schoss vorwärts. Zwei Minuten später hielt er mit quietschenden Reifen.

»Ab hier müssen Sie laufen. Weiter darf ich nicht.«

»Danke, das passt schon.« Ich reichte ihm ein paar Scheine nach vorne und sprang aus dem Auto. Fluchend machte ich mich auf den Weg, die von schmalen Bungalows gesäumte Straße entlang, der Polizei und der Rettung hinterher. Laut App musste Franziska – oder Amelie – ganz in der Nähe sein.

O Gott, bitte mach, dass Amelie nichts zugestoßen ist!

Hinter der nächsten Biegung sah ich, wie zwei Polizisten aus ihrem Wagen stiegen und mit forschen Schritten auf den Bungalow mit der Nummer 23 zugingen. Die Rettungskräfte folgten ihnen auf dem Fuß.

Ich wandte mich scharf nach links und schlüpfte zwischen den Sträuchern hindurch auf die Rückseite der Häuserreihe. Geduckt lief ich weiter, bis ich den Bungalow erreicht hatte, und spähte durch eines der kleinen Fenster ins Innere.

Was ich sah, ließ mich entsetzt aufschreien.

Eine Frau mit gewelltem braunem Haar redete wild gestikulierend auf die Polizisten ein. Eine zweite Frau mit dem gleichen Haar und einer klaffenden Wunde an der Schläfe lag zu ihren Füßen. Eine Perücke, die ihr vom Kopf gerutscht sein musste, schwamm inmitten einer riesigen Blutlache, daneben eine ebenfalls blutverschmierte Messinglampe. Ein Rettungssanitäter beugte sich über sie, prüfte ihren Puls, schaute dann seinen Kollegen an und schüttelte stumm den Kopf.

O mein Gott!

In diesem Moment schaute die Frau, die panisch im Zimmer auf und ab lief – war es Amelie oder Franziska? –, zum Fenster. Für den Bruchteil einer Sekunde trafen sich unsere Blicke. Dann wurde mir schwarz vor Augen.

KAPITEL 47

Ich wurde aufs Revier gebracht, damit sie meine Aussage aufnehmen konnten. Unterwegs rief ich Dr. Frühling an. Er fuhr sofort los und kam nur wenige Minuten nach uns an.

Der Raum, in den sie mich brachten, war karg eingerichtet. Es gab nur einen Tisch und ein paar Stühle, nicht einmal ein Fenster. Ich setzte mich auf den mir zugewiesenen Platz und nippte an dem Automatenkaffee, den sie mir hingestellt hatten. Er schmeckte scheußlich. Ich wechselte noch ein paar Worte mit meinem Anwalt und dann kam auch schon Frau Wanger herein, gefolgt von ihrem jüngeren Kollegen. Es ging sofort los.

»Name?«

»Franziska Pichler.«

»Und die Leiche im Bungalow ist wer?«

»Das ist meine Zwillingsschwester Amelie Lechner.« Ich presste die Hand gegen meine Brust. Mein Herz raste. Das alles kam mir furchtbar unwirklich vor.

Frau Wanger legte den Stift weg, den sie eben noch in ihren Händen gedreht hatte, und sah mich direkt an. Ihr Blick hatte nichts Freundliches an sich. »Gut, Frau Pichler, wenn Sie es denn wirklich sind … Jetzt reden Sie schon! Was ist in dem Bungalow auf dem Campingplatz passiert?«

»Mit Verlaub, Frau Wanger«, meldete sich Dr. Frühling zu Wort. »Erst gestern haben Sie versucht, meiner Mandantin einen Mord anzuhängen. Gilt Frau Pichler auch jetzt als tatverdächtig? Wenn ja, muss ich Sie dringend ersuchen …«

»Wir versuchen nur herauszufinden, was passiert ist«, unterbrach ihn Frau Wanger schroff. »Wie kann es sein, dass eine Frau, die vor Wochen angeblich Selbstmord begangen hat, plötzlich tot in einem Bungalow am Stadtrand aufgefunden wird? Offensichtlich erschlagen, wohlgemerkt.«

Der Anwalt sah mich an. »Sie müssen nicht antworten. Sie brauchen überhaupt nichts zu sagen. Das wissen Sie, oder?«

»Schon gut.« Ich lächelte zittrig. »Ich möchte aber aussagen. Vielleicht hat dieser Albtraum dann endlich ein Ende.«

Ich würgte den letzten Rest Kaffee hinunter und begann zu erzählen.

»Ich habe ihn letztlich gefunden«, sagte ich, »den Beweis dafür, dass Amelie noch am Leben war und dass sie ihren Tod nur vorgetäuscht hatten. Sie und Konstantin, ihr Mann. Er steckt auch mit drin. Ich hatte schon eine ganze Weile so etwas vermutet, aber ich war mir nicht sicher. Also habe ich seine Sachen durchsucht und bin da auf einige interessante Dinge gestoßen. Einen gefälschten Pass zum Beispiel.« Mit grimmiger Miene nickte ich in Richtung meiner Handtasche.

»Einen Pass, sagen Sie?« Ohne mich aus den Augen zu lassen, griff Frau Wanger nach meiner Tasche und begann darin herumzukramen. Sie fand das gesuchte Dokument, warf einen kurzen Blick auf den Namen und das Foto und ihre Augen weiteten sich. »Und den hier haben Sie also bei Herrn Lechner gefunden?«

Ich nickte. »Er hat ihn in seinem Safe im Büro aufbewahrt. Zusammen mit den Belegen für die Flugtickets nach Buenos Aires und einem Wegwerfhandy. Von da an war mir alles klar. Amelie und Konstantin arbeiteten zusammen. Ich sollte anstelle von Amelie für den Mord an Nicky Felm ins Gefängnis wandern, während sie sich aus dem Staub macht. Sie hatten mich reingelegt. Es konnte gar nicht anders sein.«

»Warum haben Sie nicht gleich die Polizei verständigt?«

Ich zuckte die Achseln. »Hätten Sie mir denn geglaubt, wenn ich es getan hätte? Versetzen Sie sich doch mal in meine Lage: der gefälschte Ausweis mit meinem Foto – wären Sie nicht viel eher davon ausgegangen, ich selbst hätte mir den Pass besorgt, um einer Anklage zu entgehen?«

Frau Wanger presste die Lippen zusammen, sagte aber nichts.

Dachte ich's mir doch!

»Amelies Flug wäre schon am Sonntag gewesen, mir blieb also nicht viel Zeit. Mir war klar, dass meine einzige Chance, meine Unschuld zu beweisen, darin bestand, Amelie aus ihrem Versteck zu locken. Also schrieb ich ihr mit dem Prepaidhandy eine Nachricht. Ich gab mich als Konstantin aus und vereinbarte ein Treffen zur Übergabe der Papiere. An einem Ort, der ihr nicht verdächtig vorkommen würde. Ich war selbst überrascht, dass mein Plan aufging, aber so war es. Amelie ist tatsächlich aufgekreuzt.«

»Sie haben Ihre Schwester also in einen Hinterhalt gelockt. Um was genau zu tun? *Sie zu ermorden?*«

Dr. Frühling öffnete den Mund, um der Polizistin in die Parade zu fahren, aber ich kam ihm zuvor. »Natürlich nicht!« Ich rang nach Luft. »Alles, was ich wollte, war, Amelie dazu zu bringen, sich zu stellen. Oder sie zumindest lange genug festzuhalten, bis ich die Polizei rufen kann.« Ich sah Frau Wanger an. »Seien Sie ehrlich: Sie hatten sich so sehr darauf versteift, dass ich Nickys Mörderin wäre – ich hätte doch niemals Ruhe vor Ihnen gehabt, bis meine Zwillingsschwester wieder aufgetaucht wäre.«

Die Finger der Polizistin schlossen sich fester um den Stift. Das hatte gesessen.

Ihr Kollege sprang nun ein. »Und was ist dann passiert? Ich könnte mir vorstellen, dass Ihre Schwester nicht gerade begeistert war, Sie zu sehen. Als sie gemerkt hat, dass Sie nicht Konstantin sind – warum hat sie da nicht einfach das Weite gesucht?«

»Na ja, ich hatte ja vorgesorgt. Genau das hätte sie wahrscheinlich getan, wenn ich sie nicht mit dem Elektroschocker davon abgehalten hätte.« Ich hob beschwichtigend die Hand, als ich sah, wie die beiden Polizisten und Dr. Frühling gleichzeitig erschrocken den Mund aufrissen. »Mir ist klar, wie sich das anhört. Aber ich hatte nicht vor, sie zu verletzen. Ehrlich nicht. Der Taser hat Amelie nur ein paar Sekunden lang außer Gefecht gesetzt, aber die haben mir gereicht, um die Tür abzuschließen.« Bekümmert sah ich auf meine Schuhe. »Ich wollte doch nur, dass sie mir endlich die Wahrheit sagt«, sagte ich leise. »Dass sie mir erzählt, was wirklich mit Nicky passiert ist.«

Frau Wanger zog eine Augenbraue hoch. »Und – hat sie das?«

»Ja, hat sie.« Ich erschauderte. »Bis zuletzt hatte ich gehofft, dass ich mich geirrt hätte. Dass sie nichts mit Nickys Tod zu tun hatte, dass das alles nur ein schreckliches Missverständnis war. Aber so war es nicht. Es hat eine Weile gedauert, bis ich sie so weit hatte, aber am Ende hat Amelie mir alles erzählt. Wie sie an jenem Abend zu Nicky ging, um sie wegen der Erpressung zur Rede zu stellen. Und von dem Handgemenge, als es dann zum Streit kam. Dabei muss Nicky gestürzt und mit dem Kopf auf den Couchtisch gefallen sein. Amelie ist in Panik geraten und nach Hause zu Konstantin gefahren. Es war seine Idee, die Leiche zu beseitigen und mir die Sache in die Schuhe zu schieben. Den Rest kennen Sie.«

Frau Wanger schaute skeptisch. »Und das hat Frau Lechner einfach so ausgeplaudert? Warum sollte sie?«

»Ich kenne meine Schwester besser als sonst jemand«, antwortete ich schlicht. »Ich wusste, was ich sagen muss, um sie aus der Reserve zu locken. Außerdem hatte sie wohl insgeheim gehofft, dass ich ihr trotzdem helfen würde. Dass ich ihr den Pass geben würde, dass ich sie gehen lassen würde. Sie hat mir sogar vorgeschlagen, ihr später nach Argentinien zu folgen.« Ich schüttelte den Kopf. »Aber das konnte ich nicht, verstehen Sie? Ich habe Amelie geliebt. Sie war meine Zwillingsschwester und alles, aber nach allem, was sie getan hatte, wie sehr sie mich hintergangen hatte – es war einfach nicht richtig. Herrgott, sie hatte jemanden *umgebracht*!«

Frau Wanger beugte sich vor und fixierte mich mit kaltem Blick. »Und jetzt ist sie tot.«

»Ja.« Ich schlug die Hand vors Gesicht und ein Wimmern drang durch meine gespreizten Finger, als ich versuchte, die Bilder auszublenden, die sich unbarmherzig in meine Gedanken drängten.

»Als Amelie klar wurde, dass ich nicht bereit war, ihr zu helfen und ihr den Pass nicht geben würde, ist sie wütend geworden. So hab ich sie noch nie erlebt. Sie hat auf mich eingeschlagen und es sogar geschafft, mir den Elektroschocker abzunehmen.« Ich schob den Ärmel meiner Bluse hoch und zeigte ihr den Bluterguss an meinem Arm. »Dann ging alles ganz schnell. Wir kämpften neben dem Bett auf dem Boden. Amelie kniete über mir, und ich dachte, das war's jetzt. Jetzt bringt sie mich um. Und wahrscheinlich hätte sie das auch. Und da … da hab ich …«

»Ja? Was haben Sie? Reden Sie weiter!«

»Da habe ich die Lampe vom Nachttisch genommen und sie ihr über den Kopf gezogen.« Ich senkte beschämt den Blick. Als ich ihn wieder hob, glänzten Tränen in meinen Augen.

»Ich habe mich doch nur verteidigt«, schluchzte ich. »Ich hab nicht gewollt, dass sie stirbt. Das müssen Sie mir glauben! Ja, sicher, ich war wütend, dass sie mich hintergangen hatte, aber sie umbringen? Ich wollte sie doch nicht *umbringen*! Ich hab versucht, die Blutung zu stoppen, habe sofort die Rettung und die Polizei gerufen. Aber es war zu spät. Sie war bereits tot, als sie kamen.«

In diesem Moment drohte der Schmerz, den ich bislang zurückgehalten hatte, alle Dämme zu brechen. Mit Mühe gelang es mir, einen Schalter in mir umzulegen, um nicht die Nerven oder gar den Verstand zu verlieren, aber die Trauer und die Schuldgefühle waren trotzdem da. Ich spürte einen ständigen Druck im Hinterkopf. Ich wusste, sobald ich nach Hause kam, würde der Damm irgendwann brechen. Egal was ich tun würde, ich würde keinen Schlaf finden. Stattdessen würde ich die ganze Nacht gegen die Wände schlagen. Ich holte tief Luft, konzentrierte mich, versuchte mich zusammenzureißen.

Einige Sekunden lang sah mich Frau Wanger einfach nur an. Es war unmöglich zu sagen, ob sie mir auch nur ein Wort glaubte.

»Wir brauchen eine DNA-Probe von Ihnen. Und wir müssen Ihre Fingerabdrücke nehmen«, sagte sie dann, »um zu überprüfen, inwieweit die Spuren am Tatort Ihre Geschichte stützen.«

Ich nickte schicksalsergeben. »Natürlich. Alles, was nötig ist.«

»Das Prepaidhandy, von dem Sie gesprochen haben, und der Elektroschocker – wo sind die jetzt?«

»Keine Ahnung. Wahrscheinlich immer noch im Bungalow. Ich habe ehrlich gesagt nicht mehr darauf geachtet.«

Frau Wanger nickte nachdenklich. »Was ich trotzdem nicht verstehe – warum hat Ihre Schwester Ihnen das angetan? Sie gebeten, die Rollen zu tauschen? Und warum wollte sie Ihnen den Mord an Frau Felm anhängen? Was war der Grund dafür? Was meinen Sie?«

»Keine Ahnung«, sagte ich leise. »Sie hat mir vorhin allerhand an den Kopf geworfen, beginnend mit unserer Jugend. Mir war nicht bewusst, wie viel ihrer Meinung nach zwischen uns im Argen lag, wie sehr sie mich gehasst hat. Vielleicht hat sie auch schlichtweg keine andere Möglichkeit gesehen, um dem Gefängnis zu entgehen. Ich weiß es nicht.«

»Nun, so wie ich das sehe, hat Frau Pichler eindeutig in Notwehr gehandelt«, sagte Dr. Frühling jetzt. Er klang beinahe fröhlich. »Wenn Sie also nichts weiter gegen sie in der Hand haben, würde ich vorschlagen, dass Sie sie entlassen. Oder gibt es noch etwas, das Sie sie gern fragen möchten?«

Frau Wanger und ihr Kollege tauschten einen kurzen Blick aus.

»Nun, mir fällt da so einiges ein, was man Ihrer Mandantin vorwerfen könnte«, knurrte sie. »Freiheitsberaubung zum Beispiel und leichte Körperverletzung wegen des Angriffs mit dem Elektroschocker.« Sie hielt einen Augenblick inne und schüttelte dann widerwillig den Kopf. »Aber in Ordnung, Frau Pichler. Wir nehmen noch Ihre Fingerabdrücke und die DNA-Probe, dann haben wir vorerst alles, was wir brauchen. Sie können gehen. Aber ich warne Sie – Sie dürfen die Stadt nicht verlassen.«

KAPITEL 48

Ich ging durch die nassen Straßen, den Blick starr auf den Weg vor mir gerichtet. Die Luft roch frisch und sauber. Das Unwetter war endlich abgeklungen, doch in meinem Kopf tobte noch immer ein heftiges Gewitter. Frau Wangers Worte schwirrten mir im Kopf herum, all die unterschwelligen Vorwürfe, die sie mir gemacht hatte. *Hat sie mir geglaubt?*

Als ich die Haustür aufschloss, hörte ich Konstantin im Wohnzimmer.

»Wo zum Teufel warst du?«, fragte er vorwurfsvoll, während ich mir die Regentropfen von der Jacke klopfte. »Ich hab zigmal versucht, dich zu erreichen.«

»Oh, hab ich etwa vergessen, das zu erwähnen?« Ich warf den Wohnungsschlüssel auf den Küchentisch und wappnete mich für das, was kommen würde. »Ich habe mich mit Amelie getroffen.«

Konstantin hob den Kopf. Erst jetzt bemerkte er das getrocknete Blut auf meiner Bluse und die blauen Flecken an meinen Armen. Für den Bruchteil einer Sekunde glaubte ich, Angst in seinem Gesicht zu sehen. »Was sagst du da?«, keuchte er. »Bist du jetzt völlig übergeschnappt?«

»Das hast du ganz schön clever eingefädelt, das muss ich dir lassen«, erwiderte ich kalt, ohne auf seine Worte einzugehen. »Es hat eine Weile gedauert, aber schließlich bin ich dahintergekommen. Ich hab da so einiges in deinem Safe gefunden: einen gefälschten Pass, ein Prepaidhandy und Flugtickets.«

»Du warst in meinem Büro?« Soweit dies möglich war, schien er sogar noch ein wenig blasser zu werden, als die Erkenntnis durchsickerte.

Ich ging ins Wohnzimmer und lehnte mich in einiger Entfernung von ihm an das Bücherregal. Ich sah ihn an, betrachtete das Gesicht des Mannes, den ich einst so geliebt hatte. Die Furchen in seinen Wangen, die ich immer so unwiderstehlich gefunden hatte. Ich unterdrückte ein Schnauben. Ohne den Blick von ihm abzuwenden, erzählte ich Konstantin, was sich im Bungalow auf dem Campingplatz ereignet hatte. Wie alles aus dem Ruder gelaufen war, von dem Streit, der letztlich tödlich geendet hatte. Ich sah, wie seine Miene von Verwirrung in Wut und schließlich in Entsetzen umschlug.

»Es tut mir leid, dass ausgerechnet ich dir das sagen muss, aber sie ist tot. Amelie, deine Frau, ist tot.«

»Sie ist … tot?« Beinahe konnte ich sehen, wie sich die Gedanken in seinem Kopf überschlugen, wie er versuchte, meine Worte auf ihren Wahrheitsgehalt zu überprüfen. Dann schüttelte er den Kopf. »Du lügst. Das kann nicht sein.«

»So ist es aber.« Eine Träne lief mir über das Gesicht, als ich diese Worte aussprach. »Ich habe Frau Wanger alles erzählt. Alles, was Amelie mir verraten hat, bevor sie starb. Dass sie es war, die Nicky getötet hat, und dass ihr ihre Leiche gemeinsam im Wald verscharrt habt. Den ganzen perfiden Plan, den ihr zusammen ausgeheckt habt. Dass sie mich anflehen sollte, für ein paar Tage mit ihr die Identität zu tauschen, wohl wissend, dass ich ihr diese Bitte nicht abschlagen würde. Was im Übrigen deine Idee war – wohlgemerkt. Und alles nur, damit sie ihren

Tod vortäuschen und ihre Flucht planen konnte. Beinahe wäre ich euch tatsächlich auf den Leim gegangen.« Ich schüttelte fassungslos den Kopf. »Du hast Amelie *manipuliert*, Konstantin, hast ihr eingeredet, es sei das Beste, mir die ganze Sache anzuhängen. Was mit meiner Schwester passiert ist, ist allein deine Schuld. Ich hoffe, du verrottest in der Hölle!«

Ich hielt inne, horchte in die Stille, lächelte.

»Die Polizei wird übrigens gleich hier sein. Ich habe Frau Wanger gebeten, mir ein paar Minuten Vorsprung zu geben, aber sie sollte jeden Augenblick hier eintreffen.«

Konstantin zuckte zusammen. Und in diesem Moment hörten wir es beide, das Läuten an der Tür. Ich konnte das Weiße in seinen Augen sehen, als er nach einem Ausweg suchte und sein Blick dabei panisch umherwanderte. Doch dann begriff er, dass es keinen Ausweg gab. Als er wieder das Wort ergriff, bebten seine Lippen vor Zorn.

»Du kranke Bitch!«, brüllte er. »Du hast meine Frau umgebracht, deine eigene Schwester!« Er schauderte. »Aber ich schwöre dir, damit wirst du nicht durchkommen. Wenn ich ins Gefängnis wandere, kommst du auch ins Gefängnis. Ich werde ihnen alles erzählen. Was du damals mit Ben gemacht hast und was mit seiner Leiche passiert ist. Ich warne dich, Franziska, wenn du es darauf ankommen lässt, dann …«

»Was für eine Leiche denn?«, fragte ich scheinheilig. Meine Mundwinkel zuckten. »Die Überreste, die du verbrannt und im Rosenbeet verstreut hast, meinst du die?« Ich schüttelte den Kopf. »Es gibt keine Leiche.«

Konstantin öffnete den Mund und schloss ihn wieder. Er sah aus, als wüsste er nicht, wie ihm geschah.

Es läutete erneut.

»Dein Plan war nicht schlecht, das muss ich zugeben. Aber du hast einen entscheidenden Fehler gemacht: *Du hättest Amelie nie betrügen dürfen.* Es ist eigentlich unglaublich, aber meine

Schwester hat tatsächlich bis zum Schluss an dich geglaubt. An eure Ehe. Was muss das für ein Schock für sie gewesen sein, als sie gemerkt hat, wie sehr sie sich in dir getäuscht hatte.«

Konstantin kniff die Augen zusammen. Auf einmal wirkte er bedrohlich, wie er mich mit zusammengepressten Lippen ansah.

»Wer bist du wirklich?«

Mein Mund verzog sich zu einem Grinsen. »Das weißt du doch: Franziska. Das habe ich dir doch schon gesagt. Deine Schwägerin. Schon vergessen? Na ja – Ex-Schwägerin, sollte ich wohl sagen, wenn man die jüngsten Ereignisse berücksichtigt.«

KAPITEL 49

Eine Woche später

Ich hatte mich für einen kleinen, intimen Gedenkgottesdienst entschieden. Nur wenige Menschen waren gekommen. Papa und Karl saßen in der Bank neben mir, dahinter Patrizia und Dr. Höller, Konstantins Eltern, Max und noch eine Handvoll weiter entfernte Freunde und Bekannte. Karin und Markus waren nicht darunter. Ich konnte es ihnen nicht verübeln.

Obwohl die offiziellen Ermittlungen noch andauerten und die Polizei keine Einzelheiten über die Geschehnisse auf dem Campingplatz bekannt gegeben hatte, hatte sich die Nachricht wie ein Lauffeuer verbreitet. Der alte Nachbar von gegenüber hatte mitbekommen, wie Konstantin verhaftet worden war und wie er mich angebrüllt hatte, ich hätte seine Frau auf dem Gewissen. Und natürlich hatte er es seiner Frau erzählt, diese wiederum ihrer Freundin, der geschwätzigen Inhaberin einer örtlichen Pizzeria, deren Tochter mit Nicky befreundet gewesen war. Innerhalb kürzester Zeit hatten alle in der Nachbarschaft Bescheid gewusst, und es gab wilde Spekulationen über die Hintergründe des Zerwürfnisses zwischen den Pichler-Schwestern, das schließlich tödlich geendet hatte, und darüber, wie das alles mit Nickys Tod und Konstantins Verhaftung zusammenhing.

Beinahe an jeder Straßenecke hörte ich, wie hinter vorgehaltener Hand getuschelt wurde, über Konstantin, aber auch über uns. Über das seltsame Zwillingspaar, das die Rollen getauscht hatte. Die eine die mutmaßliche Mörderin von Nicky, die andere die Verrückte, die ihre Schwester getötet hatte. *In Notwehr*, hieß es. *Es sei Notwehr gewesen.* Aber ich konnte es an den Blicken sehen, die sie mir zuwarfen – das Misstrauen.

Es war ein schöner, aber kurzer Gottesdienst. Nacheinander traten einige der Anwesenden vor, um sich von der Verstorbenen zu verabschieden. Schließlich war ich an der Reihe. Ich wusste, dass von mir erwartet wurde, etwas zu sagen, um meiner Schwester die letzte Ehre zu erweisen.

Auf wackligen Beinen ging ich zum Altar. Mein Blick wanderte durch das Kirchenschiff, über all die vertrauten Gesichter, die mich erwartungsvoll ansahen. Mein Magen krampfte sich zusammen.

Was sollte man zum Tod der eigenen Schwester sagen, den man selbst verursacht hat? Wo man doch insgeheim von allen, außer Karl, für eine Mörderin gehalten wurde?

»Liebe Trauergäste«, begann ich. Meine Stimme zitterte. »Wir haben uns heute hier versammelt, um von Amelie, meiner Zwillingsschwester, Abschied zu nehmen.«

Ich hielt inne und suchte den Blick meines Vaters, der kaum merklich nickte. *Du schaffst das*, schien er zu sagen.

Widerstrebend sah ich auf meine Notizen, auf die Rede, die ich vorbereitet hatte. Auf einmal erschien sie mir schrecklich banal und scheinheilig. Kopfschüttelnd faltete ich den Zettel zusammen, steckte ihn in meine Tasche und sah auf.

»Um ehrlich zu sein, ich weiß nicht, was ich sagen soll. Es fällt mir schwer, die richtigen Worte zu finden. Amelie war alles für mich. Wir waren uns so nah, dass ich oft vergessen habe, dass wir zwei verschiedene Individuen waren. Wir haben uns geliebt, uns vermisst, uns gestritten und wieder versöhnt – wir waren einander so nah wie nur irgend möglich. Wir haben uns unterstützt, uns gegenseitig Halt gegeben. Wir waren eins. Es war für mich unvorstellbar, eines Tages ohne sie zu sein. Und das ist es immer noch. Ich hab keinen blassen Schimmer, wie ich das anstellen, wie ich ohne dich klarkommen soll.«

Ein klägliches Wimmern entfuhr meiner Kehle, als die Erinnerungen mit der Gewalt einer Flutwelle über mich hereinbrachen. Die Überraschung im Gesicht meiner Schwester, wie sie mich anstarrte, ohne zu blinzeln, als ich die Nachttischlampe hochriss und mit aller Kraft zuschlug. Wie sie zusammensackte und neben mir zu Boden glitt. Ich spürte die Schuld in mir mit einer Intensität, die mir den Atem raubte. Ich versuchte, mir mein Entsetzen nicht anmerken zu lassen.

Komm schon, mach weiter! Du hast es fast geschafft!

Ich rang nach Luft, versuchte mich zu sammeln und setzte erneut zum Sprechen an. »Amelie war eine gute Ehefrau und eine noch bessere Mutter. Sie war immer für andere da. Sie hatte ein großes Herz. Sie folgte ihren Überzeugungen und stand für sie ein. Es bricht mir das Herz zu wissen, dass ich nie wieder mit ihr lachen, streiten oder ihre Umarmung spüren werde.« Ich schluchzte. »Amelie, du wirst immer ein Teil von mir sein. Ich weiß, dass wir unsere Differenzen hatten, aber ich hoffe, dass du weißt, wie sehr ich dich geliebt habe, wie sehr ich dich vermissen werde. Ich hoffe, dass du jetzt an einem Ort bist, an dem du glücklich und frei bist. Gott ist mein Zeuge – ich habe niemals gewollt, dass es jemals so weit kommt.«

Rasch eilte ich in die erste Bank zurück, wo ich neben meinem Vater zusammensank und in Tränen ausbrach.

Als der Gottesdienst zu Ende war, gingen wir auf den angrenzenden Friedhof und sahen zu, wie der Sarg mit dem Leichnam meiner Schwester in die Grube hinabgelassen wurde. Rosafarbene Rosen schmückten das dunkle Holz. Eine kleine Schlange bildete sich, als die Trauergäste, einer nach dem anderen, sich daranmachten, eine Schaufel Erde in das Grab rieseln zu lassen.

Am Ende waren nur noch Karl und ich übrig. Er war mir während der ganzen Feier keinen Zentimeter von der Seite gewichen, und auch jetzt weinte er herzzerreißend. Mit angehaltenem Atem sahen die Anwesenden zu, wie wir an der Trauerprozession vorbeigingen. Ich konnte ihre bohrenden Blicke regelrecht auf mir spüren.

»Komm, Karl«, brachte ich mühsam hervor und hielt ihm den Korb mit den Blumen hin. »Verabschiede dich von deiner Mutter.«

Tränen liefen dem Jungen über die Wangen, als er eine Rose herausnahm und sie ins Grab warf. Dann zog er ein selbst gemaltes Bild aus der Tasche. Es flatterte leise im Wind, als es herabsegelte.

Nachdem die anderen gegangen waren, blieb ich allein am Grab meiner Schwester zurück. Konstantins Eltern und Papa hatten Karl mitgenommen. Aber ich – ich war noch nicht so weit. Ich brauchte noch Zeit, wollte noch einige Minuten länger so tun, als wäre all das nicht passiert. Als stünde ich jetzt nicht hier am Grab meiner Schwester. Als ihre Mörderin.

Ich wusste nicht, wie viel Zeit vergangen war, als ich plötzlich eine Berührung an der Schulter spürte. Ich wandte den Kopf und sah, dass es Max war.

»Hi«, sagte er.

Ich schluckte. »Hi.«

Ich wartete darauf, dass er etwas sagen würde, aber das tat er nicht. Eine Zeit lang standen wir einfach schweigend nebeneinander und starrten mit ausdrucksloser Miene auf das frische Grab. Wir lauschten dem entfernten Geräusch der Schritte auf dem Kiesweg, dem Rascheln der Blätter im Wind, dem Zwitschern der Vögel in den Bäumen über unseren Köpfen.

»Ich wollte dir nur sagen, dass ich es verstehe«, sagte er schließlich, ohne den Blick vom Grab abzuwenden. »Und dass es mir leidtut, was mit deiner Schwester passiert ist, aber auch das mit Ben.« Er stöhnte auf, als ihm einige Tränen über die Wangen liefen. »Ich hätte dir das schon viel eher sagen sollen, das weiß ich jetzt. Wenn ich damals mutiger gewesen wäre, wenn ich früher mit der Sprache herausgerückt wäre, wäre das alles vielleicht nie passiert. Ich hoffe, dass du mir eines Tages verzeihen kannst.«

Er war also tatsächlich dort gewesen, dort draußen auf dem Campingplatz. Ich hatte es mir nicht nur eingebildet.

»Woher wusstest du …«

»Deine Kleidung«, sagte Max nur. »Franziska war vorher bei mir gewesen, weißt du? Und als ich euch beide dort drinnen gesehen habe, war mir klar, was passiert sein musste.«

Ich öffnete den Mund, um etwas zu sagen, aber Max kam mir zuvor.

»Schon gut«, sagte Max und lächelte traurig. »Du musst mir nichts erklären. Es ist schon okay, wirklich. Dein Geheimnis ist bei mir sicher. Ich bin für dich da, egal was ist. Schon vergessen? Das war ich immer.«

Dann wandte er sich um und ging. Ich sah ihm noch lange nach, während er immer kleiner wurde und schließlich hinter der nächsten Biegung verschwand.

KAPITEL 50

Epilog

Ich hatte Franziskas Wohnung gekündigt und ihren Job bei der Zeitung ebenfalls. In einem Lagerhaus in Wien standen jetzt eine Menge teurer, gediegener Möbel. Und wenn das Geld zur Neige ging und die Lagerhausverwalter mich nicht kontaktieren konnten, da ich weder eine Nachsendeadresse noch eine gültige Telefonnummer hinterlassen hatte, würden sie vermutlich versteigert werden. Franziska Pichler, die Besitzerin der Sachen, würde verschwinden und irgendwann ganz vergessen werden. So war es das Beste. Keine losen Enden. Ein Neuanfang. Wenn auch nicht ganz so, wie ich es mir gewünscht hatte.

Frau Wanger hatte jedes Detail von Konstantins Leben akribisch untersucht und die Wahrheit über ihn ans Licht gebracht. Ich hatte meinen Teil bereits dazu beigetragen, alles Weitere oblag den Behörden, das hatte mir Dr. Frühling versichert. Franziska hatte recht gehabt, er war wirklich gut in seinem Job. Von ihm wusste ich auch, dass der Staatsanwalt Anklage gegen Konstantin erhoben hatte und er wahrscheinlich für lange Zeit ins Gefängnis wandern würde. Wegen Veruntreuung, Strafvereitelung, Urkundenfälschung, vermutlich sogar wegen

Verabredung zum Mord. Die genauen Einzelheiten kannte ich nicht, und sie interessierten mich auch nicht. Es war, wie ich gesagt hatte. Alles, was passiert war, war seine Schuld. Er hätte mich einfach nicht betrügen dürfen.

Die Polizei hatte noch eine ganze Weile herumgeschnüffelt, doch letztendlich war nicht viel dabei herausgekommen. Die Fingerabdrücke im Bungalow, in meinem Haus, in Franziskas Wohnung, selbst an den Sachen, die da schon länger herumstanden, stammten von uns beiden. Sie würden nie mit Sicherheit wissen, wer von uns es gewesen war, Franziska oder ich. Welche von uns die Verrückte war und wer die Mörderin. Das war das Schöne an unserem Rechtssystem. Im Zweifel für den Angeklagten.

Ich hatte lange hin und her überlegt, doch am Ende hatte ich mich entschieden, in der Villa meines Vaters wohnen zu bleiben. Wenn es einen Ort gab, an dem ich mich zu Hause fühlte, dann war es dieser. Die Wände dieses Hauses spiegelten alles wider, was ich je gewesen war, was ich geliebt und was ich getan hatte. Es war mein Zuhause. Es war der Ort, an dem ich den Geist meiner Mutter spürte, wenn ich am Fenster stand und nach draußen in den Garten blickte, der Ort, an dem ich beim Abendessen den sich ständig wiederholenden Erzählungen meines Vaters lauschte, der Ort, an dem Max gelegentlich vorbeischaute. Und es war hoffentlich der Ort, an dem ich irgendwann aufhören konnte, mich vor der Wahrheit zu fürchten.

Die Renovierung war endlich abgeschlossen. Zuerst war Konstantins Arbeitszimmer dran gewesen, dann unser altes Kinderzimmer, in dem jetzt die Pflegerin wohnte, die ich für die Betreuung meines Vaters eingestellt hatte. Dazu hatte ich einen Lift einbauen lassen. Das war zwar teuer gewesen, hatte sich aber gelohnt. Es war erstaunlich, aber hier, in der vertrauten Umgebung, ging es Papa tatsächlich besser.

Es gab Tage, an denen dachte ich, er wäre wieder ganz der Alte. Nur manchmal kam er morgens herunter, setzte sich an den Küchentisch und nannte mich Elisabeth, als wäre meine Mutter noch am Leben, und wartete darauf, dass ich ihm sein Frühstück machte. Gelegentlich nannte er mich auch Lilly, aber auch das war okay.

Von Konstantin und unserem ehemaligen Schlafzimmer musste ich mich vollkommen verabschieden, bevor ich mich in dem Raum wieder aufhalten konnte. Ein frischer Anstrich, ein paar neue Bilder, andere Möbel. Vor allem ein neues Bett.

Obwohl ich innerlich völlig erschöpft war, hatte ich immer noch Probleme beim Einschlafen. Und manchmal war da ein Zittern in meiner rechten Hand und die Angst überfiel mich und lachte mir ins Gesicht. Dann presste ich die Handfläche fest gegen meine Brust, als könnte ich dadurch die auf mir lastende Schuld ein wenig mildern.

Die Wahrheit lag so dicht unter der Oberfläche. Ben, Nicky, Franziska, Konstantin … Es würde nur eines kleinen Anstoßes bedürfen, und die zerbrechliche Fassade würde Risse bekommen und alles würde über mir zusammenbrechen wie ein Kartenhaus. In solchen Nächten fand ich Trost darin, in Karls Zimmer zu schleichen und ihm beim Schlafen zuzusehen. Dann ging es mir ein bisschen besser. Mich um ihn zu kümmern, das war jetzt meine wichtigste Aufgabe.

Unser Fall war noch beim Jugendgericht anhängig, aber die Chancen standen gut, dass ich das Sorgerecht für ihn bekommen würde. Wer auch sonst? Seine Adoptivmutter war tot, der Vater im Gefängnis. Blieben nur seine Tante, also ich, und Konstantins Eltern, aber die waren zu alt. Mit ihnen würde ich mich schon irgendwie arrangieren können.

Wie ich überhaupt schlafen konnte? Nach all dem, was passiert war?

Franziska war meine Zwillingsschwester gewesen, und ich hatte sie geliebt. Aber ich hatte sie auch gehasst. Sie war ein Monster, und deshalb hatte ich sie hintergangen. Am Ende war mir nichts anderes übrig geblieben, als sie zu töten.

Franziska hatte genau gewusst, was sie tat, als sie meinen Platz eingenommen hatte. Sie hatte für das bezahlt, was sie Ben angetan hatte. Ich klammerte mich an diesen Gedanken, als hinge mein Leben davon ab.

Für Franziska hatte es keine Grenzen zwischen uns gegeben. In ihren Augen waren wir Teil eines Ganzen gewesen, zwei Seiten einer individuumsübergreifenden Persönlichkeit. Ich hatte viel zu lange gebraucht, um zu begreifen, wie krank das war und dass ich so nicht weiterleben konnte. Man konnte nicht alles und jeden teilen, ob man nun ein Zwilling war oder nicht. Mein Leben lang hatte ich im Schatten meiner Schwester gestanden. Franziska hatte mir gesagt, was ich tun und wie ich mich fühlen sollte – und mit wem ich befreundet sein durfte. Es war gut, dass sie weg war.

Aber egal was ich tat, manchmal konnte ich an nichts anderes denken als an sie – meine Zwillingsschwester. An unsere Kindheit, an unsere Leben, die so eng miteinander verwoben waren. Zusammengehörig wie die aneinandergehefteten Seiten eines Buches, die nur zusammen eine Geschichte zu erzählen vermochten. *Unsere Geschichte.* Sie war immer da. In meinem Kopf. Selbst jetzt noch.

Wenn ich in den Spiegel schaute, sah ich sie, mit ihren hochgezogenen Augenbrauen, als wollte sie mich fragen, was all das zu bedeuten hatte. Ich hörte ihre Stimme in meinem Kopf.

»Nimm das andere Kleid, das bringt unsere Augenfarbe besser zur Geltung. Vergiss nicht, Karin zurückzurufen. Denk an Papa – er braucht seine Medizin.«

Die Wahrheit war, dass ich schreckliche Angst davor hatte, was passieren könnte. Ich wusste, es fehlte nicht viel und ich würde alles verlieren. Karl und auch Papa. Aber ich wusste auch, dass ich keine Wahl hatte. Nicht jeder bekommt die Chance auf ein zweites Leben.

Ich konnte mich glücklich schätzen.

Folge der Autorin auf Amazon

Wenn dir dieses Buch gefallen hat, folge Sophie Edenberg auf Amazon. Dann erhältst du eine Benachrichtigung, wenn die Autorin ihr nächstes Buch veröffentlicht. Um der Autorin zu folgen, gehe bitte folgendermaßen vor:

Desktop:

1) Suche auf Amazon.de oder in der Amazon App nach dem Namen der Autorin.
2) Klicke auf den Namen der Autorin, um auf die Autorenseite zu gelangen.
3) Klicke auf den »Folgen«-Button.

Smartphone und Tablet:

1) Suche auf Amazon.de oder in der Amazon App nach dem Namen der Autorin.
2) Klicke auf einen Titel der Autorin.
3) Klicke auf den Namen der Autorin, um auf die Autorenseite zu gelangen.
4) Klicke auf den »Folgen«-Button.

Kindle eReader und Kindle App:

Wenn du dieses Buch auf einem Kindle eReader oder in der Kindle App liest, wird dir automatisch angeboten, der Autorin zu folgen, nachdem du die letzte Seite des Buches gelesen hast.

Printed in Poland
by Amazon Fulfillment
Poland Sp. z o.o., Wrocław

37902135R00206